KB252921

현대시조, 정격으로의 길

-현대시학과 시조의 흐름 및 시조창작원리-

국립중앙도서관 출판시도서목록(CIP)

현대시조, 정격으로의 길 : 현대시학과 시조의 흐름 및 시조창작원리 /
이정자 지음. -- 서울 : 국학, 2010
    p. ;   cm

색인수록
ISBN 978-89-6137-454-5 93800 : \23000

한국 현대 시조[韓國現代詩調]
시조 창작[時調創作]

811.36-KDC4
895.715-DDC21   CIP2010000029

현대시조, 정격으로의 길

-현대시학과 시조의흐름 및 시조창작원리-

李靜子 지음

국학자료원

▌머리말

   본서는 정형(定型)의 틀을 지키는 정격시조(正格時調) 창작을 위한 지침서이다. 그 말은 시조시인으로서 기본적으로 갖추어야할 이론적 배경을 본서에 다 담고 있다는 의미이다. 특히 제목을 『현대시조, 정격으로의 길』이라 한 데는 이유가 있다. 시조의 변격과 파격이 판을 치는 요즈음 일부 시조단의 양상과 차별화하기 위한 것이다. 시인으로 등단했다고 그 창작 원리를 다 아는 것이 아니다. 어쩌다 한 두 수가 뛰어나다고 해서 뛰어난 시인도 아니다. 그러한 시인도 가장 기본적인 현대시조창작 원리를 놓치고 있음을 본다.

   시조는 어디까지나 시조로서의 형식과 형태가 있다. 자유시도 아니고, 3행시도 아니고, 4행시도 아니다. '실험시'로서의 대상도 아니다. 시조(단시조)는 3장 6구 12음보라는 정해진 틀 안에서 시상을 전개하되 45자 내외(43-47)의 자수율을 견지하는 것이 시조의 기본형이고 이를 정격으로 간주한다.

   이 기본형의 자수율은 필자가 조사한 바에 의하면 각 음보 간에 가감은 있어도 고시조에서도 약80%를 차지한다. 정격에서 4음절의 여유를 가진 시조(41-49)는 고시조에서 약17% 정도 나타나며 도남 조윤제도 국문학개설에서 변형으로 제시했다. 그 이하와 이상은 시조의 율격에도 맞지 않고 자유시 같은 인상을 준다. 물론 고시조에서도 3%정도 나타나긴 한다. 그래서 그 이하와 이상은 파격으로 간주한다. 이는 시조의 종장을 맞추었다 하더라도 자유시와의 경계가 불분명하여 자유시 같다는 편잔을 듣는다. 하여가, 단심가, 절의가, 호기가 등 일반적으로 잘 알려진 고시조도 정격임을 알 수 있다. 이것이 교과서와 시조론에 나와 있는 시조의 기본 형식이고 정격시조이다.

시조는 자유시에 비해 보다 엄격한 언어의 압축과 절제가 필요하다. 음보라고 해서 마냥 늘어진 보폭이 아니다. 음보는 우리말의 형태적 특성에서 3 · 4음절을 휴지의 주기로 하여 나온 것이다. 그래서 음보에도 자수율이 있어 율격이 따른다. 이러한 고도의 절제와 압축을 요구하는 시조 쓰기가 어렵게 생각되는 것도 사실이다. 하지만 우리말의 언어구조를 잘 알고 요리하면 가능한 것이 시조의 형식이다. 대다수의 우리말은 2 · 3음절로 이루어진다. 이를 운용하고 활용하고 곡용하면 3 · 4 · 5음절이 된다. 이를 시조에 적용하면 시조가 요구하는 외형적인 율격과 함께 시어의 압축과 절제는 물론 구와 장간의 의미율을 충족시킬 수 있다. 그것이 시조의 묘미이고, 시조미학이다. 이를 부정한다면 시조의 정체성은 없어진다.

시조는 전통적으로 이어온 정형시로서의 형식이 있고, 음보와 구, 장간의 의미율이 있다. 하지만 오늘날 이마져 지키지 않고 시조라고 발표하는 시조시인들도 많다. 그래서 정격을 요구하는 현대시조 창작을 위한 이론서가 그 어느 때보다 요청되는 시기이다. 시조의 세계화를 꿈꾸면서도 막상 정격으로 나가고자 하는 현대시조 창작 원리는 정리되어 있지 않고 파격과 변격을 일삼는 시조시인들의 작품과 창작이론과 시조교실들이 만연(蔓延)해 있다. 시조를 학문적으로 전공한 사람으로서, 또 정격을 지키며 시조창작을 하는 사람으로서 이를 안타깝게 생각하여 장고(長考) 끝에 본서를 쓰게 되었다.

그 동안 여러 시론을 참고하여 강단에서 강의하던 것과 학생들 교재용으로 활용하기 위해 몇 년 전에 출간된 『시와 시조 창작론』을 통합하여 이를 획기적으로 보완하여 새로운 체제로 구성하였다

엄연히 시 안에 자유시와 정형시인 시조가 있다. 기본적인 시의 이론은

시조도 '시(詩)'인만큼 일반 시론과 같다. 그래서 시론은 자유시나 시조나 마찬가지이다. 시조시인들도 시론을 익혀야 한다. 그래서 제1부에는 현대 시학이론을 실었다. 그리고 **제2부에서 시조 창작이론을 현대시조사 와 함께 담았다. 시조의 형식미와 각 장의 의미 및 각 음보와 구의 관계 그 의미율과 율격은 시조의 생명이다. 이를 제대로 알고 익히 면 시조의 현대화란 명목아래 시조의 변격이나 파격을 자랑스럽게 생각하지도 않을 것이고 정격시조를 즐겨 창작할 것이다.**

　자유시가 없던 시대의 고시조의 과음보나 소음보, 및 현대시조 선배 시 인들의 시조에서 나타난 과음보를 모방하고 논할 것이 아니다. 한문세대 의 선배 시조시인들보다 한글세대인 현재의 시조시인들이 어휘나 시어가 더 풍부하다. **시조부흥의 1세대인 선배시조시인들의 과음보나 소음 보로 된 시형을 닮을 것이 아니라 한글세대로서의 풍성한 시어로 한국어의 언어구조를 적절히 살려서 퇴고의 3가지 원칙을 적용하 면 충분히 정격시조를 창작할 수 있다.** 많은 시조시인들이 정격시조를 고수한다. 정격으로 표현할 수 없는 것은 엇시조로도 하고 사설시조로도 쓴다. 그리고 자유시도 쓴다. 필자 또한 그렇다. **적어도 연시조를 포함 한 단시조(평시조)만은 정격으로 나가자.**

　현대시조로서의 형식이 엄연히 교과서나 시조론에 실려 있으면 그것을 지키도록 하자. 한국어의 언어구조를 살려서 살 요리히면 충분히 45자 내 외(43-47)라는 자수율도 지킬 수 있고, 과음보도 하지 않을 수 있다. 한글 자의 여유도 없는 한시나 하이쿠보다 4글자의 여유를 가지고 있다. 학교 에서나 학계에서 가르치고 배우는 시조의 형식과 시조현장에서의 시조시 인들의 작품과 그들의 이론이 달라서는 곤란하다. 시조의 세계화를 위해 서도 하나로 통일을 이루어야 한다. 교과서적인 정격으로 나아가자. 현대 시조부흥기를 거치면서 시조이론이 난무하고 정립되던 시기 이를 종합하 여 학계에 검정을 받아 국정교과서에 제시된 것이 '시조의 기본형식'이다.

　현대는 자유시가 있고 엄연히 시조의 형식이 교과서에 실려 있어 그렇게 가르치고 배우고 있는 이상 더 왈가왈부할 것이 아니라 정격을 따랐으면 한다. 그래야만 '자유시 같은 시조'란 말이 안 나온다. 뭣보다 안타까운 것은 시조계의 지도자격인 시조시인들이 자유시 같은 시조를 발표하는 것이다. 시조에는 격(格)이 있고 풍(風)이 있고 아(雅)가 있다는 말을 새겨보기 바란다.

　지금은 21세기이다. 시조의 시대가 열리고 있다. 시조시인들은 잘 정제된 시조의 정격을 지켜서 창작을 하도록 하자. 거듭 말하지만 우리말의 언어구조를 잘 요리하고 구사하면 가능한 것이 시조의 정격 형식이다. 변격이 판을 치고 파격이 나오니까 정격시조란 말까지 나온 것이다. 원래는 그것이 시조의 기본 형식이다. 가장 한국적인 것이 세계적이다. 가장 한국적인 우리의 전통시인 시조를 자랑스럽게 생각하고 이를 한글에 실어 세계화시키자.

　끝으로 인용된 작품에 대해 일일이 양해를 얻지 못한 점을 말씀드리며 학문적인 차원에서 활용된 것이니 작자의 아량을 구하는 바이다.

　아무쪼록 본서가 시조의 저변확대 및 세계화와 더불어 정격을 향한 시조 창작을 위한 지도서로서 제 역할을 다할 수 있기를 바란다.

2009년 12월
자헌 이정자

▌차례

머리말

제1부 현대 시학

제2부 현대시조, 그 흐름과 창작원리

제1부
현대시학

제1장 시의 세계와 그 탄생

1. 시와 시조의 발생

시조는 언제부터 생겼을까? 시는 어떻게 해서 생겼을까? 시의 발생부터 알아보자.

시는 인류의 시작과 더불어 자연적으로 발생했다. 아득한 옛날, 원시시대부터 노래와 춤과 그 노랫말이 있었다. 그들은 동물을 잡기 위해 산 속으로 갔다. 그들은 동물의 움직임을 감지하기 위해서 가만히 귀를 기울인다. 움직임을 따라 바람과 함께 기류가 흐른다. 바람소리가 은은히 들려온다. 그 소리를 흉내 내면서 흥얼거리며 부르던 것이 노래의 시작이다. 거기에 적절히 마음을 담아낸 것이 시의 시작이고 노랫말이 된 것이다.

바람이 나부끼는 나무의 율동에서 춤은 시작되었다. 나뭇잎이 나부끼고 가지가 흔들리는 것을 보고 그들은 두 손을 옆으로 흔들기도 하고 위로 높이 치켜들고 흔들면서 율동을 하기 시작했다. 원시인들은 노래를 부르고, 율동을 하면서 거기에 알맞은 노랫말을 찾았다. 그렇게 한 것이 '詩(시)'의 시초이다. 오늘날도 아프리카를 비롯해 오지에 살고 있는 여러 부족들과 원주민들의 축제 모습을 보면 알 수 있다. 종합 예술로서의 기능을 다하고 있음을 본다.

이렇게 발생한 노랫말은 집단가요에서 개인가요로 발전했다. 우리의 고전 시가 중 「구지가」는 집단 가요로서 행해졌고, 「황조가」와 「공무도하가」는 개인 가요로 불리어졌다. 「구지가」는 가야국(김해)의 시조 김수로왕의 탄생설화와 함께 전해진다.

이 때 부른 노래 곧 수로왕을 맞이하기 위해서 부른 「구지가」가 「황조가」와 함께 전해지는 가장 오래된 우리 고전 가요 중의 하나이다.

그러면 시조는 언제부터일까? 학자들의 논란도 분분하다. 하지만 학교교육에서는 고려중엽에 발생하여 말엽에 정제된 형식에서 조선조에서 꽃을 피웠다고 한다. 하지만 최초의 시집인 『청구영언』에는 을파소나 성충, 등 삼국시대 작가들이 있으니 이를 논란해 오다가 이는 후대인의 의작으로 본다고 학자들이 결론을 보았다. 그래도 아직 쾌청한 결론은 볼 수가 없다.

사실 문자가 있기 전의 구전으로 내려온 것이기에 그 어느 논의도 완전하다고는 볼 수 없는 것이 시조의 발생 시기이다. 『청구영언』『가곡원류』에 입각하여 삼국시대라고 주장한 김종식[1]의 주장도 일례가 있고, 시조사를 조선조 창업과 함께 15세기부터 다룬 이능우[2]는 아예 불확실한 그 이전은 피해 간 듯 하고, 조윤제[3] 또한 명확하고 구체적인 언급은 피하고 시조문학 발휘시대라 하여 시조문학사를 정리했고, 박성의[4]는 고려 중엽으로 시작하여 시조사를 정리했다. 진동혁[5]은 고려말로, 박을수[6]는 고려초(973)로 서술했고, 최장수[7] 는 고려건국부터 시조사를 썼으며 서원섭[8]은

---

1) 김종식, 시조개론과 작시법, 대동문화사, 1950.
2) 이능우, 이해를 위한 이조시조사, 이문단, 1957.
3) 조윤제, 한국시가사강, 을유문화사, 1958.
4) 박성의, 한국문화사대계, 고대민족문화연구소, 1967(1962).
5) 진동혁, 고시조문학론, 형설출판사, 1976.
6) 박을수, 한국시조문학전사, 성문각, 1992(1978).

고려 고종조로부터 시조사를 썼다. 이렇게 한 사람도 통일된 부분은 없다. 각기 학자들은 그 나름대로의 학설을 편 듯 하다.

　필자 또한 확실하지는 않지만 그 어느 것에도 딱 점을 찍기는 난감하다. 다만 종합하여 보건데『청구영언』이나『가곡원류』에 입각하여 삼국시대라고 주장한 김종식[9]의 주장처럼, 그렇게도 근거 없이 후대인의 의작을 넣었을까 생각되며 또 단재 신채호의『조선상고사』[10] 또한 근거 없이 정몽주의「단심가」를 백제인 한주의 작품이라 했을까 생각되어 시조의 발생은 삼국시대부터 일서라는데 새로운 제의를 해 보고 싶다. 고려중엽이라고 다 결정된 마당에 무슨 소리일까 싶으면서도 시조를 하면서 가만히 생각해 보니 우리말의 구조가 2·3·4 음절로 구성되어 한주의「단심가」처럼 자신의 심회를 읊었는데 자연적으로 시조의 형식에 가까워졌고 그것이 발전하여 완벽한 시조의 형식이 탄생한 것으로도 볼 수 있다.

> "죽어죽어 일백 번 다시 죽어 백골이 진토되어 넋이야 있든 없
> 든 임 향한 일편단심이야 가실줄이 있으랴"

　『조선상고사』는 단재 신채호의 대표적인 작품이다. 신채호는 한주가 지은 것을 포은 정몽주가 불러서 이방원의 시조에 답한 것이고 정몽주의 자작은 아닌 것으로 생각된다고 하였다. 이를 보면서 이것이 진실이라면『청구영언』이나『가곡원류』에 있는 고구려의 을파소와 백제의 성충 등의 작품이 수록되어 있는 것이 아무 근거 없이 후대인의 의작이라고 할 수 있을까 하는 의문을 가지게 된다. 사실 그 어느 것도 뚜렷한 증거가 없이 학자들이 여러 가지 정황을 참작하여 내린 결론이기 때문이다. 그러니 시

---

7) 최장수, 시조해설, 세운문화사, 1977.
8) 서원섭·김기현, 시조강해, 경북대출판부, 1987.
9) 김종식, 시조개론과 작시법, 대동문화사, 1950.
10) 신재호, 조선상고사, 제9편 삼국혈전의 시작 참조

조가 삼국시대부터 있은 것인지도 모른다. 우리말 구조 자체가 2·3·4 음절이기 때문에 한주의 한 줄 글도 조금만 다듬으면 시조를 가능하게 한다. 그러니 김종식이 서술했듯이 시조의 발생시기를 삼국시대로 볼 수도 있다는 생각을 하며 을파소나 성충의 작도 후대인의 의작이라고만 볼 수 있을까 라는 문제도 한 번 더 조심스럽게 제기해 본다.

2. 최초의 시집

최초의 시집은 동양에서는 공자(BC552~BC478) 오경 중의 하나인 시경(詩経)이고. 서양에서는 성경에 있는 시편이다. 시경은 공자가 그 때까지 각처에 흩어져 전하여 내려온 민요를 모두 수집하여 그 중에서 305편만 택하여 편집한 것이다. 그 내용은 백성들 사이에 널리 불려진 민요인 風(풍)과 천자의 궁중에서 잔치에 연주되던 음악인 아(雅)와 천자의 종묘에서 제사 지낼 때 연주하던 음악인 송(頌)으로 이루어졌다. 이 가운데 풍(風)이 전체에서 반을 차지한다.

그 소재는 하늘과 신(神), 인간사에 이르는 여러 가지 내용들로서 경천사상(敬天思想)이 있고, 유미적이고 낭만적인 아름다운 사랑이 있고, 제왕의 이야기에서부터 일반 서민에 이르는 매우 인간적이고도 현실적인 아픔과 환희가 담겨져 있다.

반면에 서양 최초의 시집인 시편은 총 150편의 시들이 다섯 권의 책으로 구분되어 있다. 이것은 모세의 율법이 5권으로 나뉘어 있는 것과 관련이 있는 것으로 학자들은 보고 있다. 저자는 다윗왕의 시가 73편으로 가장 많고 고라 자손의 시가 11편, 아삽의 시가 12편, 솔로몬의 시가 2편, 에단의 시가 1편, 모세의 시가 1편, 등 100편의 시는 그 작자가 뚜렷하게 나타나 있고 나머지 50편은 작자가 나타나 있지 않다.

시편은 네 가지 유형으로 구분되어 있는데

첫째 신앙 공동체의 시

둘째 개인적인 신앙고백의 시

셋째 찬양의 시

넷째 왕의 시 등이다. 시편의 핵심어는 '찬양'과 '신뢰'이다. 곧 선민 이스라엘 민족의 유일신으로 믿는 하나님에 대한 신뢰와 찬양으로서 하나님의 위대한 성품과 그분이 행하신 일들과 앞으로 되어질 일들을 노래했다. 또 자기의 백성을 보호하시고 사랑하시며 구원하시는 하나님을 온전히 신뢰하는 노래들로 가득 차 있다.

동·서양의 최초의 시집을 한 마디로 나타낸다면 시경은 '인간의 사랑' 이야기이고 시편은 '하나님 찬양' 이야기이다. 예를 들면 다음과 같다.

> 노래하는 한 쌍의 물수리
> 황하의 물가에 노는구나.
> 얌전하고 조용한 아가씨는
> 덕 높은 군자의 좋은 짝이어라
>
> － 시경, 관저 첫 연－

위 시는 주(周)나라 문왕이 요조숙녀인 태사(太姒)를 배필로 맞아들여 궁중 사람들이 정숙한 태사의 부덕(婦德)을 보고 이 시를 지었다고 전한다. 그러므로 작자는 알 수 없다. 이 시에서 군자는 문왕을 가리킨다.

> 남쪽에 우뚝 솟은 저 소나무
> 그늘이 있어야 쉬어가지
> 한 수가에 노는 저 아가씨
> 만날 수 있어야 사랑하지
> 한수는 넓고 넓어

헤엄 칠 수도 없고요.
강수는 길고 길어
뗏목 타고 갈 수도 없네.

- 시경, 한광(漢広)첫 연 -

　　당시 중국은 풍기가 문란하였다. 그래서 문왕이 교화에 힘써 그로 인해
남녀가 품행이 단정하여지고 서로가 사모하고 기다릴 줄 아는 풍토가 조
성되었다. 이 노래도 그를 증명하듯이 남자가 여자를 그리워하며 때를 기
다릴 줄 아는 정서를 노래한 것이다.

복 있는 사람은
악인의 꾀를 좇지 아니하며
죄인의 길에 서지 아니하며
오만한 자의 자리에 앉지 아니하고
오직 여호와의 율법을 즐거이 하여
그 율법을 주야로 묵상하는 자로다
저는 시냇가에 심은 나무가
시절을 좇아 과실을 맺으며
그 잎사귀가 마르지 아니함 같으니
그 행사가 다 형통하리로다.

- 시편, 1편 1~3 -

　　시편 전체의 서론에 해당하는 부분으로 악인의 길과 의인의 길을 밝히
고, 의인의 행복과 악인의 패망을 대조시켜서 인생의 나아갈 길을 제시하
고 있다.

여호와는 나의 목자시니
내가 부족함이 없으리로다

그가 나를 푸른 초장에 누이시며
쉴만한 물가로 인도하시는도다
내 영혼을 소생시키시고
자기 이름을 위하여
의의 길로 인도하시는도다
내가 사망의 음침한 골짜기로
다닐지라도
해를 두려워하지 않음은
주께서 나와 함께 하심이라
주의 지팡이와 막대기가
나를 안위하시나이다.
........중 략.....
나의 평생에 선하심과
인자하심이 정녕 나를 따르리니
내가 여호와의 집에
영원히 거하리로다.

- 시편 23편 다윗의 시 -

하나님과 성도의 관계를 목자와 양의 관계로 비유하고 있다. 이 시에서
다윗은 택함 받은 성도가 구원에 이르는 과정을 생생하게 묘사하고 있다.

여호와 우리 주여 주의 이름이
온 땅에 어찌 그리 아름다운지요
주의 영광을 하늘 위에 두셨나이다
주의 대적을 인하여 어린 아이와 젖먹이의 입으로
말미암아 권능을 세우심이여
이는 원수와 보수자로 잠잠케하려 하심이니이다
주의 손가락으로 만드신 주의 하늘과
주의 베풀어 두신 달과 별들을 내가 보오니

사람이 무엇이 관대 주께서 저를 생각하시며
인자가 무엇이관대 주께서 저를 권고하시나이까
저를 천사보다 조금 못하게 하시고
영화와 존귀로 관을 씌우셨나이다.
주의 손으로 만드신 것을 다스리게 하시고
만물을 그 발아래 두셨으니
곧 모든 우양과 들짐승이며 공중의 새와
바다의 어족과 해로에 다니는 것이니이다.
여호와 우리 주여 주의 이름이
온 땅에 어찌 그리 아름다운지요.

– 시편 8편 다윗의 시 –

3. 시의 정의

'詩'라는 글자는 言과 寺가 합쳐진 회의(會意)문자이다. 詩의 경우는 言이 의미기호, 寺가 소리기호이다. 중국인들이 寺와 詩를 거의 비슷하게 발음하고 있는 것으로 이해하면 참고가 될 수 있다. 그러니까 시는 言, 즉 언어가 의미내용의 핵심을 이루는 이름이라 할 수 있다.

일명 《상서(尙書)》라고도 불리는 《서경(書經)》의 순전(舜典)에는 이러한 사실의 뒷받침이 될 수 있는 구절이 나온다. '시언지(詩言志)'라는 기술이 그것이다. 우리말로는 '언어로 나타낸 뜻이 곧 시'라고 풀이될 수 있는 이 구절은 詩라는 글자의 의미기호가 언어라는 사실을 재확인시켜 준다. '언어로 나타낸 뜻이 곧 시'라는 말은 우리가 글자풀이에서 얻어낸 詩＝言의 등식을 서술체로 명제화한 문장이다.

실제로 모든 시는 언어로 되어 있다. 그러나 인간이 사용하는 언어 전부를 시라고 할 수는 없다. 시가 되는 언어와 되지 않는 언어가 엄연히 구분되고 있는 것이다. 그러므로 우리는 시를 '시'라고 이름 지은 고대의 중국인들이 그러한 구분의 기준을 어디에 두었는지 알아볼 필요가 있다.

　공자(孔子, BC552~BC479)에 의하면 ≪시경≫에 수록된 '시 305편'은 '사무사(思無邪)'라 하여 시란 곧 '생각에 사특함이 없는' 그것이 시(詩)라는 뜻임을 밝혔다. '사무사'라는 공자의 시에 대한 규정도 실은 ≪시경≫에 수록된 작품들을 간략하게 포괄적으로 논평한 발언이다. 그러므로 '사무사'의 언어의 구체적 실례인 ≪시경≫에 수록된 작품을 검토해 보자.

　　　꾸룩꾸룩 물수리는
　　　모래톱에서 우는데
　　　아리따운 아가씨는
　　　군자의 좋은 짝.

　　　올망졸망 마름풀을
　　　이리저리 찾으면서
　　　아리따운 아가씨
　　　자나 깨나 그리네.

　　　찾아도 찾지 못해
　　　자나 깨나 그 생각
　　　시름은 그지없어
　　　잠 못 자고 뒤척이네.

　　　올망졸망 마름풀
　　　이리저리 뜯으면서
　　　아리따운 아가씨
　　　거문고 뜯으며 벗하리.

　　　올망졸망 마름풀

이리저리 고르고
아리따운 아가씨
풍악 울리며 즐기리.

　　이것은 ≪시경≫11)의 권두에 실려 있는 「관저(關雎)」이다, 그래서 ≪시경≫의 대표작이라는 말을 듣기도 한다. 공자는 이 시에 대해 "즐겁되 지나치지 않고 애달프되 사람의 마음을 상하게 하지 않는다(樂而不淫, 哀而不傷)"고 말했다. 즐거움과 애달픔은 물론 이 시를 읽고 그렇게 느낀 공자 자신의 주관적 감정반응이기 때문에 객관성을 보장할 수는 없다. 하지만 이 시가 매우 솔직 소박하게 아리따운 아가씨를 그리는 화자의 감정 상태를 표현하고 있다는 사실은 보편적 승인의 대상이 될 수 있다. 그리고 그 그리움의 감정 자체가 주관적이면서도 객관성을 지니고 있다는 사실도 부인할 수 없다. 그러니까 공자의 '사무사'의 언어는 이처럼 일반적인 감정을 솔직 소박하게 표현한 언어라 할 수 있다.

　　「관저」는 또 그 원문이 4언 1행의 정형성을 준수하고 있다. 「관저」 이외의 다른 작품들도 거의 대부분이 그렇게 되어있다. 이러한 정형성은 운문의 특징이다. 시가 이처럼 운문으로 쓰게 된 연유에 대해서는 다음에 인용하는 모형(毛亨)12)의 ≪시경≫ 대서(大序)의 한 구절이 좋은 참고가 될 수 있다.

　　'감정이 속에서 움직여 말로 나타내게 된 것'은 시이다. 모형(毛亨)은 그러한 시 속에 자연스럽게 감탄과 노래와 춤으로 이어지는 요소가 내포되어 있음을 여기서 밝히고 있다. 그렇다면 시가 리듬이 있는 운문으로 되는

---

11) 공자 오경(五經)의 하나. 중국 최고(最古)의 시집으로 공자가 편찬하였다. 주나라 초부터 춘추 시대까지의 시 311편을 풍(風)·아(雅)·송(頌)의 세 부문으로 나누어 수록하였다. 오늘날 전하는 것은 305편이며 한나라 모형(毛亨)이 전하였다고 하여 '모시'라고도 한다.
12) 중국 한나라 초기의 학자(?~?). ≪시경≫을 전한 4가(家)의 하나로 ≪시경≫을 연구하여 ≪시고훈전(詩詁訓傳)≫을 지어 모장(毛萇)에게 주었는데, 이것이 ≪모시(毛詩)≫이며, 나머지 3가에 전해진 것은 유실되었기 때문에 그대로 오늘날의 ≪시경≫이 되었다.

것도 자연스러운 현상이라 하지 않을 수 없다. 정확한 생몰연대는 알려져 있지 않지만 모형(毛亨)은 기원전 2세기 초의 사람이다. 공자보다는 2백 50년쯤 늦지만 역시 고대인이다. 그러한 모형(毛亨)의 견해까지도 아울러 고려할 때 고대의 중국에 있어서는 운문에 의한 감정표현을 '시'라고 보았다는 말이 나올 수 있다. 오늘날의 용어로 말하면 그런 시는 서정시가 된다. 그러니까 서정시는 중국과 중국의 영향을 받은 동양 여러 나라 '시의 원형'인 셈이다. 그리고 중국에 있어서는 이 서정시가 또 고대로부터 중세에 이르기까지 문학을 압도적으로 시배한 것이다.

그러면 서양은 어떨까? 다음에서 알아보자.

서양에서는 시 일반을 poetry라고 한다. 서양에서 가장 오래된 시의 이론서인 아리스토텔레스(Aristotle, BC384~BC 322)의 《시학》에 의하면 그 주제가 작시술(作詩術)이다. 곧 시의 창작방법을 밝히고 있다. '좋은 시는 그 플롯이 어떻게 구성되어야 하는가'라는 대목이 가장 큰 비중을 갖게 된다. 그것은 좋은 시를 쓰는 방법론의 핵심이 '플롯의 구성'에 있다는 진술인 것이다. 그리고 아리스토텔레스는 《시학》의 제6장에서 그 플롯을 '행동의 모방'이며 '행하여진 사건들의 결합'이라고 규정하고 있다.[13]

그러나 《시경》으로 대표되는 고대 동양의 시에는 그러한 플롯에 대한 고려가 전혀 없다. 그것은 감정표현을 본령으로 하는 서정시는 배열해야할 만큼 복잡한 사건들을 가질 필요가 없기 때문이다. 만일 그런 사건들이 있다면 그것을 배열하는 플롯 만들기에 주력하다보면 도리어 본말을 잊어버릴 수도 있다. 게다가 또 플롯을 만들 때의 구성을 위한 계산의식은 '사무사'의 정신에 정면으로 배치되는 요소이기도 하다. 그러므로 아리스토텔레스가 말하는 시와 동양의 시, 즉 서정시는 성질을 달리하는 것이라 할 수 있다.

실제로 《시학》에는 서정시에 대한 언급이 없다. 아리스토텔레스가

---

13) 아리스토텔레스, 천병희 역, 《시학》, 문예출판사, 1991, pp.47~53 참조.

거기서 논의하고 있는 것은 서사시와 비극과 희극의 3가지뿐이다. 그것들은 사건들의 배열인 플롯을 그 내용의 골격으로 하고 있다. 사건들의 배열은 필연적으로 이야기를 형성한다. 그러니까 ≪시학≫에서 논의하고 있는 시는 감정이 아니라 이야기를 펼치는 서사문학인 것이다.

아리스토텔레스가 시를 '운문에 의한 모방'이라 한 것만 보아도 시경의 의미와는 판이하다. 아리스토텔레스의 모방은 '행동의 모방'이다. 행동은 연속성을 갖는다는 사실, 그리고 그 연속되는 일련의 행동이 이야기를 만든다는 사실을 생각하면 그가 시를 서사문학으로 인지하였다는 것을 알 수 있다. 모방은 본질적으로 허구이다. 플라톤은 이점을 들어 모방자인 시인을 그의 『공화국』에서 추방했다. 하지만 아리스토텔레스는 도리어 시를 옹호하는 근거로 삼고 있다. 역사가는 실제로 일어난 일을 말하고 시인은 '개연성과 필연성의 법칙'에 따라 일어날 수도 있는 일을 말하기 때문에 시는 '역사보다 더 철학적이고 중요하다'고 한 ≪시학≫ 제9장의 기술은 그러한 시의 옹호론이다. '일어날 수도 있는 일'은 실제로 일어난 일이 아니니까 허구일 수밖에 없다.

허구는 상상력의 소유자인 오직 인간만이 만들어낼 수 있다. 전지전능(全知全能)하고 무소불위(無所不爲)한 신(God, 神)도 사실의 세계만을 만들 뿐 허구의 세계는 만들지 않았다. 그러니 사실의 세계가 신(God, 神)의 창작물이라면 허구의 세계는 인간의 창작물인 셈이다. 그러한 의미에서 아리스토텔레스가 말한 모방을 통해 만들어진 시의 세계 곧 그 허구의 세계는 창작이라는 결론이다.

Poetry(시)의 어원인 희랍어 포이에시스(poiesis)가 '만들기(제작)'라는 뜻이고, Poet(시인)는 어원적 의미가 '만드는 사람(제작자)'이다. 그렇다면 시인이 만드는 것은 시이다. 그래서 시인은 역사보다도 더 철학적이고 중요한 '허구의 세계를 창작하는 사람'인 것이다.

이러한 창작은 장르를 초월한 문학 일반의 본질적 속성이다. 그러므로 시라고 번역하는 Poetry는 서정시만을 뜻하지 않고 창작 성격을 갖는 문학을 총칭하게 된다. 아리스토텔레스의 ≪시학≫은 그것을 실제로 입증하고 있는 자료이다. 다만 그는 그 창작의 핵심적 과제를 '행동의 모방'으로 보고 있다. 그리고 그는 그런 모방을 가장 잘 수행한 시로서 비극을 들고 있다. 그래서 그는 ≪시학≫에서 감정표현의 시, 즉 서정시를 도외시한 것이다. 그것은 그가 비극을 문학의 최고봉으로 인정했기 때문이다 아리스토텔레스가 살았던 고대 희랍이 비극의 황금시대였음도 이에 기인하는 바가 크다.

하지만 감정체험의 문학적 표현이 없을 수는 없다. 서정시라고 번역해 쓰고 있는 영어의 리릭(lyric)이 고대 희랍의 현악기의 일종인 라이어(lyre)라는 사실을 상기해보면 그것을 뒷받침하고 있다. ≪시학≫ 속에 몇 번 이름만 등장하는 Dithyrambos나 송시는 디오니소스신에 대한 찬양의 합창가와 아폴로신을 찬미하는 독창가였다. 그러니 그 가사는 서정시의 일종이었음을 짐작할 수 있다.

그럼에도 불구하고 아리스토텔레스가 서정시에 대해 관심을 갖지 않았던 까닭은 그와 또 그에 의해 대표되는 고대 서양의 시에 대한 인식이 표현의 기술을 중시했기 때문이라 할 수 있다. 그가 비극의 '목적'이며 '제일원리'라고까지 말한 플롯은 실상 표현의 기술에 속하는 문제이다. ≪시학≫의 20장부터 22장까지가 언어와 비유를 세밀하게 분석, 설명하고 있는 것도 역시 표현에 대한 관심이 그만큼 컸다는 사실을 말해주고 있다.

『춘추설제사春秋說題辭』에 의하면 "시라는 것은 천지의 정수를 모은 것이며 성신을 헤아리고 사람의 마음을 쥐는 것이다. 일에 임하여 시가 되고, 시로 표현하기 전에는 심정속의 뜻으로 고요하고 담담하게 마음을 가지고, 깊이 생각하여서 뜻을 삼음으로, 시는 志 (뜻)를 말하는 것이다.14)"

---

14) 春秋說題辭曰: "詩者, 天地之精, 星辰之度, 人心之操也. 在事爲詩, 未發爲謀, 恬淡爲心, 思慮爲志, 故詩之爲言志也."

라고 하였다. 그래서 시란 곧 시인이 가진 마음의 풍경을 미적으로 형상화하여 표출한 것이다. 왜냐면 시인의 체험도 정서도 감정도 사상도 인생관도 삶의 모습도 다 마음속에 간직되어 있기 때문이다.

기타 시에 대한 단편적인 이해와 견해를 옮기며 시의 정의를 마친다.
* 詩三百 一言而蔽之曰思無邪(시 3백편은 한마디로 말하면 생각함에 사
  특함이 없다.)→孔子
* 詩言志(시는 뜻을 서술하는 것이다)→서경(書經)
* 시는 운율적 언어에 의한 모방이다.→Aristoteles
* 시는 힘찬 감정이 자유롭게 분출된 것이다.→ W. Wordsworth
* 시는 체험이다.→ R.M.Rilke
* 시는 미의 운율적 창조이다.→ E.A.Poe
* 시는 사상적 정서의 등가물이다.→ T.S.Eliot
* 시는 영원한 진실 속에 표현된 삶의 이미지이다.→ P.B.Shelly
* 시는 기본적으로 인생에 대한 비평이다.→ Matthew

4. 시의 세계와 그 내용

시는 가슴으로 느끼는 세계이다. 전하고자하는 시적인 메시지까지도 정서를 유발시켜 감동적으로 환기하려는 신선한 세계이다. 이성(理性)에 의한 냉철한 사유와 비평이 아니라 감성(感性)에 의한 뜨거운 사랑과 느낌의 세계이다.

시는 시인의 마음의 풍경이기도 하다. 시의 세계는 곧 시인의 마음이다. 시는 시인의 상상과 정서의 산물로 극히 주관적인 세계이다. 그것은 정서가 지성적인 사고를 요구하는 지적인 두뇌의 세계가 아니라 감동과 열정

으로 느끼는 가슴의 세계이기 때문이다.

　시의 세계는 시인의 마음의 풍경만큼이나 독창적이고도 개성적이다.
그리고 인간 삶의 모습만큼이나 시의 세계는 개별적이고도 다양하다. 왜
냐면 시에 투사되는 개인의 가치관과 세계관과 인생관이 각양가색이기 때
문이다. 다음에서 밝혀보자.

1) 정서 감정의 구체적 표현

　시는 주관적 인식의 표출이다. 어떠한 대상이라도 시인의 눈에 들어와
관조의 대상으로 포착되어 미적으로 형상화하여 표출하였다면 이는 일반
적인 하나의 대상에서 문자화된 시예술로 승화한 것이다. 시인은 통상어
를 활용하되 개인적인 시어로 구사하고 묘사한다. 그래서 시는 주관적인
인식의 표출이되 그 정서 감정을 구체적으로 표현한다. 이것이 같은 대상
을 두고도 시인마다 각기 다른 이미지를 표출하는 이유이기도 하다. 이렇
게 시인마다 느끼는 바가 다르기에 같은 대상을 두고도 수많은 시들이 탄
생되었고 앞으로도 무수히 탄생될 것이다. 아래에 예시한 '은행잎'을 주제
로 한 두 편의 시조를 비교 감상해 보자.

제 깃털 죄다 뽑아
서리아침
짜낸 방석
그것이 마지막이어도
장식은 아름다워
이 세상
미련다하는 날
그런 원광(圓光)
엮고 싶다

－ 이상범, 은행잎 금빛방석 －

위 시의 배경을 살펴보자. 서리가 하얗게 내린 아침이다. 샛노랗게 물든 고운 은행잎이 밤사이 떨어져 방석처럼 포도 위에 깔려 있다. 이를 시인은 겨울철 추위를 막아주는 따뜻한 깃털로 인식한다. 그래서 '제 깃털 죄다 뽑아/서리아침/ 짜낸 방석'으로 표현 했다. 깃털을 죄다 뽑아내었으니 마지막이 될 수밖에 없다. 그러나 그것이 설령 마지막이라 해도 이렇게 아름다움으로 장식할 수만 있다면 얼마나 좋은가. 그래서 시인은 '이 세상 미련 다하는 날 그런 원광을 엮고 싶은 것'이다. 인생도 이렇게 마지막을 장식하고 싶은 것이 모두의 바람이고 소원일 것이다. 아래 시를 또 하나 보자.

> 자연의 순리대로
> 피어나고 뻗어나고
> 마지막 순간까지
> 눈부시게 장식하다
> 떨어도
> 땅에 누워도
> 아름다운 삶이여.

– 이정자, 은행잎 –

이 시의 배경을 옮겨 본다.

　"어느 날 은행나무를 보다가 "아! 어쩜 저렇게도 아름다울까?" 자신도 모르게 탄성을 울렸습니다. 우리 집 앞마당에 있는 은행나무가 샛노랗게 물들어 그 아름다운 자태를 드러내고 있었습니다. ……중략 ……
　가을이면 빨간 단풍잎과 샛노란 은행잎의 향연이 달밤의 귀뚜라미 울음소리와 함께 마음을 적셔주기도 합니다.
　이 가을 드높은 파란 하늘을 이고 찬란하게 빛나는 샛노란 단풍잎을 보며 유년의 나를 부르기도 했습니다. 은행잎은 하늘하늘 손짓을 하더니 노란 나비가 되어 사뿐히 땅에 눕기도 했습니다. 떨어진 은행잎도 아름다웠습니다. 책갈피에 끼웁니다. 은행잎을 바라보며 시상을 떠올리기도 했습니다. 그리고 위의 시를 탄생시켰습니다.

사실 나는 이 때 그 찬란하게 눈부셔오는 은행잎을 보고 탄성과 함께 우리 인생을 생각해 보았습니다. '우리 인생도 저렇게 살 수 있다면 얼마나 좋을까'하고 말입니다. 마지막 순간까지 아름다울 수 있다면 … 또 생을 마감하고 땅에 누워도 아름다울 수 있나면 … 그 날 나는 은행잎을 바라보며 많은 것을 생각했습니다.

'일몰하는 태양이 노을빛으로 피어나
서녘 하늘을 아름답게 장식하듯,
한 해의 마감을 준비하는 단풍잎이
아름답게 물들어가듯,
수확을 기다리는 열매가 아름다운 색깔로 익어가듯,
내 인생의 마지막 모습도 아름답게 피었으면…… 하고, 기도했습니다.

– 이정자의 『당신의 인생도 업그레이드 해보라』에서 –

이렇게 시는 주관적인 인식의 표출이되 그 정서 감정을 구체적으로 표현하기에 하나의 대상을 관조하여 읊어내는 데도 각기 다른 느낌으로 형상화된다. 때로는 비슷한 느낌을 가지면서도 각기 다른 표현으로 나타난다. 위의 두 시에서도 종장에서 마지막을 생각하고 아름다운 삶을 꿈꾼 것은 두 시인의 자의식이 유사하다. 그러면서도 그 정서 감정의 구체적 표현은 각각 다르게 표출되었다.

2) 감성적 인식의 표현

이성과 감성의 문제도 현대의학에서는 뇌 기능의 생리적 작용에 의한 것으로 증명되어지고 있다. 전통적이고도 일반적인 설명에 의하면 객관적 인식은 이성적 사고 능력이고 주관적 인식태도는 감성적 사고로 구분하여 말한다. 이성적 사고는 어떤 대상에 대한 설명 하나에도 그 의미를 논리적으로 체계화시켜 이를 추상화하고 객관화하는 사변적 기능을 한다. 이에 반해 감성적 사고는 감정의 다양한 속성 곧 희(喜), 노(怒), 애(哀), 구(懼), 애(愛), 오(惡), 욕(慾)의 일곱 가지 감정을 구체적으로 표현함으로써 대상의 의미를 개별화하고 주관화하는 사유기능이다. 시는 바로 이러한 사유기능에서 표출되는 시인의 감성이며 감정이다.

눈 덮인 오두막집
등불처럼 외로운 밤

탄맥 찾아 유영하는
태백산 긴 줄기 속

눅눅한
인생을 캐며
동발처럼 괴던 청춘

자연(紫煙)속 피어나던
깃털보다 가벼운 꿈

고생대의 고비처럼
퇴적되며 연명해온

탄광촌
희노애락도
은유처럼 깊었네.

「탄광촌의 밤」은 제목에서부터 어둠이 깔려 있다. 밝은 이미지는 아니다. 그래도 '눈 덮인 오두막집'과 '등불'이 주는 시각적인 이미지가 어둡고 외로운 밤을 밝게 하면서 한 폭의 동양화를 연상케 한다. '눈 덮인 오두막집 /등불처럼 외로운 밤'은 외등 하나가 오두막으로 가는 어두운 길을 비춰주나 보다. 그래서 오두막집도 외롭고 그 길 또한 춥고 외로운 밤이다. '탄맥 찾아 유영하는/태백산 긴 줄기 속'으로 보아 탄광촌은 태백산 깊은 곳에 자리하고 있다. 그러니 문명의 언저리에서도 멀어진 삶이다. 하여 '눅눅한/ 인생을 캐며/통발처럼 괴던 청춘'으로 생각한다. 깊은 막장에서 눅눅한 석탄을 캐는 시적자아의 모습이고 통발처럼 괴며 버티어 온 청춘이다. 그래서 "자연(紫煙)속 피어나던/깃털보다 가벼운 꿈//고생대의 고비처럼/퇴적되며 연명해온//탄광촌/희로애락도/은유처럼 깊었네."했다. 깃털처럼 가벼운 꿈도 펼칠 수 없는 탄광촌의 열악한 환경이다. 그러니 그 꿈도 고생대의 고비처럼 쌓여만 가고 그렇게 탄광촌 희로애락도 깊어만 갔다.

탄광촌의 애절한 사연을 한 편의 시로 형상화한 작품이다. 이렇게 시인은 직접 경험은 없지만 간접경험을 통하여 곧 듣고 느끼고 사유한 바를 구체적으로 표현함으로써 대상의 의미를 보다 개별화하고 주관화한다. 이러한 시작(詩作)의 과정에서도 시인은 자아의식 내지 자기 정서를 대상에 투사하고 동일시하는데서 구체화된다는 사실이다. 위의 시 또한 이러한 사유기능에서 표출된 시적 대상에 대한 시인의 감성이며 감정이다.

과학적 실험에 의하면 이러한 이성과 감성의 기능은 두뇌의 작용 곧 좌뇌와 우뇌의 실제적인 작용임을 말한다. 곧 좌뇌의 특성은 논리적인 기능으로 언어학습에 유리하다. 그래서 논리적인 생각과 사고로 문제를 해결하고, 추리를 하며, 수학에 유리하다. 이것은 또 이성적이고 사실적이며 현실적인 것을 선호한다. 그래서 **귀납적이고 논리적이며 능동적이고 공격**적인 경향이 있다. 이에 반해 **우뇌**의 특성은 음악과 그림 등 이미지를 떠올리는 기능을 한다. 그리고 비언어적이며 활동적인 학습에 유리하다. 뿐만 아니라 직관적 판단으로 문제를 **해결**하고, 공간적 시각적 과정을 통한 학습에도 유리하다. 이것은 또 새로운 것을 선호하며 연역적이고 창의적이며 직관적·신비적이며 예술적인 경향이 있다. 그래서 시작은 우뇌의 활동이다.

3) 감정과 정서의 표현

시는 감정과 정서의 표현이다. 유가에 의하면 정(情)은 인간의 본성이 외물에 감응하여 발현한 결과 또는 결과로서의 상태를 가리킨다. 또 정(情)은 외물의 자극이나 조건에 심기(心氣)가 성(性)을 근거로 하여 구체적으로 발현한 것이라고 한다. 곧 우리의 감정은 외부조건에 가장 영향을 많이 받는다는 것을 말한다. 그래서 우리의 감정은 갈대 같고 구름 같아 그 변화 또한 헤아릴 수 없다. 감정은 신체적 반응에서 올 수도 있고 심리적 변화에서 올 수도 있다. 이러한 반응과 변화가 없다면 목석이다. 그래서 우리는 감각기관을 통하여 끊임없이 경험하고 인식하고 반응한다.. 여기서 시가 탄생한다.

강물이 너무 깊어
네게 갈 수 없다면야

마음의 옹이 잘라
잇고 싶은 징검다리

그 한끝

기도로 놓으면
하늘 문에 닿을까.

- 홍오선, 징검다리 -

그 간 곳이 어디인지 짐작이 간다. 강물이 너무 깊어 갈 수 없다면 마음에 심어진 옹이를 잘라서라도 징검다리를 놓고 싶고 그 한 끝은 기도로 놓아 하늘 문에 닿고 싶은 간절한 그리움이다. 이렇게 인생경험도 감각을 통하여 인식하고 느끼고 이에 반응하여 그 감정을 형상화하고 기호화하여 한 편의 시가 탄생한다. 이렇게 시는 시인 자신의 경험이고 인생이다. 그래서 시는 진실하다.

시가 독자를 감동시키고 정서적인 환기를 일으키는 것은 시의 요소로 나타나는 시의 의미와 함께 시적 리듬이 있고 이미지가 있기 때문이다. 전자(리듬)는 청각적으로 감각을 자극하고 후자(이미지)는 감각적으로 자극하되 감정적으로 미묘한 반응을 일으킨다. 위의 시에서도 '강물' '마음의 옹이' '징검다리' '하늘 문'이 주는 이미지는 구체적으로 말하지 않아도 이미 마음에 와 닿는다. 행간에서 펼쳐지는 사연과 안타까움과 그리움이 기도로 정화(淨化,카타르시스)되어 하늘 문에 닿으리라.

인간이 꿈꾸는 낙원이란 이성적이 아니고 감성적인 것이다. 행복이 물질적 풍요로움에 있는 것이 아니라 마음의 만족에 있듯이 말이다. 인간은 어떠한 자극을 받는가에 따라 신체의 각 기관마다 다양하게 반응한다.

주희(朱熹1130－1200)에 의하면 사단(四端) 곧 인·의·예·지는 성(性:본성)이고 이 사단(四端)이 밖으로 표현되면 정(情:감정)이고 성(性)과 정(情)이 통합하는 것이 마음(心)이다. 인간의 칠정(七情)이 여기서 나온다. 칠정이란 예기(禮記)에 의하면 희(喜), 노(怒), 애(哀), 구(懼), 애(愛), 오(惡), 욕(慾)의 일곱 가지 정(情)을 가리킨다. 이 칠정은 의미상 인간의 정을 총칭한 것이다.

　감정의 기복이 심하면 인체에 부작용을 유발한다. 기복이 없을 때 인체의 오장육부(五臟六腑)[15]가 제 기능을 하고 최적의 조건이 된다. 그러나 일시적이나마 큰 감정의 변화를 갖게 되면 각 감정에 해당하는 오장에 영향을 미친다. 감정의 편향된 기운이 오장의 기운을 혼란시키면 정상적인 생리활동은 무너진다. 그것이 스트레스로 나타난다. 이를 푸는 방법도 시인은 시로 표출한다. 시가 카타르시스의 역할을 하기 때문이다.

할배가 명장골서 다－랑논 갈던 때에
꾀꼴새 앞－내에서
뒷뫼서도 쑥국쑥국
춘사월 보릿고개에 풋바심이 힘겨워.
해산달 뱃속아기 불편하다 요동한다
내리내 낳은 딸년
또 내리 딸 낳을까
산기를 말할 수 없어 돌리는 배 부여안고.
저녁거리 마련타가 쉴－참이 늦었어라
칭얼대는 아이 두고
참 이고 가는 터에
에미는 동산 숲에서 쑥국새가 되었단다.
　　　　　　　　　　　－ 김승규, 쑥국새의 푸념 －

　위 시를 읽으면 마음이 아려온다. 60·70년대까지도 우리나라는 어려웠던 것으로 기억한다. 80년도에 들어서고 88올림픽 전후부터 IMF 이전까지가 아마 우리경제의 황금기가 아니었나 싶다. 위 시의 시적 배경은 아마 50년대쯤으로 보인다. 어려운 시절의 옛이야기가 향수처럼 다가오는 건

---

15) 내장기관을 총칭하는 한의학 용어로 오장은 간(肝)·심(心)·비(脾)·폐(肺)·신(腎)을 말하고 육부는 담(膽)·위(胃)·대장(大腸)·소장(小腸)·방광(膀胱)·삼초(三焦)를 말한다.

그 시절을 조금은 이해하기 때문일 것이다. 지금은 딸이 더 좋다는 시대이기도 하다. 그래서 '딸딸'을 가진 부모는 비행기를 타고 아들만 가진 부모는 쪽방신세라는 말도 나오니 여자의 힘이 센 건지, 남자가 부족한 건지 모를 일이다. 딸 가진 사람은 좋을 테고, 아들 가진 사람은 걱정스러운 얘기다.

지금은 아들이든 딸이든 하늘이 준 선물로 생각하고 귀하게 기른다.

그런데 수 십 년 전만 해도 그렇지 않은 것으로 보인다. 그것이 여인 탓만은 아니건만 왜 그리 어미는 혼자 그 짐을 지고 갈려고 했을까. 또 딸을 낳을까 두려워 누구에게도 산기(産氣)를 말하지 못하는 어미의 안타까운 심정을 보듬어 줄 겨를도 없이, 구원자도 없이, 그 고통을 부여안고 그대로 저녁거리를 마련한다. 그러다가 참이 늦을까 걱정이 되어 칭얼대는 아이조차 떼어 놓고 새참을 이고 나간다. 아마 명장골에서 다랑—논을 가는 할배의 새참인 가 보다. 그런데 그 어미가 결국 동산 숲에서 서러운 쑥국새가 되어 울고 있다는 전설 같은 이야기이다. 이렇게 시 한 편에도 설화 같은 이야기를 실을 수 있다. 그것이 시의 의미이며 시의 메시지이다. 이 메시지에는 여러 가지를 유추할 수 있다. 그것을 행간에서 읽어내는 것은 독자의 몫이다.

첫 수에서는 보릿고개에 풋바심16)이 나오고 둘째 수에서는 뱃속의 아기도 힘이 들어 요동을 해도 내리 낳은 딸딸이라 행어 또 딸일까 말 못하는 가없은 어미가 나오고 셋째 수에서는 그 고통도 부여안고 저녁거리 준비하다 말고 참이 늦을세라 칭얼대는 아이도 놔두고 새참을 이고 명장골로 향하는 어미의 거동이 나온다. 그리고 어미는 명장골로 가는 동산 숲에서 쑥국새가 되어 '쑥국 쑥쑥국'하고 서럽게도 울고 있다.

김승규 시인은 시집의 표제이기도 한 「쑥국새의 푸념」에서 어머니에 대한 시가 여러 편 나온다. <어머니>, <가을밤의 晚歌>, <달그림자>, <첫눈>등 10여 편이 된다. 어머니에 대한 추억과 그리움이다. 이렇게 시

---

16) 곡식이 다 익기 전에 (보릿고개에) 미리 베어서 떨거나 훑는 일.

인은 자기의 경험을 시로 형상화하여 자기 정화와 자의식을 표출한다. 그
래서 시는 곧 카타르시스의 역할을 한다.

시는 가슴으로 느끼는 세계이다. 전하고자하는 시적인 메시지까지도
정서를 유발시켜 감동적으로 환기하려는 신선한 세계이다. 이성(理性)에
의한 냉철한 사유와 비평이 아니라 감성(感性)에 의한 뜨거운 사랑과 느낌
의 세계이다. 뜨거운 사랑과 느낌이 없다면 풀꽃 하나를 향한 관조의 세계
가 있을 수 없으며 그것이 없다면 자연을 향한 시 한 편이 나올 수 없다. 정
서는 지성적인 사고를 요구하는 지적인 두뇌의 세계가 아니라 감동과 열
정으로 느끼는 가슴의 세계이다.

칼바람
휘어감아
허공도
잔잔하다

비정의
살얼음판
입술 지긋
깨물었다.

또 한 철
흐드러질 봄
다스려갈
선구자.

－진성열, 매화－

매화는 사군자의 하나로서 2월이면 눈꽃 속에서도 피어나는 선비의 기
상이고 아름다운 덕의 표상이다. 그 기상으로 칼바람도 휘어잡아 허공이

잔잔하다. 하지만 실상은 비정한 살얼음판이라 입술을 깨물며 인내한다. 그렇게 선비의 기상을 지켜 새봄에 피어날 꽃들의 선구자로서 아름다운 덕을 펼치는 매화의 표상은 곧 시인의 자의식이며 시인의 소망이다. 이렇게 시인은 대상을 관조함에 그 자신을 대상에 투사하여 그 감동과 열정으로 느끼는 바를 한 편의 시로 형상화하여 표출한다.

　논어에 의하면 공자는 인간계도(啓導)의 첫 단계로 시를 중요시했다. 공자는 그 때까지 전국에 흩어져 있는 시를 모아 그 중에서 305편을 선정하여 시경을 펴냈다. 그것이 동양에서의 첫 시집이며 공자 오경(五經)의 하나이다. 공자는 이를 일러 '詩三百 一言以蔽之 曰 思無邪'라 했다. '思無邪' 이 세 글자는 바로 공자의 시관(詩觀)이다. 생각함에 사특(邪慝)함이 없다는 말은 곧 시는 '진실한 감정의 유로(流露)'란 것이다. 공자와 자사, 곧 부자간의 시에 대한 대화가 논어에 전한다. "애야! 詩를 배웠느냐" "배우지 않았습니다." "시를 모르면 저 담벼락에 얼굴을 붙인 것과 같아 한 발자국도 나아갈 수가 없는 것처럼 앞으로 세상을 살아갈 수가 없느니라." 하였다. 그리고 또 제자들에게는 "너희들은 왜 시를 배우지 않느뇨? 시는 그것으로 감흥을 일으킬 수 있고 그것으로 살필 수 있고 그것으로 여럿이 모일 수 있고 그것으로 원망할 수 있다"17)고 하여 시를 모르면 더불어 말할 수가 없다고 했다.

　영국의 수필가이며 비평가인 드 퀸시(De Quincey, Thomas 1785~1859)는 시는 힘의 문학18)으로서 뜨거운 가슴으로 모든 것을 품으며 감정에 호소하여 세상을 바꾸고 인생을 바꾸는 기적을 낳는다고 했다.

　공자의 말이나 드 퀸시의 말은 모두 시의 중요성을 갈파한 증언들이다.

　시인은 보다 풍부한 정서의 소유자이다. 그러기에 경험하는 어떤 대상에 자극을 받으면 내면에 가라앉은 정서가 분출하여 밖으로 나온다. 그것

---

17) "小子何莫學夫詩 詩可以興 可以觀 可以群 可以怨"
18) 가르치는 것은 지식의 문학으로서 논리적으로 따지며 유용성을 살핀다고 했다.

이 글이 되고 시가 된다. 그래서 『詩經』에 의하면 시는 뜻이 가는 바를 표현한 것으로 마음속에 있으면 뜻이 되고 말로 표현하면 시가 된다.(詩者 志之所之也 在心爲志 發言爲詩)했으며 서거정의 동인시화에 의하면 '시는 마음에서 발하는 것이다'(詩者 心之發) 했다.[19]

정서(情緒,emotion)란 우리가 느끼는 감정이나 마음과는 다르다. 우리가 느끼는 감정 중에서도 보다 구체적인 심리현상이다. 외부로부터 자극을 받게 되면 자극의 정도에 따라 신체적 변화와 강한 감정이 현저하게 일어난다. 그것이 일정한 상태에서 유지되거나 아님 소상(昭詳)상태에서 정지되거나 아니면 또 다른 감정으로 옮아가는 의식의 흐름을 정서라고 한다.

정서에 대한 현대 심리학에서의 실험법은 1850년 이후이다. 개척자는 독일의 심리학자 빌헬름 분트(Wilhelm Wundt, 1832~1920)이다. 그는 책을 가장 많이 쓴(53.735쪽) 사람으로도 유명하다. 그는 피험자들로부터 자극에 대한 반응을 여러 가지 실험을 통하여 실시했다. 그 후 진화론의 선구자로 19세기 이후 인류의 자연 및 정신문명에 커다란 변화를 가져오게 한 영국의 생물학자 다윈 (Charles Robert Darwin 1809~1882)은 정서에 대한 탐구에 초점을 맞춘 이론을 제안했다. 이와 더불어 미국의 실용주의 사상가이며 심리학자인 제임스 윌리암(James William, 1842~1910) 와 내과의사 카를 게오르크 랑게는 초기 정서이론을 각각 제안하기도 했다.

정서를 탐구하는 또 다른 연구가들은 정서란 강력한 동기화 상태 혹은 추동(推動) 상태에 불과하다고 한다. 동기화 상태란 유기체로 하여금 어떤 치료행위를 하도록 고무하는 내적 불균형 상태를 말한다. 이렇게 정서란 그 연구에서부터 정의 또한 복잡하듯이 우리의 정서란 간단하지 않다. 복잡 미묘한 것이다. 그런가하면 현대의 연구자들은 정서를 생리적·표현적·경험적 구성요소로 본다. 이 3가지 요소는 모두 구조와 기능적 측면에서의 연구이기는 하지만 이 연구 결과 또한 정서를 밝히는 긍정적인 내

---

19) 『詩經』「大序」(詩者 志之所之也 在心爲志 發言爲詩) '(詩者 心之發)

용임을 알 수 있다. 이러한 복잡 미묘한 정서의 감정을 표출해 내는 그릇
또한 문학이고 시의 세계이다.

       붓끝에 출렁이는
       철학은 별이 되어

       신비의 섬광으로
       화실을 둘러치고

       화백은 물감을 풀어
       푸른 성을 쌓는다

       불가사의 환상을
       화필 끝에 고루 찍어

       열정을 태우는 촛불
       구순의 화혼이여

       신화는 이제부턴가
       하늘색이 푸르다.

- 김기석, 신비의 화배 -

위 시는 '하반영 화백의 신비에 부쳐-'란 부제가 붙은 시이다. 화백의
나이 아흔인가 보다. 그런데도 열정을 태우는 화혼을 보며 시인은 그 감동
과 감격을 한 편의 시작품으로 형상화했다. '붓끝에 출렁이는/ 철학은 별
이 되어// 신비의 섬광으로/ 화실을 둘러치고 //화백은 물감을 풀어/ 푸른
성을 쌓는다'가 첫 수이다. 곧 화백의 철학이 화실을 밝혀 푸른성을 쌓는
다. '출렁이는' '별이 되어' '섬광' '푸른성' 등의 시어는 젊고 생동감이 있

고 활기차고 희망차다. 시인은 구순 된 화백의 열정을 보고 감동에 젖어 자신 속에 내재되어 있던 젊음의 시어들이 저절로 분출되어 나온 것이다. 화백의 푸른 성 쌓기는 곧 시인의 푸른성 쌓기를 바라는 마음이다.

둘째 수에서도 '불가사의 환상을/ 화필 끝에 고루 찍어//, 열정을 태우는 촛불 /구순의 화혼이여// 신화는 이제부턴가/ 하늘색이 푸르다.'에서 '환상' '열정' '촛불' '하늘색' '푸르다' 등의 시어도 젊고 열정적이고 희망적이다. 종장에서 '신화는 이제부턴가 /하늘색이 푸르다' 는 구순의 나이는 그야말로 숫자에 불과할 뿐이다. 건강하고 마음이 젊고 열정만 있으면 못할 것이 무엇이 있겠는가. 구순의 화백에 필자 또한 경의를 표하며 힘을 실어 드린다.

시인은 어떤 대상에 자극을 받으면 내면에 가라앉은 정서가 분출한다. 이를 문자라는 기호로 형상화하여 표출한다. 위의 시 또한 구순의 화백에 접하여 시인이 받은 정서적 표출이다. 그래서 시는 뜻이 가는 바를 표현한 것으로 마음속에 있으면 뜻이 되고 말로 표현하면 시가 된다고 한다.

4) 사물의 구체적 표현

과학이나 일반 학문은 사물의 본질을 이성적으로 일반화하고 추상화하여 설명한다. 그러나 시의 세계는 사물의 현상을 감성적으로 구체화한다. 추상적인 서술은 감동이 없다. 예를 들면 '아침에 본 목련꽃이 참 아름답다'하면 별 감동이 없다 그러나 '아침 이슬을 머금은 하얀 목련꽃이 햇살을 받아 반짝이는 그 모습이 짧게 살다간 어느 여인처럼 참으로 아름답다'로 구체적으로 표현한다면 보다 감동적이다. 이렇게 사물을 보다 구체적으로 표현하여야 느낌이 오고 감동이 되고 감격하기도 하고 충격을 받기도 한다. 그것은 또 선행을 바라본 기자의 기사와 소설가가 바라본 감동어린 구체적인 글과의 차이이다. 사물을 구체화한다는 것은 그 사물의 존재를 확실하게 하는 것이다. 그것은 위의 목련꽃 설명에서 보듯이 시간(아침)과 공간적(정원)인 유대 속에서 서로 긴밀성을 갖고 나타나기도 한다.

선이 고와서
더욱 깊은 그대의 눈

마음이 가난한자
나눌수록 맑아지네

비수도 녹아들겠네
그대의 마음결엔

－홍오선, 물－

시어는 어디까지나 개인적인 언어이다. 사전적인 언어는 감동이 없다. 물의 사전적인 설명은 '무색 무취 산소와 수소의 결합' 등이다. 시어로 서술되는 시의 내용 또한 추상적이 아니라 구체적이다. 물에 접하여 시인은 '고운 선' '깊은 눈' '맑은 마음' '고운 마음결' 등으로 표현했다. 이는 '물'을 관조의 대상으로 하여 시심이 불러낸 시인의 마음이다. 곧 물에 접한 시인의 지의시이다 물에는 선도 없고 눈도 없다. 하지만 시인은 느낀다. 고운 선이 보이고 깊숙한 눈이 보인다. 성경에 의하면 '마음이 가난한자는 하나님을 볼 것이요'라 했다. 마음이 가난하면 영혼이 맑아진다. 그 맑은 영혼을 지닌 마음결은 비수도 녹일 만큼 사랑도 풍성하리라.

사물에 대한 구체적인 표현은 시・공과의 긴밀한 관계에서 이루어지는 만큼 그것은 시의 원근법과도 관계된다. 사물을 관조하되 그 대상의 존재성을 종합하거나 분석하여 마치 그림을 그리듯이 원근법을 살려서 표출하는 시작 방법이다. 그래서 이런 시는 회화의 기법을 보듯이 동양화의 한 폭을 상상하기도 한다.

누군가 창문틀을 조심스레 두들긴다.
찾아온 손님인가 커튼을 걷어본다
인적은 기미가 없고 찬바람만 휑분다.

눈 들어 하늘 보니 찬란한 빛 한 줄기
추위에 떨던 별이 마침 운명하는 걸까.
외로운 유성하나가 내 품안에 잠든다.

— 오세영, 유성 —

찬바람에 창문틀이 들썩인다. 누가 왔나 커튼을 걷어본다. 아무도 없다. 바람 때문이다. 시인은 눈을 들어 하늘을 바라본다. 빛 한 줄기 쏟아진다. 유성이다. 저 하늘 높이 멀리 있는 별도 추위에 떨다 지상으로 내려오는 걸까. 외로운 별이다. 품어준다. 그리고 잠이 든다. 이 과정을 상상하면서 이 시를 감상해 보면 영상을 보듯 그림이 그려진다. 별이 빛나는 차가운 겨울밤이다. 가까이는 내 방에서부터 시선은 저 멀리 우주 공간으로 향한다. 그리고 다시 내 품으로 유성을 품으면서 가까이 다가온다. 시간과 공간, 근경과 원경이 교차되는 시의 세계이다. 이는 곧 시인의 자의식의 흐름이다. 유성이 떨어진다는 것은 우주 편에서 보면 죽음이고 지구 편에서 보면 새로운 생명의 탄생을 의미한다. 그리고 길조(吉兆)이다. 그러니 시인에게는 좋은 밤을 맞이한 셈이다.

이상에서 밝혀보았듯이 시는 감성을 통한 주관적이고도 구체적인 세계를 그것도 지극히 개인적인 언어로 표현하는 언어예술이다. 그래서 시는 과학적이고도 추상적인 관념의 세계를 벗어나 감성적인 세계를 추구하되 시인의 경험과 인생관과 철학관에서 각기 다른 색깔과 모습으로 표출된 시인의 마음이다.

5) 시대적 감성과 열정을 표현

워즈워드 (William Wordsworth, 1770~1850)는 시를 가리켜 "강력한 감정의 자발적인 유료(the spontaneous overflow of powerful feelings)"라 했고. 서양문화의 철학적 기조를 마련한 플라톤(Platon, BC428 ~BC348) 은 "시가 유발하는 정서 감정은 이성적이고 도덕적인 생활을 와해시키는 것"이라 하여 이성주의적 윤리학을 최고의 지선으로 따랐다. 이에 반해 플라톤과 함께 그리스 최고의 사상가로 꼽히는 아리스토텔레스(Aristoteles, BC384 ~BC322)는 오히려 "시는 공포와 연민을 통하여 카타르시스를 행한다."고 하여 정서적 특성을 강조하였다.

시는 앞에서도 서술했지만 이성(理性)의 문제가 아니라 감성(感性)의 문제이다. 결국 시는 정서와 감정의 표출이다. 특히 이것이 강조된 것은 낭만주의 시대이다. 낭만주의(浪漫主義, Romanticism)는 18세기말부터 19세기 중엽까지의 서구 문명에서 문학작품·그림·음악·건축·비평·역사편찬의 특징을 이룬 정신적 자세나 지적 동향을 이른다.

고전주의 일반과 18세기말 신고전주의에 대한 거부로 이해할 수 있다. 한편으로 계몽주의와 18세기의 합리주의 및 물질적 유물론 일반에 대한 빈발이기도 하다. 낭만주의는 개성적이고 주관적이며 비합리성·상상력·개인·감성·환상·초월성 등을 강조했다.

영국 문학에서 낭만주의는 윌리엄 워즈워스 (William Wordsworth, 1770년~1850)가 <서정민요집> 제2판(1800)에 붙인 서문에서 시를 "강렬한 감정의 자연스러운 충일"(the spontaneous overflow of powerful feelings)로 정의하였다. 이것이 영국 낭만주의 시운동의 선언이 되었다. 한편 독일 낭만주의 문학은 내용과 문어체 모두에 걸쳐 일어난 혁신과 신비적인 것, 잠재의식, 초자연적인 것에 대한 탐닉이 그 특징이다.

1805년경부터 1830년대까지 지속된 낭만주의는 고유의 민담, 민요풍

의 발라드와 시, 민속춤과 음악, 심지어 그때까지 무시되어온 중세와 르네
상스 시대의 작품들을 수집하고 모방한 것에서도 알 수 있듯이, 문화적 민
족주의가 되살아나고 민족의 기원에 새로운 관심을 기울이게 된 것이 특징
이다. 역사에 대한 평가가 되살아나자 역사소설의 창시자인 스콧(Scott, Sir
Walter, 1st Baronet, 1771~1832)은 이를 풍부한 상상력과 함께 글로 옮겨,
역사소설을 개척했다. 이즈음에 영국의 낭만주의 시는 키츠(John Keats,
1795~1821)와 바이런(George Gordon, Lord Byron, 1788~1824), 및 셸리
(Percy Bysshe. shelley, 1792~1822) 의 작품을 통해서 그 황금기를 이루었
다. 1820년대에 이르자 낭만주의는 유럽의 거의 모든 나라에 널리 퍼졌다.

한국문학에 있어서 낭만주의가 대두된 것은 1920년대 초이다. 이것은
개인의 자유와 창조적 가능성에 관심을 기울이며 전통적 도덕과 인습에
거세게 반발하였다. 그 뿐 아니라 현실에 대한 극단적인 부정과 현실에서
도피하려는 절망적 색채를 짙게 드러내기도 했다. 그래서 흔히들 1920년
대 낭만주의를 병적·감상적 낭만주의라고 부르는 것도 이러한 이유에서
이다. 이러한 경향은 동인지 「백조」를 중심으로 나타났다. 홍사용·박종
화·나도향·이상화 등이 이에 속한다. 박영희의 <환영(幻影)의 황금
탑>(백조,1922.1)·<월광(月光)으로 짠 병실>(백조, 1923.9), 박종화의
<사(死)의 예찬>(백조,1923.9), 이상화의 <나의 침실로>(백조,1923.9)
등과 같이 그 제목에서도 느낄 수 있듯이 1920년대 낭만주의자들이 추구
했던 행위는 낭만적 정열이라기보다는 낭만적 허무이고 감상에 탐닉한 비
도덕적인 절망적 몸짓이라는 비평을 받기도 한다.

1920년대 초기에 감상 및 퇴폐적 성격을 띠었던 이러한 낭만주의 문학
은 사실주의 또는 프로 문학에 주도권을 넘겨주게 되었다. 여기에 자극을
받아 우리 것을 지키고 순수문학을 지향하고자 하는 지각 있는 이들의 모
임이 형성되었다. 그것이 바로 국민문학파이다.

이것은 1926~27년경 프로 문학의 계급주의에 대항하여 민족주의 계열

의 문인들에 의해 제창된 문학운동이다. '국민문학'이라는 용어는 최남선의 <조선국민문학으로의 시조>(조선문단,1926.5)에서 비롯되었다. 곧 최남선에 의해 불이 지펴진 셈이다. 이들은

첫째 민족개량론을 바탕으로 한 점진주의 또는 보수주의

둘째 전통계승론과 혈통론을 바탕으로 한 민족통합주의

셋째 문학의 예술성 등 세 가지 명제를 들고 나왔다.

이 3가지의 문학적 성취가 국민문학이다. 그러나 이들은 외형적으로 일정한 조직체를 가진 것은 아니다. 다만 민족주의를 지향하는 하나의 유파적(流派的) 성격을 띠고 있었다. 그래서 이들 유파를 '국민문학파' 또는 '민족주의 문학파'라고 부른다. 이들은 무엇보다 우리의 옛 시 형식 중에서 가장 풍부한 전통 양식인 시조를 현대적으로 되살리자는 움직임이 일어났다. 이 움직임은 한편으로는 일제의 지배 아래 점차 쇠퇴하여 가는 전통적 문화를 재인식하고 되살리자는 문화 운동의 일부분이었고 다른 한편으로는 카프 계열의 문학인들이 주창한 계급 문학에 대하여 민족 문학의 방향을 내세우고자 한 움직임이었다.

그 중심인물은 최남선·이광수·염상섭·이병기·이은상·주요한·정인보 등이다. 이들은 '조선심' 또는 '조선주의'를 내세워 민족의식을 고취하면서 시조부흥운동, 국토순례와 예찬, 역사소설의 창작 등을 실천적으로 전개했다. 또 한글에도 많은 관심을 쏟아 한글 연구에 힘쓰는 한편, 한글날(가갸날)을 제정하기도 했다.

이들의 시조부흥운동은 시조혁신론으로까지 나아가 현대 시조를 확립하는 밑바탕을 이룬 셈이다. 곧 이들에 의해 시조 부흥의 길이 열린 것이다. 시조부흥에 최초의 불을 지핀 이는 앞에서도 언급되었듯이 육당 최남선이다. 그것은 1926년 5월호『조선문단』에 발표한 논문 <조선국민문학으로의 시조>가 그것이다. 이때의 작품을 살펴보자.

가만히 오는 비가낙수 져서 소리하니,
오마지 않는 이가일도 없이 기다려져,
열릴 듯 닫힌 문으로 눈이 자주 가더라.

- 최남선, 혼자 앉아서(1926) -

추적추적 비가 오는 날 혼자 적적하게 앉아서 약속도 하지 않았어도 괜히 누구라도 올 것만 같아 밖을 내다보며 사람을 기다리는 마음과 그 모습이 환하게 영상으로 다가온다. 최남선은 외세 문화가 물밀듯이 들어올 때 그것을 받아들이면서도 민족혼을 지키고 키우는데 앞장선 선구자이다.

우리의 고전시가만큼 시대에 따라 새로운 문학 장르가 발생하고 기존의 것들은 변모하거나 소멸된 것도 드물 것이다. 우리 문학사에서 시가(詩歌) 장르는 고대 가요로부터 향가, 고려가요, 경기체가, 가사 등 여러 가지 시형(詩形)들이 나타났다 사라져갔다. 그러나 유일하게 생명력을 잃지 않고 고시조에서 현대시조로 맥을 이어온 것이 시조이다. 시조는 민족 고유의 정형시로서 한국어의 언어구조로 이루어져 소리글자인 한글에 담을 수 있는 문예 미학이다.

다른 시가 장르와는 달리 시조가 이렇게 지속적으로 창작될 수 있었던 것은 바로 육당(六堂) 최남선(崔南善)에게서 찾을 수 있다. 육당은 신체시 「海에게서 소년에게」로 근대시의 첫 문을 열어 놓은 것으로 잘 알려져 있다. 하지만 그에 못지않게 시조와 가사, 민요 등 민족시를 부흥시켜 서양 문화의 세력권으로부터 우리의 것을 보호하고자 한 그의 뜻 또한 깊었다. 그래서 시조의 부흥운동은 최남선을 필두로 하여 근대 초기 개화의 바람이 불 때 민족적 각성에 의해 비롯되었다. 그것은 일부 서구 지향적 지식인들에게는 시조를 별 것 아닌 구시대의 유물로만 생각했었고, 시조가 사대부들에 의한 음풍영월(吟風詠月)적인 여가의 산물로 여겼기 때문이다. 또 그때까지 시조창(唱)과 분리되지 않은 채 창주사종(唱主詞從)에 의지하

고 있었기에 낡고 구태의연한 것으로 여겨져 근대사회의 이념과는 동떨어
진 것으로 간주되었다. 이러한 논제를 펴는 것은 그 당시 급진적인 지식인
이었던 벽초 홍명희(洪命憙)가 육당의 시조집 『백팔번뇌』 발문에서 밝힌
시조에 대한 인식에서도 잘 드러나고 있다.

> 육당 최남선(1890~1957)은 근래에 드문 시조작가이다. '개소
> 리쇠소리하노매라' 작가들과 동일하야 밀하지 못할 작가이다. 시
> 조라는 조선고유시형을 다시 살리다시피 한 것이 말하자면 육당
> 의 노력이다. 육당은 시조를 우리의 것이라 하여 매우 숭상하나
> 시형으로 보아서는 그다지 숭상할 가치가 있을 것이 아니다. ……

라 하여 시조의 형식이나 그에 담긴 내용을 비하하였음을 알 수 있다. 이
는 곧 훈민정음을 반포하였을 때 최만리가 "한자같이 훌륭한 글자가 있는
데 왜 이 조잡한 글자를 만들었느냐"고 한 것과 같은 발상이다. 이에 담긴
내용들이 "개소리쇠소리하노매라" 정도의 가치 없는 것들로, 보았으니 홍
명희는 평시조에 담긴 명구나 역사성은 알지도 못하고 조선말 <만횡청
류>류에 속하는 작자미상의 사설시조의 일부만을 본 모양이다. 그리고
정형시로서 음수율의 지배를 받는 시조 형식의 '악착'함이 숭상할 만한 가
치가 있는 것이 아니라고 보고 있는데 홍명희는 한시의 오언 절구도 그렇
게 말할 수 있는지 그가 지금 이 시대에 살고 있다면 묻고 싶다. 이러한 사
고방식은 1910년 이후 상징주의와 낭만주의 문예사조가 도입되면서 한국
시를 세계시 속으로 진입시키기 위해 서구의 자유시를 적극적으로 수용하
고자 하는 풍조와도 맞물려 있다고 할 수 있다.

이러한 문예사적 혼돈 속에서도 시조는 최남선에 의해 문학적 생명력
을 보존할 수 있었다. 그 당시 많은 사람들이 민족시 부흥을 위해 시조와
가사를 지어 발표했지만 안타깝게도 가사는 끝내 사멸되고 말았다, 육당이

시조에 미친 영향력이 어떠한 것이었는지 미루어 짐작할 수 있을 것이다.

육당은 자신이 발간하는 잡지에 시조를 직접 창작하여 싣기도 하고 현상공모하여 신인 발굴에도 힘썼으며, 자신이 지은 시조 108편을 묶어 최초의 개인 시조집인『백팔번뇌(百八煩惱)』(1926)를 상재했다. 그리고 시조 이론인「조선 국민문학으로서의 시조」(1926) 등을 발표했으며, 고시조 선집인『시조유취(時調類聚)』(1928)를 편찬하기도 했다. 이러한 육당의 일련의 작업들이 시조사(時調史)에 있어 매우 소중한 위치를 점거하고 있음은 당연한 일이다.『가곡원류(歌曲源流)』(1875)를 편찬한 박효관(朴孝寬)과 안민영(安玫英) 이후의 빈 공백을 메우며 단절될 뻔한 시조의 명맥을 그가 이어주고 있다. 육당이 있었기에 조운(曺雲), 가람(嘉藍, 이병기), 노산(鷺山, 이은상) 등 뛰어난 시조작가들이 뒤이어 탄생할 수 있었던 것이다.

육당의『백팔번뇌』에 수록된 작품들은 근대시조의 모습을 갖추었다.『백팔번뇌』는 제1부 동천나무 그늘(부제: 님 때문에 끊긴 애를 읊은)에 36수, 제2부 구름 지난 자리(부제: 조선국토 순례의 축문으로 쓴)에 36수, 제3부 날아드는 잘새(부제: 案頭三尺에 제가 저를 잊어버리던)에 36수씩 모두 108수의 작품이 실려 있다.

『백팔번뇌』는 총 108편에 이르지만 연시조의 형태를 띠고 있는 것이 대부분이다. 고시조부터 개화기 당시까지 주로 단형시조가 대부분이었던 반면 육당은 자신의 사상을 담아 내기 위한 그릇으로 연시조를 선호했다.『백팔번뇌』서문에서 육당은 "다만 시조를 한문자 유희의 구령에서 건져내어서 엄숙한 사상의 한 용기(容器)를 만들어 보려고" 시조 형식을 선택했다고 한다. 그는 국문 표기를 통해 한자문화로부터 탈피한 모습을 보여줌으로써 근대적 사고방식을 심어주려 했다. 그러한 자신의 역량을 단시조에 담아 표출하기에는 부족하여 연시조를 택한 것으로 본다.

이러한 육당의 의도는 배행 방식에서도 두드러지게 나타나고 있다.『청구영언』『해동가요』『가곡원류』등 '고시조집'에서의 표기방식은 띄어 쓰기를 하지 않는 줄글 형태로 되어 있으며, 3장을 구분하거나 구분하지 않거나 아니면 3장을 5개로 나누어 표기하고 있다. 그러나 육당은 2음보를 한 행으로 처리하여 각 장을 두 행씩 배열하고, 다시 각 장은 연으로 구분하고 있다. 이것은 고시조의 형태와는 완전히 다르다. 바로 근대시로 이행되는 시조의 모습을 보여주고 있다. 육당은 또한 "한문자 유희의 굴레에서 건져내고자" 우리말로 시조를 쓴다고 했다. 그러면서 그 뜻을 행 옆에 붙여 놓아, 한문어투에 익숙한 사람들에게 이해를 돕고자 했다.

만해 한용운이 그랬듯이 六堂에게도 '님'이 있다. 애틋하게 사랑하는 '님'이 있다. 12~3세 때 사랑의 싹이 돋은 뒤로부터 나이 들면 들수록 더욱이 연연(戀戀)하여 차마 잊지 못하는 '님'이 있다. 그것은 바로 조국 '조선'이다. 육당은 선각자로서 조선을 사랑했고 조선 백성을 사랑했다. 무지에서 깨우쳐 주려고 계몽운동을 널리 펼쳐 나갔다. 여기에서 '님'이 '조선'이라면 '겨울'은 나라를 빼앗긴 암울한 현실을 상징하고 있다. 현실은 일제의 압박이 한겨울처럼 차고 매서워도 사랑하는 조국이 있기에 그에겐 절망이 있을 수 없다.

아무리 삶이 고단하고 어려워도, 아무리 '응달' 같은 삶이어도, 어디엔가 해처럼 밝게 마음을 비춰 주는 사랑하는 조국이 있기에 기댈 수 있다. 춘원(春園) 이광수(李光洙)는 이러한 육당의 시조에 대해 '외형은 연애시인 듯한데 또 보면 애국시인인 것도 같고 또 보면 인도의 종교시인인 것도 같고…'라며 평한 바 있다.

『백팔번뇌』에 나타난 제목들을 보면 「떠나서」「어쩔까」「한강을 흘리 저어」「혼자 앉아서」「새해에 어린 동무에게」「깨진 벼루의 명(銘)」등 현대시의 제목들과 비교해서도 크게 손색이 없다.

앞에서도 진술되었듯이 육당은 배행 방식에서도 2음보를 한 행으로 처리하여 각 장을 두 행씩 배열하고, 다시 각 장은 연으로 구분하고 있다. 이

것은 고시조의 형태와는 완전히 다르다. 바로 근대시로 이행되는 시조의
모습을 보여주고 있다. 이러한 육당의 시는 고시조와는 확연히 다르고 명
확히 경계를 긋고 있다.

　정서의 움직임은 어떤 계기가 주어질 때 갑자기 변화하는 경우가 있을
수도 있지만 대개의 경우 지속적으로 대상을 향해 관심과 애정을 갖고 관
찰하고 투사하는 가운데 이루어진다. 언제나 어두운 감정일 수도 없고 언
제나 밝은 감정일 수만은 없다. 어두운 시대일 때도 좋은 일이 생기면 밝
은 감정이 있을 때도 있을 것이고 밝은 시대일 때도 나쁜 일이 생기면 어
두운 감정이 생길 수도 있다. 이처럼 정서는 시대에 따라서 또는 개인에
따라서 또는 상황에 따라서 지향하는 바가 다를 수 있고 또 변할 수 있는
것이다. 그래서 똑 같은 시대의 작품이라도 어떤 입장에서 보고 느끼느냐
에 따라 다르게 나타난다. 이를 고시조에서 찾아보자. 흔히 인용되는 「하
여가」와 「단심가」이다.

　　　　이런들 어떠하며 저런들 어떠하리
　　　　만수산(萬壽山) 드렁칡이 얽혀진들 어떠하리.
　　　　우리도 이같이 얽혀 백년까지 살아보세.

　　　　　　　　　　　　　　　　　　　　　－ 이방원, 하여가 －

　이방원은 조선조 제3대 임금인 태종으로 태조 이성계의 다섯 번째 아들
이다. 이방원은 역성혁명에 동조하지 않는 반대파들을 하나하나 제거 했
다. 이성계는 정몽주만은 자기들 편으로 만들어 보라고 했다. 그래서 마침
정몽주가 이성계의 병문안을 오게 된 것을 빌미로 주안상을 마련했다. 이
런 저런 이야기 끝에 이방원(李芳遠)은 정몽주의 마음을 한 번 떠보려고
위의 시조 「하여가」를 읊었다. "이렇게 살면 어떻고, 저렇게 산들 어떠랴.
만수산 칡덩굴이 이리저리 얽혀서 뻗어나가듯. 우리도 그렇게 얽혀서 100

년 까지 잘 살아보세"라 하여 고려왕조를 고집하지 말고 뜻을 같이 하여 새 왕조를 세워보자는 회유시(懷柔詩)를 읊었다. 표현상 직설적인 말은 내 비치지 않았지만 자기의 의도를 우회적으로 표출했다. 이에 대한 화답시가 다음의 「단심가」이다.

> 이 몸이 죽고 죽어 일백 번 고쳐 죽어
> 백골이 진토 되어 넋이라도 있고 없고
> 임 향한 일편단심이야 가실 줄이 있으랴.
>
> — 정몽주, 단심가 —

정몽주(1337~1392)는 호가 포은(圃隱)이다. 여말삼은(麗末三隱) 중의 한 사람이다. 당시의 최신 학문인 성리학을 깊이 공부 했다. 혁명파에 반대하던 정몽주는 결국 선죽교에서 피살 되었다. 그가 죽자 혁명 세력은 곧바로 조선을 건국 하였다. 이 「하여가」와 「단심가」는 함께 읽히며 역사를 논하기도 한다. 서로 얽혀서 무성한 드렁칡의 모습과 앙상한 백골의 모습이 그들의 삶을 대변해 주기도 하는 작품이다.

이러면 어떻고 저러면 어떠냐는 이방원의 물음에 정몽주는 고려조를 시키겠다는 일편단심을 내비쳤다. 정몽주는 공양왕 옹립에는 정도전(鄭道傳)·이성계 같은 역성혁명파와 뜻을 같이했지만, 고려왕조를 부정하고 새로운 왕조를 세우는 데는 반대했다. 그리하여 기회를 보아 도리어 역성혁명파를 제거하고자 했다. 마침 명나라에서 돌아오는 세자 석(奭)을 배웅하러 나갔던 이성계가 말에서 떨어져 병석에 눕게 되자 이 기회를 이용하여 조준(趙浚) 등 역성혁명파를 제거하고자 했다. 그러나 이를 눈치 챈 이방원(李芳遠)이 이성계를 급히 개성에 돌아오게 함으로써 모의가 실패로 돌아갔다. 정몽주는 다시 정세를 엿보기 위해 사실은 이성계를 문병한 것이다. 거기서 이방원의 대접을 받고 시로서 주거니 받거니 하며 서로의 마음을 알아본 것이다. 얼마나 풍미하고 고차원적인 대화술인가.

이방원은 정몽주가 자기들에게로 돌아올 수 없는 인물이라는 것을 알고 정몽주를 죽이기로 작정했다. 이성계의 집에서 나오던 그 날 저녁, 정몽주의 말이 선죽교(善竹橋)에 들어서자마자 이방원의 심복 조영규에 의해 살해되었다. 지금도 선죽교에는 그때 흘린 정몽주의 피 흔적이라며 불그스레하게 남아 있다.

이렇게 한 편의 시는 그 시대를 대변하며 시적자아의 자의식을 표출하기도 한다.

영국의 비평가이며 시인인 헌트(Hunt James Henry Leigh, 1784~1859)에 의하면 "시란 진리와 미와 힘에 대한 열정(passion)의 표상"이라고 했다. 하기야 무엇을 하든 열정이 없으면 아무 것도 이룰 수가 없다. 하물며 창작에 대한 열정이 없다면 어찌 인생을 말하고 세상을 말하며 자연에 대한 아름다움을 말 할 수 있겠는가. 그래서 시인은 자연과 우주에 대한 열정이 있어야 하고 역사와 시대와 인간에 대한 뜨거운 사랑이 있어야 한다. 곧 대상을 향한 이러한 사랑과 열정으로 형상화되어 표출되는 것이 시이다.

행여나 다칠세라 너를 안고 줄 고르면
떨리는 열 손가락 마디마디 애인 사랑
손닿자 애절히 우는 서러운 내 가얏고여.

둥기둥 줄이 울면 초가삼간 달이 뜨고
흐느껴 목 메이면 꽃잎도 떨리는데
푸른 물 흐르는 정에 눈물 비친 흰 옷자락.

통곡도 다 못하여 하늘은 멍들어도
피맺힌 열두 줄은 구비 구비 애정인데
청산아 왜 말이 없이 학(鶴)처럼만 여위느냐.

이 시조는 1962년 조선일보 신춘문예에 당선된 정완영 시인의 작품으로 조국을 가얏고에 빗대어 읊은 시이다. 이 시를 읽으면 조국의 현실이 너무 슬프고 마음이 저려온다. 말에는 주술성이 있다고 한다. 더구나 시어로 형상화된 한 편의 시는 기호화된 언어 예술로서의 가치와 함께 그 시대와 그 시인의 감정과 정서가 표출된다.

이 시가 제작되던 시대적 배경을 유추해 본다. 발표는 1962년이지만 시대적 배경은 일제강점기말기쯤이나 6.25 직후 폐허가 된 산야를 바라보며 읊은 시가 아닌가 생각한다.

시에 운용된 시어를 살펴보자. 첫째 수에서는 '마디마디 애인 사랑' '애절히 우는' '서러운'.이고 둘째 수에서는 '울면' '목 메이면' '눈물비친' '흰옷자락' 등의 시어이며, 셋째 수에서는 '통곡' '멍들어도' '피맺힌' '여위느냐'이다. 하나 같이 어둡고 한이 서린 시어들이다.

가야금(伽倻琴)은 우리나라 악기 중 가장 대표적인 악기로 12줄의 현악기이다. <삼국사기>에 의하면 가야국의 가실왕이 당의 악기를 보고 만들었다고 전한다. 신라 진흥왕 때의 가야금 명인 우륵은 가야국이 망하자 신라로 망명하여 신라왕으로부터 악사대접을 받았다. 우륵에 의해 가야금은 신라 음악에 있어 귀중한 현악기로 자리 잡게 되었다. 그의 12곡[20] 은 제자인 만덕 · 계고 · 법지에 의해 아정(雅正)한 음악으로 개작되었다. 통일신라 때에는 일본에 전해져 신라금이라 불렸으며, 지금도 일본 정창원(正倉院)에 보존되어 있다. 이러한 긴 역사를 지닌 우리의 악기 가야금은 우리 민족의 혼과 얼이 함께 살아 숨쉰다. 그래서 시인은 그 많은 악기 중에서 가야금을 조국에 비유한 것으로 본다.

---

20) 12곡, <상가라도> · <하가라도> · <보기> · <물혜> · <사물> · <달기> · <하기물> · <사자기> · <거열> · <사팔혜> · <이사> · <상기물>

시어에서 보듯이 너무 처절한 조국의 모습이다. 마지막 종장쯤에선 그래도 희망적인 조국의 모습을 바라거나 그려보았으면 하는 아쉬움도 있다. 그래서 현재의 조국의 모습도 시인이 한 편의 시로 형상화하여 표출해 주었으면 하는 바람도 있다. 긍정적이고 희망적인 조국의 좋은 모습을 말이다.

말에는 주술성이 있고 많이 애송되는 시일수록 그 주술성이 나타나기 때문이다. 그래서 말이 씨가 된다고 한다. 우리 고전 문학에도 '평강공주와 바보온달' 이야기가 있고 '선화공주와 서동' 이야기가 있다. 이것은 모두 말의 주술성을 입증해 주는 것이기도 하다. 그래서 문학에서는 '말에는 주술성이 있다'고 한다. 이에 종교적인 의미를 부여한 것이 결국 '기도'인 셈이다.

위의 시 「조국」은 가야금이란 긴 역사를 지닌 조국의 대표적 악기에 시적자아의 자의식을 투사시킨 것이다. 곧 가얏고의 소리와 음률과 울림에다 조국을 바라보는 시인의 정서와 감정과 자의식을 이입시켜 표출한 시이다. 그래서 시인은 자연과 우주에 대한 열정과 함께 역사와 시대와 인간에 대한 뜨거운 사랑이 있어야 한다. 이렇게 조국이란 대상을 향한 아프도록 뜨거운 사랑과 서러운 목 메임과 통곡으로 얼룩진 피맺힌 애정과 열정에서 표출된 것이 바로 본시 「조국」이다.

6) 감성과 지성의 조화를 표현

시는 이성에 의한 사실 전달이 아니라 감성에 의한 정서적 환기를 도모하는 언어예술이라고 앞에서 말했다. 그렇다고 시인이 격앙된 분위기에서 흥분된 어조로 정서적 환기를 도모해서는 안 된다. 독자의 감성에 자극되는 감각적 언어로 환기되는 것임을 명심해야 한다. 시는 형용사나 부사 등 수식어로 꾸미는 것이 아니라 이미지와 리듬으로 새롭게 창조하는 것이다. 이는 감정을 지적으로 절제한다는 말이기도 하다. 시가 감정세계를 표현한다 하더라도 지나친 감정 표출을 절제하기 위해서 어느 정도 지성의 통제가 필요하다. 곧 감정과 지성이 적절히 조화를 이뤄 표현하는 것이 좋다.

> 긴장한 대현(大絃)이 '쩡'하고 끊어지니
> '쩍'하며 갈라서는 그대 그리고 나
> 마음 밑 깊은 곳에서 금 하나를 긋는 소리
>
> — 심응문, 이별의 전조음 —

위 시조는 거문고를 타다가 대현(거문고의 현 중에서 제일 굵은 줄)이 끊어진 상황을 겪으면서 시인이 느낀 미묘한 감정의 표출이다. '쩡'과 '쩍'이라는 소리 이미지가 생동감 있게 전해오며 이별의 전조음이 귀를 울린다. '그대와 나' '마음 밑 깊은 곳에서 금 하나를 긋는 소리'가 굉음으로 들려온다. 하지만 시인은 침착하다. 감정의 노출이 절제되어 있다.

아끼던 물건이 상처를 입어도 '앗'하고 놀라는 것이 인지상정이라면 인지상정일 것이다. 대현이 끊어졌으니 얼마나 놀랐을까. 그리고 얼마나 마음이 아팠을까. 그러니 마음 깊은 곳에서 금 하나를 긋는 소리가 울려왔겠지. 시인은 감정은 절제하여 행간에 숨기고. 다만 '쩡''쩍'이라는 의성어와 상상력을 통한 이미지 곧 '마음 밑 깊은 곳에서 금 하나를 긋는 소리'로 표출했을 뿐이다. 그래서 「이별의 전조음」은 행간에 숨겨진 고도의 감정 절제와 시인의 상상력에 의한 이미지로 표출된 감성과 지성의 조화로 형상화된 언어 예술이다.

7) 시인의 인식과 과학자의 인식

시란 시인의 눈에 비친 세상이나 사물이나 자연이나 내면의 세계를 언어기호를 빌려 시 형식으로 표현하는 미적 행위이다. 곧 시인의 눈에 비친 대상에 대한 인식을 '시'라는 그릇으로 형상화한 것이다. 일반적으로 시인은 '과학자의 눈을 가져라'란 말을 한다. 물론 이 말은 시인은 어떤 사물이든 그냥 지나치지 말고 과학자처럼 관찰력이 있어야 한다는 의미이다.

하지만 그 관찰력은 시인과 과학자가 같을 수는 없다. 또 같아서도 안된다. 예를 들면 여름날 청량하게 피어있는 연꽃을 감상하는 데에 있어서도 과학자는 식물학적 관점에서 인식하고 서술하게 될 것이고 시인은 연꽃을 관조의 대상으로 바라보며 연꽃이 주는 의미와 느낌을 중요시 하고 이를 미적으로 형상화할 것이다. 그러니 그 인식과 표현의 차이는 크고 다르게 나타난다.

저만치 세상 걱정
근심을 멀리하고

흐린 하늘 올려다보는
자애의 눈길 속에

진흙탕
오욕칠정도
끌어안는 고운 태

– 성효, 蓮3 –

*과학적 서술

연녹색을 띠는 둥근 형태의 잎은 지름이 40㎝ 정도이고 뿌리줄기에서 나와 물 위를 향해 1m 정도 높이 솟는데, 물에 젖지 않는다. 잎맥은 방사상으로 뻗어 있다. 연한 분홍색 또는 흰색의 꽃은 7~8월경 꽃대 1개에 1송이씩 핀다. 꽃받침은 녹색이고, 해면질의 꽃받기[花托]는 원추를 뒤집은 모양으로 길이와 높이가 각각 10㎝ 정도로 크며 윗면은 편평하다.

위의 시조 「연3」은 시인의 주관적인 견해와 느낌을 시조의 틀을 빌려 언어기호로 형상화한 것이고 「*과학적 서술」은 연꽃에 대한 사실을 객관적으로 서술한 사전적인 글이다. 「연3」에서 시인은 '저만치 물러 앉아 세상 근심 걱정을 멀리하고 흐린 하늘(세상)도 자애의 눈길로 바라보며 진흙탕 같은 오욕칠정도 끌어안는 자비로운 부처의 고운 자태'를 지닌 연꽃의 모습을 형상화 했다. 이는 곧 대자대비한 부처의 모습이고 스님으로서의 시적자아의 자의식이기도 하다. 과학적인 입장에서는 말도 되지 않는 황당한 얘기이다. 이것이 시인과 과학자의 차이이다. 시의 표현은 어디까지나 시인의 정서이고 시인의 상상력에 의한 주관적인 표현이다.

이렇게 객관적인 언어와 주관적인 언어의 문제는 사회적 존재로서의 자아와 개인적 존재로서의 자아의 문제이다. 과학자는 객관적인 언어로 서술하고 시인은 주관적인 언어를 사용한다. 주관적인 언어란 생명력이 있는 살아있는 언어이다. 그것은 시를 읽으며 감동을 받는다거나 시를 감상하며 느낄 수 있는 것과 같은 것이다. 그래서 시인의 주관적인 언어는 시인이 상상해낸 살아있는 언어이다. 내면적이고 주관적인 시의 세계는 독자에게 꿈을 주고 상상의 날개를 달아준다. 그리고 삶을 윤택하게 한다. 이는 신화의 세계를 믿고 동화의 세계를 꿈꾸는 것과 같다. 그래서 시인은 행복하다.

시인이 바라보는 하나의 대상은 어떤 것이든 간에 똑 같이 바라보되 똑같이 느끼지는 않는다. 거기서 서로 다른 시가 탄생하고 수 없이 다른 내용과 형식으로 표출된다. 그것은 주관적 언어로 표출하기 때문이다. 이는 백일장에서 똑 같은 제목을 주어도 각기 다른 작품이 나오는 것을 보아도 알 수 있다.

객관적인 언어는 사전적인 언어이고 보편적인 언어이다. 이는 거의 대동소이하게 표현되거나 하나로 서술된다. 과학만이 진실이 아니다. 과학적으로 증명할 수 없다고 없는 것도 아니고 못 믿을 것도 아니다. 과학 이

전에 종교가 있었고 시가 있었다. 과학은 현대 문명이 낳은 학문이다. 그런데도 현대를 사는 과학적인 사람들은 과학적으로 증명할 수 없는 것은 그 존재와 진실마저 부정하고 부인하려 한다. 분명히 알아야할 것은 종교와 시는 과학이전에 탄생한 것이다. 과학이 우주의 신비를 하나하나 밝히듯이 종교적인 신비를 하나하나 밝히는데 과학이 존재한다는 사실이다. 시의 세계를 하나하나 설명하고 밝히는 것이 평론가인 것과 같다.

5. 상상의 세계와 시의 탄생

1) 상상의 세계

시의 세계는 상상의 세계이다. 이성적 현실의 세계가 아니라 현실을 초월한 무한한 꿈의 세계이다. 우리는 자면서 꿈을 꾼다. 꿈에서는 하늘을 날기도 하고 바다 위를, 강 위를 훨훨 날아서 건너가기도 한다. 현실에서 듣지도 보지도 못한 동화의 세계를 가기도 한다. 그런가 하면 돌아가신 분들을 만나기도 한다. 얼마나 좋은가. 간절히 바라고 잠이 들면 그것을 꿈에서 볼 수 있으니 말이다. 이것이 꿈의 세계이고 상상의 세계이다. 아름다운 꿈을 꾸듯 상상의 세계도 아름다움으로 채우면 행복하다.

산야를 헤엄치는
요술쟁이 가을바람
물감을 둘러메고
나무마다 물들이다
노을에
취한 하늘에
제가 먼저 놀라네,

— 이정자, 가을바람 —

'산야를 헤엄치고' '요술쟁이' '물감을 둘러메고' '나무마다 물들이고'
'놀라고' 하는 것이 가을바람이라고 시인은 말한다. 이러한 가을바람에 대
한 묘사와 서술은 어디까지나 시인의 주관적인 견해고 상상력의 발산이다.
시인이 아니고서 누가 이렇게 말하랴. 가을바람은 물감을 둘러맨 요술쟁이
가 맞다. 가을바람이 불면 고운 단풍이 드니까. 그리고 가을바람은 산과 들
을 제 맘대로 휘 젖고 다니니 허공을 헤엄치는 요술쟁이이다. 부지런히 하
루를 헤매고 다니다가 노을에 물든 하늘을 보고 가을바람이 놀란다는 것이
다. 이는 곧 시적 화자의 심상이다. 아름다운 노을에 취하여 놀란 것은 시
인 자신이다. 이렇게 시는 시인의 상상력에 의한 창조적 언어 예술이다.

상상의 세계는 인간만이 누릴 수 있는 특권이고 행복의 공간이다. 상상
의 세계는 내가 꿈꾸는 미래로 연결해 주고 추억이 깃든 과거로의 여행도
가능케 하고 내가 꿈꾸는 세계로 인도하기도 한다. 이를 비현실적이고 비
과학적이라 말하며 부정한다면 그 사람은 꿈이 없는 삭막한 감정의 소유
자이다.

신화는 비현실적이다. 종교도 비현실적이고 비과학적이다. 그러나 확
실히 믿고 존재한다. 신화나 종교는 과학이전의 산물이기 때문이다. 신화
나 종교는 믿지 않는 사람에게는 아무 의미가 없다. 그러니 꿈도 없다. 하
지만 믿는 사람에게는 신화나 종교는 꿈이요, 행복이고, 미래이고, 삶의
확장이다.

상상에는 연상적 상상과 창조적 상상이 있다. 전자는 일상적 경험에서
쉽게 이해할 수 있는 유사성에 근거하여 어떤 사물이나 관념을 보다 분명
하게 표현하기 위한 것이고 후자는 과거에 경험한 이미지들을 연상하는
과정에서 시인의 직관에 의해서 전혀 유사하지 않는 것들을 서로 연결하
는 것을 말한다.

쟁기로 갈아엎어 이랑마다 뿌린 씨앗

어젯밤 내린 비로 파란 싹이 돋아났다
원고지 촘촘한 칸을 가득 메운 그 문장.

잡초도 뽑아내고 벌레도 잡아내고
한 여름 부산해야 가을에 걷는 수확
교정지 오자투성이를 한자 한자 고친다.
- 오세영, 퇴고 -

원고지 한 칸 한 칸 행간을 메워가는 문장 구성을 이랑에 뿌린 씨앗에 시인은 비유했다. 뿌릴 때는 씨앗만 뿌렸는데 잡초도 나고 벌레도 붙는다. 이것들을 뽑고 잡아내듯이 문장도 퇴고가 필요하다. 쓸 때는 씨를 뿌리듯 정신없이 써내려갔지만 뒤에 다시 읽어보면 오자도 있고 탈자도 있고 문장이 매끈하지 못한 곳도 있다. 그래서 퇴고는 필요하고 또 하게 마련이다. 시작(詩作)도 마찬가지이다. 퇴고에 퇴고를 거듭하게 된다.

특히 시조는 더욱 그렇다. 시조는 자수에 제약을 받기 때문에 같은 의미이면서도 보다 압축하고 절제하여 함축적이며 세련된 시어를 찾아 써야하기 때문이다. 그렇지 못할 경우 보폭이 늘어나고 자유시를 연상케 된다.

위 시에서 원고지를 이랑으로 비유한 것은 시인의 이랑에 대한 경험이 있기 때문에 가능한 것이다. 요즈음 도시에서 자란 젊은 시인에게서는 이런 시어가 나올 수가 없고 이런 이미지를 감히 흉내 낼 수도 없다. 그러니 결국 시인이 활용하고 운용하는 시어나 이미지조차도 경험에 의해 저장된 기억의 정신활동으로 분출된 창조적 상상력의 소산임을 알 수 있다.

2) 사물과 관념의 세계

시는 시인이 꿈꾸고 보고 듣고 느끼고 바라는 그 모든 것에 대해 상상을 통하여 새로운 세계를 창조하는 언어행위이다. 시를 통하여 시인은 그가

의식하고 인식하고 관심한 것에 대해 그 의미를 표현하고 표출한다.

존재의 차원인 물질의 세계를 상상을 통하여 표현한 것이 사물시 또는 물질시이고, 반면에 존재에 대한 가치를 말하는 의미의 차원에서 관념 내지 정신적 세계를 상상적으로 표현 할 때 이를 관념시라 한다.

사물 또는 물질의 존재성을 추구하고자하는 시인은 그가 발견한 사물의 진정한 이미지, 대상을 향한 미학적 세계를 형상화할 것이다. 미국의 시인이며·비평가인 랜섬(Ransom John Crowe, 1888~1974.)은 이를 물질시(physical poetry)라고 명명했다. 이러한 물질시(사물시)는 사물의 존재 가치만을 표현할 뿐 관념적인 의미나 그 해석은 하지 않는다. 그래서 이를 순수시라고도 일컫는다.

〈순수시(純粹詩, pure poetry)〉

발레리(Paul Valéry, 1871~1945)가 제창한 것으로 모든 예술이 음악의 상태를 동경한다는 전제 아래, 시를 온전히 음악화하여 순수시의 이념을 세우려고 하였다. 순수한 소리의 음악적 암시적 효과만이 있는 시(詩)이자 산문성을 배제하는 시로서 작품에서 의미를 전하는 산문적 요소를 없애고 순수하게 감동을 일으키는 정서적 요소만을 추구하는 시라고도 할 수 있다.

우리나라에서는 1930년대에 시문학파가 등장하면서 순수시가 시작되었다. 대표적인 시인으로서는 박용철, 김영랑, 정지용 등이 있다. 또한 <구인회(九人會)>도 시가 목적적이 되가는 것에 반하여 예술성과 형식미를 중시했다. 순수시는 언어미가 있어야하며 세련된 기교가 사용되었다. 언어의 선택이 매우 엄격하였다. 공감각적 기법을 사용하여 시의 미적 가치를 높이고 있다. 순수시는 시인의 감정이나 사상을 전달하려하지 않고 음과 박자가 있는 시적언어가 시 속에서 조화로운 세계를 만든다.

순수시를 지향하는 순수시파는 1920년대 중반 이후 프로문학과 민족주의 문학의 대립으로 인한 이념적 문학풍토에 반발하여 발생했다. 시문학파라고 불리는 이들은 자율적인 존재로서의 시의 본질을 추구하고 시가 언어예술임을 의식하여 언어의 조탁과 음악성에 중점을 둔다. 그리고 이런 문학적 예술성을 추구하는 시의 경향이 모더니즘 시파, 즉 주지주의시파로 옮겨간다. 이들은 시를 한 폭의 그림처럼 생각하고 회화성을 중요시했으며 지성과 논리를 중시하였다.

> 돌담에 속삭이는 햇발같이
> 풀 아래 웃음 짓는 샘물같이
> 내 마음 고요히 고운 봄길 위에
> 오늘 하루 하늘을 우러르고 싶다
>
> 새악시 볼에 떠오는 부끄럼같이
> 시(詩)의 가슴에 살포시 젖는 물결같이
> 보드레한 에메랄드 얇게 흐르는
> 실비단 하늘을 바라보고 싶다

- 김영랑, 돌담에 속삭이는 햇발같이 -

시의 표현이 예쁘고 아름답다. 두운과 각운, 3 · 4 · 4, 혹은 7 · 5조에 가까운 3보격으로 표출되어 가락과 리듬이 규칙적이다. 그래서 발레리가 제창한 순수시의 이념을 그대로 밟은 셈이다.

이 시의 내용과 형식은 매우 단순하다. 4행씩 두 개의 연으로 되어 있다. 각 연 제1,2행은 모두 '- 같이'로, 마지막 행은 '- 고 싶다'로 끝난다. 직유를 통해 소망을 되풀이하고 있다. 이 시가 창작된 일제강점기(1930년대)의 시대적 상황을 상기한다면 '하늘을 우러르고 싶다'는 소망은 이 땅의 현실이 불행한 것임을 암시한다. 그러나 그는 그것을 직설적으로 말하지는 않는다.

불행한 이 땅의 현실 속에서 그가 지닌 그늘진 마음은 도리어 역설적으로 밝고 평화로운 세계를 그리고 있다. 그러한 세계에 대한 지향이 '햇발', '샘물', '물결' 같은 맑고 밝은 이미지이다. 영랑의 시는 자신이 겪은 체험의 내용을 극도로 단순화시키면서 그것을 '내' 안으로 끌고 들어간다. 영랑의 시세계는 시적자아의 '마음의 세계'이다. 영랑은 잘 조탁된 언어로 섬세하고 영롱한 서정을 노래했다. 그래서 그는 순수서정시의 경지를 개척하였다.

> 마한의 옛터이라 살기 좋은 고장이네
> 왜구들 침입 막아 토성 쌓은 이백 여년
>
> 그 토성
> 석성(石城)으로 중수하여
> 이름 남긴 임경업
>
> 산마루에 푸른 숲은 맑은 물 흘려놓고
> 서슬 푸른 관아도 백성들을 보듬었네
>
> 옛 초가
> 박 넝쿨 올려
> 이끼 푸른 돌담길
>
> — 김해석, 낙안 민속마을 —

위의 시는 낙안 민속마을에 가서 시인이 보고, 느끼고 생각한 바를 표출한 것이다. '마한의 옛터로 살기 좋은 고장'이란 것과 '왜구들 침입을 막기 위해 이백 여년 간 쌓은 토성'을 임경업 장군이 석성으로 중수하였다는 , 역사적 사실을 본대로 들은 대로 서술하고, 둘째 수에서는 현재의 풍광을 보이는 그대로 사실적으로 표현했다. 숲이 우거진 산마루와 그 곳을 흘러 내리는 맑은 개울물이며 그 옛날 서슬 퍼렜던 관아도 지금은 백성을 품고 보듬은 듯 평온하기만 하다. 그 옛날 초가엔 박 넝쿨까지 올려 고향의 푸 근함까지 불러주고 있다. 또 더하여 이끼 푸른 돌담길에서 옛 정취를 느끼 게 하니 더 없이 아름다운 민속마을이다.

이는 민속마을을 찾은 시인이 민속마을이라는 대상에 접하여 그 존재 성을 발견하고 추구하여 시인이 발견한 민속마을의 진정한 이미지를 역사 적인 사건·사실과 오늘날의 현재성을 결부시켜 시인의 상상을 통하여 언어예술로 창조되고 형상화된 한 편의 시세계이다.

〈관념시〉

이에 반하여 관념시는 시인이 접하는 대상에 대한 의미세계를 이미지 를 통하여 표현한다. 시는 이 의미의 세계를 가시적이고 감각적인 이미지 로 표현한다. 이러한 의미의 세계, 관념의 세계, 추상적인 세계를 이미지 로 표현하는 것이 시의 본질이며 시의 예술성이기도 하다. 앞에서도 진술 했듯이 의미의 세계를 논리적 혹은 추상적으로 서술한다면 그것은 과학이 나 철학이나 학문이다. 왜냐면 논리적이거나 추상적인 서술은 사물을 구 체적이고도 사실적으로 드러내지 못하기 때문에 감동을 주지 못한다. 그 래서 사물이든 관념이든 대상(사물)의 실존적이고도 사실성을 표출하기 위해서는 구체적인 사물이미지로 표현해야만 한다. 그래서 사실을 있는 그대로 드러내려는 사물시와 달리 시적자아의 의지나 관념을 강하게 전달 하려는 시를 관념시라 한다.

의지와 무관하게 다가선 운명으로
토막 난 지렁이로 바늘 끝에 매달려서
험난한 파도 속으로 떠밀렸던 반도여

모스코바 삼상회의, 얄타와 포츠담이
한 갑자 맞다보니 다시 한 번 고개 드네
6자라 이름만 바꾸고 계속되는 회의. 회의.

당사자 둘만 빼면 넷 밖에 안 되는데
분명히 요 넷들은 이해관계가 아니던가
간명한 이치이렸다 이들만 빼버리면.

— 심응문, 의지 속으로 —

제목부터가 관념적인 의미가 짙다. 연일 또는 때때로 매스컴을 오르내리는 남북관계에 대한 예민한 문제를 다룬 작품이니 만큼 관념적이 될 수밖에 없다. 첫 수에서는 지난 세월의 아픈 역사다. 당사자의 의지와는 무관하게 어쩌다 운명의 늪으로 빠지게 되었었지. 우물 안 개구리 시절 바깥 세상을 볼 수 없었던 무지의 소치라 돌리자. 비록 외세에 의해서 찾은 나라지만 그래도 선각자들의 의지와 피로써 일궈낸 결과라 본다. 맹자에 의하면 하늘에 순응하는 사람은 살고 하늘을 거스르는 자는 망한다(順天者 存 逆天者亡)했으니 넷 중에 둘만 남으면 답은 바로 나오는 것이 아닌가. 어느 쪽이 순천자이고 역천자인 것은 하늘이 알고 땅이 알고 백성이 알 테니까 말이다.

〈형이상의 시(metaphysical poetry)〉

이것은 앞의 두 시의 유형을 초월하는 시적세계로 조금은 놀랍고도 신선한 의미를 지닌 창조의 세계이다. 이러한 의미에서 랜섬은 형이상의 시(metaphysical poetry)를 말한다. 형식을 떠난 무형식인 것을 의미하기도 하고 이성적 사유나 독특한 직관에 의해서만 인식될 수 있는 초자연적인 것이고 초월적인 것을 의미하기도 한다. 곧 절대적인 존재자를 의미하기도 한다. 이는 천상적인 것 정신적인 것, 우주적 진실이나 영원성, 신의 절대성 등 경건한 세계로 승화된 대상을 추구하는 시이다. 예를 들면 단테의 『신곡』과 루크레티우스(Lucretius, 정식 이름은 Titus Lucretius Carus.)의 『사물의 본성에 관하여 De rerum natura』가 이에 속한다. 이 시는 그리스의 철학자 에피쿠로스(Epicouros BC 341~BC 270)[21)]의 자연학을 가장 완벽하게 보존하고 있는 작품으로 에피쿠로스의 윤리학설과 논리설에 대해서도 언급하고 있다.

루크레티우스의 '시의 논변'에 의하면 '무에서 나오거나 무로 돌아가는 것은 아무 것도 없으며, 영혼은 극히 섬세한 원자로 이루어져 서로 연결된 두 부분으로 되어 있으며 신들은 존재하지만, 세상을 만들거나 조종하지는 않으며 인간은 감각적 지각을 통해 지식을 얻고 특정한 규칙에 따라 이성을 통해 논증한다는 등 인간 존재에 대한 철학적이고 현학적인 이론을 폈다.

사랑의 형이상적 시인 존 던(Donne John, 1573~1631)이나 T.S.엘리엇(Thomas Stearns Eliot, 1888~1965)의 작품이 이에 속한다. 이들은 상상력에 의하여 형이상적 세계인식을 시적 형식으로 표현했다. 이러한 형이상시는 내용만이 아니라 그 표현에 있어서도 놀라운 상상적 이미지를 동원하고 있다. 사상으로 치우친 명상시나 감정으로 치우친 낭만주의 시를 극복하기 위하여 사물을 총체적으로 보는 힘을 강조했다. 이것은 곧 엘리엇의 말처럼 사상의 감각적 파악이란 말로써 사상과 감각이 통합된 감수성을 말한다.

  허술히 보내었던
  아슬한 내 전생이

---

21) 소박한 즐거움, 우정, 은둔 등에 관한 윤리철학의 창시자로서, BC 4세기~AD 4세기에 있었던 철학 학원들을 창설했다.

정갈히 소복하고
가을 빛깔로 내려와

가만히
하늘 바라고
날 기다리고 있었습니다.

당신의 깊은 속을
알지 못한 나였기에

빈 가슴 채우듯이
채우고 또 채워보지만

끝없이
허기진 가슴은
늘 배가 고팠습니다.

욕심은 언제까지나
넘치듯 모자란 듯

어느 날 거품이 지듯
한꺼번에 다 스러지면

내게는
남은 게 없어
지난 세월만 담았습니다.

─ 홍오선, 항아리1 ─

위 시는 항아리로 표출된 이미지가 시인의 전생이며 시인의 분신인 동시에 어머니의 분신이며 어머니의 하늘이며 시인 자신의 하늘이기도 하다. 그래서 시란 곧 사물과 관념에 시인의 상상적인 이미지를 결합한 것이다 여기서 상상적인 이미지란 시인의 경험에서 유추되는 관념과 그 본질을 바탕으로 하여 표출되는 이미지이다.

첫 수에서는 또 하나의 나의 분신인 전생이 정갈하게 소복하고 가을빛깔로 내려와 하늘바라고 시인을 기다리고 있었다는 것이다. 항아리로 표출된 이미지는 <항아리2>에서 보면 어머니의 하늘로, 어머니의 분신으로 결국 시인의 완전한 하늘이기도 하다. 시인이 말한 전생은 불교의 윤회전생을 일깨우는 불교적인 관념에서 온 말이다. 둘째 수에서는 당신의 깊은 속 곧 항아리로 표출된 어머니의 깊은 속을 알 지 못하여 빈 가슴 채우듯 채우고 또 채워보지만 어머니의 깊은 속을 알기에는 역부족이다. 그래서 허기진 가슴이다. 셋째 수에서는 욕심껏 담고 또 담아보지만 넘침도 모자람도 가름할 수 없어 거품 사라지듯 다 소멸되어 없어져버리는 날엔 오직 남는 것은 지나온 세월뿐이다.

시인에게는 세월만이 남은 것이 아니다. 사실은 항아리에 담고도 남을 흔적들이 넘친다. 이렇게 자신을 반추하며 넘치는 듯 모자라는 듯 살아가는 삶이기에 더욱 그의 항아리는 채울 수도 있고 비울 수도 있다. 그래서 도리어 풍성한 삶을 살 수가 있다. 가득 채워만 둔다면 새로운 것을 담을 자리가 없다 넘치는 듯 모자라는 듯해야 비우고 또 채운다. 이것이 인생을 엮어가고 읽어가는 시인의 삶이기도 하다. 그래서 위 시 또한 시인의 상상력에 의하여 과거와 현재를 이어가면서 항아리라는 이미지 속에 시인의 삶을 반추하는 형이상적 세계인식을 시적 형식으로 표출했다.

이상에서 살펴보았듯이 상상이란 과거에 체험하고 경험했던 사건이나 사물의 이미지가 어떤 외부적 조건이 주어지면 저장된 기억에 의한 정신 활동으로 재구성되는 것이다. 하지만 그것을 시인에 의하여 시라는 언어형식으로 구체화되고 형상화되어 표출되는 경우 세 가지 유형으로 표현된다.

첫째 사물의 존재성을 이미지로 드러내는 사물시

둘째 일상적인 관념들을 이미지와 결합하여 표출하는 관념시

셋째 관념과 사물의 본질을 이미지와 결합하여 보다 이상적으로 표출하려는 형이상시

여기서 형이상시는 넓은 의미의 관념시에 속한다. 이렇게 보면 시란 곧 사물과 관념에 시인의 상상적인 이미지를 결합한 것이다. 그리고 이 상상은 곧 이미지나 비유, 상징 신화 등으로 확장되어 표출된다.

3) 공존과 조화의 세계

시인은 우주와 자연 속에서 방황하고 있는 존재와 영혼들의 구체적인 문제에 관심을 갖는다. 이러한 구체적인 문제까지도 시적 상상력을 통하여 정서적으로 표출하고 형상화하여 새롭게 창조하고 새롭게 발견한다. 이것이 바로 시 정신의 핵심이다.

시인은 자연을 사랑하고 아끼며 친구가 된다. 그리고 자연을 인격체로 육화시킴으로 물아일체가 되고 동일시가 된다. 뿐만 아니라 시인은 인간 이 외의 모든 사물이나 대상을 인격화하여 대화를 나누고 함께 어울리며 공동체를 이룬다. 이는 과학 이전의 시대인 원시시대부터 종합예술의 모태를 보는 것과 같다.

시인은 자연이나 사물에 생명을 부여하고 감정을 이입시켜 대상을 인격화시켜 표출한다. 이것이 자연과 더불어 인간이 공존하고자하는 시적 구원의 몸짓이다. 이렇게 자연과 공존하고 조화를 이루고자 하는 것이 시 정신의 본질이기도 하다. 그래서 시인은 끊임없이 대상을 자기화하고 세계를 자기화하려는 동일시의 어법으로 대상과 세계 또한 인격화한다. 세계와 대상과의 화해 또 자신과의 화해를 통하여 보다 아름다운 세계, 꿈을 갖고 상상의 나래를 펼칠 수 있는 세계를 만드는 것도 시인의 특권이면서

의무이기도 하다. 가시적인 것만이 아니라 추상적인 관념의 세계까지 인격화하는 것이 시의 세계이다.

시적인 조화의 세계는 사물과 대상을 인간화하고 인격화할 뿐 아니라 직유 은유, 상징, 신화 등을 원용하여 시인의 상상력에 의하여 새로운 창조물로 전이(轉移)하기도 하여 이미지를 변용시킬 수도 있다.

어느 날 예고 없이 아무도 눈치 못채게
사뿐한 버선발로 물방앗간 샛길 돌아
서로가 얼싸안도록 총총 빨리 오소서

대숲의 흐느낌 속 걸음소리 숨기고서
달빛도 잠든 날에 환한 웃음 머금고서
우리들 벌거숭이로 엉엉 울게 하소서

잠자리 날갯짓으로 잽싸게 날아올라
백두산 영봉 위에 우리를 서게 하여
누구도 어찌할 수 없게 통일이여 오소서.

— 심응문, 그렇게 오소서 —

위 작품은 '통일'이라는 추상명사를 의인화한 작품이다. 첫째 수에서는 물방앗간에서 남몰래 만나는 연인들처럼 아무도 눈치 못 채게 빨리 오라고 한다. 헤어진 가족들도, 보고 싶은 얼굴들도 만나 서로 얼싸 안으며 좋아하리라. 둘째 수에서는 대숲을 울리는 바람소리에 걸음 소리를 숨기고 아무도 보지 못하게 달빛도 없는 날에 환한 웃음 머금고 오란다. 너무 반갑고 고마워 부끄러움도 없이 순수한 마음 그대로 소리 내어 엉엉 울리라. 셋째 수에서는 날갯짓으로 잽싸게 백두산 영봉에 올라 통일의 깃발을 꽂고 싶은 시인의 마음을 표출했다.

첫째 둘째 수에서는 연인간의 만남의 비밀스러움과 설레는 마음과 만남의 기쁨으로 통일을 대비시켜 표출했고, 셋째 수에서는 우리국민 모두가 백두산 영봉에 올라 버티고 서게 하여 그 누구도 감히 막을 수 없게 하여 통일을 이루자는 의지로 표출되었다.

이렇게 시인은 상상력에 의하여 '통일'이라는 추상적인 대상을 의인화시켜 하나의 인격체로서 새로운 창조물 곧 연인의 관계로 이미지를 전이(轉移)시켜 한 편의 시조로 형상화하였다. 셋째 수에서 '잠자리의 날갯짓'이 약한 이미지라 조금은 아쉽다. '독수리의 날갯짓'이면 보다 힘찬 기백이 아닐까 싶기도 하다.

인간은 근원적으로 불완전한 존재이기에 스스로는 만족하지 못한다. 무엇인가를 추구하고 채워야 하는 욕망의 존재이다. 이것이 없다면 죽은 생명과도 같은 것이다. 그래서 이 욕망을 이룰 수 없고 꺾기면 삶의 의욕을 상실한다. 시인이 시를 쓴다는 것, 글을 쓴다는 것도 결국은 자기 욕망을 채우고 그가 추구하는 삶과 그가 그리는 세계를 표출하는 것이다.

인간을 소우주라 한다. 자아를 우주라는 전제 속에서 파악하고 이를 의식하는 상태에서 '나'라는 주체는 '우주'라는 객체 속에서 하나가 되는 세계야 말로 인간 회복의 세계이며 시적 구원의 세계이다. 이는 곧 시정신의 근본이 되는 세계로서 행복의 공간을 꿈꾸는 '에덴의 동산'이다. 여기에 이르기까지 인간은 끊임없이 추구하고 채워야 하는 욕망의 존재로 살아간다. 이를 풀어가고 좁혀가고 조정해가고 회복해 가고자 하는 것이 종교이며 시인의 상상력으로 이루어지는 시의 세계이다.

4) 만남의 세계

인간은 혼자는 살 수 없는 사회적 동물이다. 우리의 삶은 끊임없이 이어지는 만남의 삶이다. 너와 나 우리의 관계가 그래서 이루어진다. 우리 주위를 둘러싼 모든 존재와의 만남이다. 식물이든 동물이든 사물이든 대상이든 더불어 살게 마련이다. 그러한 존재와의 관계 속에서 성실하고도 진실하게 최선의 삶을 사는 것이 행복이다.

꽃과 얘기하고 사슴과 대화를 나누는 동화의 세계, 원초적인 모습으로 회귀하는 세계 그것이 시의 세계이고 시인의 마음이다. 그런데 세월의 흐름과 함께 존재간의 무수한 변화 속에서 서로 간에 명명되고 명명되어지는 인습과 관습으로 인하여 원초의 모습은 각질 속에 가려져 있다. 기존의 통속적인 명명으로 가리어진 껍데기를 벗기고 존재의 실체를 찾아 나서는 것이 시인의 길이다. 곧 통속적인 갑옷 속에 감춰져 망각되어진 참된 존재의 모습을 시인의 상상력으로 찾아 환원시키는 것이 시인의 역할이고 '시'이다.

인간의 역사는 끊임없는 발견과 발명으로 발전한다. 과학은 물질적인 존재의 발전에 공헌하고 철학은 우주와 인생의 존재에 대하여 공헌한다. 그런가 하면 종교는 절대자 신과 인간의 관계와 내세에 대한 소망으로 인간을 보다 참되게 인도 한다. 절대적 존재의 세계나 초월적인 세계는 인간의 의식이나 지식을 초월한 피안의 세계의 것이므로 육안으로나 육신의 그 어떤 능력으로도 파악할 수 없는 곳이고 도달할 수 없는 세계이다. 거기에 육신을 지닌 인간의 한계점이 있다. 그래서 종교에서는 득도니, 성령을 말한다. 이것이 피안의 세계인 저세상과 신과의 소통의 길이기 때문이다. 그러나 시인은 상상의 나래를 펼쳐 득도의 세계도 성령의 세계도 피안의 세계까지도 예시하고 조절하기도하고 초월하기도 하여 그의 작품세계에 표출하는 능력의 소유자이기도 하다.

이렇게 시인은 사물 뿐 아니라 그가 접하고 관심하는 대상에 대한 기존의 유폐된 개념에서 벽을 깨고 나와 그가 바라는 참된 의미의 가치를 찾아 삶의 넓이와 깊이를 확대시킨다. 이것이 시인의 상상력의 확대이며 시적인 해방이고 구원이며 참된 존재와의 만남이다.

봄비 눈물 머금고 목련꽃이 벙근다
여러 송이 송이가 흐드러져 웃는 서슬
우리도 지나다얼려 덩달아서 웃었다.

한 사흘 신나게 띄는 목련만도 못한 인생
평생을 다 살아도 한 번 피지 못한 인생
통틀어 단 하루라도 활짝 피다 말 것을.

우리들 보란 듯이 우줄우줄 춤을 춘다.
부끄럼 잊은 듯이 속살 더러 드러내고
기쁨이 땅에 차고도 남아 저 하늘에 뻗었다.

우리들 더도 말고 목련처럼 피고지라
탐스런 환한 얼굴 살결도 참 고운 지고
으늑한 가슴을 열고 마구 쏟는 정이여.

– 박병순, 목련꽃과 얼려서 –

첫 수에서 시적 자아는 봄비 머금고 벙그는 목련꽃에 취하여 덩달아 웃는다고 했고 둘째 수에서는 잠간이나마 신나게 피다지는 목련꽃에 아쉬움보다 단하루라도 그렇게 피다 가는 인생이기를 바란다. 셋째 수에서는 속살까지 드러내며 보란 듯이 춤을 추는 그 모습이 천지에 뻗어나감을 노래했고 마지막 수에서는 더도 덜도 말고 목련처럼만 되고자 하는 소망을 표출했다.

대상에 접한 시인의 정서 감정은 개개인마다 다르다. 그래서 같은 제목과 같은 소재에서도 각기 다른 작품이 나오기 마련이다. 이는 시인의 인생과 사상과 감정이 다르기 때문이다.

본시에서의 시적자아는 목련의 순수한 모습, 눈부시게 활짝 피었다 지는 장렬한 모습, 속살까지 드러내 춤을 추며 뻗어가는 자신감, 고운 살결(꽃결)과 탐스런 얼굴(모양) 등 목련의 자태에 물아가 한 테 얼려 으늑한 가슴을 열고 마구 정을 쏟고 있다. 제목에서 보듯 목련꽃과 어울려서 한 판 신나게 벌어지는 시적자아와 목련이 펼치는 굿판을 보는 듯하다. 정을 쏟는 것은 목련인 동시에 시적자아이다.

이렇게 시인은 사물과의 만남에서도 예지를 가지고 마음의 눈을 집중시켜서 시적 대상에 대한 숨겨진 비밀을 캐내어 그 의미를 드러나게 한다. '한 개의 모래알도 똑 같지 않을 정도로 정확하게 묘사하라.'고 한 프로벨로의 말처럼 목련꽃에 숨겨진 각기 다른 의미를 시인은 마음의 눈과 상상력을 통하여 한 편의 시로 형상화하여 표출했다.

　　　오월의 숲에 서면 새생명이 솟아난다
　　　초록빛 풀내음과 싱그러운 나무향에
　　　텁텁한 가슴속까지 말끔하게 씻긴다.

　　　보듬어 품고 앉은 먼저 누운 영혼까지
　　　향기로 다가오는 대지의 흙내음에
　　　마지막 누울 자리가 여기인가 싶어라.

　　　잊은 듯 서 있다가 하늘을 바라보니
　　　풀향은 푸릇푸릇 온 하늘에 적셔 있고
　　　조그만 마음하나에 온 우주를 담는다.
　　　　　　　　　　　　　　　　－ 이정자, 오월 숲에서 －

위 시는 필자가 고향의 선산에 계신 부모님 산소를 찾아갔을 때의 심상을 시로 형상화한 것이다. 싱그러운 오월의 숲은 바라만 보아도 마음까지 푸르다. 오월의 숲에 서면 그 싱그러움에 새 생명이 내 몸속으로 유입됨을 느낀다. 초록빛 풀냄새며 나무향기에 도시에서의 텁텁함이 말끔히 씻겨져 상쾌해진다. 나는 부모님이 계신 이 곳을 찾을 때마다 기분이 좋다. 앞이 탁 트인 산소의 위치는 양쪽에 좌청룡, 우백호를 거느리고 있으며 저 멀리 읍(왜관)까지 바라보이는 명당이다. 그 산 제일 위엔 한 번도 뵙지도 못했지만 내게 할아버지 할머니 산소가 있고 그 윗대 할아버지가 계시다.

이곳에 오면 마음이 평온하고 아늑하다. 언제가 될지는 모르지만 나도 여기 한자리 갖고 싶어진다. 내 산(우백호)과 자리는 아버지께서 정하여 주셨지만 나는 앞이 탁 트인 아버지께서 계신 이 산이 더 마음에 든다. 아래는 동네가 있고 동네 건너편엔 왜관에서 성주로 가는 국도가 있다. 이곳에 오면 내 마음은 온 우주를 담은 듯 넉넉해진다. 이러한 내 마음을 시로 표출해 본 것이다. 이 시로 2006년도 시조문학 작품상을 받게 되었다. 그래서 이 시는 더 의미가 있는 것이기도 하다.

Buffon(1707~1780)이 '文은 그 자신'이라 하였듯이 존재하는 모든 만물의 상(像)은 인간의 사고(思考) 내에서 잉태하고 존재하는 산물이 된다. 보는 이의 관점에 따라 다르다. 특히 자연을 관조함에 있어서는 관조자의 인격과 그의 사상과 그의 철학에 따라 그 이입되는 가치관이 달라진다. 그러므로 대상에 생명을 이입시키는 이에 따라 그것에 내재하는 미적 가치가 서로 다르게 나타난다.

더구나 시인은 그가 접하는 일상에서의 시적세계뿐 아니라 사물과 대자연에 접해서도 기존의 미적 개념을 초월하여 시적자아가 바라는 참된 의미의 가치를 찾아 삶의 넓이와 깊이를 확대시킨다. 이것이 시인의 상상력의 확대이며 시적인 해방이고 구원이며 참된 존재와의 만남이다.

5) 시의 탄생

  그러면 상상력은 어디서 올까? 그 근원이 되는 고향은 어디일까? 미국의 심리학자 제임스(James William, 1842~1910)는 '상상은 과거에 보고 듣고 느꼈던 물체의 이미지를 재생하는 능력'이라고 하였다. 곧 과거의 기억 속에 남겨진 이미지가 어떤 계기가 마련되면 다시 살아난다는 것이다. 이것은 영국의 철학자 로크(John Locke, 1632~1704)의 '기억은 단 하나의 단순개념도 스스로 기억할 수 없다'는 말을 뒷받침한다. 곧 우리의 상상의 세계나 상상력은 아무 것도 없는 백지상태에서는 떠오르지도 않고 아무 생각도 할 수 없다는 것이다. 곧 이것은 '무'에서는 '유'가 나지 않는다는 것이다. 그러니 시인의 상상력은 그의 삶에서 직접이든 간접이든 그가 체험한 어떤 이미지 혹은 소재에서 새로운 시적 세계를 창출해 낸다는 것이다. 그래서 시는 시인의 창작물이다.

  하지만 이러한 상상력이 르네상스 이전까지는 합리적 사고를 방해하는 이상심리로 간주되어 펼치지 못했다. 그러던 것이 독일 철학자 칸트(Kant Immanuel, 1724~1804)에 의해 상상력의 중요성을 인정받았다. 그 후 영국의 가장 독창적인 천재시인 브레이크(Blake William, 1757~1827)는 신고전주의와 낭만주의의 과도기적 시인으로서 자연의 세계를 자유로운 필치로 펼쳐나갔다. 그는 18세기 신고전주의 시대의 억압적인 형식과 틀에서 과감히 벗어나 마음껏 그의 정신세계를 그려 나간 Pre-Romantist이다. Blake는 어렸을 때 창문 밖으로 천사를 보았다는 환상가이자 신비가이다. 화가로서도 뛰어났다. 자신의 작품집에 풍부한 상상력에 기반을 둔 환상적인 소재에 바탕을 둔 삽화를 그려 넣을 정도였다.

  상상력도 결국은 기억 속에서 이루어지는 정신활동이다. 앞에서 '무'에서 '유'가 안 나온다고 했듯이 아무 것도 경험하지 않고 체험되지 않은 백지상태에서는 아무 것도 기억도 없을 테고 아무 것도 없는 텅 빈 상태의 머리나 정신 상태에서는 상상력도 없기 때문이다. 그래서 상상력은 기억이라는 의식의 큰 바다로부터 건져 올린 이미지라고 할 수 있다. 이러한 이미지에서 시는 탄생한다.

꿈속이듯 그린정성
차마 밟기 어려워

한 마리 궁노루로
설원을 바라본다

허물을 감싸고 보니
지상도 순결했다

밤도와 설경그린
신선은 어디 가고

댓잎에 투두둑
눈 털리는 소리

천지가 반사된 채로
화폭만 남아 있다.

− 이차남, 서설이 내린 날 −

위의 시에서 '한 마리 궁노루로 설원을 바라본다'든지 '밤도와 설경 그린 신선'은 시인의 상상력의 소산이다. '밤사이 하얗게 내린 눈은 순백의 순결 그 자체이다. 어찌 감히 발자국을 내어 더럽힐 수 있을까 차마 그럴 수가 없어 한 마리의 궁노루처럼 그저 바라보기만 한다. 지상의 모든 더러운 허물을 백설로 다 덮고 보니 지상도 순결 그 자체이다. 한 폭의 순수한 동양화이다. 밤사이 이 순결한 그림을 그린 것은 신선일 게다. 신선이 아니고서야 어찌 이런 순수한 그림을 그릴 수 있을까. 그런데 그림만 남겨 두고 신선은 보이지 않는다. 어디로 갔을까.

이렇게 시인은 상상 속에서 궁노루가 되기도 하고 신선의 그림을 상상하기도 하고 신선이 그리는 그림을 감상하기도 한다. 이러한 시인의 상상력은 시인의 경험 속에서 저장된 기억이라는 의식의 큰 바다로부터 건져 올린 이미지이다. 그것은 기억이라는 정신 활동도 결국은 과거의 모든 경험에서부터 오기 때문이다. 이러한 경험을 통한 기억 속에서 상상도 하고 이미지를 창출하기도 하여 시인은 시를 탄생시킨다.

6. 시의 관점과 가치기준

1) 모방론적 관점

시를 현실과 인생의 모방으로 보는 관점이다. 세계와 인생을 인식하는 두 가지 관점에 따르면 인생을 일상생활의 특별한 체험이나 있는 그대로의 인생을 인식하는 경우 곧 일상적 진실과, 현실에는 없더라도 있어야 하는 인생 곧 당위적 진실 내지 이상적 진실이 있다. 전자는 현실이나 현상을 사실적으로 그려진 작품이고 후자는 상상으로 그려진 모방이다.

새 아침
열어놓고
마음에 새길 심서
적막은 선지(宣紙)를 적셔
묵향 속에 흐르는데

획마다

어려운 산고
반야경을 옮긴다.

한 글자
한 구절에
무에서 유를 보는

숨은 뜻 어진 말씀
진리의 높은 뜻은

열릴 듯
열리지 않는
안개 빛 나의 창살.

- 박두익, 정초에 -

　위의 시는 정초에 시적자아가 겪은 현상을 사실적으로 그려내어 형성화한 한 편의 시작품이다. 첫째 수에서는 새해 새 아침에 마음에 새길 글을 화선지에 묵향으로 옮기는데 그것이 얼마나 어려운지 산고를 겪는 듯하다. 둘째 수에서는 한자 한 구절 옮기는 그 말씀이 무에서 유를 보듯 높은 그 진리의 말씀이 열리는 듯 일 듯도 하고 열리지 않아 안개에 가려진 창살이다. 산고를 겪고도 얻을 수 없는 것이 진리의 말씀이니 그 진리의 말씀을 깨닫기 위해 출가도 하고 산사도 찾는 것이 아니겠는가 싶다.

　"달마는 동쪽으로"
푸른 연을 읽은 자리

참선길 머언 념(念)은
나비 꿈을 사뤄 놓고

목탁은
새벽을 열어
법수레를 돌린다.

조각달 야릇한 정이
산마루를 어루던 밤

'空'자의 회의를 물고
깊은 늪 헤매다가

심금을
울리고 가는
경소리에 귀를 연다.

— 박두익, '空'자 懷疑 —

첫 째 수 초·중장은 시적자아의 상상으로 일궈진 구이다. '달마가 동쪽으로' 간 것도 상상이고 '푸른 연을 얽은 자리'도 상상력의 소산이다. 종장에서 '목탁이 새벽을 열어 법수레를 돌리는 것'도 상상과 현실의 결합이다. 둘째 수에서 조각달 야릇한 정이 산마루를 어르는 것도 시적자아의 마음이고 정서이다. 그러니 불교의 공사상에 회의를 품고 깊은 늪을 헤맬 수도 있다. 그러다 심금을 울리는 경소리에 귀가 번쩍 열리는 모습이다.

위 시는 일상적 생활에서나 현실에서는 못 느끼더라도 어떤 순간이나 어떤 상황 곧 산사의 밤에서는 느낄 수 있는 상황이다. 그래서 시는 상황과 시인의 상상력에 의해서 그려지는 당위적 진실 내지 이상적 진실에서 형상화되어 표출된 언어예술이기도 하다.

2) 표현론적 관점

시를 시인 자신과 관련시켜 보는 관점이다. 시를 감정의 유로로 보거나 작가의 지각, 사상, 감정에 작용하는 상상력의 산물로 본다. 시는 마음과 감정에서 울어난 순수한 표현이다.

한시에서 성정론과 기상론은 표현론적 관점으로 본 시론이다.

『서경(書經)』「순전」에 의하면 '시는 뜻을 말로 표현한 것'이고 '노래는 말을 가락에 맞춘 것'(詩言志 歌永言)이라 했고 『詩經』「大序」에서는 '시는 뜻이 가는 바를 표현한 것'으로 '마음속에 있으면 뜻'이 되고 '말로 표현하면 시'가 된다.(詩者 志之所之也 在心爲志 發言爲詩) 또 서거정의 동인시화에 의하면 '시는 마음에서 발하는 것'(詩者 心之發)이다. 곧 성정론에 의하면 시는 개인의 정서이며 그 정서를 한 편의 시로 형상화하여 표출하는 것이다.

이규보는 『백운소설』에서 '무릇 시란 뜻을 위주로 하는데 …… 기(氣)의 우열로 말미암아 의(意)가 깊고 옅음이 생긴다. 그러나 기는 원래 하늘에서 타고난 것이므로 배워서 얻을 수 없다.(夫詩 以意爲主 …… 由氣之優劣 乃有深淺耳 然氣本乎天 不可學得)라 하여 기천부론(氣天賦論)을 펼쳤으며. 최자는 『보한집』에서 '시문은 기(氣)를 위주로 하는데 기는 성(性)에서 발하고 의(意)는 기에 의거하며 말은 정(情)에서 나오는데 정은 곧 의(意)'. (詩文以氣爲主 氣發於性 意憑於氣 言出於情 情卽意也) 라 하여 시를 기(氣)의 발로로 본 기상론(氣象論)을 폈다. 여기서 기는 타고난 성품을 말하며 어떠한 것에도 제한을 받지 않고 자유로운 시인의 정신적 활력을 의미한다. 이는 곧 이규보의 기천부설(氣天賦說)과 부합하는 것이기도 하다. 이러한 견해는 개성적이고도 주관적인 상상력에 의한 개인의 자연스러운 감성과 환상 및 초월성 등을 강조한 낭만주의 시관과도 통한다. 그러니 사람의 기질이나 시인의 기질은 결국 동·서양이 함께 함을 볼 수 있다.

천지간
하얀 말씀
소곤대며 하강한다.

순백의
진실들이
화선지에 눈을 뜬다.

온갖 것
더러움 묻고
강물 되는 목숨들.

－오영호, 눈 오는 날－

시인은 눈을 하늘과 땅 사이를 소곤대며 내려오는 하얀 말씀으로 이미
지화했다. 하늘과 땅을 잇는 하얀 말씀은 종교적인 의미를 상징할 수 있
다. 이것은 중장에서 순백의 진실로 표현되어 나타난다. 종장에서는 지상
에서의 모든 거짓되고 더러운 것들을 다 묻어버리고 강물로 흐르는 순수
함이다. '문은 곧 그 자신'이라 한다. 글은 곧 그 사람과 같다는 말이다. 무
심히 쓴 한 줄의 글속에도 이미 그의 인생관이 드러나 있어, 글을 보면 그
사람을 알 수 있다. 말이 씨가 되고 한 번 뱉은 말은 사라지지 않고 우주 공
간 어딘가에 살아 있다가 어느 순간 어느 때가 되면 돌아온다고 한다. 그
래서 말은 아무렇게나 내 뱉어서도 안 되고 부정적인 말과 안 좋은 말은
삼가 하라고 옛 어른들은 일러준다. 말을 언어기호로 나타낸 것이 글이다.
그러니 말이나 글은 같은 효력을 갖고 나타난다.

위의 시는 아름다운 심성을 지닌 고운 마음에서 우러나온 아름다운 시
이다. 누구나 또 언제나 이런 고운 마음만 지닐 수 있다면 이 세상은 보다
평화롭고 아름다운 세상이 될 것이다.

신고전주의와 낭만주의의 과도기적 시인으로서 "詩는 강력한 감정의 자연 발생적인 흐름"이라고 정의한 워즈워드(William Wordsworth, 1770~1850)나 이 보다 한 발 앞서 자연의 세계를 자유로운 필치로 펼쳐나간 영국의 가장 독창적인 천재시인 브레이크(Blake William, 1757~1827)처럼 작가의 지각과 사상과 감정에 작용하는 상상력의 산물로 보거나 간에 위 시 또한 시인의 상상력에 의해 표출된 아름다운 한 편의 시이다.

3) 효용론적 관점

문학작품이 독자에게 미치는 영향과 작품이 왜 읽혀지는가를 탐구하는 것이 효용론적 관점이다. 여기에는 쾌락적 기능을 중시하는 관점과 교훈적 기능을 중요시하는 관점이 있다. 효용론적 입장에서 고려되어야 할 것은 작품이 독자에게 미치는 영향이다. 문학작품이 독자에게 어떤 영향을 미치며 왜 문학작품이 읽혀지는지를 탐구하는 것이 효용론이다. 이 관점은 그리스의 철학자 플라톤과 아리스토텔레스의 문학 논의에서 출발하였다.

플라톤은 시가 인간에게 나쁜 감정을 조장하므로 철인에 의해 지배되는 이상국에서 시인은 추방되어야 한다고 주장하였다. 반면에 제자인 아리스토텔레스는 카타르시스의 이론을 이야기하면서 비극은 인간의 두 가지 근본정서인 연민과 공포의 감성을 환기하여 감정을 정화한다고 했다. 이 환기된 정서가 비극과 질서에 의하여 평형상태로 나감으로써 마침내 순화된 정서의 체험을 맛보게 된다는 것이다. 이러한 문학의 효용론적 관점은 교훈적 기능과 쾌락적 기능으로 나뉘는데, 이 두 기능은 호라티우스(Quintus Horatius Flaccus, BC.65~BC.8)에 의하여 제시되었고, '문학 이론'에서 대립적 명제에 의한 변증법으로 설명된다.

칸트(Kant Immanuel, 1724~1804)는 예술이 지닌 향유로서의 측면을 강조하여 미를 목적 없는 합목적성에서 찾았으며 아도르노(Adorno

Theodor Wiesengrund, 1903~1969)는 미에 사회비판적인 의미를 부여하여 문학의 교시적 기능과 쾌락적 기능이 변증법적으로 통일되어야 한다는 것을 주장했다.

문학이 쾌락이라는 것은 시가 교훈적이어야 한다는 견해가 전제된다. 이것은 감미로우면서도 유익해야 한다는 것이다. 문학이 성공적으로 기능을 발휘한다는 것은 이 두 기능의 우위를 논하는 것이 아니라 실질적으로 아름답고 진실해야 한다는 것이다.

'교양은 독서'라 한 아놀드 (Matthew Arnold)는 「The Study of Poetry」22) 에서 시의 교시적 기능을 말했다. 그 외도 엘리자베스 시대의 궁정신하이면서 시인인 시드니(Sidney Sir Philip, 1554~1586)는 그의 시 「아스트로펠과 스텔라(Astrophel and Stella」23)'에서, 동시대의 스펜서(Edmund Spenser, 1552~1599)는 「아모레티」24)에서 효용론적 관점에서 시의 정의

---

22) Matthew Arnold: THE FUTURE 1 of poetry is immense, because in poetry, where it is worthy of its high destinies, our race, as time goes on, will find an ever surer and surer stay. There is not a creed which is not shaken, not an accredited dogma which is not shown to be questionable, not a received tradition which does not threaten to dissolve. Our religion has materialized itself in the fact, in the supposed fact; it has attached its emotion to the fact, and now the fact is failing it. But for poetry the idea is everything; the rest is a world of illusion, of divine illusion. Poetry attaches its emotion to the idea; the idea is the fact. The strongest part of our religion to—day is its unconscious poetry.'Let me be permitted to quote these words of my own, as uttering the thought which should, in my opinion, go with us and govern us in all our study of poetry. In the present work it is the course of one great contributory stream to the world—river of poetry that we are invited to foil

23) 엘리자베스 시대의 전형적인 소네트는 페트라르카 형식으로 된 연작 연애시였다. 이 연작시의 각 소네트는 일부는 상투적인 내용과 일부는 개인적인 감정을 담은 독립된 시들이지만, 연작이라는 형식을 통해 무엇인가 이야기가 전개 되어가는 듯한 흥미로움을 더해주었다. 필립 시드니 경의 시 『아스트로펠과 스텔라』는 에드 먼드 스펜서(Edmund Spenser, 1552~1599)의 『아모레티』와 함께 엘리자베스 시대의 연작 소네트 가운데 대표적인 것으로 시의 효용성을 말해 주기도 한다.

24) <아모레티>는 사랑의 바람과 절망, 그리고 성취의 기쁨을 노래한 89편의 소네트와 그에 덧붙여진 9연(stanza)의 시로 구성되어 있으며, 같은 판본으로 출간된 결혼식 축가와 함께 스펜서가 자신의 두 번째 부인인 엘리자베스 보일(Elizabeth Boyle)을 대상으로 쓴 작품으로 알려져 있다

를 내렸음을 볼 수 있다.

　동양시론에서는 보다 구체적으로 다가간다. 공자는 '시경에 있는 시 305편에는 생각에 사특함이 없다(詩三百 一言而蔽之曰 思無邪)'고 말했다. 또 '시는 감흥을 일으키며 사물을 관찰하게 하며 무리를 짓게도 하며 사리에 어긋나는 것은 원망도 하며 가까이는 부모도 섬기며 멀리는 임금을 섬기며 새나 짐승 초목의 이름을 많이 알게도 한다(詩 可以興 可以觀 可以群 可以怨 邇之事父 遠之事君 多識於鳥獸草木之名)'고 하여 시의 효용성을 일러준다. 그런가 하면 '관저의 시는 즐겁되 지나치지 아니하고 슬프되 감상에 흐르지 않는다'고 하여 시가 정서 감정과의 조절로서의 역할까지 함을 나타내 시의 효용성을 명시했다. 또 유몽인(柳夢寅1559~1623)은 『於于野談』에서 '시는 풍교와 관련이 있는 것으로써 단지 사물이나 경색만을 읊어서는 안된다'(詩觀風敎 非直咏眺物色耳)고 하여 시를 인격 수양의 수단이나 교화의 수단으로 보는 재도적 풍교론(載道的 風敎論)이 지배적이었다.

　　　　어머니 주신 은혜 소중히 지닌 목숨
　　　　맥없이 사는 것도 보람이라 하더이까
　　　　산굽이 물굽이 돌아 황혼녘에 섰습니다.

　　　　쓰러지는 꿈들을 세워도 보았지만
　　　　모진 바람 몰려들어 보람도 흩어놓고
　　　　서산에 노을빛으로 빈 하늘을 채웁니다.

　　　　갈망하던 별빛들이 하나 둘 떠난 자리
　　　　세월 강 수경 속에 기억을 수장하고
　　　　허공을 쥐고 가야할 길 하나를 봅니다.

　　　　　　　　　　　　　　　　　　　　- 김기석, 황혼녘 -

『효경(孝經)』에 의하면 '내 몸과 피부와 터럭(머리털)은 부모에게서 받은 것이니, 감히 헐어 상하지 않게 하는 것이 효의 시작'25)이라 했으니 어버이 주신 은혜를 소중히 보전한 것도 효이다. 옛날에는 머리털도 부모에게서 물려받은 것으로 자르지 않았다. 그래서 갑오경장 후 단발령이 내렸을 때 부모님께 불효라 하여 선비들은 통곡을 하였다.

시적자아는 첫 수에서 부모님이 주신 목숨을 그래도 소중히 여겨 뜻대로 보람되게는 못살았지만 산굽이 물굽이 같은 어려운 고비를 돌고 돌아 이제 황혼녘에 들어섰음을 술회한다. 둘째 수에서는 누구에게나 소망하는 꿈은 있기 마련이다. 시적자아도 그 꿈을 펼쳐보려고 무진 애를 쓰면서 도전하고 또 도전해 보았지만 모진 세파에 밀려 그 꿈도 보람도 흩어져 이제 다만 서산마루에 걸린 노을빛으로 빈 하늘만 채운다고 하여 황혼녘의 허전함을 표출한다. 셋째 수에서는 그렇게 갈망하던 별빛 같던 꿈도 다 떠난 자리에서 이제는 지나온 세월 속에 모든 것을 묻어버리고 어차피 빈손으로 가야할 길 하나를 본다 하여 공허함과 숙연함을 더해 준다. 인생을 어떻게 살았던 마지막 길을 생각하면 누구나 지난 세월에 대한 아쉬움과 부족함과 후회도 있기 마련 일게다. 한 평생을 만족스럽게 보낸 인생이 어디 그리 쉬울까 싶다.

4) 구조론적 관점

시 그 자체를 바라보는 관점이다. 곧 시를 하나의 독립된 유기체라고 보고 있다. 앞에서 진술된 모방론이나 효용론과 표현론은 각각 시를 모방의 대상이나 독자나 시인 같은 외부적 요소와 관련시켜 해명하고 있다. 그러나 구조론적 관점에 의하면 시는 그러한 외부적 요소의 지배를 받지 않고 독자적으로 존재하는 자기 충족적 실체라고 인식한다. 따라서 시는 외부

---

25) 身體髮膚 受之父母, 不敢毁傷 孝之始也

적 관련사항이 아니라 그 자체의 내부적 조건 즉 그 구조의 복합적인 상호 관계를 분석하고 종합하는 방법을 통해서만 제대로 해명될 수 있다는 것이다. 20세기 초반에 등장한 러시아 형식주의자들과 영미의 신비평가들에 의해 그 이론적 체계가 세워졌다. 그러나 그 뿌리는 멀리 아리스토텔레스에게로 거슬러 올라간다. 그것은 시의 내용에서 부분간의 유기적 결합이 중요한 요건임을 그가 강조했기 때문이다.

구조론자들은 종래의 비평에서의 오류를 비판하였다. 이들은 전통적인 비평가들이 작가의 의도에 따라 표현론적 관점에서 작품을 분석 평가한 것을 의도적 오류라 비판하고, 작품이 독자에게 끼친 심리적 도덕적 영향에 따라 효용론적 관점에서 분석 평가한 것을 감상적 오류라 하여 이를 배격하는 경향을 나타냈다. 이렇게 문학 외적인 조건 곧 시가 생산된 시기의 역사적 사회적 조건과 작자나 독자의 심리적 반응 등과의 관계 속에서 연구되는 것에 반대했다.

그들은 작품의 본질적 조건 곧 언어, 리듬, 이미지, 비유, 상징, 어조 등 내적 조건에 의하여 연구되어야 한다고 주장했다. 어디까지나 시의 내적 조건에 충실한 것이 구조론적 관점이다. 구조론적 관점에서 내린 시의 정의를 살펴보아도 그들의 뜻을 알 수 있다. 곧 '시는 모든 발화(發話)의 완전한 형식이다'라 한 리차즈(L.A Lichards)나 '시는 아름다운 운율적 창조'라고 한 포우(E.poe)나 '시를 구성하는 2개의 중요한 원리는 어조와 은유다'라 한 웰렉(R. Wellek) 등은 모두 시의 구조에 관한 정의이다. '시의 정의의 역사는 오류의 역사다'라고 한 엘리엇(Eliot)의 말처럼 시의 개념을 포괄하는 정의를 하나로 내리기는 어렵다. 그래서 시인들이 내린 단편적인 시의 정의를 포괄하여 이해하는 것이 좋다. 그 단편적인 정의를 한데 묶으면 시의 정의를 포괄할 수 있기 때문이다.

　원하든 원치 않든

수많은 갈림길에
아직도 남아 있는
선택의 틈새에서
어설픈 이삭이나마 횡재인 듯 반가워라.

뒤엉킨 실수와
인연이 화필 되어
순간과 찰라로
그려낸 자화상
쭉정이 더 많다지만 알곡인들 없겠는가.

– 강규인, 행복 이삭줍기 –

'시는 발화되는 모든 내용 중 가장 완전한 형식'이라 한 리차즈(L.A.Lichards)의 말이나 '시는 아름다운 운율을 가진 창조물이다'라 한 에드카 포우(E.Poe)의 말이나 '시를 구성하는 두 개의 중요한 원리는 어조와 은유'라는 웨렉(R.Well다)의 말은 모두 작품의 내적 조건에 입각한 시의 정의들이다. 이러한 시론에 입각해 위의 자품을 감상하고 분석한다면 모두 합격점이다. 그 위에 뭣보다 시적자아의 긍정적인 삶이 아름답다. 원하든 원치 아니하든 그간 시적자아는 수많은 갈림길을 걸어왔고 아직도 그의 앞에는 선택의 길이 놓여 있다. 그 인생길을 가면서 그래도 좋은 일이 생기면 그것이 설령 적은 것이라도 큰 것을 얻은 듯 기뻐하는 그 마음이 아름답다. 적은 것에도 감사할 줄 아는 사람에게는 더 큰 행운도 살아가면서 따라오리라. 살면서 실수가 없는 사람이 어디 있겠는가. 그러면서 배우고 깨우치고 성장하고 발전하는 것이 또한 인생이리라.

구조론적 관점은 20세기 이 후 서양에서 가장 지배적인 시관이 되어 왔으나 동양에서는 그 전부터 형식보다 내용을 중시하는 시관이 지배적이었다.

　이상에서 보듯이 시는 여러 관점에서 논의되어 왔다. 그래서 이러한 시의 다양한 정의를 두고 '시 정의의 역사는 오류의 역사'라고 엘리엇(T.S.Eliot)은 말했다. 곧 완벽하고 고정된 시의 정의는 없다는 것이다. 각자가 자기의 경험과 견해에 따라 내린 것이기 때문이다. 그러니 시를 어떻게 정의하고 어떻게 보느냐는 시인의 체험과 학자의 견해에 따라 다르다. 그것은 곧 정석이 없다는 것이다. 하지만 이상의 관점과 가치기준을 중심으로 시를 이해하고 분석하고 감상한다면 시에 대한 올바른 비평능력도 생길 것이라 본다.

 시 창작의 이론과 실제

1. 시의 소재 (시의 내용)

시의 소재는 나를 중심으로 보고 느끼고 생각하고 관계되는 모든 것이 된다. 눈을 뜨고 보거나 눈을 감고 생각하는 그 모든 것에 시혼이 닿고 시상이 모아지면 시는 물이 흐르듯 저절로 흘러나오는 것이다. 그리고 다듬고 다듬어 예쁜 집을 지어내듯 한 편의 작품을 만드는 것이다. 다음에서 구체적으로 살펴보자.

1) 마음을 표현

인간의 마음이란 감정을 생성해 내는 원천이며 사물을 비추는 거울이다. 똑 같은 사물도 그 느낌은 다르다. 그것은 개개인의 마음이 다르기 때문이다. 그러므로 시는 시인의 상상력에 의해 이루어진 극히 주관적인 '언어 예술'이다.

조선 초기 학자인 서거정(1420~1488)은 '시는 마음에서 말하는 것'이라 했고, 고려조 문인인 이인로(1152~1220)는 '시는 마음에서 울어난

다’고 했다. 그런가 하면 영국의 시인 워즈워드(William Wordsworth, 1770
~1850)는 ‘시는 강한 감정의 자연적인 발로’라고도 했다. 그러므로 시는
마음에서 울어나고 감정으로 표출되는 언어 예술이다.

> 못 다 부른 이름 있어
> 붉어지는 눈시울이여
>
> 더는 참지 못해
> 왈칵 터진 울음이
>
> 홍건히
> 하늘에 떠돈다.
> 한 순간 꽃이 진다.
>
> －홍오선, 노을－

위의 시는 노을을 시적 상관물로 한 시적자아의 마음의 표상이다. ‘불러
도 불러도 부르고 싶은 그 이름. 그 이름이 못내 그리워 눈시울이 붉어진
다. 그러다 더는 참지 못해 터져버리는 울음 그 눈물이 홍건히 하늘을 떠
돌며 노을과 만나 꽃처럼 붉게 물든다. 붉어지는 눈시울과 울음을 노을에
매치시켜 간절한 그리움을 붉게 타는 노을로 형상화한 작품이다. 이는 ‘시
는 강한 감정의 자연적인 발로’ 라는 워즈워드의 말을 연상케 한다. 다음
의 자유시도 한 편 살펴보자.

> 머언산 청운사
> 낡은 기와집
>
> 산은 자하산
> 봄눈 녹으면

느릅나무
속잎 피는 열 두 구비를

청노루
맑은 눈에

도는
구름

- 박목월, 청노루 -

이 시는 오직 관념 속에서 상상의 날개를 펼치고 이루어진 의식의 흐름
이며 마음의 표출이다. 청운사도 자하산도 청노루도 청노루눈 속에서 도
는 구름도 실재는 볼 수 없는 시적자아의 상상 속에서 존재하는 시의 세계
이다. 이 또한 상상으로 이루어진 마음의 표출이다.

2) 사물과 세계를 표현

사물을 바라봄에 있어 육안으로 뿐 아니라 마음의 눈을 가지고 바라볼
때 그 이면의 세계를 발견하게 된다. 시인은 마음의 눈을 가지고 대상을
관조하고 새롭게 발견한다. 사물에 대한 틀에 박힌 고정관념을 깨고 숨겨
진 의미와 모습을 시인의 눈으로 재창조하여 표출한다.

시창작이란 대상에 대하여 오감을 통하여 보고, 느끼고, 생각하고, 발견
하고, 인식한 바를 언어의 기호로써 미적으로 형상화하는 작업이다. 영국
의 이미지즘 시 운동을 불러일으킨 흄(Hulme Thomas Ernest, 1883~1917)
이 '시는 사물을 있는 그대로 보는 것이다.'라고 표현한 이 말은 시인의 마
음의 눈 영혼의 눈을 통하여 사물이 갖고 있는 그 내면적인 모든 것을 다
밝혀내는 것이다.

대상을 바라보는 태도에 있어서도 똑 같은 사물이라도 보는 이의 관점

에 따라 엄청난 차이를 가지고 있다. 외적인 미(美)만 보는 경우와 그 내면을 보는 경우가 있나 하면 꽃을 바라보더라도 그 빛깔에 취하는 사람이 있고, 그 향기에 취하는 사람도 있다. 그런가 하면 이파리와 줄기를 포함한 그 전체적인 모습에 매료되기도 한다. 또는 연인의 모습을 떠올리는 경우도 있고 아름다움에 대한 그 본질까지 생각하는 사람이 있다. 다음에서 시적 대상의 인식과정을 살펴보자.

1 단순히 대상 그 자체로만 본다.
2 대상의 종류와 모양을 본다.
3 외물(바람)에 의한 대상의 흔들림을 본다.
4 외물에 의한 움직임(동요)을 세밀하게 관찰한다.
5 대상에 내재 또는 승화된 생명력을 본다.
6 대상의 생명력과 외물과의 상관관계에서 생기는 사상과 정서를 본다.
7 대상을 흔들고 있는 외물(바람) 그 자체를 생각해 본다.
8 대상을 매개로 하여 그 이면의 세계와 초월의 세계를 상상해 본다.

1에서 4는 눈에 보이는 것만을 보는 초보단계로 피상적인 것만을 본다. 5에서 6은 눈에 안 보이는 부분까지 생각하는 중급단계이다. 7은 관계 맺고 있는 다른 대상에까지 인식을 확대하는 고급단계이다. 8은 다른 세계를 새롭게 발견하거나 창조하는 초월적인 단계이다.

시의 세계는 5에서 8까지의 세계를 상상하고 구사하고 묘사하여 형상화할 수 있는 시인의 능력을 요구한다.

청아한 바람소리 푸르게 물들이며
어둔 밤 빈 낮에도 갖은 유혹 뿌리쳤다

미덥다 층층한 봉서 누설 않는 한 평생

- 김교한, 대(竹) -

위의 시조는 절의를 상징하는 대나무의 속성을 내밀하게 관조하여 형상화한 작품이다. 대나무는 속이 비어 허하되 외피가 단단하고 강직할 뿐더러 사시사철 푸름을 간직하여 무욕의 절의를 상징한다. 이러한 대나무의 속성에서 시적자아는 '맑은 바람소리로 푸르게 물들이며 세상사 갖은 유혹을 다 뿌리쳤다'고 하여 대나무의 속성인 절의를 표출했다. 그리고 중장에서 '미덥다 층층한 봉서(층층이 품은 봉서)'라 하여 대나무 속의 마디마디마다의 얇은 층을 표현함에 누설 않는 한 평생이라 하여 대나무의 내면까지 묘사하여 대나무의 속성에 따른 푸른 절의와 대의 강인함과 신의를 형상화하였다. 이는 곧 대나무를 객관적 상관물로 내세워 그 속성을 이미지화한 것으로 시적 자아의 자의식의 표출이다.

길어진 해 그림자 비껴선 환한 숲길
고단한 발자국을 밟고 가는 저녁노을
내 삶도 저물녘에는 저 빛처럼 고울까?

닳아진 그루터기 모난 맘 앉혀놓고
솔바람 풀꽃향기 눈과 귀를 씻어내면
산산한 그리움으로 홀로 능물 밝히네.

팔 벌린 가지마다 허기진 시간들이
붉어진 눈길 따라 산허리 돌아갈 때
피보다 뜨거운 사랑 둥지 안에 담는다.

- 이인자, 노을 -

위 시는 노을이 곱게 물든 황혼녘의 전경과 이를 바라보며 다가오는 시적자아의 감정과 서정을 형상화한 작품이다.

첫째 수에서는 길어진 해 그림자를 비껴서 노을로 물든 환한 숲길을 걸으며 곱게 물든 저녁 노을을 감상한다. 그 노을도 종일을 걸어서 서녘하늘까지 왔으니 얼마나 고단할까. 그래서 시적자아는 '고단한 발자국을 밟고 가는 저녁노을'로 비친다. 이는 시적자아의 심상이다. 그 고단한 삶이지만 저렇게 곱게 마지막을 장식하니 얼마나 좋은가 그래서 '내 삶도 저물녘에는 저 빛처럼 고울까?'라 하여 나의 삶도 황혼녘에 저렇게 곱게 빛나기를 바란다.

둘째 수에서는 싱그러운 솔바람과 풀꽃 향기로 세파에 물든 눈과 귀를 깨끗이 씻어내면 '잔잔한 그리움으로 홀로 등불 밝히네.' 이는 홀로 가는 고단한 삶도 자연에게서 평온함을 찾게 됨을 표출했다. 셋째 수에서는 이 황홀한 자연의 경관을 바라보며 흐르는 시간 속에서 시적자아는 '피보다 뜨거운 사랑 둥지 안에 담는다.'에서 감지되어 다가오는 대상을 향한 뜨거운 사랑을 느끼며 이를 고스란히 간직하고 싶은 소망을 담아내었다.

이렇게 시인은 '노을'이라는 대상에 접하여 오감을 통하여 인식한 바를 미적으로 형상화하여 한 편의 작품으로 표출했다.

한 송이 국화꽃을 피우기 위하여
봄부터 소쩍새는
그렇게 울었나보다

한송이의 국화꽃을 피우기 위하여
천둥은 먹구름 속에서
또 그렇게 울었나 보다

그립고 아쉬움에 가슴 조이던
머언 먼 젊음의 뒤안길에서

이제는 돌아와 거울 앞에 선
내 누님같이 생긴 꽃이여

노오란 네 꽃잎이 필려고
간밤엔 무서리가 저리 내리고
내게는 잠도 오지 않았나보다.

- 서정주, 국화 옆에서 -

위의 시는 오상고절에 고고하게 피어난 한 송이 국화꽃을 보고 시집살이의 인고를 이겨내고 친정나들이를 한 성숙한 누님에 비유하여 국화꽃의 이미지를 승화시켰다. 국화꽃을 보고 느끼는 감정은 개개인에 따라 다르다. 그것을 시적자아는 고단한 시집살이를 하고 친정에 돌아와 편안하게 거울 앞에 선 누님으로 형상화 했다. 봄부터 소쩍새가 울고, 여름엔 천둥이 먹구름 속에서 또 그렇게 울고 무서리가 내린 것 등은 누님으로 표출된 국화, 국화로 표출된 누님의 시집살이의 고달픔을 형상화한 것이라 볼 수 있다. 그리고 그 누님을 기다리며 그리워하는 마음에 잠도 설친 것이다. 이러한 시적자아의 심상을 오상고절에 핀 국화에 빗대어 한 편의 시로 표출한 것이다.

이렇게 시인은 마음의 눈을 통하여 대상의 보이지 않는 내면까지 훤하게 꿰뚫어 보며 통찰한다. 이로 인해 사물의 숨겨진 의미와 세계를 만나고, 이를 통해서 삶의 깊이와 넓이를 확대시켜 나간다. 뿐만 아니라 대상과의 심리적 거리에 있어서도 저마다 처한 환경과 위치에 따라서 대상을 인식하고 감상하고 느끼는 상태가 다르다. 예를 들면 한 저명인사의 죽음을 바라보는 눈은 그 처한 위치에 따라서 다르게 인식 된다. 곧 아내에게는 사건의 일부가 되어 그녀의 인격과 일치하고, 의사에겐 직업적 양심에서 감동을 갖고 생명을 부여하며, 신문기자에겐 다 같은 직업적 의식은 의사처럼 갖고 있지만 사건의 개입이 아니라 관찰자의 입장에서 독자에게 감동을 줄 명문을 생각한다. 그런가 하면 화가에겐 단지 외재적인 빛과 그림자, 색채에만 주목하고 이를 표현한다.

이렇게 한 사건을 두고 그의 위치에 따라 심리적 거리가 달라진다. 이것을 시인은 대상 속에서 시적자아가 처한 위치에서 이를 인식하고 감상하고 느낀 것을 표출하는 연금술사이다. 시인의 심리적 거리가 대상의 미적 형상화에 필수적 조건이다. 곧 중용의 태도를 이른다. 지나치게 감정적이지도 않고 그렇다고 무덤덤하지도 않은 감정의 절제이다.

3) 시대와 현실을 표현(참여시)

모든 창작물은 그 시대의 산물이다.

미국 태생의 영국시인인 엘리엇(T. S. Eliot, 1885 − 1965)은 "The great poet, in writing himself, writes her time". 이라 하여 시인은 그의 작품에서 그 자신과 함께 그 시대를 표현한다고 했고, 독일의 실존 철학자인 하이데거(Martin Heidegger, 1889~1976)는 '시는 역사를 지탱해 주는 밑바탕'이라 했다. 그러므로 시창작은 시대와 현실을 직시하고 참여하는 행동으로부터도 시작한다.

중국의 근대 문학의 아버지라 불리는 노신(魯迅, 1881~1936)은 국비로 일본 유학을 했다. 아버지의 죽음에 충격을 받고 의학 공부를 하던 중 영화에서 러일전쟁에 승리한 일본군을 묘사하면서 간첩으로 몰린 중국군의 참사를 목격했다. 이에 충격을 받아 문학으로 전향했다. 그래서 그는 펜을 무기 삼아 시대와 현실을 생생하게 표현하여 중국 근대사를 세계에 알리는 훌륭한 작품을 남겼다.

소련의 반체제 인사로 당국으로부터 추방당하여 미국에서 거주한 알렉산드르 솔제니친 (Aleksandr Isayevich Solzhenitsyn,1918~2008) 또한 '한 나라가 위대한 작가를 가진다는 것은 제2의 정부를 가지는 것과 같이 위험하다'고 하여 펜의 강함을 말해 주고 있다. 세기의 영웅 나포레옹 (1769~1821)은 역시 '펜은 칼보다 강하다'하여 문학의 힘을 대변해 주고 있다. 이 모두는 언어의 힘, 글의 힘, 문학의 힘을 역설한 말들이다. 우리의 현대시사에도 일제 강점기 때의 시인에게서 강하게 나타남을 볼 수 있다. 윤동주, 한용운, 이육사, 이상화....... 등등의 작품을 보면 살아있는 민족혼을 느낀다.

> 협실에 솟은 대는 충정공 혈적이라
> 우로를 불식하고 방 중에 푸른 뜻은
> 지금의 위국충심을 진각세계.
>
> 충정의 굳은 절개 피를 맺어 대가 되어
> 누상에 홀로 솟아 만민을 경동키는
> 인생의 비여 잡초키로 독야청청.
>
> 충정공 곧은 절개 포은 선생 우희로다
> 석교에 솟은 대도 선죽이라 유전커든
> 하물며 방 중에 난 대야 일러 무삼.
>
> — 대구여사, 혈죽가 —

'혈죽가'는 일제에 항거하여 자결한 충정공 민영환(1861~1905)의 충정을 그린 것이디. 민충정공이 자결한 방에서 피 묻는 대나무가 솟아나 뭇사람의 귀감이 되었으며 충정공의 절개는 정몽주보다 높다는 게 '혈죽가'의 내용이다. 이 후 <혈죽가 拾絶>등 애국충정과 나라 잃은 통한의 심경, 국토회복을 위한 호소, 왜적에 대한 궐기 촉구, 친일 매국노에 대한 비판, 국민들에 대한 경각심 고취 등의 내용들을 주제로 한 시조가 꾸준히 발표되었다.

끝구가 생략된 것은 이 시기 시조창을 의식한 것으로 본다. 시조창은 끝
구를 생략하기 때문이다. 고시조의 마지막을 장식한 이세보의 시조에서도
종구가 생략된 것이 많다. 그래서 대구여사도 그 영향을 받은 것으로 본
다. 이 후 개화시조가 거의 끝구가 생략된 것으로 나타난다. 이러한 현상
도 이 시기 시조형태의 변형이며 흐름인 것으로 본다. 이 시기 발표된 몇
작품을 살펴보자.

삼천리 돌아보니 천부금탕(天府金湯) 이 아닌가
편편옥토(片片沃土) 우리강산 어이차고 남줄손가
차라리 이천만중(二千萬衆) 다 죽어도 이 강토(疆土)를.

– 작자미상, 자강력 (대한매일신보 · 제965호 1908.4.24) –

쾌 많은 송사리 흐응 병어 준치 흥
口辰을 갈희여 회쳐 먹을까 아
어리화 좋다 흐응 지화자 좋구나 흥.

– 不知肴(대한매일신보.제1034호.1909.2.15) –

날더워 오니 흐응 회냄새 난다 흥
썩어진 일진회(壹進會) 불수산(佛水散) 먹여라 아
어리화 좋다 흐응 良民이 되여라 흥.

– 해산약(解散樂), (한매일신보 · 제1029호 1909.2.21) –

왜 나왔나 왜 나왔나 다 죽으러 왜 나왔나
범 모르는 너의 종자 뉘 덕으로 살아나리
영전에 미리 알아 예방할 줄 왜 모르나

- 보통생, 「왜 나왔나」, (대한매일신보.1909.4.24) -

이 몸이 죽자하니 국가사를 누 맛기며
이 몸이 사쟈하니 저 꼴들을 엇찌볼까
하리라 이 몸이 사생간에 국가사만

- 영은생(瀛隱生), 「하리라」, (대한매일신보 제1368호, 4.23) -

요즈음 네티즌들 못지않은 현실비판이고 인신공격이다. '이천만이 다 죽어도 이 강토를 지켜야 한다'고 호소하기도 하고, 일진회를 통렬히 비난하며 그 중심에선 송병준을 송사리 병어 준치로 비유하며 회를 쳐서 먹자고 한 것 등은 비록 익명으로 발표하긴 했지만 민중의 정서를 표출하여 신문에 실릴 수 있었고 당시 여론을 표명할 수 있었다는 것에 경이롭고 치하할 만하다. 그러한 참여시가 창작되어 발표되었다는 사실만으로도 민중의 식을 대변할 수 있었다. 그러한 정신이 투철했기에 그 후 독립운동도 가능했고 면면히 이어졌다고 본다.

내 고장 칠월은
청포도가 익어 가는 시절

이 마을 전설이 주저리주저리 열리고
먼데 하늘이 꿈꾸며 알알이 들어와 박혀

하늘 밑 푸른 바다가 가슴을 열고
흰 돛 단 배가 곱게 밀려서 오면

내가 바라는 손님은 고달픈 몸으로
청포를 입고 찾아온다고 했으니

내 그를 맞아, 이 포도를 따 먹으면
두 손은 함뿍 적셔도 좋으련

아이야, 우리 식탁엔 은쟁반에
하이얀 모시 수건을 마련해 두렴.

- 이육사, 청포도 -

　작자가 꿈꾸는 이상향이기도 하고 실재 고향 마을의 풍경일 수도 있다. 그러나 시대적 배경을 염두에 둔다면 작자가 꿈꾸는 이상향이 더 가깝다. 얼마나 평화로운 고향마을의 전경인가. 포도가 알알이 익어가듯이 마을의 아름다운 전설도 함께 익어가고, 꿈꾸며 기다리는 청포 입은 손님을 맞아 마음껏 평화를 누리고 싶은 시이다. 여기서 청포 입은 손님은 평화를 상징하는 말로 '해방의 기쁨' 또는 '그 소식을 안고 올 선견자'일 수도 있다.

지금은 남의 땅 - 빼앗긴 들에도 봄은 오는가.
나는 온 몸에 햇살을 받고
푸른 하늘 푸른 들이 맞붙은 곳으로
가르마 같은 논길을 따라 꿈속을 가듯 걸어만 간다.
입술을 다문 하늘아 들아
네가 들었느냐 누가 부르더냐
답답해라 말을 해다오
바람은 내 귀에 속삭이며
한자욱도 섰지마라 옷자락을 흔들고
종다리는 울타리 넘어 아가씨 같이 구름 뒤에서 반갑다 웃네
고맙게 잘 자란 보리밭이
간 밤 자정이 넘어 내리던 고운 비로
너는 삼단 같은 머리털을 감았구나
내 머리조차 가쁜하다

혼자라도 기쁘게 나가자.
마른 논을 안고 도는 착한 도랑이 먹이 달래는 노래를 하고
저 혼자 어깨춤을 추고 가네
나비 제비야 깝치지 마라
맨드라미들과 꽃에도 인사를 해야지
아주까리 기름을 바른이가 지심 매든 그 들이라
다 보고 싶다.
내 손에 호미를 쥐어다오
살찐 젓가슴과 같은 부드러운 이 흙을 발목이 시도록 밟아도 보고
좋은 땀조차 흘리고 싶다.
강가에 나온 아이와 같이
짬도 모르고 끝도 없이 닿는 내 魂아
무엇을 찾느냐 어디로 가느냐 우스웁다 말을 하려므나
나는 온 몸에 풋내를 띠고
푸른 웃음 푸른 설움이 어울어진 사이로
다리를 절며 하루를 걷는다
아마도 봄 신명이 잡혔나 보다
그러나 지금은 들은 빼앗겨 봄조차 빼앗기겠네

－이상화, 빼앗긴 들에도 봄은 오는가－

4) 인생의 진실, 그 내면의 세계를 표현

공자는 '시를 배우지 않으면 할 말이 없다. 마치 담을 맞대고 서 있는 것과 같다'고 하여 인생에서 시의 필요성을 말했다. 사실 공자는 음악과 함께 시를 사랑했다. 그러기에 그는 그 때까지 전국에 흩어져 있던 시를 모아 그 중에서 305편을 선택하여 <시경>을 편집한 것이다. 그것이 최초의 동양의 시집이기도 하다.

인생의 본질이나 진실은 다양한 현상 속에 가려져 있어 실체를 잘 모른

다. 그러므로 마음의 눈, 영혼의 눈을 떠야 시를 쓴다. 시적 공간은 시인의 상상력에 의해서 형성되며 그 허구적 공간으로부터 진실을 끌어내야 한다.

세월을 얹고 있는 머리카락 사이로
남겨진 분신처럼 눈 같은 사랑이여
굽은 뼈 마디마디에 빈 바람을 품었네.

고명딸 육남매 중 말없이 품에 안고
하늘 별 풀꽃이름 하나하나 불러주며
나직이 노래하시던 고운 눈빛 닮고파

잔가지 부러질까 허리 굽은 나무처럼
저승꽃 핀 얼굴로 눈물감춘 애틋한 맘
후미진 골목길에서 돌아보고 또 보고.
- 이인자, 그루터기(情) -

위의 시는 자식을 향한 어버이의 애틋한 사랑이 그 자식에게 다시 애틋하게 다가오는 작품이다. 육남매 중 고명딸이니 얼마나 귀여울까. 말없이 품에 안고 별자리 이름이며 풀꽃 이름을 하나하나 불러주시며 나직이 노래해 주시던 그 고운 눈빛을 어찌 잊을 수 있으리. 닮고 싶은 그 사랑스러운 눈길을ㅡ. 곁에 두지 못하고 출가시킨 그 고명딸이 못내 걱정이 되고 안쓰럽기만 하여 다녀가는 그 골목길에서 돌아보고 또 돌아보는 어버이의 마음을 시적자아 또한 어버이 못지않게 안타까이 돌아보고 또 돌아보며 발길을 옮기는 모습이 행간에서 맴돈다.

더러는
옥토에 떨어지는 작은 생명이고져…
흠도 티도

금가지 않은
나의 전체는 오직 이뿐!
더욱 값진 것으로
드리라 하올 때
나의 가장 나아종 지닌 것도 오직 이뿐
아름다운 나무의 꽃이
시듦을 보시고
열매를 맺게 하신 당신은
나의 웃음을 만드신 후에
새로이 나의 눈물을 지어 주시다.

- 김현승, 눈물 -

오로지 깊고 진실한 믿음 안에서만 나올 수 있는 '눈물'의 의미이다. 시적자아의 마음의 눈, 영혼의 눈으로 표출한 '눈물의 의미'는 진리를 깨달아 나아가는 신실한 신앙인의 모습이다. 눈물의 의미조차도 만물을 창조하신 창조주께 그 의미를 돌리는 고귀한 믿음이다. '아름다운 나무의 꽃이 시듦을 보시고 열매를 맺게 하신' 자애로운 그 분은 다시 '웃음을 만드신 후에' 새로이 '눈물의 의미'를 알게 하신 분이다. 그것은 웃음보다 눈물이 더 귀하기 때문이다. 웃음보다 눈물이 진실로 순수하고 귀한 마음의 표출이기 때문이다.

2. 창작의 길

1) 다양한 문학 체험

시, 소설, 수필, 수상록 등등 작자의 체험, 사고, 감정, 인격 사상 등의 총체적인 것과의 만남으로 새로운 세계를 접할 수 있다. 인생을 우리가 실재적으로 많은 것을 체험할 수 없기 때문에 우리는 문학 속에서 간접경험을 통하여 많은 것을 배우고 익히고 체험한다. 시를 쓴다고 해서 시집만 읽으면서 시작을 한다면 사고의 폭이 좁아진다. 소설을 읽으면서 또 다른 인생을 체험하고, 상상의 날개를 펼치고, 수필이나 수상록을 읽으면서 저자의 인격과 사상을 배우며, 어휘를 넓히고 다듬어진 문장 표현을 닮을 수 있다.

좋은 시를 쓰기 위한 기초로서 독서체험을 풍부하게 가져야 하는 것은 시 창작의 필수조건이다. 독서체험은 실제의 체험에 못지않게 중요한 의미를 지닌다. 그것은 단순히 다른 사람의 글을 읽는 행위가 아니다. 그것은 글쓴이의 체험, 사고, 감정, 인격, 사상 등의 총체적인 것과의 만남이다. 거기서 새로운 세계를 접해 볼 수 있는 계기가 된다. 실제로 한 개인이 경험하고 부딪치는 세계의 폭은 좁고 한정되어 있다. 이를 뛰어 넘을 수 있는 길은 독서이다. 독서는 개인의 정신세계를 살찌우고 삶을 풍요롭게 한다. 또 그것은 사물을 보는 방법이나 시각을 다양하게 만들고 사고를 깊게 한다. 동시에 그것은 개인이 가진 기존의 체험을 새롭게 인식할 수 있는 계기를 마련해주기도 한다. 거기서 창작의 싹이 트기도 한다.

특히 문학경험은 시 창작에 있어 매우 중요하다. 어떤 소설이나 시를 읽고 감동을 받았을 때 자신도 그와 같은 작품을 쓰고 싶다는 강한 충동을 느낀다. 이러한 충동이 창작의 씨앗을 만들기도 한다. 타인의 작품을 읽는 동안 자기의 내면에 감추어져 있거나 잊혀졌던 무수한 생각과 감정들이 분출되기도 하여 막혔던 창작의 길을 트기도 한다. 또 무수한 작품을 접해 봄으로써 훌륭한 작품을 볼 줄 아는 안목을 기르고 자기 작품에 대한 객관적인 평가도 가능해진다.

2) 깊고 풍부한 사고

우리는 살아가면서 많은 것을 경험한다. 일상적인 사람들과의 접촉에

서부터 책을 통하여, 여행을 통하여 기타 여러 가지 인생 경험을 통하여
많은 것을 알고 생각하게 된다. 그러면서 사고의 힘은 길러진다. 인생관이
밝아지고 철학관이 열리며 인생과 세상과 우주를 바라보는 안목도 생긴
다. 이러한 깊고 풍부한 사고(思考)는 창작의 바탕이며 밑천이다. 창조성
과 개성의 근원은 사고에서 나온다. 자기만의 고유한 생각이 개성을 만들
어 내고, 창조적인 글쓰기의 핵심을 형성한다. 그러므로 글은 그 사람의
인격을 반영하고, 사물에 대한 새로운 깨달음과 진실을 발견한다.

지난여름 내
땡볕 불볕 놀아 밤에는 어둠 놀아
여기 새빨간 찔레 열매 몇 개 이룩함이여.
옳거니! 새벽까지 시린 귀뚜라미 울음소리
들으며 여물었나니.

－고 은, 열매 몇 개－

작고 보잘 것 없는 한 생명체의 탄생에서 성숙끼지의 과정을 동해 시인
은 그것이 환기(喚起)하는 모든 생명체들에 대한 경이로움과 소중함을 느
낀다. 거기서 우리의 삶 또한 이와 다를 바 없다는 자연의 섭리까지 깨닫게
한다. 그것은 객체마다 지닌 진실함과 그 내적 아름다움과 가치를 찾아내
어 사물을 넓고 깊게 보는 사고의 깊이에서 출발한다.

빈 땅에 줄을 그어 새길 열어 가라가고
구름을 걷어내고 하늘 길도 가득 채워
조용히 등 뒤로 와서 길을 열어 비추지.

어느 땐 소리 없이 앞 서 가며 길을 열어
멈췄던 길도 다시 돌아보며 생각타가

하늘을 지렛대 삼아 좇아가는 빛이 있지

- 이정자, 빛 -

위의 시 '빛'은 중의적인 시어이다. '빛'과 '인도자'의 역할을 지닌 의미로 운용되었다. 빛의 무한성과 길의 다양성을 생각할 수 있다. 빛은 어디든 비춘다. 해의 길을 따라 음지가 양지 되고 양지가 음지도 된다. 직접 비추지 않더라도 빛의 영향력은 매우 크다. 밤과 낮의 차이이다. 빛은 물과 함께 생명의 근원이 되고 그 생명을 키워 나간다. 그 빛이 등 뒤로 조용히 와서 길을 비추며 인도자의 역할을 한다. 이때의 빛은 마음까지 비추는 길의 안내자로 믿음의 대상이기도 하다. 그 안내자는 때로는 앞에서 길을 열어주기도 한다. 인생길을 가다가 멈추어 설 때도 있다. 그리고 뒤돌아 볼 때도 있다. 그럴 때 믿음(하늘)은 지렛대가 되어 앞으로 나아가게 하는 원동력이 되기도 한다.

이렇게 사고는 창작의 보고이고 근원이 된다. 사고를 통한 시인의 고유한 생각이 개성을 만들어 내고, 시창작의 핵심을 이룬다. 그러므로 시는 그 사람의 인격을 반영하고, 시인의 인생과 철학까지도 나타난다. 시인은 시 창작을 통하여 사물에 대한 새로운 깨달음과 진실을 발견하기도 하여 시인의 마음은 언제나 풍성하다.

'사고'는 창작의 바탕이며 밑천이다. 시 창작은 어떠한 것보다도 자신을 표현하는 일이며, 개성과 독창성을 발휘하는 창조적인 예술이다. 똑같은 사물을 보더라도 각자가 느끼는 것이 다른 것은 그 품고 있는 생각이 다르기 때문이다. 이렇게 각자가 구별되는 자기만의 고유한 생각이 한 인간의 개성을 만들어 내고 창조적인 글의 핵심을 형성해 내는 것이다. 그래서 뷔퐁[buffon georges - louis de, 1707~1788)은 "글은 곧 그 사람이다"라고 했다. 이것은 곧 글은 작자의 정신과 인격 등의 총체적인 모습을 드러나게 해준다는 것이다.

이러한 사실은 시 창작에서도 마찬가지다. 시의 차이는 '사고'의 차이에 따라서 결정된다. 사물과 세계에 대한 통찰이 달라지고 시의 성패가 좌우된다. 시 창작에서 사고란 어떤 심오하고 거창한 사상을 의미하는 것은 아니다. 다만 그것은 자기 삶과 주변의 사물들에 애정을 갖고 거기에서 새로운 깨달음과 진실을 발견하도록 하는 생각의 힘을 의미하는 것이다.

3) 반복되는 습작

시는 철지한 연습을 통한 언어와의 싸움이며 문장과의 갈등이다. 워즈워드가 '최상의 언어를 최상의 순서로 늘어놓은 것이 시'라고 했듯이 준엄하고 치열한 언어 의식을 갖고서 시 창작에 임해야 한다. '위대한 작가는 태어나는 것이 아니라 만들어 진다'는 것은 그만큼 습작의 수련이 요구된다는 말이다. 끊임없이 쓰고 또 쓰고, 고치고 또 고치는 퇴고의 과정을 거치면서 한 편의 시가 창작되는 것이다. 퇴고의 유래를 갖게 한 賈島(가도)가 글자 한자 곧 推(퇴)로 할 것인가 敲(고)로 할 것인 가를 두고 고민했듯이 말이다.

위에서 밝혔듯이 워즈워드는 "최상의 언어를 최상의 순서로 늘어놓은 것이 시"이라 했다. 시는 어떠한 장르보다도 준엄하고 치열한 언어의식을 요구한다. 부단한 노력 없이는 제대로 된 표현을 할 수 없다. 이러한 노력은 비단 시 창작에만 국한되는 것은 물론 아니다. 어떠한 분야이든 거기에서 프로가 되러면 자기와의 싸움과 수련은 필수적인 것이다. 누구나 한 가지 재주를 갖고 태어난다고 한다. 그러니 저마다 타고난 재능이 있다는 말이다. 그러나 그 능력을 계발하지 않으면 스스로 솟아나지는 않는다. 그냥 묻혀 버리고 만다.

'천재는 99%의 노력'이라고 한 에디슨의 말이 있듯이 어느 분야든 각고의 노력과 수련을 통해서만 자기만의 재능과 독창성도 발견할 수 있다.

실제로 위대한 예술적 성취를 이루고 이름을 빛낸 사람들이 남다른 자기 노력을 기울인 일화들을 쉽게 찾아볼 수 있다.

물독과 연못에 얽힌 일화를 남긴 왕희지(王羲之)라든지 습작시절에 버린 파지가 자기키를 넘었다는 일화가 전하는 에밀 졸라라든지 소동파가 적벽부를 지으며 버린 파지가 수레에 넘친다는 일화 등은 그들의 위치가 되기까지 각고의 노력과 수련이 있었다는 이야기이다. 어느 분야든 피나는 노력을 한 사람만이 승리하기 마련이다. 좋은 시를 창작하는 것도 마찬가지이다. 오직 쓰고 또 쓰는 습작에 의한 수련만이 있을 뿐이다.

4) 과학자의 눈

사물을 관찰하는 예지를 가져야 한다. 상투적인 인식에서 벗어나 마음의 눈을 집중시켜서 사물에 대한 숨겨진 비밀을 캐내어 그 의미를 드러나게 한다. 플로베르는 '한 개의 모래알도 똑 같지 않을 정도로 정확하게 묘사하라.'고 했다. 그만큼 관찰력을 가지라는 의미이다.

우리는 평범한 사물이나 현상도 애정을 갖고 관찰을 해보면 전에는 알지도 느끼지도 못했던 뜻밖의 사실이나 모습을 발견하는 경우가 있다. 적어도 시인은 자기 주변의 현상들을 주의 깊게 볼 줄 아는 애정 어린 관찰의 눈을 갖고 있어야한다.

플로베르(Flaubert Gustave, 1821~1880)는 관찰의 중요성을 강조했다. 그가 '한 개의 모래알도 똑같지 않을 정도로 묘사하라'는 것은 그만큼 사물을 정확하게 관찰하라는 말이다. 이런 플로베르를 스승으로 모시고 글쓰기를 배운 사람이 바로 모파상(Maupassant Guy de, 1850~1893)이다.

이들 스승과 제자에 얽힌 일화 또한 관찰의 중요성을 일깨워 주는 이야기이다. 모파상은 자신의 표현력에 부족함을 느끼고 플로베르에게 표현의 비법을 물었다. 그러자 그는 "날마다 자네 집 앞을 지나가는 마차를 관찰하고 기록해 보게나. 글쓰기에 가장 좋은 연습이 될걸세." 했다. 모파상은 스승의 말에 따라 마차를 관찰해 보았지만 별다른 변화도 홍미도 없었다. 단조롭고 따분해서 관찰할 필요조차 느끼지 못했다. 그래서 스승에게 가서 자기의 생각을 말했다. 그 때 플로베르는 모파상에게 다음과 같이 지적하였다.

"관찰이야말로 훌륭한 글쓰기의 연습인데 어째서 쓸모없다고 생각하는가? 자세히 살펴보게나. 개인 날에는 마차가 어떻게 가며 비오는 날에는 어떻게 가며 어떤 모습인가를 살펴보게나. 또 오르막길을 오를 때는 어떻고. 마부의 표정도 살펴보게나. 일기의 변화에 따라 어떻게 변화하는지도 살펴보게나. 결코 단조로운 것이 아닐걸세." 그 후 플로베르는 모파상이 원고를 가지고 올 때마다 더욱더 관찰하는 눈을 갖출 것을 요구하고 모파상은 끊임없는 글쓰기를 연습함으로서 후에 명작을 남길 수가 있었다는 이야기이다.

중국의 유명한 서예가 왕희지 또한 새로운 운필법을 창안 할 수 있었던 것은 그의 관찰력에서 온 것이라는 것도 잘 알려진 이야기이다. 과하자의 이야기는 차치하고라도 관찰이야말로 새로운 것을 발견할 수 있는 가장 좋은 방법이다. 개성과 독창성을 중시하고 새로움을 창조해 내는 것을 생명으로 하는 시 창작에서는 아무리 이것을 강조해도 지나침이 없을 것이다.

> 푸르게 살아 끓던 피와 삶은 다 빠지고
> 조각난 유리 같은 저 투명한 물의 뼈가
> 마지막 지상에 남아
> 혼의 불로 타고 있다.
>
>   － 조주환, 소금 －

물에도 뼈가 있을까? 바닷물은 뼈가 있다. 소금의 결정체가 바로 바닷물의 뼈인 셈이다. 가장 오래도록 남아있는 것이 뼈이다. 수백 년이 지나도 남아있는 부처님 사리(舍利)도 뼈의 경정체이다. 성경에 의하면 육체는 흙으로 만들어져 죽으면 흙으로 돌아가고 영은 하나님의 기를 불어 넣어 생영이 되었음으로 영은 본향인 하늘나라로 간다. 육체가 흙으로 돌아가도 가장 오래도록 지상에 남아 있는 것은 역시 뼈이다. 그래서 가문을 따질 때 조상의 이름과 함께 뼈대 있는 집안 이란 말이 나온다.

시인은 소금을 보는 데도 그냥 짠맛을 내는 조미료로 보지 않았다. 보통 지나쳐 버릴 수도 있는 일상에서 아침저녁으로 먹고 보는 이 '소금'에 접해서도 이를 관조의 대상으로 삼아 소금의 일생을 더듬어 본다. 소금은 넓고 넓은 푸르른 바다에서 형체도 없이 다만 맛으로만 그 존재를 확인하며 어디 걸릴 것 없이 자유로이 살았다. 그러다 해풍에 의해 염전으로 유입되어 염부의 손을 거쳐 따가운 햇볕을 받으며 온몸을 수 없이 닦고 또 닦으며 굴리고 또 굴리는 과정을 겪는다. 이러한 인고의 시간을 보낸 후 티 없이 곱고 깨끗한 하얀 결정체로 태어난다. 이러한 과정까지를 새기고 관찰하여 시적자아는 '푸르게 살아 끓던 피와 살은 다 빠지고/조각난 유리 같은 저 투명한 물의 뼈가/마지막 지상에 남아/혼의 불로 타고 있다.'란 한 편의 시예술로 승화시켰다.

이러한 소금도 만들어지는 여건에 따라 그 모양과 색상 맛이 다양하다. 곧 기후와 바닷물의 깊이와 색깔, 햇볕의 양, 계절에 따라 그 가치가 결정된다. 일반적으로 소금은 검은색 바닥의 염전에서 바람이 없는 맑은 봄날에 만든 것을 좋은 것으로 간주한다.. 이때 만들어진 소금은 은백색으로 물기가 적으며 알갱이가 큰 형태이다. 이러한 소금은 중금속과 노폐물을 산화시키고 혈관속의 각종 세균들을 소독해주는 역할을 한다. 또한 응고된 피를 풀어주고 혈액순환을 돕기 때문에 머리가 맑아진다. 이러한 귀한 소금이니 충분히 시의 대상이 되어 언어예술로 승화하여 길이길이 기릴만하다.

땅에 떨어진
아무렇지도 않은 물방울
사진으로 잡으면 얼마나 황홀한가?
(마음으로 잡으면)
순간 튀어 올라
왕관을 만들기도 하고
꽃밭에 물안개로 흩어져
꽃 호흡기의 목마름이 되기도 한다.
땅에 닿는 순간
내려온 것은 황홀하다

익은 사과는 낙하하여
무아경으로 한 번 튀었다가
천천히 굴러 평안히 눕는다.

- 황동규, 풍장 -

    땅에 떨어진 물방울을 보고 이렇게 황홀한 생각을 할 수 있을까? 이렇게 다양한 보양을 만들 수 있을까? 떨어지는 사과를 보고 무아경을 느끼고 평안히 눕는 작자의 평화로운 마음을 읽는다. 이렇게 시인은 사물을 보되 마음으로 읽고, 마음으로 보고, 마음으로 상상하여 언어로 승화시킨다. 작은 사물 속에 깃들인 큰 세계, 큰 의미들을 놓치지 않고 끄집어내어 그것을 시어로 표출해 내는 힘이다. 주변을 한번 둘러보자. 마음의 눈으로 사물들을 찬찬히 들여다보면 거기에는 평소에는 보지도 느끼지도 못한 무엇인가가 숨어있는 것을 발견하게 될 것이다.

풀잎 끝
파란 하늘이
갑자기 파르르 떨었다

웬일인가
구름 한 점이
주위를 살피는데

풀잎 끝
개미 한 마리
슬그머니 내려온다.

－ 박종대, 풀잎 끝 파란 하늘이 －

시인의 대단한 관찰력이다. 그냥 지나쳐 버릴 수 있는 미세한 부분을 시인이 발견한 것이다. 바로 과학자의 눈이다.

어린 시절 어머니 심부름으로 아침 찬거리를 위해 가지랑 고추를 따러 텃밭에 가면 이슬이 발을 적시곤 했다. 그 때 풀잎 끝에 맺힌 이슬방울 속에는 하늘이 있고 구름도 있었다. 이슬에 젖은 개미도 있었다. 위 시를 읽으면서 바로 그 때가 떠올랐다.

풀잎 끝 파란 하늘이 갑자기 파르르 떨고 있다. 왜일까? 주위를 살펴본다. 풀잎 끝에서 개미 한 마리가 내려오고 있다. 바로 '너였구나'하고 시인은 말했으리라.

5) 대상을 향한 포용력

시인은 어머니의 가슴으로 세상과 사물을 넉넉하고 깊게 포용할 줄 알아야 한다. 생명이 지닌 상처들을 감싸 안고 포용하는 푸근한 마음을 갖는다. 그래서 시를 쓰는 사람은 악한 사람이 없다고 한다.

대지에
발을 꽂고 생명의 근원 찾아
겸손히 몸 낮추며 길을 열고 헤쳐나가

든든한 집을 만들어
연의 가지 엮어간다.

그 가지
새잎 나서 풍성하게 옷을 입고
가을 날 채색하여 바람 따라 떠나가도
나무는 버티고 서서
하늘아래 넉넉하다.

한 평생
사는 동안 뻗어가고 뜻을 펼쳐
잔가지 잎새 내고 풍성하게 이어가서
한 그루 넉넉한 나무로
꿈을 주고 싶어라.

– 이정자, 한 그루 넉넉한 나무로 –

첫 수는 나무의 생태를 형상화하였다. 곧 대지에 뿌리를 내리고 생명의 근원인 물길을 찾아 든든한 한 그루의 나무로 자라나는 모습이다. 둘째 수에서는 든든한 가지가 뻗어나가 새잎을 내어 여름동안 풍성한 그늘을 주다가 가을날 단풍이 들어 낙엽으로 떨어지더라도 그 나무는 그 자리에 버티고 서서 또 다시 피어날 꿈을 안고 새봄을 준비하고 기다리는 나무의 모습을 형상화 했다. 이러한 나무의 생태에서 시적자아는 인생의 꿈을 새긴다. 한 평생 사는 동안 나무가 뻗어가고 잎도 내고 열매를 내듯이 시적자아도 뻗어가고 뜻을 펼쳐 꿈을 나누어 주고자 하는 소망을 담아 한 편의 시로 표출했다.

이렇게 시인은 세상과 사물을 바라보며 그 생명이 지닌 생태까지도 어머니의 마음으로 감싸 안고 포용하는 푸근한 마음을 갖는다. 위의 시(詩)도 어머니(부모)가 한 가정을 이루고 자식을 길러 떠나보내는(결혼) 마음과 떠나보내어도 부모는 그 자리에서 자식을 바라보며 풍성한 꿈을 주고 싶은 마음이 담겨 있다. 또 이는 제자를 향한 스승의 마음이기도 하다. 다음의 시 한 편을 더 보자.

어디서 나왔을까 깊은 산길
갓 태어난 듯한 다람쥐 ㅅ ㅐ ㄲ ㅣ
물끄러미 나를 바라보고 있다
그 맑은 눈빛 앞에서
나는 아무 것도 고집할 수가 없다
세상의 모든 어린것들은
내 앞에서 눈부신 꼬리를 쳐들고
나를 어미라 부른다
괜히 가슴이 저릿저릿한 게
핑그르르 굳었던 젖이 돈다
젖이 차올라 겨드랑이까지 찡해오면
지금쯤 내 어린 것은
얼마나 젖이 그리울까
울면서 젖을 짜 버리던 생각이 문득 난다
도망갈 생각조차 하지 않는
난만한 그 눈동자,
너를 떠나서는 아무데도 갈 수 없다고
갈 수도 없다고
나는 오르던 산길을 내려오고 만다
하, 물웅덩이에는 무사한 송사리떼

                                                   – 나희덕, 어린 것 –

다람쥐 새끼를 보고도 젖이 도는 시적자아의 모성애는 생명을 향한 특히 어린 것에 대한 뜨겁고도 깊은 사랑이다. 직장인이라면 한 번 쯤 경험

함직한 언술들이다. 아기가 생각나 눈시울을 적시면서 양호실에서 남 몰래 젖을 짜버리던 생각, 어미를 찾는 저 어린 생명, 다람쥐가 나의 어린 것으로 다가온다. 그 맑은 눈빛 앞에서 무엇을 어떻게 하랴. 순수 그 무구한 자체로 돌아가게 마련이다. 이것이 생명을 향하고 자연을 향한 시인의 마음이다. 이러한 따뜻한 가슴으로 모든 사물을 바라보고 안아 보는 영원한 모성이 시인의 마음 이다.

6) 자연은 보고(寶庫)

자연은 생명의 근원이며 원형이며 모태이다. 자연 속에서 우리는 많은 것을 배우고 익힌다. 자연은 심성을 순화시키고, 감성을 풍부하게 하여 인생을 윤택하게 하는 보고(寶庫)인 동시에 시의 자료를 제공하는 보고(寶庫)이기도 하다.

알렉스 프레밍거는 『시학사전』에서 '자연이야말로 문학의 진실성을 가늠하는 기준이며 시학의 개념' 이라했다. 시는 생명의 노래이며, 생명의 발현이고 소망이다. 조지훈은 시를 가리켜 '시인이 창조한 제2의 자연'이라고도 했다. 그래서 예부터 시인들은 자연의 아름다움을 노래하고 그 아름다움 속에서 인생을 말하고, 인생을 노래하기도 한다.

> 내벗이 몇이나 하니 수석과 송죽이라
> 동산에 달오르니 긔더욱 반갑고야
> 두어라 이 다섯밖에 또 더하여 무엇하리
>
> — 윤선도, 오우가 —

「오우가」는 산중신곡(山中新曲)의 마지막에 있는 작품으로 고산 56세 때의 작품이다. 이것은 영덕 유배지로부터 귀향하여 금쇄동에서 자연을 즐기며 생활하던 때에 제작된 것이다.

위 시조는 오우가의 서수이다. 서수는 오우의 소개와 이에 만족감을 나타내었다. 시적 자아의 벗은 '물과 돌, 소나무와 대나무, 그리고 동산에 떠오르는 달'이다. 이 다섯이면 벗으로서 족하지 않는가. 또 더 누구를 벗으로 구하겠는가. 이 다섯이면 벗으로서 충분하고 만족하다고 했다. 이렇게 서수는 자연 속에 살고 있는 시적자아의 자연애와 관조의 표백이다. 세속을 떠나 오직 산수간에서 자연을 벗하여 자연을 사랑하고 자연과 더불어 생활하는 시인의 심경을 담아냈다. 이렇게 시인은 자연의 아름다움을 노래하고 그 아름다움 속에서 자연을 상탄하되 그 가운데 인생을 말하고, 인생을 노래한다.

고산이 말한 다섯 벗은 지면에서의 물과 바위 지상에 서 있는 소나무와 대나무 그리고 천상의 달이다. 곧 천지간에 있는 대자연이다. 물은 그치지 않아서 좋고, 바위는 풍우설상에서 굳건히 견뎌내어 변치 않아서 좋고, 소나무는 사철 푸르러 좋고, 대나무는 사철 푸르면서도 속이 비어 절개와 욕심이 없어 좋다. 마지막으로 달은 밤중에 일어나는 모든 것을 보고도 말을 하지 않아서 더욱 좋다. 곧 부단(不斷)의 성격을 가진 물과 불변의 성격을 가진 바위와, 불굴의 성격을 가진 소나무와 불욕의 성격을 가진 대나무, 그리고 무언의 인격자로 표출된 달의 이미지는 곧 시적자아가 벗으로 삼고자 하는 인간상이다.

이 부단(不斷) 불변(不變) 불굴(不屈) 불욕(不欲) 불언(不言)으로서의 수·석·송·죽·월(水石松竹月)의 고유 가치는 동(動)을 부정한 정(靜)적인 존재로 시적자아가 벗으로 삼고자 하는 인간상이다. 다음에서 모두 감상해보자.

구름빛이 좋다하나 검기를 자주한다
바람소리 맑다하나 그칠 적이 하노매라
좋고도 그칠때 없기는 물 뿐인가 하노라

꽃은 무슨일로 피면서 쉬이지고
풀은 어이하여 푸르다가 누르는가
아마도 변치 않을 손 바위 뿐인가 하노라

더우면 꽃이 피고 추우면 잎이 지거늘
솔아 너는 어이하여 눈서리를 모르느냐
구천에 뿌리 곧은 줄 그로하여 아노라

나무도 아닌 것이 풀도 아닌 것이
곧기는 뉘 시키며 속은 어이 비었는가
저러고 사시에 푸르니 그를 좋아 하노라

작은 것이 높이 떠서 만물을 다 비추니
밤중의 광명이 너만 한 이 또 있으랴
보고도 말 아니하니 내 벗인가 하노라.

이렇게 자연은 시인의 관조의 대상이 되어 자연미에서 예술미로 창조
되고 승화된다. 다음은 현대시조 한 편을 감상해보자.

텅 비인 가슴 안이 몇 만 리 꿈이 더냐
신부의 수줍음을 진종일 늙히다가
달빛이 고이는 소리 분명해진 약속이여.

- 우숙자 , 달맞이 꽃 -

위 시는 달맞이꽃에 얽힌 유래와 꽃말을 시적자아의 정서와 매치시켜
형상화한 작품이다. 달맞이꽃(Oenothera odorata)은 남아메리카의 칠레가
원산지인 귀화식물이다. 꽃이 아침부터 저녁까지는 오므라들었다가 밤이
되면 노란꽃잎들이 활짝 피어나기 때문에 밤에 달을 맞이하는 꽃이라 해

서 '달맞이꽃'이란 이름이 붙여졌다. 여름이면 냇가나 들녘에서 군락을 이루며 피어있는 것을 본다.

달맞이꽃에 얽힌 유래와 꽃말을 이해하면 위의 시는 자연스레 풀어진다.

그리스에 달을 사랑하는 님프(요정)가 있었다. 다른 님프들은 별을 사랑했는데 달을 사랑하는 님프는 별이 뜨지 않는 밤에 달과 사랑을 속삭이고자 했다. 달을 사랑하는 님프의 마음을 알아챈 다른 님프들이 제우스신에게 이 사실을 알렸다. 제우스신은 화가 나서 이 님프를 달도 없고 별도 없는 먼 곳으로 쫓아 버렸다. 이 사실을 전해들은 달의 신 아데미스는 쫓겨난 님프를 불쌍히 여겨 밤이면 높이 떠올라 그 님프를 찾아보았다. 하지만 이마저 싫어한 제우스신은 구름과 비로 하늘을 가려 달의 신이 님프를 찾을 수 없도록 방해하였다. 결국 달을 볼 수 없게 된 님프는 점점 여위어 끝내 병들어 죽고 말았다.

달의 신이 님프를 찾아냈을 때는 이미 님프는 숨을 거두었다. 님프가 숨을 거둔 그 자리에는 꽃 한 송이가 곱게 피어났다. 이 꽃이 바로 달맞이꽃이다. 애절한 마음으로 달을 따라 피는 꽃, 그래서 달맞이꽃의 꽃말은 '기다림'이다. 이러한 달맞이꽃에 얽힌 유래와 꽃말을 시적자아의 정서와 아울러서 표출해낸 작품이다. 이렇게 시인은 대상에 접하여 그 외피의 아름다움이나 속성뿐 아니라 그 대상에 얽힌 이야기나 내면에 숨겨진 의미까지도 찾아내어 거기에 시적자아의 서정을 더하여 한 편의 언어예술로 형상화하여 표출해 낸다. 그래서 시인은 언어의 집을 짓는 언어의 연금술사이다. 다음에는 자유시를 만나보자

소금강 계곡에서 만난
나비 한 마리
여름은 저물어 가고
영글은 태양이

햇바람에 잘 빗질되어
검은 나비의 날개를
셀로판지처럼 반짝이니
나비의 날개 위에
한가로운 구름이 떠가고 있다.

오후의 한 순간
나비는 이름 모를 산꽃에 앉아
꿈을 꾸는 듯 미동도 없는데
아이, 莊子의 胡蝶夢이 이것일까.

나비가 나인양
내가 나비인양
거기 섰는 나도 숨을 죽이는데
알지 못할 풀벌레 소리 번쩍이며 쏟아져
어느 틈엔가
계곡의 차가운 물 속으로 숨어버린다.

- 박혜숙, 나비 -

위 시에서 독자는 자연에 몰입되어 있는 시인의 모습을 볼 수 있다. 소금강, 계곡, 나비, 햇바람, 구름, 풀벌레 등 시의 제재만 보아도 마음이 맑아지고 싱그러운 맛이 난다. 그 자연 속에서 꿈꾸는 양 미동도 하지 않는 나비의 모습은 곧 시인의 모습이 되고, 시인은 莊子의 호접몽에 잠겨 자연에 몰입된다. 운용된 시어 또한 모두가 자연 그대로이다. 이렇게 자연은 심성을 순화시키고, 감성을 풍부하게 하여 인생을 윤택하게 하는 宝庫(보고)인 동시에 시의 자료를 제공하는 곳간이기도 하다.

3. 시의 요소와 구성

1) 시의 요소

(1) 의미적 요소

① 말 뜻

사상과 정서가 담긴 말뜻(의미, 주제)이 있어야 한다. 사실을 보고하기 위한 말이 보통의 언어(통상어)라면, 느낌이나 태도, 해석을 나타내는 말을 시적인 언어, 곧 '미적 언어'라고 할 수 있다. 시의 언어는 사전에 기록된 객관적이고 개념적인 과학의 언어와는 다르다. 시의 언어는 함축적이고, 간접적이고 개인적이다.

시가 보통의 언어처럼 운용되었다하더라도 시에 있어서는 리듬과 이미지와 어조에 따라 그 의미가 보다 비약적이고 조직적이다. 그러므로 시의 언어는 언제나 리듬과 이미지와 어조가 유기적으로 관련됨으로써만 그 의미가 상승된다. 이것은 시를 줄글로 늘어놓으면 별 의미가 부여되지 않는 것을 보아도 알 수 있다. 관념시나 철학적인 시에서 중시한다.

사위는 노을 자락
눈시울에 내려놓고
고갯마루 넘어가는
내 무게는 얼마일까
세월이
오두마니 앉아
지켜보는 저울 눈.

삶이란 꽃잎 같아
떨궈야만 여문다기
샘물처럼 솟는 생각

핏줄마다 채웠는데
이렇듯
빈 수레구나
꿈쩍 않는 저 눈금.

- 이정원, 노을에 서서 -

　나이가 더해갈수록 노을을 바라보면 생각이 많을 것이다. 이제는 정계에서 물러나 있지만 그 분이 한 말이 생각난다. '지는 해가 서쪽 하늘을 황홀하게 물들이듯 인생의 마지막 시기를 그렇게 할 뜻'을 비친 내용을 신문에서 보았다.

　위 시에서 시적자아는 노을에 서서 자신을 반추해 본다. 황혼의 고갯마루에서 내 무게를 재어보고, 꿈쩍 않는 저울눈에 실망을 한다. 하지만 그렇지 않다. 지나온 세월 동안 '샘물처럼 솟는 생각들을 핏줄마다 채웠으니' 차고 넘친 삶이다. 눈금이 기울지 않고 꿈쩍도 하지 않았으니 차고 넘친 무게이다. 성공한 삶이다.

나 하늘로 돌아가리라
새벽빛 와 닿으면 스러지는
이슬 더불어 손에 손을 잡고,
나 하늘로 돌아가리라
노을 빛 함께 단 둘이서
기슭에서 놀다가 구름 손짓하면은,
나 하늘로 돌아가리라
아름다운 이 세상 소풍 끝내는 날
가서, 아름다웠더라고 말하리라……

- 천상병, 귀천 -

　무소유, 무욕의 삶을 산 시인의 삶에 대한 달관과 죽음에 대한 새로운 의미를 부여하고 있다. 이 세상을 잠깐 살다가는 소풍 나온 나그네 인생으로 인식하는 시인의 모습에서 무소유의 삶을 살다간 시인을 이해할 수 있고 결국은 본토로 가는 삶이니 죽음도 기꺼이 맞이할 수 있는 것이다. 힘들게 살다간 이 세상 삶이었지만 그래도 '가서, 아름다웠더라고 말하리라......'는 아름다운 마음 그 순수함에 고개를 숙인다.

먼 훗날 당신이 찾으시면
그때의 내 말이 잊었노라

당신이 속으로 나무라면
무척 그리다가 잊었노라

그래도 당신이 나무라면
믿기지 않아서 잊었노라

오늘도 어제도 아니 잊고
먼 훗날 그 때에 잊었노라

－김소월, 먼 훗날－

실제와 반대로 표현하는 것을 역설적 표현이라 한다. 역설적 상황은 가정적 표현으로 나타난다. 실제로는 먼 훗날이 오더라도 당신이 찾지 않으리라는 것을 알면서도 가정을 해 보는 데서 현실과는 괴리(乖離)가 있는 상황이 설정된다. 어떤 문제에 부딪혀 그 문제 자체를 해결할 수 없을 경우, 인간은 그것을 심리적으로라도 해결하려고 한다. 이 때 택하게 되는 길이 역설적 표현이다. 곧 가정을 설정해 보는 것이다. '만약에 ...'란 표현을 한다. 소월에게는 이러한 역설적인 표현이 시로 형상화되어 나타난다. 그것이 곧「먼훗날」,「진달래 꽃」등이다.

② 운율(rhythm)

운율이란 시문(詩文)에 나타난 음성적 형식으로 외형율과 내재율이 있으며 리듬이라고도 한다. 이것은 언어의 특수한 특징 곧 음성적 특징이 일정한 범위 내에서 일정한 유형에 따라 되풀이되어 나타나는 현상으로 일정한 박자와 반복 및 형태를 지닌다. 자유시는 내재율이 있고 정형시는 외재율이 있다. 곧 자유시는 밖으로 그 운율이 드러나지는 않지만 읽어보면 리듬이 나온다. 시조를 포함한 민요시나 민요조를 갖춘 시에서는 그 운율이 밖으로도 뚜렷이 드러난다. 곧 같은 음절의 반복이니 3·4 음절, 혹은 3·4·5(7·5)음절, 2·5·5(7·5)음절 등의 음절이 반복되어 읽으면 리듬이 저절로 나온다. 자유시는 외형적으로는 드러나지 않지만 읽으면 내적인 리듬감각을 탄다. 이러한 음악성은 특히 순수시에서 중요시 한다.

이런들 /어떠하며 //저런들/ 어떠하리
만수산 /드렁칡이 //얽혀진들 어떠하리
우리도 /이 같이 얽혀서 //백년까지 살아보세.
- 이방원, 하여가 -

위의 시조에서 보듯이 빗금을 중심으로 3·4·3·4(7·7), 3·4·4·4(7·8), 3·5·4·4(8·8) 이렇게 같은 음절의 반복이 리듬을 타면서 율조를 이룬다. 앞에서 본 박목월의 청노루 또한 2·3·4·5음절의 시어들로 구성되어 있다. 자유시이시만 리듬을 타면서 미적 감각이 다가온다.

③ 이미지

이미지(심상)가 있어야 한다. 일반적인 시어로서 나타내기 어려운 마음의 상태나 사물의 성질도 이미지를 사용하면 효과적으로 표현할 수 있다. 이미지 사용에는 直喩(직유, simile)보다는 隱喩(은유, metaphor)가 좋다.

이외에 象徵(상징, symbol)과 寓喩(우유, allegory)를 활용하기도 한다.

　　　내 마음은 호수요
　　　그대 노 저어 오오
　　　나는 그대의 흰 그림자를 안고, 옥같이
　　　그대의 뱃전에 부서지리라

　　　내 마음은 촛불이오
　　　그대 저 문을 닫아 주오
　　　나는 그대의 비단 옷자락에 떨며, 고요히
　　　최후의 한 방울도 남김없이 타오리다

　　　내 마음은 나그네요
　　　그대 피리를 불러주오
　　　나는 달 아래에 귀를 기울이며, 호젓이
　　　나의 밤을 새이오리다.

　　　내 마음은 낙엽이오
　　　잠깐 그대의 품에 머무르게 하오.
　　　이제 바람이 일면 나는 또 나그네 같이, 외로이
　　　그대를 떠나리다.
- 김동명, 내 마음 -

　내 마음을 호수, 촛불, 나그네, 낙엽에 비유하여, 비유된 사물의 특성을
살려 이미지의 효과를 최대로 활용하여 시적자아의 마음의 상태를 아주
효과적으로 표현하였다.

④ 어조(말투)

시적 화자에 따라 시의 분위기가 달라진다. 곧 여성 화자냐? 남성화자냐? 직업이 무엇이며 어디에 사느냐? 에 따라 나타나는 시의 몸짓이라 보면 된다. 김소월과 한용운의 시의 여성화자는 여성의 가냘픔과 애절함을 나타내고, 김동환과 유치환의 시에서는 남성적인 강열함을 읽을 수 있는 것과 같은 것이다.

어조(語調)는 말 자체가 갖는 분위기도 있다. 침착한 어조가 있는가 하면 그렇지 못한 어조가 있다. 일본어 어조가 있고 중국어의 어소가 있으며 한국어의 어조도 있다. 그런가하면 경상도 어조가 있고 전라도 어조가 있으며 서울 어조가 있다. 외국어를 배울 때 들은 얘기다. "사랑을 속삭일 때는 불어가 부드러워 좋고, 무역을 거래할 때는 영어가 좋으며 싸움을 할 때는 약간 거칠게 들리는 독일어를 쓰는 것이 좋다"고 한다. 중국 여행을 하면 중국인은 시끄럽고 자기들끼리 꼭 싸우는 것 같이 말하는 것을 듣게 된다. 그런가 하면 우리나라 말도 경상도 사람들은 꼭 싸우는 것 같이 시끄럽다는 말을 듣는다.

이렇게 어조는 다양하게 나타난다. 하지만 이것은 발음상으로 나타난 것이므로 글에서나 시에서는 구별이 어렵다. 그래서 시에서의 어조는 시적 화자에 따라 나타나는 시의 몸짓이라 본다. 곧 시적화자가 여성 화자냐? 남성화자냐? 직업이 무엇이며 어디에 사느냐? 에 따라 나타나는 시의 몸짓이라 보면 된다.

님 그린 상사몽이 귀뚜라미 넋이 되어
가을밤 깊은 밤에 님의 방에 들었다가
날 잊고 깊이 든 잠을 깨워볼까 하노라.

ー 박효관, 상사몽 ー

나 보기가 역겨워
가실 때에는
말없이 고이 보내 드리우리다

영변에 약산
진달래꽃
아름 따다 가실 길에 뿌리우리다

가시는 걸음걸음
놓인 그 꽃을
사뿐히 즈려밟고 가시옵소서

나 보기가 역겨워
가실 때에는
죽어도 아니 눈물 흘리우리다

－ 김소월, 진달래꽃 －

위 시조와 시는 시적화자가 여성성을 띤다. 옛시조에서나 현대시에 있어서도 시적화자가 여성인 것이 많다. 김소월의 시는 초기시가 거의 여성화자로 나타나 전체시의 33%가 여성화자이고 한용운의 시집 『님의 침묵』은 약 90%(89%)가 여성화자이다. 이는 남자의 마음속에도 여성성이 있다는 증거이다. 이를 융(Jung, Carl Gustav, 1875~1961)은 <아니마>[1]라 명명했다.

남으로 창을 내겠소
밭이 한참갈이
괭이로 파고

---

1) 이정자, 한국시가의 아니마 연구, 백문사, 1996.

호미론 풀을 매지요.
구름이 꼬인다 갈 리 있소
새 노래는 공으로 들어라오
강냉이가 익걸랑
함께 와 자셔도 좋소

왜 사냐건
웃지요.

— 김상용, 남으로 창을 내겠소 —

위의 시는 소박하고 겸손하고 인심 좋은 순수한 시골살이의 단면을 보여 준다. 화려한 도시 생활이 주는 어떠한 유혹에도 흔들리지 않고 자연을 벗하고 자연을 가꾸며 전원생활을 즐기는 시인의 모습이 달관의 삶 그 자체이다.

(2) 내용적 요소

① 주제(主題)

시에 담긴 중심 사상이다. 시는 진술이 아니라 표현이다. 시인이 시를 통해서 나타내고자하는 중심 생각 곧 사상, 정신, 의지 등을 작품 속에 암시적으로 표현한다. 관념이나 감각을 통해 느낀 것을 비유나, 상징. 이미지 등을 통해 구체적으로 표출하여 한 편의 자품으로 형상화한다. 거기에는 그가 살던 시대정신과 사회의 모습을 비춰주기도 한다.

② 제재(題材)

가장 중심 되는 소재이다. 시의 제재를 선택하는 데 있어서 어떤 기준이 있는 것은 아니다. 시인이 접하는 모든 것들 곧 인간사나 자연, 사물 또는 관념에 이르기까지 모든 것들이 제재가 될 수 있다. 하지만 자신이 다루기

힘든 관념이나 소재를 선택할 경우, 자칫하면 그 제재를 제대로 다루지 못해 시가 난해성에 빠질 수 있다. 그래서 자신이 잘 알고, 쉽게 다룰 수 있는 제재를 선택하는 것이 좋다. 제재를 통해 독특한 세계를 형성하는 것이 아니라 그것을 통해 자신만의 세계를 만들어 내는 것이 필요하다. 그리므로 제재는 단적으로 말해 어떤 한계가 있는 것은 아니다. 어떤 면에서는 우리가 손쉽게 접할 수 있는 일상사나 자연, 사물 등이 오히려 더 훌륭한 제재가 될 수 있다.

③ 소재(素材)

시의 내용을 이루는 중요한 재료이다. 시의 소재란 무궁무진하다. 우리가 보는 것, 듣는 것, 느끼는 것이 모두 다 시의 소재가 될 수 있다. 우리 주위의 작은 돌맹이나 풀잎 하나부터 우주 삼라만상까지는 물론이요, 오늘의 일상의 문제에서부터, 지나간 날들이나 다가 올 미래의 문제까지가 모두 시의 소재가 된다.

우리나라를 포함한 동양에서는 특히 시의 소재를 자연에서 많이 찾고 있는데 이는 자연을 정복의 대상으로 보는 서구사상과는 달리 인간도 자연의 일부로 생각하고 자연에 순응하며 살아가는 동양사상에서 온 것이다. 노자는 그의 [도덕경]에서 '사람은 땅을 본받고, 땅은 하늘을 본받으며, 하늘은 도를 본받고, 도는 자연을 본받는다.' 고 했다. 그래서 동양에서의 자연은 선비의 도도한 정신이었고, 정신적 표상이 되기도 하였다. 자연은 삶의 자원을 무한히 공급해 주며 정신적으로 평안과 위안과 기쁨을 준다. 그래서 자연은 예술의 보고이다.

④ 이미지(心象)

시를 읽거나 들을 때, 마음속에 떠오르는 감각적 인상이다. 이미지(Image)는 원래 영화에서 나온 말로 영상·심상·사상(映像·心象·寫

像)등의 여러 가지 말로써 표현된다. 시의 언어는 음악성과 회화성을 갖고 있는데 회화성을 이미지라고 한다. '야수는 죽어야 한다'의 작가 니콜라스 블레이크의 본명이기도 한 영국의 계관시인 루이스(Lewis Cecil Day)도 이미지를 가리켜 '시어에 의한 회화적 표상'이라고 했다. 뿐만 아니라 '시적 이미지는 문맥 속에서 정서를 어느 정도 은유적인 언어로 운용한 다소의 감각적인 회화'라고 정의하기도 했다.

시에서 간주되는 것은 어디까지나 개성이요 독창성이다. 따라서 시는 객관적 대상을 이미지에 의하여 재현하는 것, 흉내 내는 것, 복사하는 것을 의미한다. 이미지를 감가, 혹은 지각적 체험을 지적으로 재생하는 인식 수단으로 보는 웰렉과 워렌(Wellek & Warren)은 이미지의 유형을 다음과 같이 나누고 있다.

시각적 이미지 · 청각적 이미지 · 미각적 이미지 · 후각적 이미지 · 근육감각적 이미지 · 색채적 이미지 · 역동적 이미지 · 공감각적 이미지 등으로 구분했다.

이 밖에도 프라이(Frye Northmp)는 예시적 이미지와 악마적 이미지 그리고 유추적 이미지 등으로 구분하고 있다. 하지만 일반적으로 편의상 이미지라는 용어를 통일해서 쓰기도 한다. 이미지에는 대체로 세 가지 유형으로 나누는 경우가 있다.

Ⓐ정신적 이미지 Ⓑ비유적 이미지 Ⓒ상징적 이미지 등이다. 정신적 이미지는 시를 대할 때, 오로지 독자의 정신에 야기되는 감각적 경험만을 상조한다. 표현에 있어서도 축이직 방법이나 비유적 방법인가를 분별하지 않으며 때로는 축어적으로, 때로는 비유적으로 그리고 더러는 두 가지 개념이 동시에 사용된다. 정신적 이미지를 많은 심리학자들은 몇 가지 유형으로 다시 분류하고 있다. 그 내용은 앞에서 말한 웰렉과 웨렌(Wellek & Warren)의 유형과 거의 비슷하다. 곧 ⓐ시각적 ⓑ청각적 ⓒ후각적 ⓓ미각적 ⓔ촉각적 ⓕ기관적 ⓖ근육 감각적 이미지 등이다.

2) 시어 선택

시어란? 시를 구성하고 있는 모든 언어 즉 시적 성질과, 음악적 요소 및 미적 요소를 지녔다고 생각되는 모든 언어를 일컫는다. 또 시어는 문맥 간의 연결 고리에 따라 그 지시 대상과 의미의 진폭이 서로 다른 정서를 낳게 된다. 그래서 시어는 복합적인 의미를 창출하기도 하고 상징과 압축과 리듬감을 지닌다.

과거에는 시어라 하면 특별히 구별된 것으로 생각하고 아름다운 언어만을 시어로 택하려고 했다. 예를 들면 애끈한, 조매(嘲罵)로운, 놀이, 은실, 금실, 마음실, 고요로운 등으로 표현했다. 그러나 오늘날은 모든 언어를 시어로 활용한다. 곧 일상용어를 보다 아름답게 詩語化(시어화) 하는 것이다. 그래서 시인은 미화한 자기 시어를 2000단어는 간직해야 한다고 한다.

오늘날의 다양화된 정서 감정과 현대의 세계를 표출하기 위해서는 새로운 조어와 순수 우리말도 찾아서 많이 활용하여야 한다. 그런 의미에서 시인은 언어의 생성자이기도 하다. 그래서 시인은 토속어를 찾아 쓰기도 하고 그 지방 특유의 방언을 동원하기도 하고 일상에서 잘 쓰지 않고 사라진 순수 우리말을 찾아 운용하기도 한다.

<순수 우리말>

*가라사니: 사물을 판단할 수 있는 지각이나 실마리.
*가납사니: ①쓸데없는 말을 잘하는 사람. ②말다툼을 잘하는
　　　　　사람.
*가년스럽다:몹시 궁상스러워 보이다. cf)가린스럽다 : 몹시 인
　　　　　색하다.
*가탈: ①억지트집을 잡아 까다롭게 구는 일.
　　　　②일이 순탄하게 진행되지 못하게 방해하는 일.
*난든집: 손에 익은 재주.

*남새: 무·배추 따위와 같이 심어서 가꾸는 채소.

*남우세: 남에게서 비웃음이나 조롱을 받게 됨

*높새: 뱃사람들이 북동풍(北東風)을 이르는 말.

*톺다: 가파른 곳을 더듬어 오르다.

*살피: 두 땅의 경계

*틀수하다: 성질이 넓고 깊다

*드팀전: 온갖 피륙을 파는 가게

*드레드레: 물건이 매달려 흔들리는 모양

*울가망하다: 마음이 편하지 못하다

＊＊＊＊＊＊＊

온마음
생긴대로
가르고 나눔 없는

붓으로
그린 마음
문향(文香)은 그윽하다

도타운
우리네 인정
온새미로 모으세

－최봉희, 온새미로－
*온새미로－. 가르거나 쪼개지 않고 있는 그대로.

3) 시구와 조어(造語)의 수련

시구 수련은 타인의 시집을 읽으면서 특이한 표현이나 새로운 어구나 잘 다듬어진 시구를 수집한다. 선택한 詩句(시구)들 뿐만 아니라 소설 수필 등을 읽을 때에도 시어활용을 염두에 두고 뛰어난 묘사나 표현은 발췌하여 시어화 한다.

조어란 시어를 아름답게 만들어 보는 일과 시어를 자기화 한 것에 자기만의 독특한 의미를 부여하여 나타나게 하는 것을 말한다.

<시구 수련>
귀뚜리 울어대는 가을→귀뚜리는 고요를 깨고
고이는 푸름 속에→쪽빛 같은 푸르름 속에
숲엔 맑은 바람→숲엔 해맑은 바람 소리
오월의 훈풍을 맞으며→초록 빛 대지를 타고 오는 숨결을 느끼며

<造語(조어) 수련>
본래어 ─ 고요히, 마음, 냄새, 살짝 밟고, 가을 밭에, 마음이 가늘다, 노을
조어 ─ 고요로운, 맘, 내음, 즈려밟고, 갈밭에, 마음실, 가냘픈 놀. 헤슬피 우는
한글과 한자조어 ─ . 별밭:성전(星田), 마음밭:심전(心田), 산속 ─ :심산(山心), 돌밑:석심, 돌같은 사람 ─ :석상, 깊은 밤:삼경.
****
곡우에 가뭄 들면 석자(尺)나 탄다는데
상춘객 나들이에 밭고랑 서성이는
농부의 마른 가슴은 열자(尺)보다 깊어라

먹구름 살짝 덮자 바람이 몰고 간다
오실 이 기다리며 창밖을 자주 보는
그린비* 사랑의 노래 단미*의 맘 아닐까

─ 김보영, 봄비를 기다리며 ─

*그린비 ─ . 그리운 선비

*단미 ─ . 사랑스런 여자

4) 행과 연

시의 형태에서 가장 외형적으로 드러나는 것이 행과 연이다. 산문에서의 하나의 단문이 시에서는 여러 개의 행으로 나타난다. 산문은 이야기 문장이기 때문에 문장의 연속성이 생명이다. 그래서 산문에서는 여러 개의 문장이 이어져서 하나의 문단을 이룬다. 하지만 시에서는 마디마디가 리듬감을 나타내고 호흡을 조절하는 구실을 하기 때문에 각 문장마다 행이 있고 연이 있다. 이것은 리듬을 동반한 음악성과 외형적으로 드러나는 회화성을 함께 요구하는 시의 특성상 그렇다. 이것이 등장성 내지 등가성을 니다내는 기준이 되기도 한다.

1행 혹은 몇 개의 행이 모여 연을 이루고 그 연이 이어지면서 한 편의 시가 탄생한다. 하지만 꼭 연을 필요로 하지는 않는다. 무연시도 많이 있다. 그런가하면 산문의 형태를 빌린 산문시도 많이 있다. 이러한 형태는 시조에 있어서도 유사하다. 평시조 정격은 교과서적으로 쓰고 있지만 변격이나 파격에 이르면 평시조와 엇시조는 자유시에 가깝고 사설시조는 산문시에 가깝게 나타난다. 다만 종장의 자수율은 거의 지키고 있는 것을 본다. 다음에서 보다 구체적으로 살펴보자.

(1) 행과 연의 원리

줄글로 쓰는 산문시도 엄연히 존재하지만, 시는 산문과는 달리 행과 연을 가르는 것이 정석이다. 큰 문장도 부분적인 작은 문장들이 모여서 이루어지듯이 시 또한 언어행위이므로 몇 개의 의미나 감정들이 모여서 한 편의 작품을 만든다. 시의 언어는 의사 전달의 도구로만 사용되는 것도 아니다. 그렇다고 시인의 인생관이나 철학을 그대로 전달하는 것도 아니다. 뿐만 아니라 시의 언어는 사고를 나타내는 단순한 언어기호도 아니다.

시의 언어는 시각성이나 청각성을 통하여 감정을 환기하는 기능도 하

고, 생각을 구체물로 형상화하여 나타내기도 한다. 그래서 같은 언어일지
라도 산문의 언어와 시의 언어는 다르다. 산문은 낱말이나 단문을 연속적
으로 연결하지만 시에서는 연과 행으로 갈라서 독립시킨다. 이것이 시의
기본틀이자 외형적 제도이다.

산문은 이야기 문장이기 때문에 연속성이 생명이다. 이에 비해 시는 마
디마디로 느낌을 토해내는 감성적인 문장이다. 때문에 시는 리듬이 있고
호흡이 있고 행마다 연마다 독립된 단절이 있다. 이것은 '시'가 음악성(리
듬감)과 회화성(이미지)을 함께하는 언어예술이기 때문이다.

행과 연에는 시인의 내적인 규칙이 있다. 전통적인 우리시가의 행은 민
요조의 3음보와 시조와 가사의 4음보가 있다. 이것은 규칙적인 반복으로
읊조릴 때 시간의 등장성을 단위로 한다.

이에 대하여 현대시는 행과 연 구분이 주관적이고 창조적인 등가성으
로 이루어진다. 곧 시의 행이 한 단어, 한 음절, 여러 개의 낱말로 이루어지
는 경우를 본다. 이는 어디까지나 작자의 몫으로 돌린다. 연의 경우도 한
행에서 몇 행까지 다양하게 구분 된다. 그래서 현대시의 모든 행과 연은
비등가성임을 알 수 있다. 그래서 현대시는 내재율과 함께 내면적인 의미
는 행과 연의 나눔이 작자에게는 동일한 무게의 의미로 해석한다.

<blockquote>
채워진 자리마다
푸근하고 뿌듯하고
아무리 일궈내도
다함없는 知의 세게
날마다
보태어 담아도
갈증 나는
빈
자
</blockquote>

리.

- 이정자, 빈자리 -

위의 시조를 보면 행의 경우 1음절에서 8음절까지 불규칙하게 배행을 했다. 음보로 나누면 2음보씩 4행, 1음보씩 3행, 종장 종구는 한 음절씩 3행으로 나누었다. 외형적인 리듬이나 의미로 보면 행 나눔이 동일한 반복이 아니다. 하지만 시인의 입장에서 보면 창작 의도나 독자가 느끼는 시각적 감동이나 정서적 환기성으로 미루어 각 행이 지니는 내면적 비중은 동일하다고 본다. 물론 어기시의 비중이란 시인의 주관적이고 내면적인 인식의 결과이다. 곧 두 음보나 한 음보로 이루어진 행이나 한 음절로 이루어진 행의 의미가 시적자아에게는 같은 무게로 느껴진다는 것이다

산문과 달리 시는 행과 연의 일정한 반복을 통하여 음악적인 리듬감을 갖게 하여 정서적 환기를 불러일으킨다. 그래서 고대시가에서는 행이 의미의 단위일 뿐 아니라 율격의 단위가 되었으며 낱말의 수나 음운의 규칙을 정하여 시를 제작하도록 하는 정형시의 형태를 갖추었다. 현대에서는 외형적인 정형의 규칙을 파기하고 있지만 시행이 지니는 음악적 리듬의 원칙은 고수하고 있다. 그래서 현대시의 주관적이고 내면적인 리듬을 내재율이라 한다.

우리의 전통시가 형식을 보자

> 이화에 월백하고 은한이 삼성인 제
> 일지춘심(一枝春心)을 자규야 알냐마난
> 다정(多情)도 병인 양하여 잠 못 들어 하노라

- 이조년 -

매 행마다 4음보로 읽혀지고 행은 일정한 의미를 포함하고 있다. 그래서 행은 의미의 작은 단위이며 동시에 리듬의 작은 단위가 된다. 현대시조

에서의 리듬은 자수율보다 음보율로 본다. 음보는 시간의 등장성을 단위
로 한다고 앞에서 피력했다. 등장성이란 글자 수는 비록 2 − 5,6,7까지 가
더라도 읊조리는 시간적 길이는 같다는 말이다.

(2) 행 만들기

시의 형태를 만들어 주는 기본 골격이다. 행은 작은 마디의 가락으로 의
미나 이미지, 리듬, 시각적인 효과, 회화적인 느낌, 강조를 중심으로 이루
어진다. 산문에서의 하나의 단문이 시에서는 행으로 나타난다. 현대시에
있어서의 시행은 과거와 달리 어떤 틀에 제약을 받는 것이 아니라 어디까
지나 시인 자신의 몫으로 돌린다. 한 편의 시를 예술적으로 형상화하기 위
해서 시인은 온 마음으로 적절한 시어를 찾고 시적 상상력에 따라 의미를
부여하고 리듬과 감각을 살려 행과 연을 적절히 구분하기도 하고 산문시
에서 보듯이 아예 이를 무시하기도 한다. 다음에서 산문적 표현과 시적 표
현을 보자

산문적 표현 : 나보기가 역겨워 가실 때에는 말없이 고이 보내
드리오리다.

시적 표현 :
나보기가 역겨워
가실 때에는
말없이 고이 보내
드리오리다.
****

보랏빛 고운 미소
그리움 수를 놓고

산내음 날로 먹고
퉁기면 서러울 듯

행여나
그냥 가시나
되 붙잡는 그 손길.

- 이광녕, 도라지꽃 -

나 가끔 섬이 된다
망망대해 섬이 된다

강남역 압구정동
신촌이나 명동에서

인파에
떠다니다가
섬이 되어 나를 본다.

- 고두석, 섬 -

(3) 연 만들기

　연은 큰 마디의 가락으로 이 것 역시 행을 만들 때와 마찬가지로 의미나 이미지, 리듬 시각적 효과, 회화성과 강조를 중심으로 이루어진나. 연과 행은 시에 있어서 의미간의 긴밀성과 필연성을 동반한다. 연을 두지 않고 행만으로도 무방하다. 시의 형식이 객관적인 논리성을 요구하는 산문의 구성방식과 동일할 수는 없지만 시도 일차적으로는 의미나 메시지가 독자에게 전달되어야 하는 언어 행위인 것임은 틀림없는 사실이다.

　그러므로 그 일차적인 의미 위에 작자의 정서적 환기나 시학적 미학이 시인의 시적 창조성과 함께 표출되는 것인 만큼 한 편의 작품을 형상화하

는 것 또한 시인 개개인의 주관적인 몫이며 개인의 깜냥이다. 특히 현대시
에서는 상상이나 정서를 통한 시정신을 중요시하기 때문에 이를 형상화하
는 데는 기존의 인습적 언어나 양식에 구속되는 것을 싫어한다. 그러기에
시의 행이나 연을 구분함에 있어서도 외형적인 것 보다 내면적인 의미나
이미지, 또는 정서에 바탕을 둔다. 뿐만 아니라 더 나아가 시인의 창조적
개성에 따라 자유로운 상상의 나래를 펴고 행과 연을 구분하거나 열거하
는 것도 다양화된 현대시의 한 방법이다.

>   못 잊어 생각이 나겠지요.
>   그런 대로 한 세상 지내시구려
>   사노라면 잊힐 날 있으리라
>
>   못잊어 생각이 나겠지요
>   그런대로 세월만 가라시구려
>   못잊어도 더러는 잊히리로다
>
>   그러나 또 한 끝 이렇지요
>   그리워 살뜰히 못 잊는데
>   어쩌면 생각이 떠나지요?
>
> - 김소월, 못잊어 -

>   잔디
>   잔디
>   금잔디
>   深深山川(심심산천)에 붓는 불은
>   가신님 무덤가에 금잔디
>   봄이 왔네 봄빛이 왔네
>   버드나무 끝에도 실가지에

봄빛이 왔네 봄날이 왔네.
심심산천에도 금잔디에.

– 김소월, 금잔디 –

4. 시 창작의 단계

1) 시작(詩作)의 단계

영국의 시인이자 시론가인 루이스(Lewis, Percy Wyndham, 1882 – 1957)에 의하면 시를 쓰는 단계를 3단계로 구분하여 설명하고 있다. 첫 번째는 '시의 종자'를 얻는 단계이고, 두 번째는 이 종자가 시인의 정신세계에서 성장하는 단계이고. 세 번째는 소재와 시어를 택하여 구체적인 표현을 부여하는 단계 이다. 이를 바꾸어 말하면 1. 발상 2. 구상 3.표현이라 할 수 있다. 여기에 필자는 4. 퇴고를 더하여 설명하고자 한다.

(1) 발상의 단계

이를 루이스는 '시의 종자'를 얻는 단계라 했다. 어떤 대상에 접했을 때 시상이 떠오르는 단계이다. 곧 길을 가다가, 책을 읽다가, 때로는 신문이나 잡지 또는 TV를 보다가도 어떤 영상이나 글이 마음에 닿아 감동을 주거나 특별한 느낌이 떠오른다. 이를 그때그때 메모를 한다 이것이 바로 '시의 종자심기'이고 '시의 발상'이다. 이 때 메모를 해 두지 않으면 잊어버리게 된다. 순간순간 떠오르는 생각의 덩어리인 사고(思考)는 성운(星雲)과 같아서 언제나 그 자리에 머무는 것이 아니다. 밤하늘의 별도 여명과 함께 사라지고 아름답게 피어나던 뭉게구름도 어느새 바람과 함께 흩어져 사라지듯이 사고(思考)는 별과 같고 구름과 같아서 시간이 지나면 사라진다. 그래서 '메모'는 '시의 종자 심기'의 터전이며 저장고이다.

(2) 구상의 단계

루이스의 말을 빌리면 종자의 성장과 시적 사고를 하는 단계이다. 곧 메모해 둔 것을 보면 발상의 단계가 생각나고 이를 바탕으로 그 때의 이미지를 떠올리면서 시적 상상력을 펼쳐 구상해 본다. 이 구상의 단계는 일정하지 않다. 발상과 함께 바로 한 편의 시가 구성될 수도 있고 때로는 수개월이 지난 후에 구상이 제대로 되는 것도 있다. 그래서 시인마다 몇 개월 또는 몇 년이 걸린 작품이 나오기도 한다. 조운의「구룡폭포」가 그렇고 조지훈의「승무」가 그렇다. 조운은 그가 '구룡폭포'를 다녀온 3년 후이고, 조지훈이「승무」를 구상하여 지은 것도 19살에 착상하여 11개월 지나서이다.

(3) 표현의 단계

구체적이고도 아름다운 시어를 찾아 표현하는 단계이다. 한 편의 시로 형상화하기 위해서 정신을 집중하지 않으면 안 된다. <국화 옆에서>를 쓴 서정주의 말을 빌리면 '몇 시간 동안 누었다, 앉았다 하며 비교적 쉽게 1－2연을 썼고, 마지막 연은 좀처럼 생각이 안 나서 잠 자버리고 며칠 동안 그대로 묵혀두었다가 완성했다'고 한다. 이는 서정주뿐만이 아니다. 대부분의 시인들은 두고두고 마무리를 한다. 그리고 또 퇴고의 과정을 거친다.

(4) 퇴고의 단계

퇴고는 필수적인 과정이다. 시인에 따라 퇴고의 과정도 다르다. 초고를 1주일 정도 지나서 읽으면 객관적으로 바라볼 수 있다. 그 때 다시 검토하면 '시어'라든지 '시의'까지도 고칠 부분이 보인다. 그래서 보다 적절한 시어로 완성된 작품을 쓸 수 있다. 그래서 퇴고의 단계는 몇 번을 거치면서 길수록 좋다고 한다.

장지성에 의하면 "삼단논법이 절실히 요구되는 시조의 특성상 초장, 중장, 종장의 연결고리가 유연하여야 하며 가장 압축되고 정제되고 농축된 것이 정형의 생명이라 할 때 한편의 시조가 세상(지면)에 빛을 볼 때까지 후속 기간을 얼마나 거쳤는지에 그 작품의 완성도가 높아질 것이다."라 하면서 퇴고 기간을 과일주에 비유했다. 곧 초고(草稿)는 담글 때이고, 개 고(改稿)는 발효기간을, 탈고(脫稿)는 숙성기간을, 그리고 후속 기간은 마 지막 점검으로 비유하기도 했다.

2) 창작의 단계

일찍이 서정주는 시에는 세 가지 단계가 있다고 했다. [2] 그 세 단계는 감각과 정서, 사고의 깊이와 유관한 것으로 본다. 다음에서 보다 구체적으 로 살펴보자

(1) 감각의 단계

대상에 대한 참신한 감각의 능력과 표현의 능력은 시인에게는 기본적 인 조건이다. 먼저 사물에 접하여 관심을 갖게 되고 어떠한 느낌이 다가와 야 한다. 느낌이 있으면 이것은 어떻게 생겼을까? 왜 그렇게 되었을 까?…… 생각하고 느끼고 깨닫는 관계가 이루어진다. 그리고 관조의 세계 로 몰입하게 된다. 이 감각의 단계는 시인에게 가장 초보적인 단계이면서 도 가장 기본적으로 요구되는 표현 능력이다. 그것은 인간은 이성의 동물 인 동시에 감각의 동물이기 때문에 정서(情緒)도 예지(叡智)도 사고(思考) 도 감각으로부터 시작되기 때문이다.

발돋움 삼엽국화 앞마당 꽃밭 위로
슬며시 찾아온 가을 섶이 엿보이고

---

2) 서정주, 시창작법, 예지각, 1990. pp.61－67 참조.

조금씩 높아지는 하늘을 잠자리 떼 당기네.

- 장지성, 고추 잠자리 -

가을 정취가 가득하다. 국화, 드높아진 하늘, 고추잠자리 이만하면 풍성한 가을이다. 더 무엇을 덧붙이랴. 감각을 통하여 다가온 대상을 향한 느낌을 가을 풍경을 그려내듯이 정갈하게 형상화하여 표출한 한 편의 작품이다.

삼엽국화는 보통국화보다 키도 크고 피는 시기도 이르다. 키가 약 1-2m 이상이다. 그러니 다른 꽃 사이에서 발돋움을 한 듯 우뚝 솟아 보일게다. 그 위로 고추잠자리 떼가 파란 하늘을 배경으로 원을 그리며 하늘 높이 날고, 마루 끝에 걸터앉아 이를 바라보며 관조하는 시적자아의 모습이 그려지는 작품이다.

선뜻! 뜨인 눈에 하나 차는 영창
달이 이제 밀물처럼 밀려오다.

미욱한 잠과 베개를 벗어나
부르는 이 없이 불려나가다

한밤에 홀로 보는 나의 마당은
호수같이 둥그시 차고 넘치노나.

쪼그리고 앉은 한 옆에 흰돌도
이마가 유달리 함초롬 고와라.

연연턴 녹음, 수묵색으로 짙은데
한참때 곤한 잠인양 숨소리 설키도다.

비둘기는 무엇이 궁거워 구구 우느뇨
오동나무 꽃이야 못견디게 향그럽다.

- 정지용, 달 -

한 가지 사물에 대해서도 그 대상을 바라보고, 관조하여 표출되는 시의 내용은 시인마다 다르다. 밤의 정서를 또 이렇게 섬세한 감각으로 표출할 수 있다니 역시 정지용 특유의 감각이고 표현인 듯 하다. 첫 행부터 예사롭지 않다. 또 3연 역시 우주를 담은 광활한 마음이다. 감각을 통하여 펼쳐지는 밤의 정경이 사실적으로 나타나 있다.

(2) 정서의 단계

감각이 초보적이라면 정서는 그 우위로서 마음에 오래도록 자리 잡고 지속성을 갖는다. 그리하여 어쩔 수 없이 표출하는 시의 세계이다. 그래서 시를 가리켜 '정서의 표현', '정서의 극화'라는 이유도 여기에 있다. 이러한 시적 정서는 갑자기 솟아나는 것은 아니다. 오랜 시간 시인의 인생 경험이 축적되고 집중되어 걸러지고 순화되어 이루어진 결정체로서 독자들의 가슴속에 잔잔한 울림을 만들어 공감대를 확산시킨다. 그 좋은 <예시>가 많은 사람들이 애송하는 소월의 「진달래꽃」을 위시해서 많은 시인들의 작품이 이에 속한다. 다음 작품을 감상해 본다.

여름은
내 곁에
아직 무성(茂盛)히 있네

깊숙한 골짜기에서
한잠 자고
이내를 건너

더러는
빠뜨리고 더러는
또 손에도 들었네.

- 한분순, 청(靑) -

청(靑)은 푸름이다. 푸름은 곧 젊음이다. 그 푸르름이 아직도 곁에 무성하게 있으니 뭐든 자신 있게 할 수 있는 의욕이 넘칠 만도 하다. 이러한 패기만 있으면 무엇을 못하랴. 뭐든 마음먹기에 달렸고 마음이 가는대로 행동은 따라오기 마련이다. 그래서 젊음도 마음이 중요하다. 이러한 정서는 오랜 세월 지속적으로 시적자아의 마음에 자리 잡은 정서의 결정체로 독자들의 가슴속에 잔잔한 울림을 더해주며 공감대를 형성하는 싱싱하고 푸른 작품이다.

(3) 예지의 단계

시가 궁극적으로 지향하는 세계이다. 끊임없는 노력에 의하여 성취할 수 있다. 어떠한 일에서 깨달음을 얻을 때 그 속에서 삶의 보편적인 모습은 물론 대자연의 창조의 모습을 이해하고 자연과 대우주의 섭리 및 인생을 이해하고 바라보는 눈의 높이와 깊이 넓이 그리고 혜안을 얻게 된다. 정완영의 「조국」 한용운의 「알 수 없어요」, 김현승의 「눈물」이 이에 속한다. 여기서는 다른 작품과 함께 「눈물」을 감상해 보자.

뜨겁게 목숨을 사르고
사모침은 돌로 섰네.
겨레와 더불어 푸르를
이 증언의 언덕 위에

감감히

하늘을 덮어
쌓이는 꽃잎,
꽃잎.

- 이태극, 낙화 -

    청춘은 꽃이다. 그 꽃이 활짝 피어 열매를 맺지 못하고 떨어져 돌 하나로 흔적을 남기고 서있다. 조국을 지키기 위해 조국의 부름을 받고 산화한 그들의 죽음은 겨레와 더불어 영원하리라. 그들의 넋을 기리기 위해 나라는 이 증언의 언덕을 마련했으니 그 푸르른 넋이여 편히 쉴지어다.

    시적자아는 눈이 내리는 국군묘지에서 산화한 국군장병들의 모습을 휘날리는 눈발에 비유하여 감감히 온 하늘을 덮으며 쌓이는 꽃잎으로 이미지화 하여 표출했다.

더러는
옥토에 떨어지는 작은 생명이고저 …
흠도 티도
금가지 않는
나의 전체는 오직 이뿐!

더욱 값진 것으로
드리라 하올제, 나의 가장 나아종 지니인 것도 오직 이뿐!

아름다운 나무의 꽃이 시듦을 보시고
열매를 맺게 하신 당신은,
나의 웃음을 만드신 후에
새로이 나의 눈물을 지어 주시다.

- 김현승, 눈물 -

눈물을 소재로 한 시가 더러 있지만, 그 표현에는 많은 차이가 있다. 김현승의 <눈물>은 '눈물'을 가장 귀하고 값진 조물주의 독특한 선물로 표현했다. 그것은 온전하고 순수한 것으로 기쁨 후에 주신 진실함이다.

폭포소리가 산을 깨운다. 산꿩이 놀라 뛰어오르고
솔방울이 툭, 떨어진다. 다람쥐가 꼬리를 쳐드는데
오솔길이 몰래 환해진다.

와! 귀에 익은 명창의 판소리 완창이로구나.

관음산 정상이 바로 눈앞인데
이곳이 정상이란 생각이 든다.
피안이 이렇게 가깝다.
백색 淨土! 나는 늘 꿈꾸어 왔다.
무소유로 날아간 무소새들
직소포의 하얀 물방울들, 환한 水宮을.

폭포소리가 계곡을 일으킨다. 천둥소리 같은 우레 같은
기립박수소리 같은 ― 바위들이 몰래 흔들한다.
하늘이 바로 눈앞인데
이곳이 무한천공이란 생각이 든다.

여기 와서 보니
피안이 이렇게 좋다.
나는 다시 배운다.
絶唱의 한 대목, 그의 완창을.

― 천양희, 직소포에 들다 ―

위의 시는 6연으로 구성된 19행의 자유시이다. 폭포에 접한 시적자아의

감각적이고도 정서적인 세계가 시인의 인생 경험 속에서 걸러지고 순화되어 이루어진 결정체로서 독자들의 가슴속에 잔잔한 울림을 더해준다. 이는 시가 궁극적으로 지향하는 세계이다. 시적 자아는 '직소포'에서 깨달음을 얻고 대자연의 창조의 모습을 이해하고 자연과 대우주의 섭리 및 인생을 바라보는 눈의 높이와 깊이 넓이 그리고 혜안을 얻은 셈이다.

> "여기 와서 보니
> 피안이 이렇게 좋다.
> 나는 다시 배운다.
> 絶唱의 한 대목, 그의 완창을."

독자들은 계곡을 일으키고 바위들이 몰래 흔들리는 그 피안의 무한 천공을 맘속에 그려보리라. 그리고 절창의 한 대목도 상상해 보리라.

5. 창작 정신

시는 언어 예술이다. 수사적 기교나 표현 방법도 중요하지만 이와 더불어 창작에 몰두하는 정신과 마음의 자세가 중요하다. 옥토로 가꾸어진 마음의 밭에서 싹튼 시의 씨앗이어야 생명력이 건실하다. 그러기 위해서는 고운 감성에서 우러나와야 하고 열정적이고 순수한 장인 정신이 필요하다. 그 위에 몰입하는 창작정신이 있어야 하고 상상력이 풍부해야 한다. 이를 다음에서 보다 구체적으로 살펴보자.

1) 깨끗하고 고운 감성에서 표출

인간은 이성의 동물이면서 감성의 동물이다. 감성은 시창작의 바탕이

된다. 깨끗하게 드리워진 투명한 감성이 사물에 닿아서 시인의 가슴에 구
체적인 감정과 느낌을 생생하게 불러일으킬 때 시인은 시심을 낳는다. 그
리고 대상을 관조하여 시의를 형상화하여 표출한다.

> 강원도 첩첩 산골
> 다 벗은 나무들이
> 주님의 십자가 지듯 촛불 밝힌 침묵 속에
> 칼바람 눈보라 쓰고 백일기도 올린다.
>
> 길 아닌 길 상처자국
> 흠집이며 못 볼 것을
> 말씀의 지우개로 다 지우고 덮어주시며
> 사람이 사람 속에 살면 사람다운 삶이라네.
>
> 크신 님 그 손길로
> 펼치신 화선지에
> 길 잃은 짐승이며 파묻힌 얼굴 찾아 그린
> 덧칠도 안한 그림에 햇살 펼쳐 찍은 낙관
> — 경규희, 겨울 동양화 —

　　겨울 동양화를 바라보는 마음은 순결하다. 다 벗은 나무들이 칼바람을
맞으면서도 눈보라 속에서 백일기도를 올린다. 이는 시적자아의 모습이
다. 인적이 드문 깊은 산속에서 마음의 촛불을 밝히고 백설이 덮인 깨끗한
자연 속에서 추위도 아랑곳없이 믿음의 대상을 향해 기도를 올린다. 지나
온 모든 허물. 상처자국은 믿음의 말씀으로 다 지워지고 덮어지는 기도의
정화(카타르시스)가 이루어진다. 사람이 사람과 어울리며 살면 그것이 사
람의 삶이란 응답을 얻고 마음은 편안하다. 신이 창조한 자연 그대로의 모
습, 대자연의 모습에서 믿음의 대상을 진정으로 발견하고 의지하고 기도

하는 가운데 자기 정화를 얻어 한 폭의 겨울 동양화를 그려냈다. 이는 대
자연과 시적자아의 종교와 현실이 어우러진 한 폭의 겨울 동양화로 시적
자아의 깨끗하고 고운 감성에서 출발한 자의식의 표출이다.

막 잎 피어나는
푸른 나무 아래 지나면
왜 이렇게 그대가 보고 싶고
그리운지
작은 실가지에 바람이라도 불면
왜 이렇게 나는
그대에게 가 닿고 싶은 마음이
간절해지는지
생각해서 돌아서면
다시 생각나고
암만 그대 떠올려도
목이 마르는
이 푸르러지는 나무아래

– 김용택, 푸른나무1 –

　　호젓한 오솔길을 걸으면 그리운 사람이 생각난다. 시적자아는 푸른 나
무 아래에서 추억을 되새긴다. 연인을 그리워하고, 사랑하고 보고 싶은 마
음을 사실적으로 표출했다. 이는 시적자아의 순수한 소년 같은 깨끗하고
고운 감성에서 출발한 것으로 사랑의 메시지를 형상화하여 표출한 '사랑
시'이다. 곧 시적자아의 깨끗하게 드리워진 사랑의 감성이 '푸른 나무'라
는 대상에 닿으면서 사랑의 구체적인 감정과 느낌을 생생하게 불러일으킨
것이다. 그리고 그 대상을 관조하여 시의를 형상화하여 표출했다.

2) 열정적이고 순수한 장인(匠人)정신

　열정이 없다면 무엇을 이루랴. 시는 인간의 삶을 바탕으로 형상화한 미적인 언어예술이다. 그러기에 시인은 시에 대한 열정이 없다면 한 편도 제대로 쓸 수가 없다. 화려하게 등단했다가도 제대로 시집 하나 못내는 시인들이 많다. 시 하나를 향한 열정으로 불태워야 한 권의 시집을 낼 수 있다. 시는 시인의 마음과 정신 속에서 순수하게 타오르는 불꽃같은 열정에서 이루어진다.

　　　세우면 한 폭 깃발
　　　눕히면 푸른 강물

　　　생각은 가뭇없이
　　　하늘 밖에 저무는데

　　　慕情(모정)은 열 두 폭 치마
　　　심고 섰는 파초여라.

－ 이일향, 모초 －

　대상을 향한 관조의 정서는 시인마다 다를 것이다. 그러기에 똑같은 대상을 두고도 각기 다른 정서와 내용의 시가 창작되는 것이다. 파초를 대상으로 관조에의 정서를 펼친 시적자아의 시심 또한 남다르다. 펼쳐진 파초 잎에서 깃발을 보고 강물을 연상한 시의나 이미지가 뛰어나다. 파초의 이미지는 시적자아의 모습이다. 파초는 세우면 깃발이 되고 눕히면 푸른 강물이 된다. 물론 이는 시적자아의 생각이고 마음이다. 그리고 시적자아의 이미지이다. 그러한 파초는 하늘가에 머문다. 그리고 열 두 폭 치마를 드리우고 간절히 간절히 그리워하는 대상을 향해 서 있는 파초는 바로 시적자아의 모습이다.

위의 시 모초(慕蕉)는 파초를 관조의 대상으로 하여 시적자아의 삶을 바탕으로 형상화된 작품으로 시인의 마음과 정신 속에서 순수하게 타오르는 시인의 불꽃같은 열정에서 이루어진 한편의 언어예술이다.

3) 몰입정신

시인의 집중력은 특수한 방식으로 초점을 맞추어 그가 가진 사상을 함축하고 발전시켜 시어로 표출한다. 이 집중력은 주위의 어떤 소리나 냄새도 감사하지 못할 정도로 자기 영혼(정신)에 몰입하는 상태이다. 여기에는 모차르트형과 베토벤형이 있다. 전자는 머리 속에서 구상하여 완전한 형태를 표출하는 곧 순간의 굉장한 노력으로 자기의 체험 중에서 가장 깊은 체험에 돌입하는 경우이고, 후자는 테마의 단편을 적어 놓았다가 몇 해를 두고 퇴고하는 경우로서 자기가 의식적으로 한층 한 층씩 보다 깊숙이 파고드는 것이다. 이러한 집중력은 식물의 줄기는 빛을 향하고, 뿌리는 물이 있는 곳을 찾아 땅을 향하는 것과도 같다. 고시조에서 윤선도의「오우가」도 물아일체의 몰입정신에서 표출된 작품이다.

산사에 누운 연못
연꽃 도는 잉어 스님
번뇌의 비늘지고
무명을 벗어러나
새빨간
동자승까지
흉내 내는 저 발원,

– 이수용, 연꽃 탑돌이 –

산사에 들면 믿음의 대상을 떠나서도 누구나 숙연해진다. 적막한 산사의 분위기가 그렇고 입구에 들어설 때부터의 4천왕의 모습이 기를 꺾는다. 그리고 대웅전의 위용과 짙은 향내를 풍기는 부처님 전이 그렇다. 그 위에 깊숙한 연못이 있고 연꽃이 곱게 피어있다면 더 없이 마음이 잠겨질 수 있는 산사의 분위기다.

산사에 누운 연못에는 연꽃이 곱게 피어 있고 잉어가 연못 속에서 대 가족을 이루어 살고 있다. 그 잉어들은 어린 새끼들을 거느리고 연꽃 주위를 맴돌고 있다. 산사를 찾은 시인은 물끄러미 이를 완상하고 있다. 연꽃 주위를 맴도는 잉어가족들, 그 맴도는 모습이 꼭 탑돌이를 하는 불자를 연상케 한다. 시인의 시심이 자연적으로 발동한다. 시인은 이 광경을 관조의 대상으로 삼는다. 그리고 시적자아는 잉어의 세계로 몰입한다. '번뇌의 비늘 지고 무명을 벗어려나'는 시적자아의 마음이고 그가 구하고 벗어나고자 하는 속세에서의 번뇌이고 무명(無明)이다.

위 시는 시적 대상을 관조하고 형상화하여 표출함에 있어서 시적자아는 잉어가 되고 잉어의 연꽃탑돌이가 시적자아의 탑돌이가 되는 물아일체의 몰입정신에서 표출된 작품이다.

4) 상상을 통한 창조 정신

상상력은 현재의 위치에서 앞으로 있어야 할 것에 대한 그 무엇을 꿈꾸고 갈망하고 바라면서 새로운 것을 발견하고 창조해 내는 힘이다. 프랑스의 비평가이자 시인인 보들레르(Charles Pierre Baudelaire 1821~1867)는 상상력은 인간이 지닌 능력의 여왕이며, 세계가 그 힘에 의해서 만들어졌다고 했다.

장님이었던 호머가 세계 최대의 훌륭한 서사시『일리아드와 오딧세이』를 남긴 것이나 지체부자유자이던 손자가『손자병법』을 쓸 수 있었던 것이나 청각장애자가 된 베토벤이 위대한 교향곡을 작곡한 것은 모두가 상

상력에 의한 대작(大作)이다 그 뿐 아니라 뉴턴의 <만유인력>이나 아인
슈타인의 <상대성이론>이나 미술 음악 연극 등 모든 예술은 다 상상력
의 결과이다

> 솔바람 불어오는 그윽한 골짜구니
> 산 여울 물소리도 안개로 실려 오고
> 자연은 숨결로 다가와 입술 가에 맴돈다.
>
> — 김정희, 찻잔4 —

　찻잔을 앞에 두고 차향을 음미하며 상상의 날개를 펼쳐본다. 솔바람이
불어오는 그윽한 골짜기에 차밭이 펀더기로 펼쳐져 있다. 보성차밭이 그
렇고 황주의 차밭이 그런 것을 보았다. 산여울 물소리가 계곡의 안개에 실
려 온다. 찻잔에 실려 온 자연의 숨결을 찻잔을 앞에 두고 그대로 느낀다.
차 한 잔을 그대로 훌쩍 마시면 멋이 없다. 적어도 향기를 음미하며 조금
씩 홀짝이며 마셔야 제 멋이고 제 맛이다.

　차는 청정한 골짜기에서 솔바람도 먹고 고운 햇살도 먹고 산새소리 여
울소리 들으며 자연의 숨결을 마시며 싱싱하게 자란 새잎이기에 건강에도
좋고 향기도 좋다. 그 위에 수고하는 이들의 손길도 그 향기 속에서 느낀
다면 차 한 잔에도 감사하는 마음으로 행복할 것이다. 시적자아는 차 한
잔을 앞에 두고 적어도 이 모든 과정을 생각하며 '자연은 숨결로 다가와
입술 가에 맴돈다.'했을 것이다. 자연의 숨결이 바로 우리의 숨결이다. 자
연이 건강해야 우리도 건강하다. 인간은 자연의 일부이기 때문이다.

　시인의 상상력은 이렇게 차 한 잔을 앞에 두고도 이를 관조하고 상상의
날개를 펼쳐 꿈을 꾸기도 하고 갈망하고 바라면서 새로운 것을 발견하고
창조해 내는 힘을 가진다. 그래서 상상력은 시인이 지닌 능력의 여왕이며,
시의 세계는 그 힘에 의해서 창조되는 것이다.

은하에 홍수 일어 강물이 범람했나
하늘 한 모서리가 황톳물에 젖어 있다
견우의 모내기 논도 큰 수해를 입었겠다.

- 오세영, 노을 -

　상상력이 뛰어나다. 노을을 보고 은하의 홍수를 상상하고 범람한 강물을 상상한다. 노을을 황톳물에 비유한 것은 처음이다. 그 위에 또 견우의 모내기 논이 큰 수해를 보았단다. 시인의 상상력은 우주를 뛰어 넘는다. 인간에게 상상력이 없다면 예술작품은 창작되지 못할 것이다. 신화를 포함한 모든 문학작품과 그림과 음악을 아우르는 모든 예술작품은 상상력의 소산이다. 상상력이 없다면 무엇을 이룰 수 있으랴. 상상력은 인간이 지닌 가장 큰 능력이면서 무기이기도 하다. 그것은 고대로부터 내려온 인류문화유산이 과학이전부터 존재한 상상력의 산물인 것을 보아도 그렇다.

　시적자아는 서산에 드리워진 노을을 본다. 노을 또한 보는 이의 관점에 따라 다르게 표출된다. 커 ─ 텐을 드리운 아름다운 황궁으로 보일 수도 있고, 환하게 횃불을 밝힌 바닷길로 보일 수도 있고, 떠나는 이를 위해 드리워진 한 폭의 노란 손수건일 수도 있다. 상상의 날개를 맘껏 펼쳐 꿈꾸는 세계는 각자의 몫이다.

　위의 시에서 시적자아는 노을을 관조의 대상으로 하여 이를 바라보고 감상하는 가운데 이루어낸 미적 체험은 현세적인 것에서 떠난 우주를 향한 감각적 표현으로 나타난다. 곧 "은하에 홍수가 일어 강물이 범람하여 하늘 한편은 황톳물에 젖어 들고 그로 인해 견우의 모내기 논도 수해를 입는다." 이는 물론 시적자아의 상상력의 소산이다. 이러한 어불성설(語不成說)한 상상력을 하여 한 편의 시로 표출할 수 있는 것도 시인의 특권이다. 그리고 시의 세계에서는 가능하다. 그러기에 시는 꿈꾸는 자만이 향수할 수 있다.

인간은 전지전능한 신(神)의 존재 앞에서는 약하고도 보잘 것 없는 유한 존재이다. 하지만 상상의 날개를 펼쳐 관념에 의한 추상적 양상으로는 무한의 가능성을 추구할 수 있다. 시적자아는 그것을 자연의 노을에 접하여 미적 관조에 의한 순수한 감정이입으로 노을에서 자아 감정을 형상화하여 표출했다.

> 푸르게 살아 끓던 피와 살은 다 빠지고
> 조각난 유리 같은 저 투명한 물의 뼈가
> 마지막 지상에 남아
> 혼의 불로 타고 있다.
>
> — 조주환, 소금 —

물에도 뼈가 있을까? 바닷물은 뼈가 있다. 소금의 결정체가 바로 바닷물의 뼈인 셈이다. 가장 오래도록 남아있는 것이 뼈이다. 수백 년이 지나도 남아있는 부처님 사리(舍利)도 뼈의 결정체이다. 성경에 의하면 육체는 흙으로 만들어져 죽으면 흙으로 돌아가고 영은 하나님의 기를 불어 넣어 생영이 되었음으로 영은 본향인 하늘나라로 간다. 육체가 흙으로 돌아가도 가장 오래도록 지상에 남아 있는 것은 역시 뼈이다. 그래서 가문을 따질 때 조상의 이름과 함께 뼈대 있는 집안 이란 말이 나온다.

이렇게 시인의 상상력은 그냥 지나쳐 버릴 수 있는 '소금'을 두고도 이를 관조하고 상상의 날개를 펼쳐 원초적인 소금의 모습에서 소금이 되기까지를 생각하고 이를 되새기고 바라면서 새로운 것을 발견하고 창조해 내는 힘을 가진다. 그래서 상상력은 시인이 지닌 창작의 능력이며, 이를 표출할 수 있는 것은 시인의 특권이며 시의 세계는 그 힘에 의해서 창조되는 것이다.

5) 체험을 통한 창작 정신

  시가 주관성이 강한 예술적 특징을 지니는 까닭도 일체의 체험을 통해 얻게 된 주관적 인식, 체험적 인식을 하나의 구체화된 정서로 표현하고 표출하기 때문이다. 체험은 생명력이 있다. 직접 체험이 어려우면 간접체험이라도 해야 한다. 그래서 시인은 책도 많이 읽어야 하고 여행도 해야 하고 사람들과 어울려서 남이 살아가는 인생체험도 들어야 하고 남의 인생도 살펴야 한다. 그래야 시의 세계가 풍성해진다. 곧 그 깊이와 폭이 넓어진다.

    잔잔한 호숫가에 누군가 돌을 던져
    일렁인 파장 위에 가슴앓이 떨림으로
    시이소
    타는 너와 나
    오고 가는 추(錘)인가

— 김숙선, 마음의 무게 —

  어릴 적 읽었던 이야기의 한 토막이 생각난다. '아이들은 재미삼아 연못에 돌을 던지지만 개구리들에게는 목숨이 달려있다는 그 이야기'가 생각난 것은 왜일까. 물론 위의 시의하고는 다르다. 하지만 잔잔한 호숫가에 돌을 던진 사람은 호수에 사는 여러 생명들을 먼저 생각하고 대의를 위해 과연 돌을 던졌을까? 내 개인의 명예와 욕심은 티끌만큼도 없다고 말할 수 있을까? 돌을 던진 주체는 그로 인해 일어날 파장을 얼마만큼 언제까지 감당할 수 있을까? 거센 소용돌이가 있더라도 시간이 흐르면 호수는 잔잔해지기 마련이다. 인심 또한 마찬가지다.
  하지만 마음의 상처는 더 오랜 시일을 요한다. 파장을 일으키고 함께 하는 이들로 하여금 가슴앓이를 겪게 한다. 서로 힘겨루기라도 하듯 시이소

게임을 하다가 결국 추가 기우는 쪽으로 향하는 것이 인지상정이고 마음의 무게이다. 그로 인해 큰 조직이 분리되기도 한다. 호수에 산 생명들은 "고래 싸움에 새우 등 터진 격."이지만 말없이 따라가는 민초가 된다. 그래서 어떤 조직이나 사회든 국가든 지도자의 위치에 선 인물은 사(私)를 버리고 공(公)적인 위치에서 지혜롭게 처신해야 한다.

위의 시는 주관성이 강한 체험을 토대로 한 주관적 인식을 구체화한 정서의 표현이다. 체험은 생명력이 있다. 어우러져 사는 사람들 속에서 살아가는 삶이기에 돌을 던지는 사람도 있고 아우르는 사람도 있고 다독이는 사람도 있게 마련이다. 그리고 마음이 가까운 사람끼리 모이기도 한다. 그러다 일이 생기고 오해가 있고 다투기도 하고 풀기도 한다. 그 과정에서 제대로 풀리지 않을 때는 결국 갈라서기도 한다. 그 때 중간에 있는 사람들이 가장 난처하다 곧 진퇴양난이다. 가만히 그 곳을 지키거나 서 있을 수밖에 없다. 그리고 다가오는 사람을 따를 수밖에 없다. 그래서 오고가는 추의 신세가 된다.

위의 시는 단 수이지만 많은 의미를 담고 있다. 그래서 행간에 숨은 이야기를 하기 위해서는 그 시속에 숨쉬고 있는 시적 배경이 필요하다. 그래서 평자나 시인은 인생체험도 들어야 하고 남의 인생도 살펴야 한다. 그래야 시의 세계가 풍성해지듯이 시평 또한 그 깊이와 폭이 넓어진다.

    등 굽은 시골 할미 살아온 여정처럼
    산 비알 바위틈에 바람 맞서 버틴 세월
    자세는 구부정해도
    짙푸르른 저 당당함.

– 정순량, 노송 –

시는 체험을 통해 얻게 된 주관적 인식을 구체화한 정서적 표현이다. 그러기에 그 체험은 생명력이 있다. '등 굽은 할미의 인생여정도 산 비알 바위틈에서 풍우설상을 다 맞으며 버텨온 노송'도 어렵고도 힘든 삶을 산 것은 마찬가지이다. 그러한 어려운 삶을 굳건히 살아왔기에 무서울 것도 아쉬울 것도 없다. 그래서 외모는 볼품없어도 마음만은 푸르고 당당하다. 노송을 바라보며 시인은 이를 시적 대상으로 관조하는 가운데 노송의 푸르고 당당함에 자신의 모습을 이입시킨 것이다. 노송의 '짙푸르른 저 당당함'은 곧 시적자아의 자의식이고 자아 표출이다. 시적자아는 지금 할미의 인생여정 같기도 하고 산 비알에 선 노송마냥 힘든 여정을 걸어 왔기에 더욱 강건하고 푸르고 당당하다.

존재하는 모든 만물의 상(象)은 인간의 사고(思考)내에서 잉태하고 존재하는 산물이기 때문에 시적 대상은 보는 이의 관점에 따라 다르다. 특히 자연을 관조함에 있어서는 관조자의 인격과 그의 사상과 그의 철학에 따라 그 이입되는 가치관이 달라진다. 그러므로 대상에 생명을 이입시키는 이에 따라 그것에 내재하는 미적 가치가 서로 다르게 나타난다.

Buffon(1707~1780)이 "文은 그 자신"이라 하였듯이 시적자아가 '노송'에서 느낀 미의식은 '풍우설상'에도 굳건히 견뎌온 짙푸르른 당당함으로 '숭고미'를 자아내기도 한다.

> 모든 소리들 죽은 듯 잠든
> 전남 곡성군 죽곡면 원달 1리
>
> 구산의 하나인 동리산 속
> 태안사의 중으로
> 서른다섯 나이에 열일곱 나이 처녀를 얻어
>
> 깊은 산골의 바람이나 구름
> 멧돼지나 노루 사슴 곰 따위

혹은 호랑이 이리 날짐승들과 함께
오손 도손 놀며 살아라고
칠남매를 낳으시고
난세를 느꼈는지 산 넘고 물 건너 마을 돌며
젊은이들 모아 야학 하시느라
처자식을 돌보지 않고

여순사건 때는
죽을 고비 수 십 번 넘기시더니
땅 뙈기 세간 고스란히 놓아둔 채
처자식 주렁주렁 달고
새벽에 고향을 버리시던 아버지.

삼십년을 떠돌다
고향 찾아드니 아버지의 모습이며 음성
동리산에 가득한 듯 하나
눈에 들어오는 것
폐허뿐이네 적막뿐이네.

– 조태일, 원달리의 아버지 –

위 시는 한 가정의 가족사와 그 시대상을 읽을 수 있는 한 편의 시이다.
늦은 나이에 어렵게 가정을 이루어 7남매를 줄줄이 낳아 산골에서 산
식구들과 오순도순 살아온 얘기며 난세를 만나 계몽에 눈을 돌리며 교육
도 하고 여순사건에도 간여하여 고향을 떠난 얘기며 이제 그 아버지는 세
상을 떠나고 시적자아는 30년이 지나 이제 고향이라고 찾았으나 눈에 들
어온 건 폐허뿐이고 적막뿐인 고향의 모습을 허망하게 느끼면서도 담담하
게 그리고 있다. 이 또한 시인의 직접 또는 간접 체험을 형상화한 작품으
로 시가 주관성이 강한 일체의 체험을 통해 얻게 된 주관적 인식을 구체화

한 정서적 표현이고 표출이라는 시정신과 맥을 같이 한다.

6) 기억을 통한 창작 정신

기억은 체험이 보존된 저장고이며 상상력을 일으키는 원동력이 되기도 한다. 상상력도 체험이나 기억 속에서 이루어진다. 시는 체험이라고 한 릴케(Rainer Maria Rilke, 1875~1926)도 '되도록 모든 체험은 빨리 잊어버리고, 그에 대한 기억이 무의식 속에서 익어 과일처럼 떨어지는 그때까지 느긋하게 기다려 시를 쓰라'고 했다. 이러한 말은 '시의 근원은 고요히 회상되는 정서'라고 한 워즈워드(William Wordsworth, 1770~1850)의 말이나 '시는 한층 온화하고 거리를 둔 기억으로부터 써야 한다.'는 실러(Schiller, Johann Christoph Friedrich von, 1759~1805)의 말과 같은 의미이다. 이러한 말들은 곧 시적 대상을 관조하면서 감정의 조절을 요하는 말이기도 하다. 조운이 <구룡폭포>를 쓰고 발표한 것도 그가 구룡폭포를 다녀온 3년 후이고, 조지훈이 <승무>를 지은 것도 19살에 착상하여 11개월 지나서이고 시작(詩作)한지 7개월 만에 완성하였다 하니 기억을 통한 창작정신이 뛰어나다 하겠다.

> 돌무덤 움켜잡고
> 5월에 선 하얀 사랑
> 뜨거운 피 곰삭히고
> 속울음을 우려내고
> 순결은 가시로 돋아
> 그리움을 찌른다.
>
> — 김사균, 찔레꽃 —

시적화자와 시인과의 관계를 바라보는 관점에 따라 시인의 개성과 몰개성이 나타난다. 곧 시적 화자가 시인 자신일 경우는 시인의 개성이 그대로 드러난다. 하지만 시적화자와 시인이 별개의 개성으로 나타날 경우 이는 몰개성이다. 이러한 경우 시적 화자는 시인이 창조한 창조된 인물이거나 허구적 인물이다. 물론 시적 대상을 관조함에 있어 그 대상에 따라 시인의 감정이 드러날 수도 있고 창조된 인물의 정서가 이입될 수도 있다. 그 어느 경우든 그것은 시인의 몫이다. 곧 시인의 기억 속에 있는 사상 감정이다.

위의 시는 몰개성으로 표출된 시인이 창주한 허구적 인물이나. 시적자아가 찔레꽃에 접해서 느낀 정서감정은 슬픈 사랑을 간직한 여인의 순결함이다. 시골 들녘을 가다 보면 논둑 양지바른 곳에 작은 돌무덤 끼고 새하얗게 피어난 찔레꽃이 은은한 향기로 꿀벌을 불러 모으며 지나는 눈길을 멈추게 하는 것을 본다. 시적자아는 이러한 경험이 있을 것이다. 그것이 시적자아에게는 돌무덤 움켜잡고 선 사랑의 화신으로 다가온다. 뜨거운 사랑의 열정은 세월과 함께 삭히고 또 삭혀 새하얗게 순결한 찔레꽃으로 승화한 것이다. 그 순결은 또 가시로 돋아 범상한 접근을 피하니 더욱 고결한 그리움이다.

그래서 기억은 체험이 보존된 저장고이며 상상력을 일으키는 원동력이 되기도 한다. 시는 체험이라고 한 릴케의 말처럼 '무(無)'에서 '유(有)'는 나오지 않는다. 찔레꽃에 대한 시적 상상력도 시인의 체험이나 기억 속에서 이루어져 형상화된 시작품이다.

> 어머닌 칠흑 같은 마루를 닦으시며
> 세상의 모든 것이 거울이라 하시었다
> 여래(如來)는
> 한 육신이 다
> 빛이 되게 닦으셨다.
>
> — 최길하, 마루거울 —

　　요즈음은 닦을수록 윤기 나는 나무 마루를 보기도 힘들다. 나 어릴 적 우리 집 대청마루가 생각난다. 대청마루에 비친 앞마당 정원이며 감나무들은 물속에 비친 풍경처럼 더 멋있게 보였다. 마루에 비친 그 전경이 어린 마음에도 좋아서 옆으로 누워서 꿈꾸듯 한참동안 바라보면서 그 속으로 들어가고 싶기도 했다. 똑 같은 전경인데도 실제로 보는 것 보다 대청마루에 비친 그 전경이 더 멋있게 보여 내 마음은 상상의 날개를 펼쳐 그 속에서 놀기도 했다. 사실을 그대로 비춰주는 거울 속의 세계보다 물속에 비치는 경치나 마루에 비치는 그 전경이 더 멋있게 다가와 꿈을 꾸게 한다. 그러한 마음이 시의 마음일 것이다.

　　위 시에서 시적자아는 마루거울을 보면서 어머니의 손길을 생각한다. 그리고 ‘세상의 모든 것은 거울’이라 하신 그 말씀을 기억한다. 세상의 모든 것이 거울이듯 마음도 닦고 닦으면 ‘여래(如來)’가 될 것이다. 그리고 여래(如來)는 한 생이 다하도록 어둠을 비추는 빛이 된다. 그 여래가 바로 시적자아에게는 ‘어머니’이다. 세상의 어머니는 다 자식 앞에서는 여래(如來)가 된다. 그 여래의 마음이 자식을 향한 빛이고 끝없는 자애이다.

　　이렇게 기억은 체험이 보존된 저장고이며 상상력을 일으키는 원동력이 되기도 한다. ‘시의 근원은 고요히 회상되는 정서’라고 한 워즈워드의 말처럼 시적자아는 나무거울에 접해서 고요히 회상되는 어머니의 상을 여래와 접목시켜 한 편의 시로 형상화하여 자의식을 표출했다.

6. 시적 화자와 어조

　　만해 한용운의 「님의 침묵」을 읽거나 소월의 「진달래 꽃」을 읽으면 작자가 여성인 것 같다. 또 이육사의 「청포도」를 읽어보면 좋은 소식을 갖고 올 귀한 손님을 기다리는 고향(시골)의 선비인양 싶다. 이렇게 시에서 드러나는 시적화자의 목소리, 말씨, 말투를 '어조'라 한다. 이는 시인의 개성을 반영하고, 그 인격까지도 드러내는 것으로 시의 분위기를 좌우한다. 이렇게 시속에서 말하는 사람을 가리켜 '시의 화자' 라 한다. 이들은 작품 안에서 시의 주제를 효과적으로 살리고, 시의 전반적인 분위기를 형성하고, 시인의 태도를 반영함으로써 시의 이해에 도움을 주는 역할을 한다. '시의 화자'를 '시적 자아' '서정적 자아' '상상적 자아'라고도 한다.

그런데 작품을 감상해 보면 시인의 시에 있어서 시적자아가 시인 자신이 아니라 시인이 창조한 허구적인 경우가 많다. 남자 시인이 여성의 음성으로 하는 경우는 꽤 많다. 반면에 여류시인이 남성화한 시는 별로 나타나지 않는다. 경우에 따라서 시적화자를 어린이로 둘 수도 있고, 농부, 어부, 촌부 등 다양하게 드러난다. 이러한 시적 화자의 어조에 따라 독자에게 다가가는 시의 분위기는 사뭇 달라진다. 그래서 시적 화자와 어조는 시창작에서 뜻, 이미지, 리듬과 함께 시의 4요소에 들어간다.

시적화자의 종결어미는 동일한 어조를 유지해야 한다. 동일한 어조와 리듬의 반복을 통하여 말하고자 하는 언술의 독특한 어조를 보여준다. 이를 통하여 시적 화자의 인격이 나타나며 시의 리듬감을 고조시키기도 한다.

1) 시적 화자의 역할

시적 화자는 독자들이 한 편의 시를 이해하고 공감하는 데에 직접적인 영향을 끼친다. 시의 화자는 직접 독자들을 만나고 시의 주제나 의미, 분위기, 정서, 태도, 상황 등을 친근한 목소리로 독자에게 다가감으로써 이를 통해서 독자들은 시를 이해하고 공감하고 감상하고 호감을 갖는다.

궁극적으로 문학작품을 포함하여 글이란 독자에게 뭔가를 전하고자 하는 작자의 행위이다.

당신의 편지가 왔다기에 꽃밭 매던 호미를 놓고 떼어보았습니다.

그 편지는 글씨는 가늘고 글줄은 많으나 사연은 간단합니다.

만일 님이 쓰신 편지이면 글은 짧을지라도 사연은 길터인데.

당신의 편지가 왔다기에 바느질 그릇을 치워 놓고 떼어보았습
니다.

그 편지는 나에게 잘 있느냐고만 묻고 언제 오신 다는 말은 조
금도 없습니다.

만일 님이 쓰신 편지라면 나의 일은 묻지 않더라도 언제 오신다
는 말을 먼저 썼을 터인데.

당신의 편지가 왔다기에 약을 달이다 말고 떼어 보았습니다.

그 편지는 당신의 주소는 다른 나라의 군함입니다.

만일 님이 쓰신 편지이면 남의 군함에 있는 것이 사실이라 할지
라도 편지에는 군함에서 떠났다고 하였을 터인데.

- 한용운, 당신의 편지 -

이 시에서는 시적 화자가 온전히 여성적인 정서로 형상화되어 한용운
의 실체는 숨겨져 있다. 작자가 남성이면서 여성화자가 되어 온전히 여성
화로 표출된 시들을 <아니마>의 표출로 보고 <아니마詩>라고 한다.
<아니마>란 칼·융의 심리학에서 따온 용어로 남성 속에 있는 여성적인
정조 일반을 일컫는다. 그 대표적인 예가 김소월과 한용운의 시이고 이러
한 현상은 다른 시작품 속에서도 많이 나타난다. 반대로 여성 속에 있는
남성적인 정서 일반을 <아니무스>라고 한다.

2) 시적화자의 기능

(1) 시인의 자아와 세계를 확대

시인은 화자를 통하여 다양한 인물로 확대 변용될 수 있으며 경험과 실
제적인 자아세계를 폭넓게 만들어 간다.

나는 얼굴에 분칠을 하고
삼단같이 머리를 땋아 내린 사나이

초립에 쾌자를 걸친 조라치들이
날라리를 부는 저녁이면
다홍치마를 두르고 나는 향단이가 된다.

이리하여 장터 어느 넓은 마당을 빌어
람프 불을 돋운 포장 속에선
내 남성이 십분 굴욕되다. …
- 노천명, 남사당 -

제목이 말해 주듯이 시적화자는 남사당이다. 남사당이란 시적 화자를 통하여 시인의 자아와 세계를 확대시켜 준다. 이렇게 시인은 시적 화자를 통하여 다양한 인물로 확대 변용될 수 있으며 자아세계를 폭넓게 만들어 간다.

(2) 상황이나 사건을 알려주는 역할

삼동을
버텨온 게
빙산처럼 깊이 있어

호미 끝
무는 힘은
땅 한 평을 물고 있다

잔뿌리
남기는 피의 절규

또 하나의 삶을 본다.

송두리째
뽑아내어
햇살에 펼쳐놔도

지표에
칼을 꽂고
밤이슬 기다리는

다부진
눈빛 속에서
채근담을 읽게 한다.

- 김보영, 잡초 예찬론 -

시적자아는 잡초의 끈질긴 생명력에서 세상살이의 처세술을 배우고 깨
우친다. 그래서 잡초의 예찬론을 형상화하면서 처세 철학서인 채근담을
읽는 듯 하다. 채근담은 중국 명대(明代) 홍응명(洪應明)이 지은 삼교일치
(三敎一致)의 통속적인 처세 철학서이다. 홍응명은 그의 자(字)인 자성(自
誠)과 아호(雅號)인 환초도인(還初道人)이 말해 주듯 참되고 도인다운 사
람이다. 그러한 심성에서 이루어진 책이기에 삶의 지침서가 되기도 한다.

이 책은 경구(警句) 풍의 단문 350여 조로 이루어져 있다. 중국 본토보
다 한국과 일본에서 널리 읽힌다. 존경각문고(尊經閣文庫)에 명대 간본이
있다. 저자의 생애에 대해서는 밝지 않다. 다만 1580년(萬曆 8)에 진사가
된 우공겸(于孔兼)의 친구로서 쓰촨 성[四川省] 사람으로 추정한다. 곧 처
사(處士)인 셈이다. 그의 저서로 『선불기종 仙佛奇蹤』8권이 있으며 『채근
담』과 함께 ≪희영헌총서 喜咏軒叢書≫(1926)에 실려 있다.

이틀과 이레 서는 안동 장날 어물전은
끌어 올린 생업의 바다 조여드는 그물 벗고
왕소금 하얗게 물며 간 고등어 환생한다.

품어야 할 가슴 없어 부드럽게 눕는 슬픔
전생의 파도 소리 등빛으로 짊어지고
서로가 서로의 짝이 되어 사바의 길 나선다.

가난 어린 저녁 밥상 도란도란 웃음이거나
어느 아비 신위 앞에 한 접시 눈물이기 위해
함거(檻車)에 실린 선비처럼 수척하다 너의 눈빛.

ㅡ 신필영, 간고등어 이야기 ㅡ

기차는 가고 똥개만 남아 운다
기차는 가고 식은 팥죽만 남아 식는다
기차는 가고 시커멓게 고개를 넘는
깜부기, 깜부기의 대갈통만 남아 벗겨진다
…… 중 략 ……
인정 많은 형님들만 곰보딱지처럼 남아
할아버지 아버지 어머니의 무덤을 지키며
거머리 우글거린 논바닥에 꼿꼿이 서 있다.

ㅡ 김준태, 호남선 ㅡ

(3) 작품에 통일성 부여

화자의 일관된 모습과 목소리 곧 화자의 생각, 정서, 가치관, 세계관 등
을 통해 작품에 통일성을 부여한다

잡초로 내몰려도 서운하단 말이 없고
짓밟고 지나가도 불만하나 않더니만
어느 새
그 열망들을
자잘하게 피웠을까

정원에서 애지중지 피운 꽃은 아니지만
그래도 나름대로 세월 빚어 놓았으니
한 번쯤
대견하다고
눈길이나 주었으면

끈질긴 핍박에도 사람들이 외면해도
저만의 성깔대로 바람따라 피운 향기
풀꽃은
그 잔정마저
가져가라 보챈다.

— 이명식, 풀꽃 —

바람이 산정으로
불길을 몰고 간다.

맞불을 놓아 봐도
잡히지 않는 불이

구름에
덧칠을 하여
빗방울이 듣는다.

— 김명호, 산 · 3 —

죄 없이 사라져 간 원혼들이 서려 있는
수용소 둘러보며 내 심장 떨고 있다
인간의 독한 마음은 어디까지 한계인가.

수용소 정문 앞의 거짓된 표어*보며
아기 옷 쌓인 안경 그 주인공 그려본다
저세상 그곳에서나마 평안함을 누리소서.

－양계향, 오! 아우스비츠－

*Arbeit Macht Free

멍들거나 피흘리는 아픔은
이내 삭은 거름이 되어
단단한 삶의 옹이를 만들지만
슬픔은 결코 썩지 않는다. 옛고향집 뒤란
살구나무 밑에
썩지 않고 묻혀 있던
돌아가신 어머님의 흰고무신처럼
그것은
어두운 마음 어느 구석에
초승달로 걸려
오래 오래 흐린빛을 뿌린다.

－김영석, 썩지 않는 슬픔－

(4) 진실성과 친밀감 형성

시적 화자의 감정이나 느낌, 속내를 솔직하게 고백함으로써 시에 진실성을 부여하고 독자와의 친밀감을 형성한다.

시월 동동 가을 걷고 옷깃을 여밀 즈음
공연히 그믐달이 아스라이 슬프다가도
토담집
군불 지필 땐
설운 일도 따스하오.

세월을 잊고 살 듯 부질없는 이름 석자
하얗게 다가앉는 겨울 산을 그리다가
햇살에
기지개 켜는
마늘 싹이 궁금하오.

사는 지 왜 사는 지 그 마저 잊고 살다
불현 듯 떠오르는 눈물에 젖다가도
성당의
캐롤 송 들으며
새 달력을 걸게 하오.

- 김보영, 촌부일기 -

어머니, 서두르시지요
따가운 햇살 퍼지기 전
이슬 마르기 전
보리를 베어야지요
종일 낫질을 해보았댔자
손바닥만 부르틀 뿐
반품삯도 나오지 않는 보리베기
보리밭에 익은 보리모개들이
빳빳하게 서서 사을군요
엇슥엇슥 보리를 베다보면 보리꺼럭들은

팔이며 모가지며 얼굴을
아프게 찌르는군요
어머니, 저는 보리밭에 익은 보리들처럼
빳빳하게 서서 세상을 노려볼 수 없는 것이 슬퍼요
밑동째 잘리면서도 사람을 찌르는 보리꺼럭들처럼
세상을 아프게 찌를 수 없는 것이 답답해요
어머니, 드디어
땀방울은 흘러 눈에 들면
쓰린 소금이 되는군요.

— 나태주, 보리베기 —

(5) 배경을 구체적이고 생동감 있게 표현

작품 안에서 배경 묘사 곧 시간, 계절, 공간 등을 통하여 시의 현실감이나 사실감 등을 더욱 구체적이고 생동감 있게 표현한다.

겨울 산을 오르면서 나는 본다.
가장 높은 것들은 추운 곳에서
얼음처럼 빛나고,
얼어붙은 폭포의 단호한 침묵,
가장 높은 정신은
추운 곳에서 살아 움직이며
허옇게 얼어터진 계곡과 계곡 사이
바위와 바위의 결빙을 노래한다.
간밤의 눈이 다 녹아버린 이른 아침,
산정(山頂)은
얼음을 그대로 뒤집어쓴 채
빛을 받들고 있다.

— 조정권, 산정묘지1 —

3) 시인의 개성론과 몰개성론

시적화자와 시인과의 관계를 바라보는 관점에 따라 시인의 개성과 몰
개성이 나타난다. 곧 시적 화자가 시인 자신일 경우 이는 시인의 개성이
그대로 드러난 것이고, 시적화자와 시인이 별개의 개성으로 나타날 경우
이는 몰개성이다. 후자의 경우 시적 화자는 창조된 인물이거나 허구적 인
물이다.

넓은 벌 동쪽 끝으로
옛이야기 지즐대는 실개천이 휘몰아나가고,
얼룩백이 황소가
해설피 금빛 게으른 울음을 우는 곳,
그 곳이 참하 꿈엔들 잊힐리야.

질화로에 재가 식어지면
비인 밭에 밤바람 소리 말을 달리고,
엷은 조름에 겨운 늙어신 아버지가
짚 벼개를 돋아 고이시는 곳,
그 곳이 참하 잊힐리야.

흙에서 자란 내 마음
파아란 하늘 빛이 그립어
함부로 쏜 화살을 찾으러
풀섶 이슬에 함추름 휘적시든 곳,
그 곳이 참하 꿈엔들 잊힐리야.

傳說(전설)바다에 춤추는 밤물결 같은
검은 귀밑머리 날리는 어린 누이와
아무렇지도 않고 여쁠 것도 없는

사철 발 벗은 안해가
따가운 햇살을 등에 지고 이삭 줏던 곳,
그 곳이 참하 꿈엔들 잊힐리야.

하늘에는 석근 별
알 수도 없는 모래성으로 발을 옮기고,
서리 까마귀 우지짓고 지나가는 초라한 지붕,
흐릿한 불빛에 돌아 앉어 도란도란 거리는 곳,
그 곳이 참하 꿈엔늘 잊힐리야.

- 정지용, 향수 -

작자에 대해서 모르면 이 시는 시적 화자가 시인 자신으로 착각하기 쉽다. 하지만 이 시는 시적 화자가 시인 자신이 아니다. 그것은 아내의 묘사가 말해준다. 정지용의 아내는 사철 발 벗고 있을 아내도 아니고 더구나 햇살을 등에 지고 이삭 주을 아내가 아니라는 것은 다 아는 사실이다. 그러므로 정지용의 <향수>는 자신의 고향을 묘사한 시적 분위기의 개성과 시인 자신의 일부가 드러나지 않은 몰개성이 공존하는 시이다.

7. 시와 언어

1) 언어는 존재의 집

'인간은 언어와 더불어 비로소 思惟(사유)하는 존재'라고 독일 철학자 칼 야스퍼스(Karl Jaspers, 1883~1969)는 말했다. 신이 그 많은 창조물을 내었지만 언어와 사유는 인간만이 가진 특권이다. 시인은 무형으로 내재한 사유를 유형의 문자를 통하여 형상화한다.

20세기 실존주의의 대표자로 당대의 대표적인 존재론자로 유럽 대륙

문화계의 신세대에게 커다란 영향을 끼친 하이데거(Heidegger Martin)는 횔더린의 시를 분석하면서 '언어는 존재의 집'이란 명제를 도출했다. 존재의 나타남은 언어를 통해서만 가능하다. 언어가 있는 곳에 세계가 있고 세계가 있는 곳에 역사가 있기 마련이다. 이는 언어가 세계와 사물로서의 존재임을 말한다. 이 말은 언어가 사물을 부리고 그 존재를 구현하는 주체자의 입장이라는 의미이다. 그래서 언어와 시인과의 관계에 있어서도 언어가 시인을 부려서 시를 쓴다는 것이다. 그것은 곧 인간이 말을 함으로써 언어를 활용하듯이 언어 또한 인간을 부려서 말을 함으로써 언어를 활용하여 시를 쓴다는 것이다.

> 시조는 상상력이 자수율에 제약되지
> 그러나 제약 없는 예술이 있었던가
> 콩 속에 세상을 담은 옛 장인의 기예여.
>
> — 유자효, 시조 —

언어는 과연 존재의 집이다. 언어가 없다면 그 존재를 무엇으로 표현할 수 있겠는가. 손짓과 발짓 그림 등 표현할 수 있는 것은 다 동원될 것이다. 그래도 언어를 따르진 못 할 것이다. 그것은 언어를 자유로 구사할 수 있는 인간만이 고도의 문화를 창출하며 향유하는 것을 보아도 그렇다.

시조 한 수는 45자 내외이다. 짧다면 짧고 길다면 길다. 양장시조가 나오고 절장 시조가 나온 것을 보면 45자가 길다고 하겠고, 사설시조나 엇시조가 나온 것을 보면 45자가 부족하다 하겠다. 평시조에서도 요즈음 현대시조에서 변격과 파격을 일삼으며 그것이 현대시조의 다양화이고 발전인 양 하는 시조시인들이 많다. 이에 비한다면 현대시조의 정격을 바로 알고 지키려는 시인의 '시조짓기'의 체험을 형상화하여 표출한 작품이다. 초장에서는 자수율에 의해서 상상력이 제약을 받음을 말했다. 상상력을 맘대로 펼 칠 수 없는 것은 사실이다. 그래서 논자 또한 어찌할 수 없을 땐 자유시로 표출한다. 자유시에 가까운 어정쩡한 시조를 시조로 발표하지는 않는다. 그리고 그런 시조는 쓰지 않는다. 중장에서 '제약 없는 예술이 있었던가' 에서 시조의 예술성을 귀히 여기는 시인의 심성이 표출되어 시조시인으로서의 자부심을 읽을 수 있다. 종장에서 '콩 속에 세상을 담은 옛 장인의 기에여'는 '시조 한 수'에 역사가 숨 쉬고 있는 우리 선조들의 시조를 인식하고 높이 기리고 있음을 알 수 있다. 시조의 정격을 가장 잘 표출해 낸 「시조」이다. 본 시조 「시조」를 읽고 파격과 변격을 현대시조의 특권인 양 내세우는 시조시인들은 한 번 쯤 되새겨 보기 바란다. '글로도 하고픈 말 다하지 못하는데/ 말로도 그 의중을 다 표현 못하는데/ 시인은 시 한 수 날려 온 우주도 담는다.' 는 것이 시(詩)이고, 시조 한 수에 담는 시의 내용이다.

> 난(蘭)있는 방이든가, 마음귀도 밝아온다
> 얼마를 닦았기에 눈빛마저 심심한고
> 흰 장지 구만리 바깥 손 내밀듯 뵈인다.
>
> — 김상옥, 난 있는 방 —

난(蘭) 있는 방을 떠 올리면 먼저 창가 문갑위에 올려진 그윽한 난향을 기억한다. 그리고 두향이와 얽힌 퇴계 선생의 방에 있던 난을 떠올린다. 햇살이 밝게 드는 창가에 놓인 난은 그윽한 향기를 풍기며 청정하게 다가와 마음까지 밝게 한다. 세속의 티 하나 없어 눈빛마저 심심하여. 한 장 백지장을 떠올리듯 하다. "흰장지 구만리 바깥 손 내밀 듯" 내뵈는 심상을 형상화하여 표출했다. 「난이 있는 방」은 같은 4군자의 하나인 죽의 심상을 연상시키는 작품이다. 단단하지만 속이 비어 무욕하고 허심한 선비의 고절을 가진다.

내가 그의 이름을 불러주기 전에는
그는 다만
하나의 몸짓에 지나지 않았다
내가 그의 이름을 불러주었을 때
그는 나에게로 와서
꽃이 되었다.

내가 그의 이름을 불러준 것처럼
나의 이 빛깔과 향기에 알맞은
누가 나의 이름을 불러다오
그에게로 가서 나도
그의 꽃이 되고 싶다.

우리들은 모두
무엇이 되고 싶다.
나는 너에게 너는 나에게
잊혀지지 않는 하나의 의미가 되고 싶다.

- 김춘수, 꽃 -

모호한 상태로서의 존재를 꽃이라는 이름을 부여하였을 때 그 존재의 모습과 의미가 탄생되듯이 우리는 누구나 자기에게 적절한 이름을 갖고 하나의 의미로 남고 싶어 한다.

2) 언어의 함축성

언어의 함축성이란, 시의 언어에서 사전적 의미를 초월하여 자기만의 새로운 의미를 부여하여 새롭게 창조된 주관적 언어를 말한다. 내포적 의미의 언어라고도 한다. 함축이라는 말의 진정한 의미는 시가 다양한 해석의 여지를 갖는다는 말이다. 다양한 의미를 동시에 갖는다는 말이지 길게 말해야 할 것을 짧게 줄여서 말한다는 것은 아니다. 때문에 시는 같은 독자라 할지라도 시간과 상황에 따라서 언제나 다른 방식과 의미로 읽혀질 수 있다. 곧 이러한 함축성은 곧 내포성이라는 말과 같다. 그래서 그 내포하는 의미가 많아서 다양한 해석이 가능하다는 것이다.

이러한 함축성 때문에 시는 독자의 상상력과 사고력을 촉발하고 향상시키는 것이다. 이러한 함축성은 시적 어법이라 할 수 있는 비유, 상징, 역설, 아이러니 등의 어법을 통해서 다양한 내포적 의미를 가진다. 그래서 이러한 시의 이법 때문에 일반 독사들은 시를 어려워한다. '국화꽃'이 서정주에게는 '성숙한 누님'으로 표현되었듯이 또 김상용에게서 '구름'은 '도시의 화려한 생활'을 나타내기도 하듯이 말이다.

> 보톡스 몇 방으로
> 겉주름을 벗어 놓고
> 나이테 바퀴 풀어
> 봄바람을 되감을 때
> 탱탱한 얼굴 밖에서
> 매달리는 각시탈.

－유휘상, 가면－

현대의학의 발달과 함께 젊게 보이고자하는 사람들의 욕망을 「가면」속에 표출했다. 젊게 보이고 젊게 살고자하는 것은 인간 모두의 욕망인 듯싶다. 어릴 때는 빨리 어른이 되어 어른들처럼 살고 싶지만 나이가 들면서 좀 더 젊게 살고 싶어 하는 것이 모두의 바람이다. 고시조에서도 '한손에 막대 들고 또 한손에 가시 들고/늙는 길 가시로 막고 오는 白髮 막대로 치렀더니 /白髮이 제 먼저 알고 지름길로 오더라. －우탁－라 읊었으니 말이다. 늙음을 한탄하며 인생의 허무를 노래한 「탄로가」로 알려져 있다.

예나 지금이나 늙는 것은 모두 이렇게 싫은가 보다. 요즈음은 백발도 주름도 늙음의 기준을 뛰어 넘는 세상이다. 얼마나 늙음이 싫으면 백발은 염색을 하고 주름은 화장술로 없애겠는가. 그것으로 만족하지 못하면 주름제거수술도 감행하는 세상이다. 나이가 들면 늙는 것이 자연현상이겠건만 이렇듯 모두 늙기를 싫어하니 진시황이 불로초를 찾기 위해 방사(方士)서복으로 하여금 선남선녀 500명을 거느리고 목숨을 건 불로초 탐사에 나서게 한 것도 이해할 만도 하다.

다음에서 자유시도 감상해 보자

    남으로 창을 내겠소.
    밭이 한참갈이
    괭이로 파고
    호미론 풀을 매지요.
    구름이 꼬인다 갈리 있소
    새 노래는 공으로 들어라오
    강냉이가 익걸랑
    함께 와 자셔도 좋소

    왜 사냐건
    웃지요.

– 김상용, 남으로 창을 내겠소 –

    남향으로 창을 내어 집을 짓고 괭이로 밭갈이를 하고 호미로 풀을 매며 농촌생활을 즐겨 한다. 아무리 좋은 말로(구름) 도시로 나가자고 꼬여도 나갈 리가 없다. 새들이 지절대는 노래를 공짜로 들으며 자연의 합창을 즐긴다. 이 좋은 자연 속에서 사는 것이 부러울 게 없다. 강냉이가 익으면 서로 나누어 먹는 후한 인심도 있다. 이 좋은 전원생활인데 왜 도시로 나가? 그래도 사람들은(친구) 도시로 가잔다. 왜 그렇게 사느냐고? 시적자아는 그저 웃어넘길 뿐이다. 도시 생활에서 떠나 소박한 전원생활을 즐기며 달관의 삶을 사는 시적자아의 인생관을 형상화한 시이다.

> 님은 갔습니다. 아아, 사랑하는 나의님은 갔습니다.
> 푸른 산 빛을 깨치고 단풍나무 숲을 향하여 난 작은 길을 걸어서
> 차마 떨치고 갔습니다.
> 황금의 꽃같이 굳고 빛나던 옛 맹서는 차디찬 티끌이 되어서
> 한숨의 미풍에 날아갔습니다.
> 날카로운 첫 키스의 추억은 나의 운명의 지침을 돌려놓고
> 뒷걸음쳐서 사라졌습니다.
> 나는 향기로운 님의 말소리에 귀먹고 꽃다운 님의 얼굴에
> 눈멀었습니다.
> 사랑도 사람의 일이라 만날 때에 미리 떠날 것을 염려하고
> 경계하지 아니한 것은 아니지만 이별은 뜻밖의 일이 되고
> 놀란 가슴은 새로운 슬픔에 터집니다.
> 그러나 이별을 쓸데없는 눈물의 원천을 만들고 마는 것은
> 스스로 사랑을 깨치는 것인 줄 아는 까닭에 걷잡을 수 없는
> 슬픔의 힘을 옮겨서 새 희망의 정수박이에 들어부었습니다.
> 우리는 만날 때에 떠날 것을 염려하는 것과 같이 떠날 때에
> 다시 만날 것을 믿습니다.
> 아아, 님은 갔지마는 나는 님을 보내지 아니하였습니다.
> 제 곡조를 못이기는 사랑의 노래는 님의 침묵을 휩싸고
> 돕니다.
>
> - 한용운, 님의 침묵 -

여성어조를 띤 「님의 침묵」은 '님'이란 함축적이고도 애절한 사랑의 정감이 넘치는 노래이다. 시의 구조는 이별의 슬픔과 고통 그리고 기다림 만남의 확신을 통하여 이별 또한 보다 성숙된 만남을 전제한 조건이 되듯이

잃어버린 조국 또한 광복의 그 날이 올 것을 확신하였기에 끝까지 변절하지 않고 대쪽같이 곧게 살다간 만해 한용운이다.

3) 언어의 암시성

시에서 언어의 암시성은 눈에 보이지 않는 정신적인 세계, 상상의 세계를 담아내는 역할을 한다. 지나친 암시는 난해시를 낳지만, 적절한 암시는 독자로 하여금 사고(思考)의 세계를 달리며 상상의 날개를 펼쳐 또 다른 시의 세계를 창출할 수 있는 힘을 기른다.

> 바람도 없는 공중에 수직의 파문을 내이며 고요히 떨어지는
> 오동잎은 누구의 발자취입니까?
> 지리한 장마 끝에 서풍에 몰려가는 무서운 검은 구름의 터진
> 틈으로 언뜻언뜻 보이는 푸른 하늘은 누구의 얼굴입니까?
> 꽃도 없는 깊은 나무에 푸른 이끼를 거쳐서 옛 탑 위의 고요한
> 하늘을 스치는 알 수 없는 향기는 누구의 입김입니까?
> 근원은 알지 못하는 곳에서 나서 돌부리를 울리고 가늘게
> 흐르는 작은 시내는 굽이굽이 누구의 노래입니까?
> 연꽃 같은 발꿈치로 가이 없는 바다를 밟고 옥 같은 손으로
> 끝없는 하늘을 만지면서 떨어지는 해를 곱게 단장하는 저녁놀은
> 누구의 詩(시)입니까?
> 타고남은 재가 다시 기름이 됩니다. 그칠 줄을 모르고 타는
> 나의 가슴은 누구의 밤을 지키는 약한 등불입니까?
>
> － 한용운, 알 수 없어요 －

자연이 보여주는 아름답고 신비한 현상을 그저 자연 자체로 보지 않고 하나의 인격체로, 절대적인 대상으로 승화시켜 자신은 나약한 존재임을

인식한다.

4) 언어의 애매성

20세기 문학비평에 많은 영향을 끼친 영국의 시인이며 평론가인 엠프슨(Empson, Sir William, 1906~1984)의 시는 존 던의 영향을 크게 받아 주석이 있어도 생략법을 사용한 까닭에 이해하기가 어렵다. 그의 <애매성의 7가지 형태 Seven Types of Ambiguity>(1930, 개정판 1953)는 20세기 전반기에 가장 큰 영향을 미친 비평서로서 근본적으로 시 본문을 철저히 검토한 작품이다. 이 책을 통해 그가 문학비평에 기여한 점은 의미가 불확실하거나 중복된 단어를 쓰는 것은 잘못이 아니라, 오히려 시를 더 풍부하게 할 수 있다고 지적한다. 실제로 그는 이 책에서 그 보기를 많이 보여주고 있다. 시는 인지적 의미와 음색적 의미가 애매하고 복잡할 때 정서적 효과를 얻는다는 관점이 그의 언어 분석의 토대이다.

시어를 애매하게 표현함으로써 독자로 하여금 상상의 날개를 펼쳐보게 하고 감상하는 이에 따라 다른 시의 세계를 표현해 낼 수 있다. 그래서 언어의 애매성은 시어의 의미를 확산시키며 시 세계를 더욱 깊고 넓게 펼칠 수 있다.

엠프슨이 밝힌 <애매성의 일곱 가지 유형>은 다음과 같다.

① 하나의 낱말이나 문장이 동시에 다양한 효과를 나타내는 경우
② 두 개 이상의 의미가 시인이 의도한 하나의 의미로 나타나는 경우
③ 두 개념이 문맥상 동시에 양쪽에 관계되어 하나로 나타나는 경우
④ 둘 이상의 의미가 서로 모순 되게 결합하면서 시인의 복잡한 정신 상태를 나타내는 경우

⑤ 일종의 직유로서 직유의 두 관념은 서로 어울리지 않으나,
시인의 시작 과정 중 한 관념에서 다른 관념으로 옮겨감을,
즉 불명료한 것에서 명료한 것으로 나타나 있음을 암시하는
경우
⑥ 하나의 표현이 모순 되거나 아무것도 의미하지 않을 경우 독
자가 그 시 속에 들어가 스스로 해석해야 할 경우
⑦ 하나의 표현이 근본적으로 모순 되어 시인의 마음속에 분열
을 일으키고 있음을 암시하는 경우

이 같이 애매성은 시어가 명확한 의미를 갖지 못하기 때문에 생기는 결
점이 아니라 시어자체가 풍부한 의미를 가지고 있기 때문에 독자의 상상
적 해석을 최대한 누리게 하는 것으로서 이것은 바로 시어가 가진 특권이
며 특징이다.

산에는 꽃 피네
꽃이 피네
갈 봄 여름 없이
꽃이 피네
산에
산에
피는 꽃은
저만치 혼자서 피어있네.

산에서 우는 작은 새여
꽃이 좋아
산에서
사노라네.

산에는 꽃 지네

꽃이 지네
갈 봄 여름 없이
꽃이 지네.

- 김소월, 산유화 -

산에 피는 꽃은 깨끗하고 순수하고 청초하다. 그리고 드문드문 홀로 피어 있다. 그래서 외롭기도 하다. 피고 지는 윤회의 삶을 이어간다. 시인은 산유화처럼 살아가는 인생의 모습을 꽃에다 투영하여 불교의 윤회사상을 형상화하고 피안의 세계를 꿈꾼다.

5) 언어의 문맥성과 통사론

언어가 갖는 의미는 사용법에 따라 고정 불변의 객관성을 떠나서 새로운 의미를 향해 무한한 가능성을 갖는다. 또한 언어는 별개의 단어들로 따로 따로 놓여 있을 때보다 하나의 문맥 안에서 자리를 잡고 있을 때 제 기능을 다하게 된다.

우리가 일상생활에서 언어를 사용할 때 낱말 하나하나를 그 자체로 따로 떼어 사용하지 않는다. 설사 그런 경우라도 드러나지 않는 단어의 의미를 이해했기 때문에 화자와 청자의 의사소통이 가능한 것이다. 보통 지시적 언어의 사용도 이러한 문맥 속에서 제 역할을 정상적으로 해 낼 수 있듯이 언어의 내포석 의미노 분맥을 바낭으로 하여 생겨난다.

시어에 나타나는 언어의 함축적 의미는 똑 같은 언어라 하더라도 문맥에 따라서 그 의미가 다르다. 일상어로서 쉽게 예를 들어보면, 어떤 일을 하는데 '손이 모자란다.'란 말이 있다. 이런 경우는 사람이 부족하다는 의미로 쓰였다. 그런가 하면 위험에 처하였을 경우 '빨리 손을 써야지'라는 표현을 한다. 이런 경우는 어떤 방법이나 처방을 의미한다. 여기서 본래의 의미인 손(手)이 문맥에 따라 주변적 의미인 '사람'이나 '방법'등으로 나타났다.

　이것이 시의 경우에 있어서는 그 문맥에 따라 탄생되는 의미들이, 지시적 언어들이 보여주는 주변적인 언어 이상으로 더 자유롭다는 것이다. 그것은 더 넓게 시인의 주관적인 인식이나 통찰에 의해서 새롭고도 독창적인 모습으로 태어난다.

　　　　까마귀 싸우는 골에 백로야 가지마라
　　　　성낸 까마귀 흰빛을 새올세라
　　　　청강에 곱게 씻은 몸을 더럽힐까 하노라.
　　　　　　　　　　　　　　　　　　　　－ 정몽주, 어머니 －

　　　　쫓아오는 햇빛인데
　　　　지금 교회당 꼭대기
　　　　십자가에 걸리었습니다.
　　　　尖塔이 저렇게도 높은데
　　　　어떻게 올라갈 수 있을까요

　　　　　　　　　　　　　　　　　　　－ 윤동주, 십자가 －

　위의 예시에서 '까마귀'나 '백로'는 사전적인 의미가 아니라는 것은 다 아는 사실이다. 이렇게 시인의 주관적인 인식으로서 문맥에 따라 독창적인 모습으로 그 의미가 태어난다.

　윤동주의 '십자가'도 마찬가지이다. 십자가는 기독교의 상징으로 되어 있다. 그러나 문맥에 따라 그 의미는 다양하게 해석된다. 예수님의 '고난'을 상징하기도 하고, 죄에서의 '해방과 자유'를 의미하기도 한다. 본시에서는 그 의미가 특수화 되어 있다. 여기서의 '십자가'는 그 문맥에 의하면 시인의 종교적 내지 도덕적인 목표점이라 할 수 있다.

6) 언어의 음악성

　시의 특성 중의 하나로 시는 '아름다운 운율의 창조'라고도 한다. 소리 그 자체로서 느낌을 자아내게 하고 분위기를 불러일으키며 감각을 자극한다는 것이다.

　시에는 곡조가 없지만 시를 읽으면 자연적으로 가락을 느낀다. 이처럼 곡조는 없어도 어떤 율격이 있어 음악성을 느끼게 한다. 이러한 현상이 바로 시의 중요한 특성이다. 이것이 또한 시를 다른 문학과 장르의 구별을 짓게 하는 핵심적 요소이다. 운율은 시가 갖는 구조나 형식, 분위기, 어조, 문장의 호흡, 음절 수, 음보, 음운의 반복 등에 의하여 형성 된다. 그런가하면 언어자체가 지닌 소리에 의해서도 생겨난다. 그러므로 의미전달을 중심으로 하는 일상 언어가 언어의 소리 부분에 대해 별로 신경을 쓰지 않는 것과는 달리 시의 언어는 소리가 빚어내는 미묘하고 섬세한 부분까지 그 음악적 효과를 살릴 수 있다. 다음과 같은 의성어나 의태어에서도 볼 수 있다.

　돌돌, 졸졸, 살랑살랑, 출렁출렁, 모락모락, 우줄우줄, 철썩철썩, 사락사락, 옹알옹알, 팔랑팔랑, 설레설레, 옹기종기, 곤드레만드레, 불그락푸르락, 토실토실, 앙알앙알 덩실덩실, 꼬르륵꼬르륵,……

　　　돌담에 속삭이는 햇발같이
　　　풀 아래 웃음 짓는 샘물같이

　　　내 마음 고요히 고운 봄길 위에
　　　오늘하루 하늘을 우러르고 싶다

　　　새악시 볼에 떠오르는 부끄럼같이
　　　시의 가슴살포시 젓는 물결같이

보드래한 에메랄드 얇게 흐르는
실비단 하늘을 바라보고 싶다,

                              – 김영랑, 돌담에 속삭이는 햇발 –

강나루 건너서
밀밭길을

구름에 달 가듯이
가는 나그네

길은 외줄기
남도 삼백리

술 익는 마을마다
타는 저녁놀

구름에 달 가듯이
가는 나그네.

                                   – 박목월, 나그네 –

시조와 민요시에서는 외재율이 나타나며 음악성을 자연적으로 드러낸
다. 「나그네」도 5연중 3연이 7·5조의 민요조 이고 다른 두 연도 6·4조
와 5·5조로 음악성을 그대로 유지한다.

7) 언어의 압축성과 간결성

군더더기가 없이 정제되고 압축될수록 시어가 지닌 힘은 더욱 강해진
다. 그래서 '시의 완성이란 덧붙일 것이 없을 때 이루어지는 것이 아니라
버려야할 것이 아무 것도 없을 때 이루어진다'.고 한다. 그만큼 시에 있어

서 시어의 압축성과 간결성을 중요시 하고 있다.

> 靑山裏(청산리) 碧溪水(벽계수)야 수이 감을 자랑마라
> 一到(일도) 滄海(창해)하면 돌아오기 어려우니
> 明月(명월)이 滿空山(만공산)하니 쉬어간들 어떠리
>
> — 황진이 —

벽계수와 명월은 시전적인 의미와 개인의 雅號(아호)를 함께 하는 이중적인 의미를 갖는 함축적이면서도 압축어로서의 그 미를 더해준다.

> 시인 박용래
> 눈이 젖어 바라보던
>
> 그 삭정이 둥지
> 삭정이진 슬픔
>
> 한 줌 詩
> 고독을 품던 새는
> 지금은 날아가고 없다.
>
> — 이근배, 까치집 —

「까치집」은 각 장마다 시조의 음수율에는 많이 벗어난다. 이는 시조의 기본형인 음보개념으로 쓴 것이 아니라 구 개념으로 창작 된 것임을 알 수 있다. 초·중장은 소음보이고 종장은 과음보이다. 그래서 자유시로 볼 수 있다.

위의 시는 '시의 완성이란 덧붙일 것이 없을 때 이루어지는 것이 아니라 버려야할 것이 아무 것도 없을 때 이루어진다.'는 말을 상기시키는 작품이다.

8) 언어의 고유성과 정확성

　시의 언어는 의미전달의 수단이 아니라 그 자체가 목적적인 존재로서 그 언어가 아니면 안 되는 필연성과 유일성으로 존재하는 것이다. 발레리는 이러한 시의 언어를 '舞踊(무용)의 언어'에 비유했다. 곧 무용은 동작 하나 하나 그 자체가 목적이요 표현이며 고유성을 갖기 때문이다. 이에 비하여 산문의 언어를 '步行(보행)의 언어'에 비유했다. 그것은 보행은 어떤 목적지에 이르기 위한 수단이기 때문이다.

나보기가 역겨워
가실 때에는
말없이 고이 보내
드리오리다

영변에 약산
진달래꽃

아름 따다 가는 길에
뿌리오리다
가시는 걸음걸음
놓인 그 꽃을

사뿐히 즈려밟고
가시옵소서
나보기가 역겨워
가실 때에는

죽어도 아니 눈물
흘리오리다.

– 김소월, 진달래 –

시어 하나 하나의 표현이 고유성을 갖고 의미를 부여하고 있다. 특히 궁서체 시어는 최적의 언어 형식으로 氣意(기의)와 함께 氣表(기표)의 힘을 당기고 있다.

9) 언어의 그림인 이미지(心象심상)

'이미지는 시의 생명이며 극치'라고까지 한다. 이는 시의 언어가 갖는 특별한 이유 때문이다. 곧 시어는 의사 전달을 목적으로 하는 단순한 기호가 아닌 시의 세계를 형상화하는 육화된 의미를 지닌 언어라는 것이다.

'이미지는 언어의 그림'이라고도 한다. 이 말은 '그림은 말없는 시이고, 시는 말하는 그림'이라 생각하면 된다. 그림은 시각을 통하여 보고 느끼는 바를 구체적으로 표현한 것이고, 시는 마음의 눈을 통하여 보고 느끼는 바를 언어로 형상화하여 표현한 것이다. 이처럼 시의 세계를 하나의 그림으로 감상하듯 구체적인 의미로 느끼게 해 주는 것이 이미지이다.

이를 보면 다음과 같다.

이미지(언어)가 환기하는 범위와 작용에 따라 분류한 것을 보면 다양하게 나타난다.

홍문표는 1)감각적 이미지 2)시각적 이미지 3)청각적 이미지 4)근육감각 이미지로 분류했고, 이영섭은 1)심리적 이미지 2)비유적 이미지 3)상징적 이미지로 나누고 있으며, 홍윤기는 1)시각적 이미지 2)청각적 이미지 3)촉각적 이미지 4)운동적 이미지로 분류하고 있다. 그런가하면 최동호는 1)지각적 이미저리 2)비유적 이미저리 3)상징적 이미저리로 분류했으며 조태일은 1)정신적 이미지 2)비유적 이미지 3)상징적 이미지로 나누고 있다.

정신적 이미지는 지각적 이미지나 심리적 이미지와 같은 의미로 볼 수 있어 함께 묶을 수 있고 홍문표와 홍윤기의 분류 또한 대동소이하여 모두

한 맥락에서 이름만 다른 것을 알 수 있다. 또 이들 분류는 정신적 이미지를 세분한 목록으로 다룰 수 있다. 그래서 이들을 종합하여 묶어서 서술할 것이다.

(1) 정신적(지각적, 심리적)이미지

정신적 이미지는 대상에 대하여 감각적 체험의 재생을 그 목적으로 하는 것이기에 대상을 얼마만큼 효과적으로 느끼게 해주느냐에 초점이 맞추어진다. 이미지를 논할 때 가장 많이 거론되는 것이 정신적 이미지이다. 이를 다시 세분하면 시각적 이미지(명암, 선명도, 색체, 동작 등)와 청각적 이미지, 후각적이미지(향기, 악취 등), 미각적이미지, 촉각적이미지(열기, 냉기,감촉 등), 등으로 나눌 수 있으며, 이 다섯 가지 감각은 결국 오감에서 오는 정신적 이미지를 만드는 원천이다. 이 밖에도 학자에 따라서 감관적(신체조직기능－심장박동,혈압,호흡,소화등의 인식, 근육운동－근육의 긴장과 이완), 역동적(운동적), 공감각적 이미지 등으로 세분하기도 한다.

① 시각적 심상 －.'타는 저녁놀', '푸른 바다' 등에서 보듯이 빛깔, 모양 등 눈을 통해 느끼는 감각적 이미지.
② 청각적 심상: －. 접동새 소리, 매미소리 등 소리와 귀를 통해 느끼는 감각 이미지
③ 미각적 심상: －.짭짤한 미역 맛, 한약의 쓴 맛 등 맛과 같이 혀를 통해 느끼는 감각이미지
④ 후각적 심상: －.밥 냄새, 향수 냄새 등등 코를 통해 느끼는 감각 이미지
⑤ 촉각적 심상: －.따뜻한 햇볕, 차가운 바람,등 피부를 통해 느끼는 감각이미지
⑥ 공감각적 심상: －.어떤 감각을 다른 감각으로 표현할 때 곧 둘 이상의 감각을 나타내는 이미지로 은빛 비린내 (시각＋후

각), 쌉쌀하면서도 향기 나는 인삼 맛 등으로 표현되는 이미
지이다.

(2) 비유적 이미지

비유적 이미지의 일반적 유형들은 제유(synecdoche). 환유(metonymy), 직유(simile), 은유(metaphor), 의인화 (personipication), 풍유(allegory) 등 6가지로 나누며 이와 관련되지만 좀 다른 성질을 지닌 것으로 상징(symbol)이 있다. 이들 비유들은 각각 말해지고, 의미하면서 언어장치를 담게 되는데 비유이든 실체이든 아니면 둘 모두 이미지를 내포하게 마련이다.

(3) 상징적 이미지

상징은 비유와 함께 시의 내용을 이미지화 시키는 가장 중요한 방법이다. 비유는 두 이미지를 결합시키는 반면 상징은 하나의 이미지만을 표면에 내 세운다. 그러나 비유적 이미지에 대한 연구는 순차적으로 상징적 이미지에 대한 연구와 중첩이 된다.

상징은 어떤 대상이 그 자체를 드러내는 것이 아니라 거기에 부합되는 다른 의미나 관념을 표상하는 것이다. 대상 그 자체를 드러내는 것을 원관념, 거기에 부합되는 다른 의미나 관념을 표상하는 것을 보조관념이라 한다. 예를 들면 비둘기가 평화를, 십자가는 기독교를 연꽃은 불교를 표상하는 것과 같다. 여기에서 비둘기, 연꽃, 십자가는 감각적, 지각적 대상이기 때문에 이미지가 되며, 이러한 이미지들이 상징으로 기능하므로 상징적 이미지가 되는 것이다.

'Heart' 의 원 관념은 심장이고 보조관념이 사랑이다. 하트는 보조관념인 사랑을 상징한다.

상징적 이미지는 원관념을 갖고 있다는 점에서 비유와 서로 닮아 비유

적 이미지와 서로 헷갈리는 면도 있지만, 상징의 특성은 어떻든 은유와 다르게 처음부터 원관념이 전제되지 않고 보조관념을 내세우기 때문에 그 의미가 정확하게 드러나지 않는 것을 알 수 있다. 따라서 이런 상징을 통해서 만들어지는 상징적 이미지는 강한 암시성을 띠게 되는 것이다.

> 내 죽으면 한 개의 바위가 되리라
> 아예 愛憐(애련)에 물들지 않고
> 喜怒(희노)에 움직이지 않고
> 비와 바람에 깎이는대로
> 億年(억년) 非情의 緘默(함묵)에
> 안으로 안으로 채찍질하여
> 드디어 생명도 망각하고
> 흐르는 구름
> 머언 遠雷(원뢰)
> 꿈꾸어도 노래하지 않고
> 두 쪽으로 깨뜨려져도
> 소리하지 않는 바위가 되리라.
>
> － 유치환, 바위 －

여기에서도 의인화된 비유는 "애련에 물들지 않고, 비정함과 노여움, 성냄, 기쁨 따위의 감정에 물들지 않고, 비와 바람을 맞으면서도 그저 함묵한 채 자신을 지키고 견디며 안으로 더욱 강해지는 게 바로 바위의 모습"이다. 그리하여 마침내 '생명도 망각'하는 초월의 경지에 이르러 그 어떤 외부 자극에 흔들림이 없는 존재의 모습을 지니게 된 것이다. 따라서 바위는 이러한 세계를 소망하는 시인의 강한 의지나 신념, 초연함 ,초극의 경지, 달관의 세계를 표상한다고 볼 수 있다. 또는 일체의 생명에 대한 허무 의식을 상징하고 있다고도 볼 수 있으며, 읽는 사람의 주관적인 느낌이

나 해석에 따라서 또 다른 다양한 의미들을 끄집어 낼 수도 있을 것이다.

　　　환한 달빛 속에서
　　　갈대와 나는
　　　나란히 소리 없이 서 있었다.
　　　불어오는 바람 속에서
　　　안타까움을 달래며
　　　서로 애터지게 바라보았다
　　　환한 달빛 속에서
　　　갈대와 나는
　　　눈물에 젖어 있었다.

- 천상병, 갈대 -

　시의 세계가 마음의 눈에 환하게 비쳐온다. 바람에 흔들리는 나약한 갈대와 나란히 서 있는 시인은 곧 갈대와 혼연일체가 된다. 갈대의 모습이 시인의 모습이다.

8. 시적 표현의 묘미 살리기

1) 시실적인 인식으로부터 출발

　시를 쓴다는 것은 대상에 접하여 상상을 통하여 새로운 세계를 창조하는 언어 행위이다. 여기에는 시인이 말하고자하는 주제나 내용이 표현된다. 시인은 시를 통하여 그가 표출하고자 하는 의지나 대상에 대한 인식을 형상화한다. 이를 표현함에 있어 관념적이거나 현학적이고 철학적인 표현을 피하고 시인은 관조를 통해서 인식하고 느낀 그대로 사실적 풍경과 심상을 표출한다.

조국의 아들들이 꽃잎처럼 떨어져 간
강심을 헤집으면 잡힐 듯이 다가서는
진혼곡 길고 긴 여운 비목처럼 먼 하늘

이끼 긴 세월 뒤로 빛바랜 초연 속에
전설로 피어나는 무명용사 붉은 넋은
통일의 초석이 되어 영원토록 푸르리니

산화한 호국영령 이제는 잠드소서
겨레의 가슴마다 새겨 넣은 비문 속에
역사의 준엄한 침묵 파로호에 잠 들 다.

－황정자, 파라호의 전설－

　시인은 6.25의 격전지인 파라호에서 그 날의 참상과 세월의 무상함과 그들의 영원함을 노래했다. 곧 시적자아는 파라호라는 대상에 접하여 이 곳이 바로 6.25의 격전지임을 상기하며 그 날의 격전 상황을 상상을 통하여 그려본다. 꽃잎처럼 사라져간 젊은 영혼들, 지금도 강심을 헤집으면 다가올 듯한 그들의 영상, 하지만 먼 하늘가 비목으로 남은 존재들. 세월의 무상함을 느낀다. 그들 무명용사들이 있었기에 오늘의 조국이 있다. 그래서 그들 넋은 통일의 초석이 되어 이 곳 파라호에 영원히 잠들어 있다. 이러한 상념을 하면서 표출된 것이 위의 <파라호의 전설>이다.

　시인이 창조하는 새로운 시의 세계에는 시인이 표출하고자 하는 의지나 대상에 대한 인식을 형상화한다. 이를 표현함에 있어 관념적이거나 현학적이고 철학적인 표현을 피한다. 위의 시 <파라호의 전설>처럼 대상을 향한 관조를 통해서 시적자아가 회상하고 인식하고 느낀 그대로 사실적인 풍경을 그려내듯이 그의 심상을 표출하여 한 편의 시적세계를 구축하여 형상화한 작품이다. 이는 대상을 향한 사실적인 인식으로부터 출발한 시적 표현이다.

> 강은 둑을 따라 천천히 흘렀다
> 가다가 잠깐 발을 멈추고
> 행락객이 모두 가버린
> 여인숙의 닫친 창문을 보며
> 밟힌 풀이 다시 허리를 펴는
> 순간을 보며
> 천천히 흘렀다.
> 다시 이곳을 올 수 있는 날은
> 어떤 강에게도 없다.
> 다가올 다른 세계를 기다리며
> 눈을 감고 생각하기도 하고
> 몸을 모로 눕히고
> 먼 산을 보기도 하며 흘렀다.
>
> － 오규원, 강 －

위의 시는 흐르는 강물을 바라보며 시인은 자신이 이 길을 가듯이, 이 길을 가면서 보고, 듣고, 느끼고, 생각한 것들을 강물에 이입 시켜 그대로 초연하게 표현하고 있다.

2) 개성 있는 소리로 표현

'개성 있는 소리'란 자기만이 낼 수 있는 독특한 소리이다. '무'에서 '유'가 나오지 않는다. 그래서 창작도 모방에서부터 온다고 한다. 그러면 개성 있는 소리는 어떻게 해서 낼 수 있을까? 그것은 기존 시인들이 많이 활용한 상투적 표현과 관습적인 인식에서 먼저 벗어나야 한다. 그리고 새롭고도 다양한 시어와 지식을 머리에 담아야 한다. 그 가운데서 번뜩이는

지혜가 스친다. 더불어 관찰자의 눈과 마음으로 돌아가 대상을 관조하여
자기의 소리로 신선하게 표현한다.

> 얇은 사 하이얀 고깔은
> 고이 접어서 나빌네라 .
>
> 파르라니 깎은 머리
> 박사 고깔에 감추우고
>
> 두 볼에 흐르는 빛이
> 정작으로 고와서 서러워라.
>
> — 조지훈, 승무 —

　위 시는 「승무」의 앞부분이다. 얇은 사, 나빌네라. 파르라니, 박사, 고와
서 서러워라. 등은 시인의 개성 있는 소리로 신선한 시어이다. 시인은 이
러한 참신한 시어를 활용하는 것이 바람직하다. 하지만 그러한 시어를 발
굴하기가 그리 쉽지 않다. 그래서 시인은 다양한 문학체험을 통해서도 시
어를 발굴하고 사전을 뒤지기도 한다.
　위의 시는 시조보다 더 시조다운 「승무」의 앞부분으로 시조의 한 수 쯤
된다. 시조보다 더 시조답다는 말은 시조라고 발표하는 작품도 운율도 제
대로 낼 수 없을 정도의 과음보가 있는데 「승무」의 앞부분은 자유시이면
서도 시조의 조건을 거의 다 갖추고 있다는 뜻이다.

　　① 시조의 일차적 조건은 3장 6구 12음보라는 형식적 특성에
　　　　있다. 이 형식이 시조의 정체성이다. 이런 의미에서 위 시는
　　　　시조 한 수에 버금간다.
　　② 각 구는 2음보로 이루어지며 이것은 최소한의 의미를 가진

율격 단위이다. 이 조건에도 위 시는 꼭 들어맞는다.

③ 2구가 짝을 이루어 독립된 하나의 문장 형태를 갖추면서 1장
이 된다. 곧 이 한 장은 의미의 작은 단위이며 동시에 리듬의
작은 단위가 된다. 이 조건에도 연 가림이 꼭 시조의 각 장을
나타낸다.

④ 시조 한 수는 3장이 모여 통일되고 완결된다. 곧 3개의 장이
의미를 가지면서 한 편의 시조가 된다. 3연 6행으로 이루어
진 것이 시조의 3장 6구에 해당한다. 그래서 「승무」 앞부분
은 시조 한 수이다.

거기서 반짝, 별이 총총,
여기서는 반짝, 이슬이 총총,
오며 가면서는 반짝, 반딧불 총총,
강변에는 물이 흘러 그 소리가 돌돌이라.

– 김소월, 칠석 –

위 시는 동시 같은 느낌을 준다. 의태어와 의성어를 조화시켜 표현한 칠석날의 정감이다. 까만 하늘에는 반짝 반짝 빛나는 총총한 별이 있고, 새까만 풀잎에는 밤이슬이 반짝반짝 빛나고, 반딧불은 반짝반짝 오고 가며, 흐르는 물소리는 돌돌이다.

3) 사물에 대한 구체적 인식을 미적으로 표현

사물을 접하되 관조의 대상으로 바라볼 때 시적인 인식이 오고 미적 감각이 살아난다. 밤하늘의 별이 아무리 반짝여도 그냥 바라만 본다면 '아! 아름답다'로 끝난다. 다시 관조의 대상으로 하여 감정을 이입시키고 생명을 부여할 때 미적 감각이 오고 언어로 표출할 때 언어 예술로서의 한 편의 시가 탄생한다.

아무리 꽃이 아름다워도 그냥 바라만 본다면 '아! 어쩜 이렇게 아름다울까?'로 끝난다. 다시 보고 감상하고 관조하는 가운데 나의 감정이 꽃에 이입되고, 생명이 부여되어 미적 감흥이 언어라는 기호로 표출될 때 자연으로서의 꽃은 언어 예술로서의 시로 승화되는 것이다. 사물을 접한 이러한 미적 인식은 작가만이 느끼는 구체적이고도 개성적인 인식이다.

삼십리 절반쯤 넘어
폐교위로 초가 한 칸

다랭이 논배미로
손 젖는 바람도 만나

저 멀리 감나무집에
마중 나온 삽살개며…

그 옛날 화전민이 살던
메밀꽃 환한 길에

시집간 가시내들
하얗게 웃던 情景

殘光도 시사철이면
서리꽃에 물이 든다.

– 이은방, 두메길 –

시적자아는 시사(時祀)철을 맞이하여 고향의 두메길을 걸으면서 감회에 젖는다. 누구에게나 고향은 정다운 곳이다. 따뜻한 온기가 감도는 곳이다. 하지만 많이 변했다. 어린시절 추억이 담긴 학교도 폐교가 되었다. 세월의 무상함 격세지감을 느낀다. 과거의 모습을 떠올린다. 어린시절의 그 정다운 정경들 모두 떠나버린 자리, 그래도 이 시사철이 되어 고향에 오면 그 모습들이 잔영으로 떠오른다.

이러한 상념 속에서 시인에게는 시적인 인식이 오고 미적 감각이 살아난다. 두메길에서 보고 느끼는 대상 하나하나를 관조의 대상으로 하여 감정을 이입시키고 미적 감각적 언어로 표출하여 언어 예술로서의 한 편의 시를 형상화한 작품이다. 아무리 고향이 정답게 다가와도 그냥 바라만 본다면 '아! 역시 고향은 좋아'로 끝난다. 고향의 모든 것을 관조의 눈으로 바라보는 가운데 나의 감정이 이입되고, 미적 감흥이 언어라는 기호로 표출될 때 하나의 대상은 언어 예술로서의 시로 승화되는 것이다. 두메길을 가면서 접한 시 「두메길」에서의 미적 인식은 시적자아만이 느끼는 구체적이고도 개성적인 인식이다.

오월이 오면
일감호*에는 수련이 만발하다
요란하지도 않고.....,
눈길을 멈추게 한다.
물속에 담겨진 발목을
초록빛 치맛자락으로 가리우고
다소곳이 피어있는 모습이
현숙한 여인의 자태다

아무리 주위가 시끄러워도
아무리 운동가요가
목청을 높여도
수련은 이맘때면 어김없이
그 자리에 피어난다.
진흙에서 태어나

흙탕물로 자라도
수련은 곱게도 곱게도 피어난다.

－ 이정자, 수련 －

일감호는 건대 캠퍼스에 있는 호수 이름이다. 오월이면 어김없이 피어나는 분홍색의 수련은 요란하지도 않으면서 지나는 이의 걸음을 멈추게 한다. 고고한 인품에 현숙한 여인의 자태라고나 할까? 주위의 시선에도, 어떠한 주위 환경에도 아랑곳하지 않고 그 자태 그대로 피어나는 '수련'에게서 고고한 인품의 소유자를 연상한다.

시적자아는 이러한 '수련'에 접해서 관조를 통하여 자아감정을 이입시키고 고귀한 생명을 부여하여 형상화한 작품이다.

4) 감정의 노출보다 감정을 자제해서 표현

시란 감정의 단순한 표현이 아니라 세계와 사물이 숨기고 있는 모든 미적 가치를 관조하고 표출하는 예술 형식이다. 그러므로 시란 '감정의 해방이 아니고 감정으로부터의 탈출'이라고 T.S.엘리엇(Thomas Stearns Eliot, 1888~1965)은 말했다. 이 말은 곧 감정의 노출이 아니라 감정의 절제를 의미한다. 그래서 시작(詩作)을 할 때는 감정을 그대로 쏟아서는 안 되고 되새김질하고 걸러서 표출해야 한다.

눈물에 젖어 살던 사람 하나 그립거든
저녁놀 곱게 타는 바닷가에 앉아 보소
이 세상 험난한 시름 잊을 법도 합니다.

소식조차 끊고 살면 다가오는 파도소리
수평선에 홀로 앉은 외론 섬이 되더라도
밤이면 별 틈에 피는 그리움이 보입니다.

얼마나 부질없는 몸부림에 울었던가
모래밭에 새겨놓은 발자국보다 못한 것을
껴안고 살았던 육신 그도 잠을 청합니다.
– 류상덕, 바닷가에서 –

모든 것을 훌훌 털고 바닷가에 서 보라. 그것도 겨울 바닷가에 서 보라. 위 시를 읽으면서 겨울 바다를 찾았을 때가 생각난다. 우리는 살아가면서 얼마나 많은 것들에 마음을 뺏기고 살아가는지 모른다. 지나고 나면 별 것도 아닌 것에 밤을 지새우기도 한다.

눈물에 젖어 살던 사람도, 밤이면 별 틈에 피는 그리움도, 몸부림에 울었던 그 세월도 모래밭에 새겨놓은 발자국이 파도에 휩쓸려 없어지듯이 망막한 바다를 바라보며 세차게 밀려왔다 부서지는 하얀 파도를 바라보며 드넓은 가슴으로 부질없음을 깨닫게 된다.

위의 시는 '시란 감정의 해방이 아니고 감정으로부터의 탈출'이라고 한 T.S.엘리엇의 말처럼 끝없는 수평선을 바라보며 드넓은 가슴이 되어 감정을 절제하며 되새김질하고 걸러서 시적 대상을 향한 심미적 고유 가치를 표출한 언어 예술이다.

강바닥 모래알 스스로 도는
진주 남강 물 맑은 물같이는,
새로 생긴 혼이야 반짝거리는
진주 남강 물빛 밝은 물같이는,
사람은 애초부터 다 그렇게 흐를 수 없다.
– 박제삼, 남강가에서 –

진주 남강에 오면 제일 먼저 義妓(의기) 논개가 생각난다. 그렇지만 시인은 논개를 한마디도 언급하지 않았다. 하지만 가만히 읽어보면 시인은 논개를 더욱더욱 생각한다. 그 감정을 자제하며 은근히 감정을 표출했다.

5) 논리적인 언어보다 통상적인 언어로 표현

논리적 성향이 강한 전문어보다 지극히 우리와 친숙한 통상어를 시어로 택하는 것이 좋다. 통상어가 더 자연스럽고 우리 정서의 표현에도 가장 가깝다. 뿐만 아니라 완전한 시어로서의 미적 기능도 더 높인다. 언어의 기능에는 정보의 기능, 표현의 기능, 지령의 기능, 미적 기능, 친교의 기능이 있는데 시어는 미적 기능을 다한다.

아래에 제시한 시들은 지극히 통상적인 시어로 표출되었지만 시작으로서의 미적 가치를 다한다. 특별히 어려운 논리적인 시어를 선택했다거나 토속어를 내세우지도 않았고, 순수국어를 내세우지 않고 일상에서 쓰는 통상어를 시어로 운용했다. 하지만 그 내용은 시적표현의 묘미를 다 드러내고 있는 작품들이다.

오늘도 밭을 간다, 가난한 농부 되어
아무리 밭을 갈아도 부자가 안 될 줄을
잘 알고 있으면서도
신께 드리는 기도여.

봄에는 씨앗 뿌리고 가을에 거둬들이고
오로지 이 일 위해 태어난 사도(使徒)처럼
묵정밭 일궈 가면서
이삭이나 줍는다.

신발끈 조여 매고서 마음의 밭을 간다
알곡은 어디로 가고 잡초만 무성한가
서산(西山)에 해는 지는데

쓸쓸한 바람 부네.

— 원용문, 농부 —

지극히 우리와 친숙한 통상어를 시어로 택하였음을 볼 수 있다. 그래서 더 자연스럽게 우리 정서에 가깝게 다가온다.

우리가 하는 일도 다 농사에 비유할 수 있다. 어느 직업이고 직장이든 개인에게는 수입을 요하는 일터로서 사업이고 농사이다. 농부가 아침 일찍 들에 나가 밭을 갈듯이 직장인들도 아침 일찍부터 서둘러 각사의 일터에서 일을 한다. 각자가 어디서든 자기의 일에 책임의식을 갖고 주인 된 입장에서 자기의 의무를 다한다면 그 일은 보람이 있을 테고 그 일은 가치가 있을 것이다. 또 결실도 있으리라. 그것의 많고 적고는 하늘의 뜻이다. 큰 부자는 하늘의 뜻이고 어지간히 사는 것은 개인의 몫이라 한다. 곧 개인의 노력 여하에 달렸다는 것이다. 그런데 위의 시를 읽어보면 어느 한 수도 희망이란 없다.

토정비결 해설서를 읽어보면 좋은 것은 아주 좋고 나쁜 것은 아주 나쁘게 표현되어 있다. 위 시의 '농부'의 신세가 아주 나쁜 신수 해설을 연상케 한다.

아무리 가난한 농부로 태어났어도 일평생 열심히 살면 잘 살 수 있다. 그런데 '아무리 밭을 갈아도 부자가 안 될 줄을 잘 알고 있다'니 그래서 마음의 자세가 문제이다. 마음부터 부자를 꿈꾸어야 한다. '꿈은 이루어신다.' 하지 않는가. 다음에 둘째 수를 보자.

'오로지 이 일 위해 태어난 사도(使徒)처럼 묵정밭도 일궈가면서 부지런히 농사를 짓는다.' 했다 그런데 왜 또 이삭이나 줍다니. 이 또한 안 될 말이다. 또 셋째 수를 보자. '신발끈'까지 조여 매면서 마음의 밭까지 가는데 어찌 또 알곡은 없고 잡초만 무성하단 말인가. 그 차에 해까지 서산에 기울고 스산한 바람까지 불어오니 독자 또한 농부에 대해 허망감을 느낀다. 희망이 멀어져 가는 형국이다.

위의 시는 이룬 것 없이 그래도 열심히 살아온 한 농부의 삶을 통하여 서산에 기울어진 인생의 허무함을 읽을 수 있다. 하기야 인생길도 생각하기 나름이다. 이룬 것 없다고 생각하면 서글프지 않는가. 곰곰이 돌아보면 왜 이룬 것이 없겠는가. 바라는 것이 많아서겠지 바람의 차이이고 생각의 차이일 것이다.

아마 겸양의 마음이 지나쳐 이렇게 표현 했을 것이다. 첫수에서는 가난한 농부로서의 삶을 열심히 살아가면서도 가끔씩은 좀 더 잘살기를 바라는 소박한 소망을 신께 기도하는 극히 자연스런 농부의 모습을 표출하려 한 것일 것이고, 둘째 수에서는 봄에는 씨 뿌리고 가을에는 거둬들이는 지극히 단순한 농부의 일이기에 가난에서 벗어나지 못하는 농부의 모습을 그렸을 것이고, 셋째 수에서는 매무새를 고치고 마음의 밭까지 가는데 알곡은 없고 잡초만 무성하다 했으니 수해라도 당하여 일년 농사가 헛수고라도 된 모양이다. 그러니 농부로서의 삶이 서산에 지는 해와 쓸쓸한 바람으로 더욱 스산하게 다가온다.

한 편 이 작품은 농부에 비유했을 뿐이지 시적자아의 마음의 표출이기도 하다. 황혼녘에 들어선 시적자아가 지나온 세월을 돌아보며 그간 열심히 산다고 살아왔지만 그래도 아쉬운 것이 있고 이루지 못한 것들에 대한 회한이기도 하다.

이렇게 지극히 일상적인 언어를 시어로 택하였기에 위 시는 어렵지 않게 독자에게 더욱 친숙하게 다가온다. 그래서 이해가 빠르고 자연스럽게 독자의 정서에 가깝게 느껴진다.

아래 시들도 각자 음미하고 감상해 보자.

  강물은 흘러가도 생명의 끈 놓지 않는다.
  한 시대 소용돌이친 그 흔적 애써 지우며

오늘도 숱한 허물을 헹구고 청산을 건져 올린다.

유유히 천삼백 리 온 고을 갈증 풀고
굽이굽이 울음 지우며 그리운 얼굴 찾는
영원한 동란의 방패로 번영의 노래 띄운다.

이끼 푸른 바위 풀 섶 친숙하게 볼 비비며
여명이 서린 이 유역을 함부로 넘보지 않게
한시도 지친 기색 없이 초롱초롱 눈 뜨고 있다.

– 김교한, 잠들지 않는 강 –

한 줌 검은 숯이 무쇠 솥을 데워서
물이 끓기까지 차와 하나 되기까지
얼마나 무수한 세상이 지켜보는 것인가.
함부로 말하지 마라 중심에 선 햇살들이여
찻물이 바닥날 즈음 뜷을 법도 하건만
오묘함 잃지 않음을 누구에게 물어보랴.
등 굽은 소나무가 宗山을 지키듯이
사람의 사는 일도 저와 같아서
외로운 향기까지 모여 무명차를 마신다.

– 백이운, 무명차를 마시다 –

어제를 동여맨 편지를 받았다
늘 그대 뒤를 따르던
길 문득 사라지고
길 아닌 것들도 사라지고
여기저기서 어린 날

우리와 놀아주던 돌들이
얼굴을 가리고 박혀 있다
사랑한다 사랑한다,
추위 가득한 저녁 하늘에
찬찬히 깨어진 금들이 보인다
성긴 눈 날린다
땅 어디에 내려앉지 못하고
눈뜨고 떨며 한없이 떠다니는
몇 송이 눈.

— 황동규, 조그만 사랑노래 —

어제를 동여맨 편지를 받는다, 시인은 어제까지의 그 길이 사라짐을 느낀다. 어린 시절의 추억도 깨어지고…….사랑이 멀어져 가는 순간이다. 차가운 겨울 밤 하늘에, 눈발조차 엉성하게 날린다. 제대로 자리하여 앉지도 못하는 눈발이 마음을 가누지 못하고 서성이고 있는 시인 자신임을 발견한다.

9. 시적 표현기교

시를 구성하는 요소가 시어, 운율, 심상, 어조이라면 시를 표현하는 예술적 기교에는 비유, 상징, 반어, 역설 등의 수사법을 활용한다. 이러한 수사법은 시어를 운용하는 표현 기술에 지대한 영향을 끼친다. 시어의 애매성이라든가 함축성, 암시성 등은 시적표현 기교와 밀접한 관계가 있다. 이를 아래에서 일별해보자.

1) 비유법

비유법에는 직유법, 은유법, 대유법, 의인법, 활유법, 풍유법, 중의법, 의성법(성유법), 의태법(시자법)이 있다. 이는 표현하고자 하는 사물(원관념)을 다른 사물(보조 관념)에 빗대어 표현하는 것을 말한다. 이는 언어의 전이 현상으로 어떤 대상을 직접 설명하는 것이 아니라, 그것과 유사한 다른 대상을 끌어들여 그것에 빗대어 표현하는 것이다. 그 특징은 원관념과 보조 관념 사이의 유사성을 바탕으로 하여 대상의 인상을 구체적으로 정확히 전달하는 효과를 얻는다. 그리하여 일반적인 서술로는 나타내기 어려운 깊은 의미를 만들어 낸다. 이를 다음에서 보다 구체적으로 살펴보자.

(1) 직유(直喩)

원관념을 보조 관념에 직접 연결시키는 비유법이다. 아는 바와 같이 '~처럼, ~같은, ~인 듯, ~같이' 등의 말이 원관념과 보조 관념을 연결시킨다. 예를 들면 샛별 같은 눈동자, 사과 같은 내 얼굴, 풀 아래 웃음 짓는 샘물같이...

· 꽃처럼 붉은 울음을 밤새 울었다. ─ 서정주 ─
· 돌담에 속삭이는 햇발같이 / 풀아래 웃음짓는 샘물같이
　　　　　　　　　　　　　　　　　　　　　　　─ 김영랑 ─

(2) 은유(隱喩)

연결어를 사용하지 않기 때문에, 원관념과 보조 관념을 동일한 것으로 보는 비유이다. '~는 ~이다.' '~는 ~' 곧 'A=B'의 형식이다. 예를 들면 '내 마음은 호수요' '내 마음은 촛불이요' '나의 마음은 고요한 물결' '이별은 미의 창조' 등등의 표현 기법이다.

· 침실이 부활의 동굴임을 네야 알련만 -.이상화, 「나의 침실로」
· 나의 가슴은 누구의 밤을 지키는 약한 등불입니까 -.한용운,
「님의 침묵」

(3) 의인(擬人)

사물이나 관념, 식물이나 무생물까지도 인격을 부여해서 인간적인 요소를 지니게 하는 비유법으로 작자의 감정을 이입(移入)하거나 정서를 투사(投射)하는 기법이다. 예를 들면

'산은 사람들과 친하고 싶어서' '낙엽이 앞서가며 속삭이고' '별들이 내려와 소곤대는 이 한 밤' 등등 대상에 작자의 감정을 이입시켜 하나의 인격체로 표출하는 시의 표현 방식이다.

(4) 활유(活喩)

무생물에다 생물적 특성을 부여하여 살아 있는 것처럼 나타내는 방법이다. 단순히 생물적 특성을 부여하여 나타내면 "활유법"이고, 인격적 속성을 부여하여 나타내면 "의인법"이다. 보기를 들면 '청산이 깃을 친다.' '대지가 꿈틀거리는 듯' '어둠은 새를 낳고 …',

(5) 대유(代喩)

어떤 사물의 부분[제유법]이나, 속성·특성[환유법]으로 그 사물 전체를 나타내는 비유법이다. 예를 들면, 약주 → 술(제유), 백발 → 노인(환유), 빈 수레 → 모자란 사람(환유)등이다.

이 외에도 풍유법, 중의법, 의성법(성유법), 의태법(시자법)이 있다.

2) 상징

본디 상징은 어느 감각적 대상이 다른 대상을 표시하거나 본래의 고유한 의미에서 다른 의미를 제시할 때 쓰는 표현 기법이다. 상징은 서로 다른 대상이 결합되면서 새로운 의미를 지니게 되는 기능을 지니고 있다. 상징은 어느 대상이 다른 대상을 표시하거나, 본래의 고유한 의미 외에 다른 의미를 나타내는 표현 기법이다. 즉 어떤 사물이나 관념이 그 자체의 의미를 유지하면서 다른 사물이나 관념을 대표하는 것이다. 따라서 상징은 암시성과 다의성을 본령으로 한다.

브룩스에 의하면 "상징이란 원관념이 생략된 은유로서, '소녀들의 장미 동산에 있는 여왕 장미'하면 은유이지만, 단순히 사랑의 성질을 암시하기 위해 장미를 제시하는 데 그치고 비유의 틀을 내놓지 않는다면, 그것은 장미를 상징으로 바꾼 것"이 된다.

상징은 비유 중의 은유와 혼동되기 쉬운 면이 있다. 그러나 은유가 한 관념을 설명하기 위해 다른 한 대상을 환기, 비교하는데 반하여 상징은 그런 비교에 의존하지 않고 독립적이다. '장미'는 사랑의 상징이며, '구름'은 유랑의 상징인 것이 그 대표적 예이다. 따라서 상징은 독립적 이미지라 할 수 있다.

3) 반어(反語, irony)

낱말이 문장에서 표면의 뜻과 반대로 표현되는 용법이다. 어원은 그리스어의 에이로네이아(eironeia:위장)이다.

소크라테스가 무지(無知)를 가장하고 논적(論敵)에 접근, 지자(知者)로 자부하고 있는 상대방에게 질문하는 형식으로 상대방 입장의 내적 모순을 폭로하고, 그 무지를 자각하게 하는 문답법으로 사용한 일이 알려져 있는데 이것을 '소크라테스적 아이러니'라고 한다.

일반적으로 진의(眞意)와 반대되는 표현을 말하는데, 표면으로 칭찬과 동의를 가장하면서 오히려 비난이나 부정의 뜻을 신랄하게 나타내려고 하는 등의 예를 들 수 있다. 그것은 지적인 날카로움을 갖는 점에서 기지(機知)에 통하고, 간접적인 비난의 뜻을 암시하는 점에서는 풍자와 통하며, 표리(表裏)의 차질에서 생기는 유머를 포함한다.

4) 역설(逆說, paradox)

표면적으로는 모순적이고 불합리하지만, 사실은 그 속에 진실을 담고 있는 말이다. "도(道)를 도라고 하면 도가 아니다."라 든가 "님은 갔지만 나는 님을 보내지 아니하였습니다" "죽어도 아니 눈물 흘리오리다." 같은 표현이다.

이 외에도 강조법과 변화법으로 시의를 더욱 풍성하게 한다. 이를 열거만 해보면 강조법에는 과장법, 반복법, 대조법, 점층법, 점강법, 영탄법, 미화법, 열거법, 비교법, 억양법, 생략법, 현재법, 거례법(擧例法), 연쇄법(連鎖法)등이 있는데 고등학교 시절 국어시간에 배운 것들이다. 변화법으로는 설의법, 도치법, 대구법, 인용법, 반어법, 문답법 등을 이른다. 이 또한 모두 익히 알고 있는 것으로 알고 여기서는 생략한다. 다만 연쇄법으로 이루어진 고시조 한편을 소개하고자 한다.[3]

笑矣乎 四章[4] / 권섭

1.
이바 우읍고야 우움도 우우올샤
우읍고 우우오니 우움고야 못홀노다
아마도 히히 호호 ᄒ다가 하하 허허 홀셰라

---

3) 이정자, 시조 한수에 역사가 숨쉰다, 한국학술정보(주), 2009, pp.203－204 참조.
4) 박을수, 한국시조대사전, 아세아출판사, 1992. 참고.

2.
하하 히히 한들 내 우움(웃음)이 정 우움가
하 어쳑업서서(어처구니가 없어서) 느끼다가 그리되게
벗님네 웃지들 말구려 아귀(입) 찌여지이라(찢어지리라).

3.
아귀 찌어진들 우운 것을 어이 ᄒ 리
우운 일 슬쿳 ᄒ고 웃기조차 말라 ᄒᄂ
이사람 저만 실커든 우운 일을 말구려

4.
아므리 마자흔들 우움이 절로 나네
내가 이만 흘 제 자네네야 다 이룰가
슬토록 히히 하하 ᄒ다가 박장대소 ᄒ시소

위 시조 笑矣乎 四章의 특징은 첫 수의 종장을 둘째 수 초장이 받고 둘째 수 종장을 셋째 수가 또 그 종장을 넷째 수가 받는 구성법으로 수사법으로는 연쇄법(連鎖法)에 속한다. 표출된 시어 또한 점잖은 양반의 언어가 아니다. 아귀(입), 억쳑업서서(어처구니가 없어서), 찌어지이라(찢어지리라), 의성어 하하 히히 등 사대부 작품으로선 파격적이다. 이는 그 당시 중인들이나 무명씨들이 쓴 사설시조풍의 영향인 듯하다. 그리고 이런 시어들을 권섭이 썼다는 것은 사라져가는 사대부 작가의 변모이기도 하다. 또 권섭은 벼슬을 하지 않고 그 자신이 표현했듯이 칠도 강산을 유람하며 반·상을 가리지 않고 많은 사람들과 접촉하고 사귄5) 그의 성품으로 보인다.

5) 『玉所稿』, 卷八, 述懷詩敍 참조.

5) 낯설게 하기

낯설게 하기(ostranenie or defamiliarization)는 러시아 형식주의 이론가를 대표하는 슈클로프스키(V. Shklovsky)의 새로운 시어에 대한 명칭이다. 곧 일상화되어서 낯익은 사물이나 관념을 특수화하고 낯설게 하여 새로운 느낌을 갖도록 표현하는 것이다.

낯설게 하기를 창안한 형식주의를 비판적으로 바라보는 시각도 있다. 형식을 주요한 핵심으로 놓는다는 측면에서 형식주의가 표면인 형식만 강조하고 내면인 내용을 소홀히 한다고 보기 때문이다. 하지만 형식이 없이는 내용을 담아내지 못하므로 낯설게 하기와 같은 형식주의의 개념은 일상생활에서도 그렇지만 특히 예술에서 큰 의미가 있다. 또한 형식주의자들은 내용과 형식의 이분법은 존재하지 않으며 예술작품에서 내용과 형식은 변증적으로 통합된다고 주장한다. 무엇보다도 형식주의에서는 예술을 예술답게 만들어주는 예술성까지 낯설게 하기에서 찾는다.

이처럼 예술가들은 일상성, 단일성, 반복성을 넘어서 끊임없이 낯설게 하기를 시도한다. 똑같은 이야기나 똑같은 사상이라도 낯설게 표현하면 새로운 것으로 보이고 새로운 것으로 보이면 미적 또는 심리적으로 긴장하고 그 긴장이 건강한 감동을 유발한다는 것이다. 이처럼 낯설게 하기는 일상성이나 지루함을 극복하고자 하는 인간의 욕망이기도 하고 예술가들의 창작기법이기도 하다.

> 이것은 소리 없는 아우성
> 저 푸른 해원(海原)을 향하여 흔드는
> 영원한 노스탤지어의 손수건
> 순정은 물결같이 바람에 나부끼고
> 오로지 맑고 곧은 이념의 푯대 끝에
> 애수는 백로처럼 날개를 펴다.

아아 누구던가
이렇게 슬프고도 애달픈 마음을
맨 처음 공중에 달 줄을 안 그는.

- 유치환, 깃발 -

여기서 '소리 없는 아우성', '노스탤지어의 손수건', '이념의 푯대'등은 '낯설게 하기'의 은유적 표현이다. 이런 비유는 병치(竝置)를 통해서 생소화의 효과를 나타낸다. 곧 '소리 없는 아우성'은 '영원한 노스탤지어의 손수건'으로 이것이 다시 '맑고 곧은 이념의 푯대' 라고 하여 깃대를 신선하고 생소한 이미지로 표출했다.

별들은 연기를 뿜고
달은 폭음을 내며 날아요
그야 내가 미쳤죠
아주 우주적인 공포예요

어둠의 촛불에 몸 씻듯이
깊은 밤 속에 잠겨 있으면
귀 밝아오노니
지하수 같은 울음소리…

- 정현종, 심야통화3 -

이렇게 낯설게 하기는 평면적인 표현에서도 풋풋한 해방감을 준다. '문학적 낯설게 하기'는 언어 기호로 된 모든 형식에서 여러 가지 방법과 층위로 나타난다.

시인의 관심은 새로움에 있다. 관습화된 것에서 벗어나 전혀 다른 시어를 읽어내려는 고뇌와 진통을 한다. 발상의 탁월함을 보이고자 한다. 그러기 위해 시인은 낯선 언어를 찾아 헤매기도 한다. 그리곤 이를 조합하여

새로운 문형까지도 찾아낸다. 이것이 시인에게는 새로움의 발견이요, 발
상의 전환이 이루어지는 순간이다. 독자들이 전혀 생각할 수 없는 낯선 시
어를 찾아 우주라도 가는 것이 시인의 마음이다.

> 장마가 그쳤는가, 바람이 허릴 푼다. 치마폭 선뜻 날리는 신이
> 난 빨래감, 창틀을 덮었던 휘장을 걷어내어 빨았다.
> 직사 광선 걸러주어 분분한 분위기, 그 자리 그대로 진종일 치
> 댓건만, 꽤재재 땟물 거품들이 꽤나 많이 쏟아진다.
> 나발들의 땟국물은 비누로나 빠다지만, 마음 거울 낀 때는 혀
> 끝으로 빠다드냐. 가냘픈 나팔꽃 한 송이 피었다 지고 있다.

− 이주남, 때국물 −

위의 시조 또한 '낯설게 하기'이다. 일반적인 시조의 형식을 줄글로 내
리 써서 언뜻 보면 자유시이다. 하지만 구나 장을 쉼표나 마침표로 표기하여
완전한 3수로 된 시조임을 알 수 있다. 이를 기본 시조형태로 바꾸어 보자.

> 장마가 그쳤는가. 바람이 허릴 푼다.
> 치마폭 선뜻 날리는 신이 난 빨래감.
> 창틀을 덮었던 휘장을 걷어내어 빨았다.
>
> 직사광선 걸러주어 분분한 분위기.
> 그 자리 그대로 진종일 치댓건만.
> 꽤재재 땟물 거품들이 꽤나 많이 쏟아진다.
>
> 나발들의 땟국물은 비누로나 빠다지만.
> 마음 거울 낀 때는 혀끝으로 빠다드냐.
> 가냘픈 나팔꽃 한 송이 피었다 지고 있다.

10. 제목 붙이기

우주 만물은 그 모두가 그대로의 특징을 나타내며 이름을 갖고 있다. 산천초목에서부터 조류와 동물에 이르기까지 그 이름을 갖고 있다. 뿐만 아니라 세계 방방 곳곳의 지방명과 60억에 이르는 전 세계 인구가 한 사람 한 사람이 다 그 나름의 특성을 가진 이름을 갖고 불리어진다. 이름은 그의 존재를 확인하는 의미이기도 하다. 부모가 아기에게 가장 좋은 이름을 붙여 주듯이, 시인은 그의 정신세계의 분신이기도 한 그의 창작품에 가장 적절하고 좋은 이름을 붙여 주고자 한다.

제목은 독자의 시선을 맨 처음 붙들어 글 속으로 안내하는 간판의 역할을 한다. 그래서 대개의 제목들은 독자로 하여금 글의 내용을 쉽게 짐작할 수 있도록 붙이는 것이 일반적인 상례다. 논리적인 내용의 글일수록 더욱 그렇다. 그런데 문학 작품인 경우는 좀 다르다. 물론 경우에 따라서는 다루고자 하는 주된 소재를 제목으로 삼거나 말하고자 하는 주된 생각(주제)을 제목으로 설정하여 글의 내용을 짐작하게도 한다. 하지만 문학 작품의 제목들은 대체로 글의 내용을 직설적으로 표출하지 않고 암시 혹은 상징적으로 드러내고자 한다. 특히 시(詩)인 경우는 더욱 두드러지게 나타난다.

시에서의 제목은 독자들의 궁금증을 빨리 풀어 주는 역할을 하기보다는 궁금증을 오히려 즐기면서 흥미로운 갈등을 맛보게 하는 미적 장치로 설정하는 글이기 때문이다. 시의 제목이 시를 읽어보기도 전에 내용을 짐작할 수 있도록 주어지는 것은 바람직한 제목이 아니다.

시의 제목도 시행(詩行)과 마찬가지로 시를 구성하는 또 다른 요소로서 유기적인 관계를 가진다. 그래서 이상적인 제목은 독자가 그 시의 마지막 행을 읽을 때까지 독자의 의식 속에 계속 다양한 의미망을 형성하면서 탄력 있게 작용하는 것이다.

다음은 시의 제목을 설명할 때 많이 인용되는 시이다. 감상해 보자.

왕유(王維, 699~759)[6]의 「녹시(鹿柴)」라는 절구이다.

空山不見人　(맑은 산 속 사람은 보이지 않고)
但聞人語響　(두런두런 말소리만 들려 올 뿐)
返景入深林　(저녁볕은 깊은 숲에 스며들어)
復照靑苔上　(파란 이끼 위를 다시 비추고 있네)

이 작품은 '鹿柴(녹시)'라는 제목으로 하여 의부진(意不盡)의 깊이를 간직하게 된다. '鹿柴'를 '녹채'라는 고유명사[地名]로 해석하려는 이도 있기는 하나 그렇게 되면 이 시의 맛은 반감이 되고 만다. '鹿柴'는 '녹시', 곧 글자 그대로 '사슴 울타리'의 의미로 보아야 멋이 살아난다. 그렇다면 시인은 왜 이 시의 제목을 '사슴 울타리'로 붙였을까? 시에 표출된 것은 깊은 숲 속의 저녁 볕, 맑고 조용한 자연을 노래하고 있을 뿐인데. 사슴은 커녕 사람의 모습도 보이지 않는다. 웬 사슴 울타리?

이 작품의 배경과 행간에 숨겨진 내용을 유추해 보자.

깊은 산 숲 속에 한 채의 집이 있고 집 앞에 작은 텃밭을 가꾸며 사는 노부부라 상상해도 좋다. 두런두런 이야기 소리가 들리는 것으로 보아 두 사람이 있는 것은 틀림없다. 그 빈터에 조그만 채마밭이라도 가꾸는가 보다. 그 채소밭가에 나뭇가지를 듬성듬성 엮어 만든 울타리가 있다. 그것은 사슴이 자주 찾아와 채소를 뜯어먹으니 이를 막기 위한 것이리라. 그래서 제목 '鹿柴(녹시)'는 바로 이러한 상상력을 불러일으킨다. 만일 '鹿柴(녹시)'라는 제목이 붙어 있지 않다면 이 작품은 깊은 산 속의 자연을 노래한 것에 지나지 않는다. 그러나 이 작품은 그 제목으로 인하여 은자(隱者)의 깨끗한 삶을 노래한 작품으로 평자들은 풀이하고 있다. 그러니 제목의 중요

---

6) 왕유(王維, 699~759)는 중국 문화사의 황금기에 활동한 유명한 예술가이며·문인이다 후세에 성인에 버금가는 지위까지 올라간 것은 그가 화가인 동시에 위대한 시인이었기 때문이다. 중국 명시 선집에 그의 작품은 거의 빠지지 않고 등장한다. 그는 이백(李白:701~762)·두보(杜甫:712~770) 등의 유명한 당대 시인들과 함께 서정시 형식을 완성한 시인으로 손꼽힌다.

성을 새삼 느낀다. 하지만 그러한 제목을 누구나 쉽게 할 수 있는 것은 아니다. 왕유 같은 대 시인에게서나 찾아 배울 일이다. 그래서 이렇게 중요시되는 제목을 어떻게 붙일 것인가에 대해 '녹시'같은 고민은 접어 두고 일반적으로 운용되는 방법을 구체적으로 열거해 본다.

1) 좋은 제목

(1) 시의 내용과 조화를 이루는 제목

>수사나 군말 따위 버린 지 오래인 듯
>뼛속도 곧게 섰는 서슬 푸른 저 직립들
>하늘의 깊이를 잴 뿐 곁을 두지 않는다.
>
>꽃다발 같은 것은 너럭바위나 받는 거다
>눈꽃의 가벼움도 무거움을 안 뒤부터
>설봉의 흰 이마들과 오직 깊게 마주설 뿐
>
>조락 후 충천하는 개골의 결기 같은
>팔을 다 잘라낸 후 건져 올린 골법 같은
>붉은 저! 금강 직필들! 허공이 움찔 솟는다
>
>　　　　　　　　　　　　　　　- 정수자, 금강송 -

(2) 시선(視線)과 마음을 끌 수 있는 제목

>네 씨눈 하나로도
>산야는 온통 다 들렌다
>그때 그 살 아린 적
>바람도 입맞추고

질펀한
열락의 마당에
깃발 함께 나부껴라.

- 김월한, 子葉頌 · 2 -

‘떡잎을 기리다’보다 子葉頌(자엽송)이 더 시선을 끄는 제목인 듯도 하
다. 필자 또한 그러한 시선과 마음으로 다가가 읽었으니까 말이다. 때로는
순수국어보다 한자어가 효과를 나타낼 때도 있다. 하지만 현대시조에서는
한자어 제목을 꺼리는 것이 평자를 포함한 일반적인 경향이니 이 점도 고
려해서 제목을 정해야 될 것이다.

(3) 새롭고 참신한 제목

‘엉거주춤’은 신명나는
그런 춤이 아니지
앉지도
서지도
자빠지지도 못하여
간신히 세상 붙들고
내가 춰온 춤이지.

- 문무학, 낱말 새로 읽기 · 26 -

(4) 상상력을 자극하는 제목

깊어가는 그믐밤 달은 아직 멀었는데
솔 향 가득한 곡차 찻잔에 별이 뜨고
가풀막 허덕이던 숨 찻물소리에 잠겨든다.

불참무방 새벽 예불 주지스님 주신 법문
"산사에 오신 것이 불법보다 앞 선 수행"
풋잠 든 풍경 소리도 귀를 씻고 듣는다.

사위가 고요하여 허허한 지경일래
돌아갈 까닭 없어 별만 헤며 새우는데
찬이슬 톡! 한 방울에 눈을 뜨는 봉래산

어느새 별은 지고 찻잔에 달이 뜨네
고운님 눈섭 닮은 그믐달 잠겨 있네
산보다 더 큰 그리움 창을 여는 신새벽.

－ 서공식, 찻잔에 별을 담고 －

시의 제목이 낭만적이다. 찻잔에 별을 담고 사랑 얘기가 펼쳐질 것 같은
상상을 해본다.

(5) 추상적인 제목보다 구체적인 제목

자기와 자기 아닌 또 다른 자기와의
치열한 갈등에시 미지막 속삭임이
마침내 가슴에 닿아
그지없는 이 환희.
－ 김준, 눈물에 대하여 －

너무 멀리
떠나 왔구나
먼 세월의

굽이를 돌아

이 겨울
다시 피는
눈 속의
동백을 보며

당신은
꽃이라 불러도
나는 상처라 말하겠네.

- 지성찬, 너무 멀리 떠나 왔구나 -

(6) 함축적인 제목

분수도 모르고 하늘로 솟는 물줄기
아래로 흐르는 것이 세상의 이치였음을
뒤늦게
깨달아 얻는
곤두박질의 저 미학.

- 조홍원, 분수 -

참으로 오랜만에 도배를 하기 위해
온 집 안 가구(家具)들을 꺼내어 거풍을 한다.
장롱 뒤 먼지만큼이나 쌓인 세월이 풍화된다.

켜켜이 배가 부른 앨범 속 추억이며
설합에 유배당한 한 시절 옷가지들
이제는 한 치쯤 작아진 육신을 걸어 본다.

어디 말릴 것은 땀이며 눈물이랴
어디 젖은 것은 꿈이며 이상뿐이랴
간밤에 시달린 악몽도 빨랫줄에 널어 본다.

조금씩 가벼워지는 중량을 가늠하며
밀쳐둔 한 생애도 바람결에 나부낀다.
다시금 곧추세우는 바지랑대 파란 하늘.

－장지성, 거풍기(擧風記) －

2) 제목 붙이기

(1) 중심 소재를 제목으로

스치는 실바람에도
하얀 넋을 추슬러

한사코 어둠 내몰며
애태우던 우리 어머니

사위고
남은 심지(心地)엔
눈물방이 엉기었네.

－김광수, 촛불－

(2) 주제를 제목으로

집보다 밖으로 돌며
강물이나 축내다가

꽃다 지겠다고
젖은 소리 듣던 바람

돌아와
누운 자리에도
밤새 장이 섭니다.

- 김명호, 장돌뱅이 -

(3) 어떤 한 행을 제목으로

그렇게 그렇게도
다짐다짐 했어도
빛바래 금간 마음
그 까닭 모르겠다
싹터서 잘 익던 사랑
싹이 싹둑 잘리다니.
누구도 그 누구도
믿기 어려운 이 오늘
목숨처럼 가꾼 사랑
헌신짝이 되는가
칠면조 날뛰는 누리
변심활개 너무 크다.

- 오동춘, 변심활개 -

접어서
날려볼까
불어서 날려볼까
못가에 정이 들어 안주하는 빛들이여
물 위에 분홍빛 함성 부처님의 뜻일까.

물속이
하늘이라면
하늘은 물이 될까
별무리 총총 매달린 산중에 산수유여
애린한 심성의 연꽃 네 앞에서 합장하리.

- 홍윤표, 물위의 함성 -

(4) 창작의 동기를 제목으로

비틀비틀 두 바퀴
페달에 힘 실으면
쓰러질 듯 등허리가
식은 땀에 절었섰지
없는 듯 잡아줬던 힘
그건 바로 나였다.
한치 앞 염(念)도 사치
삐걱대는 안장이야
벅찬 핸들 꺾고 돌려
미련 끝에 나선 미로
아직 난 키 낮은 주목(朱木)
바퀴살에 감긴 일상.

- 김몽선, 자전거 생각 -

금강통문 열리는 북으로 북녘으로
산과 들 눈길 천리
모래톱 가시 천리
경상도 보리문둥이
겨울바다 갑니다.

누더기 걸쳤지만 낡은 영혼 아닙니다
청간정* 해돋이를
안태처럼 깔고 앉아
생과 사 넘나드는 파도를
파도 타고 왔습니다.

— 이지연, 해금강 가는 길에 —

*청간정:관동 팔경의 하나로 바다가 가장 아름답게 보이는 정자.

(5) 시의 이미지를 제목으로

내 안을 기웃대는
낯익은 그림자 하나
마음을 가로 질러 조붓한 길을 내고
난(蘭) 보다 더 짙은 향기 은밀하게 품고 있다.

몇 밤을 새워야만
섬돌 한층 앉혀 놀까
전갈처럼 꼬리 드는 아름다운 꽃말일랑
청태 낀 마음의 회랑에 호롱불로 밝혀 놓고

고샅길 돌고 돌아
바람처럼 다가와서
꽃잎을 베고 누운 사월의 저 손짓에
짜릿한 起承轉結을 홀로 어찌 피워 내나.

— 이정원, 고백 —

시인 박용래
눈이 젖어 바라보던

그 삭정이 둥지
삭정이진 슬픔

한 줌 詩
고독을 품던 새는
지금은 날아가고 없다.

– 이근배, 까치집 –

11. 좋은 시의 조건

좋은 시의 조건은 시인마다 그 관점에 따라 약간의 차이가 있다.

에즈라 파운드((Ezra Pound, 1885~1972)가 말하는 좋은 시는 센스 (sense), 사운드(sound), 이미지(image), 톤(tone)을 제대로 갖춘 시이다. 이를 구체적으로 살펴보면 '센스(sense)'는 지적인 감각, 참신한 감각을 말한다. 곧 시의 의미가 참신해야 한다. '사운드(sound)'는 음악성을 말한다. 이것은 음악성을 띤 시어를 말한다. 언어의 음악성, 곧 운율은 독자에게 예술적인 흥분과 쾌감을 주는데 외형률보다는 미묘한 내재율에 현대시의 묘미가 있다. 시조는 외형율과 내재율을 다 갖추어야 한다.

'이미지(image)'는 심상 또는 영상, 형상 등으로, 시를 읽어 가는 동안 독자의 마음속에 그려지는 그림을 말한다. 대체로 비유로 형성되는데 직유와 은유가 대표적이다. 그런데 이미지를 표현할 때 독자가 상상할 수 없는 비밀스럽거나 암호 같은 것을 쓰면 곤란하다. '난해(難解)시'가 된다. 난해시는 독자를 멀리 하기 때문이다. '톤(tone)'은 어떠한 어조로 말하는가를 뜻한다. 이러한 현대시의 네 가지 요소— 센스, 사운드, 이미지, 톤을 고루 조화시킨 그러한 시를 훌륭한 시라고 파운드는 진술했다. 이는 곧 시의 요소이기도 하다.

좋은 시의 조건은 여러 시인들이 각자의 관점과 견해에 따라 진술한 것을 볼 수 있다. 그래서 이를 포괄적으로 서술하여 소개하고자 한다.

좋은 시란 운문으로서의 운율적 요소를 바탕으로 독창적인 이미지와 새로운 인식 내용을 보여주는 작품이다.

첫째, 좋은 시 속에는 이미지로 표출된 감춰진 그림이 많다. 그래서 독자에게 생각하는 시간을 요한다. 그리고 사고하는 힘을 기른다. 하지만 지나친 감춤은 난해시가 된다.

둘째, 좋은 시는 시인이 하고 싶은 말을 직접 하지 않는다. 객관적 상관물을 데려와 대신 말하게 한다. 즉 시인은 이미지를 통해서 말한다. 한편의 시를 읽는 것은 바로 이미지 속에 담긴 의미를 찾는 일과 같다.

셋째, 좋은 시는 그 속에 시인의 참된 마음이 깃들어 있는 시이다. 그 마음이 독자에게 감동을 준다.

넷째, 좋은 시는 대상에 나만의 의미를 부여해서 다른 사람들에게 공감을 불러일으키는 시이다.

다섯째, 좋은 시는 사물을 새롭게 태어나게 하고 익숙한 것을 낯설게 한다. 시인은 시적 대상에 몰입하여 대상에게 느끼고 대상이 주는 속삭임을 표출한다.

이 외에 좋은 시에 대한 여러 견해들도 있지만 창작 이론에서 다 밝혀진 것들이다. 그래서 앞에서 서술된 창작 이론을 익히며 이해하고 습작하고 창작하는 것이 시창작의 올바른 길이다.

12. 명시 · 애송시의 성격

명시 내지 애송시란 어떤 것일까? 표현의 묘미가 뛰어난 좋은 시의 조건이 명시 내지 애송시에도 그대로 적용될까? 좋은 시와 애송되는 시와는 차이가 있다. 좋은 시라고 해서 꼭 애송되는 것은 아니다. 좋은 시와 좋아하는 시는 다르다. 여기서는 일반적으로 많이 애송되는 시에 대해 밝혀보고자 한다.

1) 서정시

애송시를 가만히 들어보면 기의 대부분이 서정시임을 알 수 있다. 서정시는 시의 원형이다. 우리의 고전시를 보아도 그렇다. 상대시가인 「황조가」, 「공무도하가」, 「정읍사」가 서정시이다. 그래서 서정시는 시의 고향이기도 하다. 또 서정시는 내용상 인류공통의 정서인지라 시대성에 별로 영향을 받지 않는다. 곧 시대를 초월하여 인간의 정감에 와 닿는다.

이러한 서정시에 나타나는 정서들은 대부분 인간 내면의 감정인 칠정과 관계되는 것으로서 사랑과 미움, 이별과 만남, 삶과 죽음, 상실과 고독, 환멸, 애수, 설움, 안타까움, 후회... 등등으로 표출된다.

서정시의 효율성 또한 이런 정서를 통해 독자에게 다가가서 그 감정을 순화시켜 주기도 하고 위무도 해 주며 또 정서를 고양시켜 주기도 한다. 그리고 감정을 정화시켜 주는 역할도 한다. 이러한 것이 곧 서정시의 기능인 동시에 그 효율성이 되기도 한다. 그래서 독자에게 쉽게 다가가서 감동을 주는 시도 서정시이나. 따라서 애송시의 대부분은 서정시이다.

2) 단형시

프랑스 시인 장 콕또(Jean Cocteau, 1889~1963)의 시

"내 귀는 하나의 소라껍데기/ 그리운 바다의 물결소리[7].

---

7) L'Oreille(귀); Mon oreille est un coquillage / Qui aime le bruit de la mer.

시를 좋아하는 사람이라면 이 시를 기억할 것이다. 아마 제일 짧은 시가 될지도 모른다. 바다가 그리울 때면 생각나는 시이다. 소월의 시 "엄마야 누나야 강변 살자/ 뜰에는 반짝이는 금모래 빛/ 뒷문 밖에는 갈잎의 노래/ 엄마야 누나야 강변 살자." 이 외에도 소월의 시가 많이 애송되는 이유 중의 하나가 길지 않다는 데에도 있다. 그것은 한용운의 시가 연구 대상은 되고 명시라고는 하지만 애송되는 것이 별로 없다는 것만 보아도 알 수 있다.

필자 역시 소월의 시는 여러 편을 암송하지만 만해 한용운의 시는 제목과 그 일부분은 알고 외우기도 하지만 한 편을 온전히 다 외우지는 못한다. 고시조를 많이 암송하고 있는 이유도 단시조(평시조)로 전하기 때문이다. 사설시조나 엇시조는 별로 암송되지 않는 것을 보아도 알 수 있다. 이를 미루어 볼 때 애송시는 일단 짧아야 한다는 것을 알 수 있다.

3) 운율시

운율이 있어야 좋다. 이 말은 낭송이나 암송하기에 좋아야 한다는 뜻이다. 운율은 곧 음악성이다. 소월의 시가 암송하기 쉬운 것도 이러한 음악성이 있기 때문이다. 곧 민요조의 노래이기 때문에 리듬이 있어서 정형시인 시조와 더불어 낭송하거나 암송하기에 아주 적절하다. 음악은 인류 공통의 언어이다. 그러기에 음악성은 곧 인간 내면의 정서를 불러 일으켜 잠자는 영혼을 일깨워 주는 것이다.

4) 단순 이미지시

이미지의 연결이 복잡한 구성이 아니라 단순 구성이 독자에게 쉽게 다가간다. 일단 이미지가 쉽게 다가와야 한다. 시의 구성도 문장의 구성과 마찬가지이다. 그 내용분석을 해보면 그렇다. 그래서 시도 문장과 마찬가지로 3단이나 5단 구성이 있는가 하면 기 · 승 · 전 · 결의 구성으로 이루어짐을 알 수 있다.

　　　　산에는 꽃피네
　　　　꽃이 피네
　　　　갈 봄 여름 없이
　　　　꽃이 피네

　　　　산에
　　　　산에
　　　　피는 꽃은
　　　　저만치 혼자서 피어 있네

　　　　산에서 우는 작은 새여
　　　　꽃이 좋아
　　　　산에서 사노라네.

　　　　산에는 꽃이 지네
　　　　꽃이 지네
　　　　갈 봄 여름 없이 꽃이 지네,

　　　　　　　　　　　　　　　　- 김소월, 산유화 -

5) 의미의 확장

　　의미를 점층적으로 올리거나 점층적으로 넓혀서 의미를 확장시키는 것
이 좋다. 이것은 시조가 종장에서 의미나 이미지의 통합이 이루어지거나
아니면 의미나 이미지의 분출이 폭발하는 것과 같은 이치이다. 시에서도
마지막 연이나 끝 두 행에서 이미지가 통합되거나 분출되어 나타난다. 이
를 물줄기에 비유하여 이미지의 통합일 경우는 폭포수를 만난 형국으로
하강곡선이 이루어지고, 분출이미지면 화산의 분화구를 연상하는 형국으

로 상승곡선을 그리는 것으로 비유하기도 한다.

<예시1>
이런들 어떠하며 저런들 어떠하리
만수산 드렁칡이 얽혀진들 어떠하리
우리도 이같이 얽혀 백 년까지 살아보세

– 이방원, 하여가 –

<예시2>
청산리 벽계수야 쉬이 감을 자랑마라
일도 창해하면 돌아오기 어려우니
명월이 만공산하니 쉬어간들 어떠리.

– 황진이 –

*<예시1>은 통합의 경우이고, <예시2>는 분출의 경우이다.

6) 표현 기법

표현의 기교나 기법이 섬광처럼 빛나는 명구들이 있어야 독자의 마음을 매료시키는 경우도 있다. '잔인한 4월'이라든지 '찬란한 슬픔의 봄' '소리 없는 아우성' 등의 역설적인 표현도 명구로서 시를 돋보이게 한다.

그 외도 또 다른 독창성을 부여함으로써 새로운 감각을 불러일으킬 수도 있다.

이상은 대체로 애송되는 시의 성격 내지 특징을 살펴 본 것이다.

13. 평론의 이론과 실제

시인에 등단하고 얼마간의 세월이 흐르고 인지도를 얻었다고 자부하면 많은 시인들이 평론으로 등단하지 않았어도 타인의 시를 해설하거나 감상

문을 쓰거나 시평도 하는 것을 쉽게 볼 수 있다. 사실 타인의 작품을 논한
다는 것이 여간 어려운 일이 아니다. 필자가 「고산시가의 미학론」으로 평
론에 등단한 것은 1990년이다. 하지만 논문을 쓰고 책은 내면서도 타인의
작품을 논한다는 것은 언제나 조심스럽다. 특히 현존 작가들의 작품을 논
하기는 더 어렵다. 그것은 필자 또한 작품을 쓰는 입장이기 때문이기도 하
다. 그래서 본서를 쓰면서 평론의 이론을 다시 점검해 보았다. 어느 분야
든 이론을 제대로 익히고 알면 작품을 보다 바르게 쓰고 읽어낼 수 있을
것이기 때문이다.

1) 평론(비평)의 정의

문학작품이나 예술 및 문화일반에 대하여 전문적인 지식을 갖고 이를
분석하여 평가한 글을 평론 혹은 비평이라고 말한다. 사실 남이 이루어 놓
은 작품에 대하여 이러쿵저러쿵 하며 공식적인 글로 표현한다는 것은 어
려운 일이다. 그렇기 때문에 그 대상에 대한 전문적인 지식이나 상당한 식
견을 가져야할 뿐만 아니라 그 대상을 정확하게 파악하고 이해하는 건전
한 비평 정신을 필요로 한다.

비평문에서 삼가야 할 것은 그 개인에 대한 인신공격성이 있는 글을 쓴
다든지, 실수를 부각시키기 위한 글을 의도적으로 쓴다든지 또는 저속한
언어 표현은 하지 않아야 한다.

2) 평론의 기준

평가에 대한 큰 틀은 유사하겠지만, 전문 분야에 따라 그 평가 기준은
다르게 표현될 것이다. 그래서 여기서는 시문학작품을 중심으로 기술하고
자 한다.

(1) 진실성

작품에서 나타내고자 하는 중심 사상이나 표현된 내용들, 또는 세상을 보는 관점들에 대한 작자의 태도 등에 대한 진실성 여부를 평가한다.

(2) 효용성

그 작품이 독자에게 어느 정도 어떤 영향을 미치느냐에 대해 따져봐야 한다. 문학은 독자에게 즐거움과 더불어 교훈을 주어야 한다. 그것이 문학의 효용성으로 평가의 기준이 된다.

(3) 독창성

독창성은 예술, 문화, 어느 분야에서나 적용되고 중요한 요소로서 평가의 척도가 되기도 한다. 곧 새롭고 참신한 요소가 있는가. 그만의 개성적인 면모를 드러내고 있는가를 평가의 기준으로 삼는다. 여기에는 소재의 독창성, 시각의 독창성, 표현의 독창성으로 나누어 평을 한다.

(4) 통일성과 일관성

부분 부분이 연결되어 하나의 덩어리로 이루어진 작품 전체가 통일을 이루면서 일관되게 서술되고 표현되었는가를 살펴본다.

시조의 경우는 정형시인 만큼 그 형식을 따져봐야 한다. 정격인가 변격인가 아님 파격인가를 먼저 구분해야 한다. 엇시조와 사설시조인 경우는 변형의 규정에 따라서 제대로 지켜졌는가도 언급되고 제시되어야 한다. 그리고 종장의 처리는 바르게 되었는지도 살펴서 냉정하게 작품 평가를 해야 한다. 그런 연후에 ① · ② · ③ · ④번을 작품에 따라 적절히 다루어야 한다.

3) 평론의 기능

평론은 작품에 내재된 민족성과 시대성, 그리고 사회적 변화에 따라 상황에 대처하는 작가의 창작 정신과 인생관, 철학관, 그의 사상, 감정 등 다방면에 걸쳐 일단 작품을 분석한다. 그리고 일차적으로 분석 결과 얻은 그 의미를 밝히고 그 가치와 효용성을 제시하는 기능을 한다. 이차적으로는 책의 내용을 독자에게 해설하며 평가를 전달하는 기능을 한다.

Hudson William Henry(1841~1922)는 "비평의 중요한 기능은 작가에게 자극을 주기 위해 계발된 것으로, 해석과 비판이라는 두 기능이 있다"[8]고 했다. 여기에 의하면 작품의 해석이 첫째이고 비평은 이차적인 문제이다. 작품에 대한 올바른 이해가 첫째이다. 그 토대 위에서 올바른 비평이 나올 수 있기 때문이다. T.S.Eliot는『비평의 한계』에서 비평의 기능을 '예술작품의 설명과 취미의 교정(矯正)'이라 하여, 문학비평의 기본적 기능을 '작품이해와 향수'에 있다고 했다.

비평의 과정은

① 작품 내용을 해설하고 해석하여 독자의 이해를 돕는다. 그래서 신작이 나오면 그 작품에 대한 전문가의 해설을 덧붙이는 것도 독자에게는 상당히 도움이 된다.
② 위의 해설에 대한 토대 위에서 작품을 판단하고 해석을 전개하여 작가로 하여금 각성의 계기가 되고 자기 작품에 대한 책임의식을 느끼게 된다.
③ 비평의 최후 단계는 평가이다. 평가의 과정은 작품의 비교와 분석이다. 곧 <해석>→<이해>→<감상>→<비교>→<분석>→<평가의 과정>이다.

---

8) W.H. Hudson, An Introduction to the Study of Literature(London, 1958) p.266.

4) 평론의 작성 요령

평론도 일종의 논문에 해당한다. 왜냐하면 그 과정에서 유사점이 많다. ①주제가 설정되고, ②재료의 조사 및 정리, ③개요 작성, ④구성과 형식 등이 유사하다.

다만 다른 점이라면 ①논문이 연구 결과에 주력한다면, 평론문은 결과에 대한 가치의 평가에 주력하고 ②논문이 참고문헌은 물론 하나하나 주석을 세미한 것까지도 달아야 하는 것에 비해 평론은 참고문헌이나 주석을 달 필요가 없다는 점이다.

다음에서 평론의 작성 요령을 알아보자.

① 좋은 주제를 선정해야 한다. 좋은 주제가 저절로 나오는 것이 아니라는 것은 누구나 다 알고 있을 것이다. 내가 관심을 가진 분야에서 꾸준히 책을 읽고 관찰해보면 그에 대한 나의 의견이 생기고, 나의 목소리가 나오고, 쓰고자 하는 낱말, 주제가 떠오른다. 그것은 나의 머리에서 탄생된 개성적인 주제가 된다. 이러한 개성 있는 주제는 좋은 주제가 될 수 있다.

② 주제가 정해졌으면 그와 관련한 자료를 논문을 작성할 때처럼 광범위하게 수집해야 한다. 그 주제에 대한 현재까지의 연구나 평가를 섭렵한 후 새로운 관점에서 접근하고 독자적인 평가가 이루어져야 한다.

③ 개요를 작성해 둔다. 그 시기는 주제선정에서 자료 정리까지 끝난 시점에서 나의 관점이 분명히 섰다고 인정될 때쯤 작성해 두는 것이 좋다.

④ 평론도 논문의 일종인 동시에 논술의 일종이다. 그래서 그 체제는 서론, 본론, 결론의 문장 구성 형식을 취한다. 서두에서는 이 글의 목적과 범위를 밝힌다. 본문에서는 논의의 근거를 제시하고, 기존의 성과에 대한 비판도 곁들이면서, 작품에 대한 분석과 논의를 일관성 있게 전개한다.

⑤ 정확하고 절제된 객관적인 문장이어야 한다. 여기서 정확하
다는 것은 문법적으로 맞는 문장을 말한다. 절제된 문장이란
군더더기가 없는 깔끔한 문장을 의미한다. 객관적인 문장이
란 주관적인 감상이나 자기 견해에 빠져서는 안 된다는 것이
다. 평론의 문장도 논술이나 논문과 마찬가지로 객관성을 유
지해야 한다.

⑥ 평론은 어디까지나 그 최종 목적은 대상에 대한 가치 평가에
있다. 대상의 가치를 올바로 평기하기 위해서는 평가의 기준
에 준하여야 한다.

5) 현대 비평(평론)의 유형9)

(1) 정신분석적 비평(Psycho - analysis criticism)

이것은 작가의 창작심리나 작품내용을 정신분석적인 방법으로 비평하는
것이다. 심층심리에서 바라보는 무의식의 흐름(stream of unconsciousness),
리비도(libido), 콤플렉스(complex), 아니마(Anima), 아니무스(Animus), 페르
소나(Persona) 등, 정신분석으로서 문학 작품을 분석 연구하여 비평하는 것
이다.

프로이드는 무의식을 인간 심리의 본질로 보고, 심리현상의 동인(動因)
이 성욕(性慾)에 있다고 보았다. 그래서 히스테리를 일으키는 것이라든지
신경성에서 오는 이상적인 현상을 성욕과 의식과의 알력에서 일어나는 것
으로 간주했다.

아들러(A. Adler)는 이와는 달리 <힘에의 의지>를 인간 활동의 중요한
요인으로 인식하고, 리비도가 아닌 인간의 이기적인 요소를 심리현상의
동인으로 보았다. 우월감에 대립하는 열등감의 상극적인 현상에서 히스테
리나 신경질환이 일어난다고 했다.

---

9) 대백과 사전 및 이기반 · 김남석, 『문학개론』교학연구사, 1983(1995) pp.436−442 참조.

C.G. Jung은 무의식을 중요시하여, 인류 공동의 집단 무의식을 인정하며 사회적 자아인 페르소나, 남성의 내면에 자리 잡고 있는 여성적인 인격의 총체인 아니마, 여성의 마음속에 있는 남성성인 아니무스를 학적인 전문 용어로 발전시켰다. 이러한 정신분석으로 비평을 시도한 사람은 A. Mordell 과 H. Read이다.

A. Mordell은 프로이드의 오디프스 콤플렉스로 Stendhal과 Shelley의 창작 심리를 분석했고, H. Read는 영국에서 처음으로 정신분석학을 비평에 접목시켰다. 또 F.C. Rrescott는 『The Poetic Mind』를 써 미국에서 처음으로 정신분석적 비평이론을 도입했다.

프랑스의 물리학 교수였던 G. Bachelard(1884~1962)는 철학으로 길을 바꾸어 소르본느 대학에서 강의하면서 『과학정신형성(1938)』, 『부정의 철학(1940)』의 비판적 합리주의적 의식론을 시도했다. 이어 그는 『물과 꿈(1940)』, 『공기의 꿈(1942)』, 『흙과 휴식의 몽상(1946)』등 일련의 상상력에 의한 형이상학을 발표했다. 이들 발표는 시적 감각에 충만한 정신분석적인 방법으로서 흙, 물, 바람, 불에 대한 근원적인 이미지의 분석으로 몽상이라는 진실을 구명하여 평가한 것이다. 몽상은 미래로 향하는 새로운 세계의 창조로서 고차원적 현실세계이다. 연이어 그는 시의 존재론을 그리며 『공간의 시학(1960)』, 『촛불의 시학(1961)』을 발표하여 현대 시 분석 이론의 새로운 장을 열었다.

(2) 창조적 비평(Creative criticism)

비평가의 독창성을 작품의 비평에 전개시키는 것으로 일종의 문학관을 비평에 주입시키는 방법이다. Oscar Wilde(1854~1900) 의 저서 『The picture of Dorian Grag』의 서문에서 "최고 비평가는 모든 예술 작품뿐 아니라 아름다움을 비평하는 것" 이라 했다.

T.S. Eliot의 고전주의에 대항하여 주관적 낭만주의를 주장한 Murray는

"비평가의 역할이란 자기 앞에 있는 작품에 대해 자기의 견해를 밝혀 자신을 표현하는 일"이라 하여 창조적 비평의 성격을 밝혔다. 그는 개성의 완성은 이성과 형식의 조화에서 구했으며, 시와 산문은 명백한 어휘, 엄밀한 사유, 단정한 기법, 견고한 구성에서 찾았다. 그것은 음악과 건축의 조화를 상기시킨다. 이러한 문학적 태도에서 그는 비평에 철학을 접목시켜 작품의 이해와 음미를 통한, 창조적 비평을 정립했다.

(3) 철학적 비평

철학적 비평은 인간과 세계, 그 모두가 비평의 대상으로 자신을 인간과 세계 속에 투사하여 세계역사에 창조적으로 가담하고 탐구하려는 이념을 실천하는데 그 목적을 두고 있다. 이것은 프랑스를 중심으로 P. Valery(1871~1945)의 비평론에 근거를 두고 있다. 문학비평의 방향을 철학으로 연장시켰다.

(4) 신비평(New Criticism)

신비평(New Criticism)은 제1차 세계대전 이후에 생겨난 비평이론의 하나이다. 예술작품의 내재적 가치를 강조하고 독립적인 의미단위로서의 개별 작품에 관심의 초점을 맞춘다. 따라서 작품 해석에서 역사적이고 전기적인 자료는 이용하지 않을 뿐더러 이들을 사료로 하는 역사비평을 거부한다.

신비평에서 사용되는 가장 기초적인 방법은 꼼꼼하고 분석적인 텍스트 읽기이다. 이것은 아리스토텔레스의 ≪시학 Poetics≫만큼이나 오래된 기법이다. 그러나 신비평가들은 이 방법을 더욱 세련되게 발전시켰다. 이러한 전통에서 선구적인 작품으로는 영국의 비평가인 I.A. Richards의『문학비평의 원칙 The Principles of Literary Criticism』(1924)과 William

Empson(1906~1984)의『애매성의 7가지 유형 Seven Types of Ambiguity』
(1930)이 있다. 그러나 이 운동이 이름을 갖게 된 것은 문학에 대해 기본적
으로 언어학적인 접근의 원칙들을 모호하게나마 체계화한 작품은
Ransom John Crowe(1888~1974)의『신비평 The New Criticism』(1941)이
나오면서이다. 신비평가들에게 시는 특별한 유형의 이야기, 즉 어떤 다른
언어로도 표현할 수 없는 느낌과 사고를 전달하는 수단이다. 시는 과학이
나 철학의 언어와는 질적으로 다르지만 똑같이 타당한 의미를 전달한다.
그리하여 신비평가들은 작품에서 말의 함축적·연상적 의미와 비유적 언
어의 다양한 기능인 상징·은유·이미지를 특별히 강조하면서 꼼꼼한 독
서의 기법을 이용하여 시적 사고와 언어의 특징을 명확하게 밝히고자 한
다. 시어는 과학언어와 구별한다. 실제비평(practical criticism)에서 작품분
석을 중심으로 단어상호간의 관계 및 세부적인 그 의미까지도 파악하고
시어의 애매성, 이미지, 행간과 연간 및 그 전체의 관련성을 파악하여 분
석 평가한다.

한국의 경우 일제의 강압에 의해 프롤레타리아 문학이 물러가고 모더
니즘 문학이 본격화되던 1930년대 후반에 신비평 경향의 비평가들이 등
장했다. 최재서와 김기림이 그들인데, 리처즈·흄·리드의 이론을 바탕
으로 문학의 독자성을 강조했다. 그러나 이들은 문학을 객관적으로 이해
할 것을 강조하면서도 형식이나 언어의 문제에만 집착하지는 않았다. 그
런 점에서 본격적인 의미에서의 신비평의 대두는 1950년대 이후이다. 김
용권·백철 등에 의해 영미의 신비평이 소개되면서 한국에서도 신비평에
입각한 비평작업이 활발하게 이루어졌다, 이 비평론은 1960년대에 구조
주의가 들어오기 전까지 문학 비평계에 커다란 영향을 미쳤다. 이 계열의
중요한 비평가로는 백철·송욱·김종길·이상섭·문덕수 등이 있다. 영
미의 경우와 마찬가지로 한국의 신비평도 주로 시를 중심으로 전개되었으
며, 그 결과 시의 형식, 언어 조직, 운율, 비유, 문체 등의 분야에서 문학이

론의 발전에 크게 이바지했다. 1960년대 이후에도 여전히 나름대로의 영
향력을 행사하면서, 한국 비평계의 하나의 흐름을 형성하고 있다. 그러나
신비평이 보여주는 형식주의적이고 탈현실적인 경향은 커다란 한계로 지
적된다.

(5) 구조주의 비평(structural criticism)

20세기 중엽, 미국에서 구조언어학을 강조하면서부터 문학작품의 비평
도 형태 분석을 먼저하고 사상연구를 하게 되었다. 다분히 과학성에 입각
한 방법으로 신비평의 결함을 극복하는 것이 목적이었다. 그 특징은 작품
의 역사성을 무시하고 작품의 현실에 입각하여 작품의 존재 이유를 그 구
조면에서 찾았다. 곧 시의 존재는 사상보다 '구조성'에 있다고 보았다.
1960년대에는 프랑스에서 유행했다.

1950년대 프랑스에서 인류학자 클로드 레비스트로스(Claude Levi-
Strauss)와 문학비평가 롤랑 바르트(Roland Barthes)의 저작을 통해 선보인
지적 운동의 하나로 1960년대에 번성한 구조주의는 언어의 과학인 구조
적에 근거를 둔 문학 분석 연구 방법이다. 구조주의는 문학 작품 뿐만 아
니라 사회적 행위와 의사소통의 모든 형식에서 의미를 획득하는 방법에
관한 과학적 견해를 제공해 준다.

구조주의이 뿌리는 스위스 언어학자 소쉬르의 사상에 두고 있다. 소쉬
르는 언어연구의 현대적 방법론을 개척한 핵심인물이다. 언어구조에 대한
소쉬르의 생각은 세 가지로 간추릴 수 있다.

첫째, 우리가 말에 부여하는 의미는 순전히 자의적이며, 의미를 이끌어
가는 것은 관습이다.

둘째, 단어들의 의미는 서로 밀접한 관계를 맺고 있다.

셋째, 언어란 우리의 세계를 구성하는 것이며, 단순히 그것에 이름을 붙
이거나 기록하는 것이 아니다.

소쉬르는 언어가 자의적이고 주변 단어들과 밀접한 관련을 맺고 있으며 우리의 세계를 구성하는 데 커다란 영향을 미치고 있는가를 강조했으며, 이러한 언어관은 구조주의자들에게 이어졌다. 모든 구조주의적 방법론은 텍스트 안에 작동하는 의미 생성 체계를 드러내려 한다. 방법론이 무엇이든 구조주의는 텍스트의 실제 내용보다는 형식과 구조를 강조한다. 구조주의자들은 텍스트 자체 안에서보다 텍스트들 저변에 있는 규칙의 지배를 받는 체계에 더 관심을 가진다. 텍스트가 무엇을 의미하는가보다는 텍스트가 어떻게 의미를 가지게 되는가가 이들의 주요 관심사이다.

(6) 역사주의 비평(historical criticism)

역사비평이 하나의 방법론으로 정립된 것은 19세기 프랑스의 문학사가이며 비평가인 생트뵈브(Sainte Beuve, 1804~1869)에 의해서이다. 한 작품을 역사적 사건으로 취급하는 데에서 문학 연구의 역사적 방법은 시작된다. 아리스토텔레스가 시를 논하면서 비극과 희극의 기원을 전통적 관습에다 둔 것은 문학의 역사적 접근을 최초로 시도한 예라고 할 수 있다.

생트뵈브는 '문학의 박물학을 설정하려는 것이 나의 의도'라고 하면서 그 시대의 특징인 과학의 인과율에 맞추어 그 나무에 그 열매(tel arbre, tel fruit)라고 말하며 역사 중에서도 개인의 역사, 즉 전기를 이용하여 문학적 현상에 활용하려 했다.

생트뵈브의 제자인 이뽈릿 테느(1828~1893)는 문학비평의 주요기준으로 인종(race), 환경(milieu), 시대(moment)를 들었다. 곧 종족은 개인이 세상에 태어날 때부터 가지고 오는 선천적이고 유전적인 기질로서 각 민족마다 고유의 문학적 특성을 갖게 된다는 것이다. 그리고 환경은 환경에 의해 한 인간의 성격이 결정될 수 있으며 문학작품의 경우도 마찬가지라는 논리이다. 시기 또한 종족과 환경이 이미 생산해 낸 작품이 또 다시 다음 작품에 기여하게 되는데 이 시기에 따라 남겨지는 표적도 달라지며 전체의 인상도 달라진다는 것이다. 이것은 곧 민족적 성격, 사회적 환경, 역사적 시기를 의미하는 것으로 작품 이해에 필요한 자료들인 동시에 작품을 분석하고 비평하는데 결정적안 요인이 된다는 것이다. 그래서 이를 '환경결정론'의 3가지 요소라 부른다.

미국의 교육자이며 비평가인 William Morton Payne(1858~1919)는 Taine의 환경결절론(環境決定論)의 업적을 재인식하였으며 Edmond Wilson(1895~?)이 1940년 「역사적 비평」이란 강연을 한 것을 계기로 활기를 띠었다. 역사주의 비평은 원문의 전래 및 출처의 신빙성에 대한 문제, 고어 혹은 폐어의 문제, 자료의 출처와 문학상 차용·표절의 문제, 작가의 생애와 작품의 관계에 대한 문제들을 다룬다. 모든 작품은 역사의 산물이며 시대의 산물로서 그 성격을 한정할 수 있다는 입장에서 역사적인 세계관으로 작품을 분석하고, 해석하고, 이해한다.

제2부

시조의 이론과 창작 방법

제1장 현대시조의 발자취

1. 현대시조의 여명기

갑오경장을 계기로 봉건사회의 틀을 벗어나려는 움직임이 정치 사회 각 분야에서 이루어졌다. 그 많은 제도적인 개혁 가운데서 여기서는 물론 문화적인 면만을 언급하고 현대시조로의 노정을 밝힐 것이다.

문학사적인 배경을 살펴보면 우리나라 최초의 언문일치 단행본인 유길준(兪吉濬: 1856~1914)의 『서유견문』이 1895년 일본 도쿄(東京) 교순사에서 간행되었다. 유길준은 1883년(고종20) 사절단으로 미국에 건너가 E.S.모스 박사의 주선으로 메사추세츠 주의 더머 하원에서 공부했다. 그러다 1885년 미국을 출발해 유럽 각국을 거쳐 귀국했다. 이때 보고, 듣고, 느낀 점을 기록한 기행서가 『서유견문』이다. 당시 서양의 역사·지리·산업·정치·풍속 등이 잘 나타나 있으며 국한문혼용체로 되어 있어 이 책은 근대 언문일치 문장운동의 선구적 역할을 했다는 평이다.

1897년 이봉운의 『國文正理』는 한국 최초의 근대문법 연구서이다. 순국문으로 띄어쓰기는 권점(圈點)으로 표시했다. 서문에서 국문을 존중·

애용할 것을 강하게 주장했으며 국어사전의 필요성을 개진(開陳)했다. 없어진 'ㆆ'·'ㆁ'·'ㅿ'이 'ㅇ'·'ㅡ'·'ㅅ'의 단음이라고 했으며, 'ㆍ'(아래아)는 'ㅏ'의 단음으로 보았다. 갑오개혁 이후 우리글은 언문에서 국문으로 격상되었으나 제대로 된 연구서와 전문가가 없었던 시기 한글전용과 띄어쓰기의 선구적 구실을 했으며 갑오개혁 이후 최초의 국어연구서라는 면에서 그 가치가 있다

1905년 지석영의 『신정국문』은 지석영(池錫永)이 상소한 '국문개혁안'이다. 참정대신 심상훈과 학부대신 민영철이 고종에게 올려 공포한 6개 항목으로 된 맞춤법통일안이다. 지석영은 『신정국문』의 보급에 힘써 쉽게 해설한 일종의 반절표 『국문정식 國文正式』을 펴내기도 했다. 이러한 개인의 의견이 공포되어 실시되자 많은 사람들의 반대가 잇따랐다. 이에 이를 시정할 방안으로 1907년에는 국문연구소가 설치되기에 이른다. 1908년에 나온 『大韓文典』은 최초의 국어문법서로 최광옥이 국판 활자본으로 안악면학회(安岳勉學會)에서 발행했다. 이것은 광무연간(1897~1907)에 필사본이나 유인본으로 유포되던 유길준의 『조선문전』과 내용이 거의 같다. 다만 책머리에 있는 이상재의 서(序)와 문자론 9면만이 다르다. 그래서 1909년 간행된 유길준의 『대한문전』의 4차 원고본이 최광옥 이름으로 출간된 것으로 본다. 그리하여 논자에 따라 유길준의 『대한문전』만 언급하는 경우가 많다. 이어 1910년에는 주시경의 『國語文法』이, 1915년에는 최남선의 『新字典』등이 나와 국어 연구에 많은 업적을 남겼다.

이러한 국어연구와 더불어 《황성신문》(1898), 《매일신문》(1898), 《대한매일신보》(1904), 《만세보》(1906)등이 창간되어 신문학 발표의 길을 열어 주었고, 1918년에는 《태서문예신보》가 창간되어 외국문학이 번역 소개되기도 했다. 또 육당에 의해서 《소년》지와 《청춘》지가 창간되어 시조부흥의 초석을 닦아 주었고, 《창조》의 창간으로 근대문학의 길이 열렸다.

1) 대한매일신보와 대한민보

≪대한매일신보≫는 대한제국 말기에 발행된 일간신문이다. 1904년 7월 18일 창간되어 1910년 8월 28일 종간되었다. 창간 때는 타블로이드판 6면으로 한글 2면과 영문 4면이었으나, 1905년 3월 10일 휴간되었다. 1905년 8월 11일 다시 복간되어 혁신호를 내면서 국한문판과 영문판으로 나누었다. 독립된 영문판은 ≪The Korea Daily News≫라는 제호로 펴냈나. 그 뒤 1907년 5월 23일 순한글판을 따로 창간해 이때부터 한글판·국한문판·영문판의 3가지 신문을 발행했다. 종간호의 지령은 국한문판이 제1464호, 한글판이 제938호였고 혁신호부터는 지령을 제1호부터 다시 시작했으므로 실제 발행호수는 이보다 많다.

이들 신문의 총발행부수는 1만 부를 넘는 것으로 알려져 있는데 이는 당시 발행되던 다른 신문에 비해 많은 부수였다. 발행인은 영국인 E. T. 베셀(한국 이름은 裵說)이 줄곧 맡아오다가 1908년 5월 27일부터 1910년 6월 9일까지는 A. 만함(한국 이름은 萬咸)이 맡았다. 1910년 6월 14일부터 이장훈이 인수해 발행했으나 한일합병이 되면서 곧 종간했다. 사고(社告)·논설·관보·잡보·외보 등으로 꾸몄다. 속간사를 살펴보면, 첫째 뜻 있는 인사들의 문명 지식을 계발하고, 둘째 세계 각국의 견물을 도입해 알리기 위해 이 신문을 속간한다고 밝히고 있다. 또 순한글판을 펴내어 조선인의 자주독립을 돕는 데 힘이 되려고 했다.

≪대한매일신보≫는 ≪런던 데일리 뉴스≫의 특파원인 베셀이 취재하러 한국에 왔다가 양기탁과 만나 신문 창간을 계획하고 1904년 6월 29일 견본판을 만든 뒤 본격적으로 창간했다. 발행 초기에는 발행인이 외국인이기 때문에 일제의 검열을 어느 정도 피할 수 있었으나 1908년 신문지법이 개정되어 탄압받기 시작했다. 이에 따라 베셀은 1908년 6월 재판에 회부되어 금고형을 받기도 했다. 양기탁이 편집과 경영의 실질적 책임을

지고 있었는데 이 신문의 중요 논설은 대부분 그가 집필했고 박은식·신채호 등 애국지사들의 논설도 실었다. 또 국채보상운동에 참여해 애국운동에 앞장섰다.

≪대한매일신보≫는 향리논설을 통해 일제의 침략에 저항했고 민족의식을 드높여 신교육에 앞장섰으며 애국계몽운동에 크게 이바지했다. 특히 순한글판은 여성들의 개화와 자주의식 고취에 공헌했고 우리말 보급과 발전에 이바지했다. 애국가사도 많이 실어 일본에 대한 직접적인 비판뿐 아니라 매국적인 친일세력에 대한 비판도 서슴지 않았다. 이 신문은 자주독립과 국권회복을 위한 발자취일 뿐만 아니라 언론사·문학사·독립운동사 연구에 있어서도 중요한 의미를 갖는다.

≪대한민보≫는 1909년 6월 2일 대한협회(大韓協會)를 배경으로 창간된 일간지이다.

이 협회는 1907년 11월에 창립된 단체로, 1908년 4월부터는 월간 ≪대한협회회보(大韓協會會報)≫를 발행하기 시작하여 1909년 3월까지 제12호를 발행하다가 월간지는 중단하고 일간으로 ≪대한민보≫를 창간하였다. 사장은 오세창(吳世昌)이었고, 장효근(張孝根)이 편집 겸 발행인이었다. 국권침탈이 되던 1910년 8월 29일까지 355호를 발행하고 8월 30일자부터 제호를 ≪민보(民報)≫로 고쳤으나, 이튿날인 8월 31일 제357호를 마지막으로 폐간되었다

≪대한매일신보≫에 발표된 개화시조는 사동우(寺洞寓) 대구여사의「혈죽가」3수 (제568호·1906.7.21)를 시초로「혈죽가 拾絶」(제574호·1907.7.27),「自强力」(제996호 1908.12.1)「한반도」(제967호·1908.12.2) 등 거의 매일 같이 발표되어 폐간되기 11일 전인 1910년 8월17일(제1458호)의「秋風」까지 무려 385수의 작품이 발표10)되었으니 시조창작은 면면히 이어온 셈이다. 최초로 현대시조로 발표된 개화시조「혈죽기」3수를

---

10) 박을수, 한국시조문학전사. 성문각, 1992(1978), p.213참조

살펴보자. 편의상 현대어로 옮겼다.

> 협실에 솟은 대는 충정공 혈적이라
> 우로를 불식하고 방 중에 푸른 뜻은
> 지금의 위국충심을 진각세계.
>
> 충정의 굳은 절개 피를 맺어 대가 되어
> 누상에 홀로 솟아 만민을 경동키는
> 인생의 비여 잡초키로 독야청청.
>
> 충정공 곧은 절개 포은 선생 우희로다
> 석교에 솟은 대도 선죽이라 유전커든
> 하물며 방 중에 난 대야 일러 무삼.
>
> — 대구여사, 혈죽가 —

끝구가 생략된 것은 시조창을 의식한 것이다. 시조창은 끝구를 생략하기 때문이다. 고시조의 마지막을 장식한 이세보의 시조에서도 종구가 생략된 것이 많다. 그래서 대구여사도 그 영향을 받은 것으로 본다. 이 후 개화시조가 거의 끝구가 생략된 것으로 나타난다. 이러한 현상도 이 시기 시조형태의 변형이며 흐름인 것으로 보인다.

「혈죽가」는 일제에 항거하여 사결한 충정공 민영환(1861~1905)의 충정을 그린 것이다. 민충정공이 자결한 방에서 피 묻는 대나무가 솟아나 뭇 사람의 귀감이 되었으며 충정공의 절개는 정몽주보다 높다는 게 '혈죽가'의 내용이다. 이 후 「혈죽가 拾絶」등 애국충정과 나라 잃은 통한의 심경, 국권회복을 위한 호소, 왜적에 대한 궐기 촉구, 친일 매국노에 대한 비판, 국민들에 대한 경각심 고취 등의 내용들을 주제로 한 시조가 꾸준히 발표되어 시조의 명맥을 이어왔다. 이것이 시조부흥의 한 기폭제가 된 것으로 보인다. 이 시기 몇 작품을 살펴보자.

삼천리 돌아보니 天府金湯 이 아닌가
片片沃土 우리강산 어이차고 남줄손가
차라리 二千萬衆 다 죽어도 아 疆土를.

(작자미상, 자강력: 대한매일신보 · 제965호 1908.4.24)

꽤 많은 송사리 흐응 병어 준치 흥
日辰을 갈희여 회쳐 먹을까 아
어리화 좋다 흐응 지화자 좋구나 흥.

(不知看:대한매일신보.제1034호.1909.2.15)

날더워 오니 흐응 회냄새 난다 흥
썩어진 壹進會 佛水散 먹여라 아
어리화 좋다 흐응 良民이 되여라 흥.

(解散藥, 대한매일신보 · 제1029호 1909.2.21)

왜 나왔나 왜 나왔나 다 죽으러 왜 나왔나
범 모르는 너의 종자 뉘덕으로 살아나리
영전에 미리 알아 예방할 줄 왜 모르나

(보통생, 왜 나왔나, 대한매일신보.1909.4.24)

이 몸이 죽자하니 국가사를 누 맛기며
이 몸이 사쟈하니 저 꼴들을 엇찌볼까
하리라 이 몸이 사생간에 국가사만

요즈음 네티즌들 못지않은 현실비판이고 인신공격이다. '이천만이 다 죽어도 이 강토를 지켜야 한다'고 호소하기도 하고, 일진회를 통렬히 비난하며 그 중심에 선 송병준을 송사리 병어 준치로 비유하며 회를 쳐서 먹자고 한 것 등은 비록 익명으로 발표하긴 했지만 민중의 정서를 표출하여 신문에 실릴 수 있었고 당시 여론을 표명할 수 있었다는 것에 경이롭기까지 하다. 그러한 참여시가 창작되어 발표되었다는 사실만으로도 민중의식을 대변할 수 있었다. 그러한 정신이 투철했기에 그 후 독립운동도 가능했고 면면히 이어졌다고 본다.

≪대한매일신보≫는 1905년에 을사 보호조약이 체결되고, 1910년에 나라를 잃음에 그 해 8월 30일에 폐간되었다. ≪대한매일신보≫와 함께 ≪대한민보≫에서도 시조가 거의 매일 발표되었음을 볼 수 있다. 1909년 9월 15일 제79호에 실린 「大團結」을 시작으로 1910년 8월 31일 제 357호에 실린 「搗衣」까지 무려 269수가 발표되었다. 이들 몇 작품을 살피면서 감상해보자.

> 토양(土壤)이 태산(泰山)되고 세류(細流)모여 하해(河海)로다
> 이천만중(二千萬衆) 단결하면 독립부강 비난사(非難事)니
> 원컨대 우리 동포님늘 합심 동력.

> (대단결(大團結), 대한민보, 제79호, 1909.9.15)

> 백제성(白帝城)이 높았는데 落日 침저(砧杵) 急이로다
> 前村에 저 나부(懶婦)는 구일(舊日) 예비(預備) 없었다가
> 밤중만 촉직성(促織聲)에 놀라 깨여.

(도의(搗衣), 대한민보, 제357호, 1910.8.31)

日新 月新 세신(歲新)하니 人事 역시 새로워라
新空氣를 吸收하여 新思想을 발휘하야
단단코(斷斷)코 一新 又 一新하야 국가 유신(維新).

(一新又新, 대한민보, 제195호, 1910.2.9)

「대단결大團結」에서는 2천만 민중이 모두 단결하여 독립부강을 이루자는 것이고 「도의搗衣」에서는 게으른 여인은 아무 준비도 하지 않다가 밤이 되어 귀뚜라미 소리에 놀라 깨더라 하여 여인네의 일상사를 표출하여 편안함을 주기도 한다.「一新又新」에서는 나날이 새롭게 하여 새로운 사상도 받아들이고 발휘하여 국가도 새롭게 하자는 것이다.

갑오경장을 기점으로 고전문학과 현대문학으로 나누어졌음은 기정사실이다. 그래서 최초의 현대시조를 1906년 7월 21일 ≪대한매일신보≫에 발표된 「혈죽가血竹歌」로 보고 시조단체에서는 현대시조 100주년 선포식을 2006년도에 했다.

개화기의 시조를 살펴보면 그 내용은 개화기 시대의 시대상과 정서 감정을 표출한 것이나 그 형식은 시조창의 형식을 빌어서 거의 종장 종구가 생략되어 나타난다. 이러한 형식은 철종시대에 안동김씨들에 의해 신지도로 귀양 가서 많은 글과 시조를 남긴 이세보의 시조에서 볼 수 있는 형식과 같다. 더구나 활용된 시어는 거의 한문체이다. 이러한 현상은 고시조에서도 별로 나타나지 않은 한문투어들이다. 이러한 형식의 개화기 시조는 오늘날의 현대시조와는 거리감을 갖고 있음을 볼 수 있다. 그래서 현대시조와는 구별을 지어 개화기 시조라는 명칭을 붙인다. 소설에서도 신소설이 있고, 현대시에서도 신체시가 있듯이 말이다.

2) 대한유학생회보

월간잡지로 1907년 3월 3일 창간, 1907년 5월 26일 통권 3호를 끝으로
폐간되었다. 발행인은 유승흠(柳承欽), 편집인은 최남선(崔南善)이었다.
국판 100쪽 안팎. 제1·2호는「대한유학생회학보」였으나, 3호는「대한
유학생회보」로 제호를 바꾸었다. 대한유학생회는 1906년 9월 일본 유학
생 259명이 모여 결성한 단체로, 주로 자비(自費)로 유학온 학생들로 이루
어졌다. 민영환의 추도 1주년을 기념하기 위해 이 잡지를 창간했으며, 논
조는 정치적·계몽적 성격이 강했다. "유학생의 친목단결을 도모하고 학
식을 교환하여 세계문명을 수입하고 국가의 실력을 배양하는" 것을 창간
취지로 삼았다. 최남선은 여기에서의 경험을 바탕으로 후에 잡지 ≪소년≫
을 펴냈다.

육당은 제1호에서 시조「국풍國風4수」를 발표했다. 이어 제3호에서는
시조「병중몽몽病中夢夢」이 발표되었다.

세월아 가지마라 너 좇을 내 아니라
네 발로 너 가는 걸 가거니 말거니 뉘라서 알리마는
너 가는 길에 내 나이 따라 가나니 그를 슬워

(國風, 첫 수)

줄글로 된 것을 3장으로 필자가 바꾸고 현대어로 옮겼다. 나머지 3수는
사설시조 형태라 여기서는 생략한다.

병이 나서 공부 못해 일이 있어 공부 못 해
이 핑계 저 핑계 다 빼이고 나면 공부할 날 전혀 없네
아무 때 가도 네 공부는 너 할 것이니 네 알아 차려라

(病中夢夢)

시조라고 발표는 되었지만 고시조에서 맛보는 운율이나 격조에 있어 뒤떨어지고 현대시조에 접하는 오늘날의 눈높이로 보더라도 거리가 있다. 하지만 이렇게라도 시조로 명맥을 이어왔기에 시조부흥운동의 촉진제가 되었다고 본다. 육당은 이어 ≪소년≫지에서 보다 발전된 모습으로 시조를 발표한다.

3) 少年誌

≪소년≫지는 1908년 11월 육당 최남선이 창간했다. 육당은 「대한유학생 회보」에서의 경험을 백분 살려 여기서는 단독으로 편집 겸 발행을 맡았다. 이때의 나이가 19세이다. 요즈음 같으면 잘해야 기껏 고등학교 졸업 나이이다. ≪소년≫지는 근대적 형식과 체재를 제대로 갖춘 월간종합지로서 탄생했다. 이것은 당시로서는 대표적 잡지로서 청소년들에 기여한 바가 크다 하겠다.

첫째 서구문학을 선구적으로 도입하였고,

둘째 외국작품을 번역, 소개하였으며

셋째 새로운 문체로의 개척과 언문일치의 문장으로의 시도를 했다는 점 등 문학사적인 궤적(軌跡)을 남겼다. 신체시 「海에게서 少年에게」가 ≪소년≫지를 통해서 발표되었고, 시조도 40여수나 발표되었다. ≪소년≫지는 그간 발매금지와 정간((제3년 제8권)을 당하기도 했고 다시 속간(제3년 제9호)도 하다가 1911년 5월 15일 제4년 제2권 통권 23호로 종간되었다.

육당이 ≪소년≫誌를 발간한 취지는 '우리 대한으로 하여금 소년의 나라로 하라. 그리하려면 능히 책임을 감당하도록 교도(教導)하여라 …… 이 잡지가 비록 적으나 우리 동인은 이 목적을 관철하기 위하여 온갖 방법으로써 힘쓰리라.'라 하여 간행의 취지와 그 대상이 분명하게 나타나 있다. 곧 소년이 중심이 되는 나라, 책임질 수 있는 소년으로 교도하는데 그 목적을 두고 있음을 알 수 있다. 소년지에 게재된 육당시조 몇 편을 올려 본다.

바다야 커지마라 대기권 잔 삼아도
그 속에 담고 보면 얼마 되지 못하리라
우주에 큰 행세 못하거든 네나 내나 다 일반
－ 국풍 1수[1] －

태백에 꽃이 피니 부귀가 쌍전(雙全)이라
국민의 저런 역사 영원토록 한결같다
태황조(太皇祖) 크신 그 힘은 만년무강(萬年無疆) 이로다
－ 태백에 1연[2] －

4) 靑春誌

《少年》誌를 종간한지 3년여 만에 육당은 그간 준비라도 한 듯 보다 폭넓은 《청춘》誌를 1914년 10월 1일자로 발간한다. 편집 겸 발행인 거기에 주간까지 자신이 맡았다. 그 발간 취지는 제1호에 실린 다음 글에서 볼 수 있다.

아무래도 배워야 합니다. 그런데 우리는 더욱 배워야하며 더 배워야 합니다. 이제 우리는 다른 아무것보다 더욱 배움에서 못합니다. 이렇게 말하면 배움 하나가 못하여 더 못하다 하오리다. ...... 우리는 깨칩시다. 배움이 남만 못한 것을 깨치며 오늘에 가장 바쁜 일이 배움임을 깨치며 아울러 배움에도 잘 할만함을 깨칩시다. 우리 속에 가득한 배움을 잘 할 많은 힘을 지어 냅시다. ......온 힘을 배움에 들입시다. 우리는 여러분으로 더불어 배움의 동무가 되려 합니다. 다 같이 배웁시다. 더욱 배우며 배웁시다.

---

1) 소년, 제2년 제8권, 1909.9.
2) 소년, 제3년 제5권, 1910.5.

애처로울 정도로 배움을 강조하고 주장하고 있다. 쇄국으로 가두어진 나라가 얼마나 무지하고 몽매하게 다가왔으면 배움을 그렇게 외쳤을까 싶다. 그래서 육당은 ≪청춘≫誌를 통하여 교양과 지식을 제공하여 민중을 계몽하고 근대화시키겠다는 것이다. 서구문학을 번역 소개하고 우리 고전도 번역 소개하고, 우리의 정체성도 찾으며 우리 것도 지키겠다는 것이다. 그래서 문학부분에 많은 지면도 할애하여 시조를 포함한 현상문예도 모집하여 신인 발굴에도 뜻을 모았다. 제1회에는 한동찬의 <무제1수>가 제2회 때는 정열모의 시조 3수가 입선되었다. ≪청춘≫誌에 발표된 육당의 시조만도 10편 30수이다. 이렇게 시조 부흥에 서서히 접근하고 있었다.

5) 개화기 시조

현대시조는 고시조에 대비되는 새로운 내용과 형식을 갖춘 시조를 말한다. 현대시조 정의에 대한 몇 가지 견해가 있으나 일반적으로 갑오경장 이전의 작품을 고시조라고 하고 그 뒤 오늘날까지의 작품을 한데 묶어 현대시조라고 부른다. 그래서 이것은 어디까지나 시간적·시대적 개념이지 시조의 근대적 변화 또는 근대적 성격과는 거리가 있다.

따라서 시조의 근대적 변화가 보다 구체적이고 시인 개인에 대한 발견과 표현으로 볼 때 현대적 감수성의 시조가 본격적으로 쓰여진 것은 1920년대로 본다. 이러한 점에서 편의상 1920년 이전의 시조를 개화기시조라 하고, 그 뒤의 시조를 현대시조라 하는 것이 보다 바람직하다. 그래서 나누어 서술할 것이다.

개화기 시조는 형식면에서나 내용면에서 고시조와 비교하여 새로운 변화를 보여준다. ≪대한매일신보 大韓每日申報≫·≪제국신문 帝國新聞≫·≪대한민보 大韓民報≫·≪대한유학생회보 大韓留學生會報≫·≪태극학보 太極學報≫·≪대한학회월보 大韓學會月報≫ 등에 실린 시조를 비롯하여 ≪소년 少年≫·≪청춘 靑春≫·≪매일신보 每日申報≫ 등에 실린 최남선(崔南善)과 이광수(李光洙)의 초기 시조까지를 말한다.

개화기 시조의 첫 작품으로는 1906년 7월 21일 ≪대한매일신보≫에 발표된 대구여사(大丘女史)의 「혈죽가 血竹歌」이다. 이어 1907년 3월 3일 ≪대한유학생회보≫에 실린 최남선의 「국풍 4수 國風四首」가 있다. 이들 첫 작품 이후에 많은 시조들이 발표되었다. ≪대한매일신보≫는 무려 385수를, ≪대한민보≫는 '가요(歌謠)' 또는 '청구가요(靑丘歌謠)'라는 이름 아래 269수를 각각 게재하여 시조발전에 많은 기여를 하였다.

≪대한매일신보≫·≪대한민보≫ 등에 실린 이들 시조의 대부분은 공적인 감정이 주를 이룬다. 곧 망국민(亡國民)의 우국충정이라든지 매국 정권에 대한 저항과 문명개화 등을 내용으로 하여, 현실성에 중점을 두고 있다. 이 같은 시대적 요청을 전통시가의 형식인 시조의 리듬을 빌려서 토로한 것이라 볼 수 있다. 우국충정을 토로한 시조로는 ≪대한매일신보≫에 발표된 「하리라」3)·「혈죽가」·「보국심 報國心」, 장생(長生)의 「더욱 바삐」, 지아생(知我生)의 「누가 감히」,「자강력」4) 등을 들 수 있다.

매국적 집권층을 규탄하고 민족적 각성을 촉구한 시조로는 「해산약 解散藥」5)·「부지자 不知者」나 ≪대한민보≫에 발표된 「귀자유 貴自由」6) 와 기필생(期必生)의 「금향로 今香路」·「송죽 松竹」 등을 들 수 있다.

---

3) 이 몸이 죽자하니 국가스를 누 맛기며 / 이 몸이 사쟈ᄒ니 더 꼴들을 엇찌볼까 //하리라 이 몸이 사생간에 국가스만 ─영은생(瀛隱生), <하리라>, 대한매일신보 제1368호, 4.23. ─

4) 삼천리 도라보니 천부금탕(天府金湯) 이 아닌가 / 片片沃土 우리강산 어이차고 늡줄손가 / 출아리 二千萬衆 다 죽어도 이 강토(疆土)를 ─대한매일신보, 제965호, 1908.11.29 ─

5) 날 더워오니 흐응 회 냄스ㅣ 난다 흥 / 썩어진 일진회(壹進會) 불수산(佛水散) 먹여라 아 / 어리화 됴타 흐응 良民이 되여라 흥. ─해산약(解散藥), 대한매일신보, 제1029호 1909.2.21 ─

6) 인생의 귀중함이 자유밧게 어대 있나 / 자유 없이 사난 것은 사난 날이 죽난 시니 / 비노라 대자대비하신 하나님R. =귀자유, 대한민보, 제83호, 1909.9.19 ─

그 외 개화사상을 강조하거나 교육을 통한 구국의 이상을 펼치는 등 문명개화를 부르짖은 시조도 있다. 그것은 곧 ≪대한매일신보≫에 실린 문재목(文在穆)의 「경화매일신보정신곡 敬和每日新報精神曲」·「권소년 勸少年」·「의구결 醫口決」·「한반도 韓半島」[7]·「배양력 培養力」 등과 ≪대한민보≫에 실린 「대기 對棋」, ≪대한학회월보≫에 실린 벽미산인(碧眉山人)의 「시가 詩歌」가 대표작이라 할 수 있다.

개화기는 서구문화의 도입과 일본의 침략이라는 외래적 상황에 부딪히면서 그에 대한 저항 및 내적 모순에 대한 혼돈과 비판, 민족적 역량의 자각 등으로 점철된 시대이다. 그런 만큼 개화기시조 역시 그 시대적 성격이 그대로 표출되어 나타나지 않을 수 없다. 그런 의미에서 개화기시조는 순수 문학적 의미보다 그 시대 사회적 기능을 중요시할 수밖에 없었던 것이다. 그래서 개화기 시조는 개화기의 이념을 모방하고 이상화하는 데에만 관심을 가졌기 때문에 개인의 삶이 반영될 수 없었음을 뜻한다. 이는 곧 고시조의 주요 주제인 유교적 이념이 이때에 와서는 우국·저항·개화 등으로 바뀌었을 뿐이라는 의미이다. 따라서 개화기 시조는 형식이나 표현방법 또는 시를 인식하는 태도 등이 고시조와 별로 다를 바가 없다는 것을 의미하기도 한다.

하지만 그런 가운데서도 고시조에 비하여 개화기 시조가 형태면에서 몇 가지 특징이 나타난다.

첫째, 시조마다 제목이 있다는 것이다. 제목은 때로는 주제가 되기도 하고, 때로는 시조의 내용에 대한 작자의식을 강조하기도 한다. 「하리라」[8]

---

7) 한반도(韓半島) 금수강산(錦繡江山) 예의지방(禮義之邦) 분명ᄒ다 / 신성(神聖)ᄒ스ᅵ 단군께셔 세웠어라 이 나ᄅᆞᆯ / 뉘라서 감히 침범(侵犯)ᄒ리 당(堂)스제국(帝國).
－한반도, 대한매일신보, 제967호, 1908. 12.2 －
8) 이 몸이 죽자하니 국가ᄉ를 누 맛기며 / 이 몸이 사쟈ᄒ니 뎌 꼴들을 엇찌 볼까 /하리라 이 몸이 사생간에 국가ᄉ만 － 영은생(瀛隱生), <하리라>, 대한매일신보 제1368호,4.23.－

・「일신우신 一新又新」 등의 제목은 작자가 표출하고자 하는 뜻을 밝히는 기능적인 역할을 하고 있다.

둘째, 3장이라는 형식상의 문장보다 6구라는 시적 리듬의 반복형태가 현저하다. 3장 분장의 형식에서 각 장을 2구씩 분절하여 표기함으로써 6구라는 시적 리듬의 반복 형태를 지향하고 있다.

셋째, 시조의 종장을 처리하는 방법에서 고시조의 종결어미 곧 '하노라', '이더라' 등이 없어진 것이다. 아예 뚝 잘라버려 시조창을 위한 종장처리 같기도 하다. 대신 결의가 단호하고 힘참 느낌을 준다.

넷째, 고시조가 가졌던 종장의 규칙이 지켜지지 않음을 본다. 곧 종장 첫 음보 3음절과 둘째 음보 5음절이상이 지켜지지 않은 것이 많다.

이러한 형식의 변화는 그것이 비록 3장의 분장형식이 가지는 시조 특유의 형식을 완전히 파괴한 것은 아니라 하더라도 전통시가에 대한 이러한 변모가 개화기시조가 갖는 또 하나의 의미이기도 하고 현대시조로의 이행기에서 가교역할을 했다고 본다.

2. 시조부흥운동

1) 시조론 정립과 시조부흥

갑오경장을 기점으로 현대로 이어지는 숨 가쁜 과정 속에서 이 땅에 밀려들기 시작한 서구문명의 거센 물결은 개화의 기틀을 잡으면서 문학에서도 새로운 바람이 불었다. 신소설 신체시가 발표되면서 신문학이 열리게 되었다. 따라서 그때까지 이어온 우리의 문학은 뒷방신세가 되었다. 곧 고소설 고시조 한시는 옛것으로만 밀려났다. 그간 동쪽 끝 금수강산 이 나라에서 삼국시대 통일신라 고려와 조선조를 이어오면서 문학의 여러 장르가 나타나고 소멸되었다. 하지만 시조만은 고려조에서부터 조선조 500년을 거치면서도 왕에서 서민에 이르기까지 사랑을 받아온 우리 고유의 정형시이다. 그런데 이 시조까지 사라질 국면에 다다랐다. 그러던 위기에서 그래도 뜻이 있는 지식인 선각자들에 의해 1926년『조선문단』을 중심으로 시조부흥운동이 일어난 것이다.

시조부흥에 최초로 불을 지핀 이는 육당 최남선이다. 1926년 5월호『조선문단』에 발표한 논문「조선국민문학으로의 시조」가 그것이다. 갑오경장 이후 현대로 오는 길목에서 뜸하던 시조가 1906년 ≪대구매일신보≫에 대구여사의「혈죽가」3수를 비롯한 작자미상의 작품 380 여수와 ≪대한민보≫에서 269수가 1910년 8월31일 폐간되기 전까지 발표되었다. 이렇게 시조는 약하나마 면면히 이어온 셈이다. 육당도 물론 꾸준히 시조 발표를 이어갔다. 하지만 부흥의 불을 붙이기에는 약했다. 그러던 것이 육당의 논문발표가 기폭제가 된 것이다. 역시 논리 정연한 논고가 힘이 있는 것이다. 이 시기는 3·1운동이라는 민족적인 울분이 있었고, 1925년 KAPF의 결성으로 의식문학이 문단의 세력을 잡고 대중 가까이로 들어가던 시기이다. 프로문학의 등장은 민족문학파와 양분되어 서로가 열띤 논쟁을 하였다. 이러한 시대적인 상황 속에서 강력한 문제로 떠오른 것이 민족문학파가 내세운 우리 고유의 시인 <시조부흥 운동>이었다. 육당의 시조부흥운동은 시기를 잘 탄 것이다. 다음에서 육당의 논문 일부를 옮겨본다.

'봄은 조선의 동산에도 조선심의 노목에도 돌아왔다.......남만 보고 허덕거리던 눈이 한 번 자기 위로 회조(廻照)되니 자기의 발밑과 벽장 속을 먼저 검토해야했다.......별 것이나 찾아낸 것처럼 시조, 시조라는 소리가 문단에 새 메아리를 일으켰다. 시조를 찾은 것은 신기한 것이 없는 것처럼 시조를 내세우는 것이 반드시 큼직한 일은 아니겠지만 제 정신을 차린 것, 제 본질을 자기로부터 튼튼히 출발하겠다는 것만은 미상불 주의할 일, 상탄할 일 탐

탐히 생각할 일이다'[9]

라 하여 잃어버렸던 자기 존재를 시조에서 찾은 것이다. 시조를 잊고 잃어버린 엄동설한 같은 그 겨울을 지나 이제 봄 동산을 맞은 듯 시조라는 소리가 문단에서 메아리쳐 오는 기쁨을 적고 있다. 이어 그는 시조는 우리민족의 독특한 산물로 세계문학에 내어 놓아도 손색이 없고 또 시조 특유의 시경괴 시체, 시용이 있어 그 속에는 무언가 만족할 만한 것이 갖추어져 있어 오랫동안 감상을 할 수 있다고 상탄(賞歎)했다.

육당은 '시조는 조선인의 손으로 인류의 운율계에 제출된 하나의 시형으로서 조선의 풍토와 조선인의 성정이 音調를 빌어 그 와동(渦動)의 일 형상을 구현한 것'이라 하여 음파 위에 던진 조선의 그림자라 했다. 조선의 시는 조선인의 사상 감정, 고뇌 희원 미추애락(美醜哀樂)을 정직하고도 명백하게 영탄상미(詠歎賞美)한 것이라야 하며 무엇보다 '조선스러움'을 주장했다. 이렇게 함으로써 민족문학으로서의 전통을 수립하고 민족문학으로서의 전형을 확립할 수 있다는 것이다. 그것이 바로 시조이다. 이렇게 육당은 우리민족고유의 문학으로서의 시조 부흥과 시조 정립을 위해 심혈을 기울인 선구자이다.

물론 육당의 시조부흥운동에 박차를 가한 것은 앞에서도 진술했듯이 프로문학에 대항하는 국민문학파였다. 1926년 병인년을 맞아 '가갸날(한글날)'을 제정하여 이날을 기념하기로 하고 시조부흥을 병행시켜 우리의 전통시인 시조를 일어서게 한 것이다. 그 당시 조운은 「병인년과 시조」에서 다음과 같이 서술하고 있다.

"남의 본만 뜨고 남의 흉내만 내던 우리가 버렸던 자기를 도로
찾으며 자기 자신을 성찰하고 자기 정신을 수습하여 ......이제부터

---

9) 최남선, [조선국민문학으로의 시조] 조선문단, 1926. 5월호.

는 모든 것에 조선심, 조선혼, 조선적이 따라다니게 되었다. 실로 올해의 병인년의 보람은 이 조선적에 있다고 생각한다. …… 700년 전에 사용했더라는 가극곡목의 발견과 사고(史庫)에서 정음반포 일자를 찾아내어 그 날을 기념하고 <가갸날>을 정하여 영원히 기념하자는 것과 극히 적으나마 조선무도회와 같은 것을 열게 되는 것이며 이 모두가 금년의 <조선>을 바닥으로 한 데서 생긴 한 가락일 것과 이 보다도 시조 부흥이 비로소 한 가지를 잡게 된 것은 조선문학사상에 중요한 페이지일 것이라고 말하니 이 또한 병인년의 수확중의 대수확(大收穫)이다.”

라 하여 병인년에 폭넓게 전개된 우리 것을 찾는 운동 중에서도 시조부흥운동을 가장 큰 수확으로 꼽았다.

염상섭은 「시조에 대하여」에서

“과거는 현재의 모태이다. 그 의식적이나 감각의 심천(深淺) 또는 상이는 있을지라도 거기에 조선인의 호흡 조선인의 혼이 전면(纏綿)이 흐르고 얽히고 터진 것은 어떻게 할 수 없는 일이다 그것이 예술적일수록 사상, 관념, 감정, 감각의 상이를 초월하여 조선적이라는 이름아래 우리를 힘 있게 불러줄 것이다.” 10).

라 하여 시조가 의식이나 감각의 깊이는 과거와는 다른점이 다소 있을지라도 조선인의 혼은 얽히고 설키어 면면히 이어져오고 있음을 말했다. 그 시조는 우리의 것이기에 우리가 가꾸어야됨을 염상섭은 역설했다. 이어 그는 ‘시조나마 내쫓으면 조선문단에는 우리의 것으로 무엇이 남을고’라며 자기민족이 처한 시대적인 환경, 자기민족이 가지고 있는 사상 감정 호흡 희망을 떠나서 세계적일 수도 없고 인생을 위한 것일 수도 없으며 예술

---

10) 조선일보, 1926.12.6.

적인 가능성도 없다고까지 했다.

염상섭은 그가 시조시인이 아니었음에도 시조부흥을 위해 이렇게 시조를 옹호하고 나섰다. 우리의 것이 다 무너져가고 소멸되어가는 일제강점기의 시대상황에서 우리 것을 지키려는 고조된 민족의식이 시조의 부흥을 가져오게 했다.

허영호(許永鎬)는 「시조부흥에 대한 관견」에서

"시조의 부흥운동은 조선의 문예부흥에 있어서 일으키지 않으면 안 될 일이고 일어나지 않고는 마지못할 성질을 가진 운동이다. 작금년 간에 조선의 시인 문사들이 감흥과 운율 없는 시를 읊은 것으로부터 떠나 민족적 − 조선 사람의 운율에 맞는 시를 읊은 것으로 경향(傾向)하는 진경(進境)을 보여주는 것은 대단히 기쁜 일이고 또 당연한 일이다."11)

라 하여 시조부흥운동의 필연성과 조선인으로서 마땅히 우리의 정서와 운율에 맞는 시를 읊는 것은 당연하다고 했다. 그리고 그는 또 시조발달을 위해서는 형식의 정제(整齊)가 필요하며 "청신한 감각과 발랄한 생명으로 탄력 있는 시형(詩型) 시상(詩想)을 만들기 바란다."라 하여 구각(舊殼)을 벗어버릴 탁월한 천재 작자가 나오기를 바라기도 했다.

가람 이병기는 동아일보에 「시조란 무엇인가?」12)를 발표허여 시조의 이론 정립에 큰 틀을 마련하게 되었다. 이것은 최초의 시조이론서이다. 가람은 이 논저에서 1. 명칭, 2. 종류, 3.자수, 4.구조(句調), 5. 운율, 6. 체제, 7. 유래, 8. 낭음법(朗吟法), 9. 수사법, 10. 신운동(新運動) 등 10항으로 나누어 서술하고 있다. 이는 그때까지 아무른 이론이 없이 고시조의 형식만

---

11) 신민 24호.1928.3.
12) 동아일보, 1926.12.10−11.

을 답습하여 창작해 오던 처지에서 시조의 이론과 창작의 방향이 제시되었다는 것은 시조사의 큰 획을 찍은 것이다. 그 후에 나온 「시조 원류론」[13]에서는 시조의 기원과 형식과 특질을 보다 구체적으로 밝혔다. 이것은 전해에 발표된 이은상의 「시조단형추이」[14]와 가람의 「율격과 시조」[15]와 더불어 시조론 정립에 큰 수확이며 시조부흥운동에도 든든한 이론적인 배경이 되었다.

이상의 제 이론들이 제기되고 논란을 거듭하면서 시조창작자들이나 시조이론가들은 물론 일반인들도 시조에 대한 관심도가 높아지면서 본격적인 시조부흥이 일어났다.

2) 가투놀이와 시조부흥운동

가람에 의한 든든한 이론적 배경과 더불어 육당의 『백팔번뇌』(1926) 출간과 이어서 나온 『시조유취』(1928) 출간을 계기로 정점으로 치달은 시조부흥운동은 노산 이은상의 『노산시조집』출간으로 현대시조의 면모를 보인다. 여기에 신문과 잡지들이 힘을 보태어 시조부흥은 결실을 맺었다.

동아일보에서는 부인들을 대상으로 하는 <가투놀이>를 개최하여 시조보급을 꾀하기도 하였다. 이 <가투놀이>란 것은 일종의 <시조놀이>이다. 필자가 고등학교에 다닐 때 친구집[16]에서 이 놀이를 한 적이 있다. 시조 초장을 읽으면 누가 먼저 시조 종장을 빨리 찾나가 이 놀이의 관건이다. 그러니 시조를 많이 외우는 사람이 당연히 승자이다. 물론 순발력도 요하는 놀이이다. 여기서 1936년 1월 18일자 동아일보의 광고란을 살펴보자.

---

13) 신생 제2권, 1929.1-3.
14) 동아일보 1928.3.18-25.
15) 동아일보, 1928.11.12.
16) 고등학교 동창인 시조시인 양계향집에서 문예반 친구 몇 명이 놀러가서 이 놀이를 하였다.

제1회 부인 가투의 밤
시일: 1월 25일(토), 26일(일)(구정 2,3일)
장소: 동아일보 대강당
회원: 매일 각 100명으로 부인에 한함
회비: 이십전(1일분)

물론 가투놀이에 사용될 카드와 경기 방법, 행사의도 등도 속속 발표되어 관심과 참여를 유도했다. '시조는 한 수도 못 외우다가 동아일보 가투의 밤에 가서 몇 수 외워 왔다면 이 모임을 주최한 의도가 성공한 것'이라 하여 놀이를 겸한 시조보급을 꾀했음을 알 수 있다. 또 시조에는 좋은 말이 많이 있어서 자녀 교육상에도 좋다고 하여 시조놀이 참가를 독려했다. 이 시조놀이 카드는 노산 이은상이 위촉을 받고 고시조 100편을 택했고, 삽화는 일송 최영수가 한 것으로 되어 있다. 이 놀이는 시조인구의 저변확대와 일반국민들의 시조에 대한 관심 및 그 창작 의욕을 가지게 하는데 톡톡히 한 몫을 했다. 그러한 의미에서 이 <시조놀이>카드는 시조부흥운동에서 훌륭한 자료가 되었다. 이러한 시조놀이 카드를 오늘날 전자 게임기로 만들어 아이들이 즐긴다면 시조의 저변확대는 물론 시조의 세계화도 자연적으로 이루어질 것으로 사료된다.

3) 시조부흥논쟁(1)

육당에 의해 제기되어 창작과 이론을 겸하여 차근히 발전되어가던 시조부흥운동은 마냥 긍정적인 면에서만 나아간 것은 아니었다. 시조부흥에 대한 부정적인 견해도 많았다. 이를 확인이라도 하듯 1927년 신민사에서 마련한 「시조는 부흥할 것인가?」와 동아일보의 「삼십이 년의 문단전망」에서 다루어진 진지하고도 구체적인 논의는 시조가 현대시조로 다시 태어났음을 알리는 계기가 되었다.

「시조는 부흥할 것인가?」를 다룬 신민사 측에서는 각계인사들에게 설문을 제시하여 의견을 모았다. 이로써 찬반의 견해와 그 이유를 들을 수 있었다. 간략히 소개해보면

가람은 '시조는 고려자기 같은 값어치가 있는 것이니 시조는 시조대로 발전시키자. …… 시조는 귀족적이요, 단조하면서도 벽자(僻字) 요어(要語)를 많이 쓴다하나 실은 간결 평담한 시의 본질을 살렸으니 시조일수록 예술적인 것이다'하여 시조에 대한 기대와 부흥에 긍정적이었다.

염상섭은 "시조는 조선 사람의 예술형식이다. 조선에 맞는 조직형식이다. ……봉건적인 것은 개혁하자. 정적이라고 반대훼방 할 필요는 없다. 잃었던 자식을 찾을까 말까. '김가 성'을 버릴까 말까 식이 아니다"라 하여 시조부흥의 긍정성을 피력했다.

주요한은 "신시운동은 일시적이요, 시조는 근원이 멀다. 단편소설이나 신시와 동일가치의 문학이다"라 하여 시조부흥에의 긍정성을 내비쳤다. 이은상은 "예술은 기품을 요구한다. 숭고한 자기 정신과 청아한 자기향염(自己香炎)에서 살아 뛰는 기백이 그것이다. 시조는 부흥되었으며 앞으로도 盛하리라"라 하여 시조의 우월성과 시조부흥의 결실 및 성장에 대한 기대를 설파했다. 이윤재는 "세계시조는 세계사조요, 국민문학은 국민문학이다. 일본에 우리시조 소개는 묵직한 감격이다."라 하여 국민문학으로서의 자긍심을 표명했다. 최남선은 "시조부흥은 당연하다. 당연히 부흥되어야 한다. 시조는 본질과 성소에 있어 미속을 가졌고 풍부하고 우월한 잠재가치를 가졌으니 국민문학으로 장양보유하자"라 하여 시조부흥의 필연성과 당연성을 강조했다.

이와 반대로 부정적인 견해를 밝힌 사람도 있다. 정지용은 "헌 독의 물은 날로 갈고, 예전 피리로 새 곡조를 불어내십시오 …… 시조의 국보화도 반동화도 배격한다"라 하여 일언지하에 시조부흥에 대한 부정적인 견해를 펼쳤다. 손진태는 "고형의 고집은 퇴보가 있을 뿐이다."라 하여 부정적

으로 표명했고, 민우보는 "현대에는 더 바쁜 일이 있다. 그 형식의 악착함, 작법의 난삽함, 창의 느림새에는 하품이 날 정도다."라 하여 단점을 구체적으로 지적하며 부정론을 폈다.

이상에서 살펴본 신민사의 기획안은 찬·반의 견해를 거치면서 시조에 대한 관심도를 높인 것은 사실이다. 그 후 ≪동아일보≫에서는 「삼십 이년의 문단 전망」이란 제하로 시조부흥에 대한 찬·반의 논쟁을 보다 구체적이고도 진지하게 했다. 그 찬·반의 논거를 간단히 살펴보면 다음과 같다.

김안서는 "시조의 진전은 매우 기쁜 일이외다. 그 시조형에다가 현대미를 넣었으면 하는 것이 나의 희망이외다"라 하여 현대감각을 겸비한 시조부흥을 소망했다. 이병기는 "시조는 참되고도 새로와야 할 것입니다"라 하여 현대시조로의 참신성을 제시했다 심훈은 "시조는 단편적으로 우리의 실생활을 노래하고 기록해 두기에는 그 <품>이 경만한 신시보다는 조촐하고 어여쁘다고 생각합니다. 고려자기엔들 퐁퐁 솟아오르는 산간수가 담아지지 않을 리야 없겠지요."라 하여 형식이 옛것이라 해서 새 것을 못 담을 리도 없고 단편적인 실생활을 노래하기에는 신시보다 오히려 시조가 낫다면서 긍정적인 면을 표출했다.

반면에 이태준은 "경이원지(敬而遠之)할 것으로 안다. 시조 때문에 젊은 시인들이 얼마나 옹졸해지는가?"라 하여 시조를 아주 편협(偏狹) 된 것으로 치부(置簿)했다. 송영 또한 "시조 사체기 봉건적이기 때문에 가장 퇴폐적(頹廢的)이요 고수(固守)적이요, 국수(國粹)적인 내용밖에는 아니 담아질 것입니다. ……벌써 시조하면 보는 사람도 갓 쓰고 무릎이나 두들기는 봉건적 지사나 혹은 일사(逸士)의 소극적 노래라는 선입감이 들어가며 …"라 하며 시조를 아주 고답적인 것으로만 이해하는 무지를 드러내기도 했다.

이 외에도 손진태는 「시와 시조에 표현된 조선사람」[17]에서 "그들은 우

---

17) 신민, 7월호.1926.7.1.

리에게 커다란 보물을 많이 남겨 주고 갔다. 그 보물 중에 하나는 분명히 시조였다. 시조는 오직 조선 사람만이 가진 넓은 세계를 통하여 다만 하나밖에 없는 보물이었다. 이 보물은 오로지 조선 사람만의 보물이 아니요, 전 인류의 역사적 보물이며 장래에는 반드시 전 인류의 보물이 되어야 할 것이다. 이러한 보물의 가치와 의미를 정말 이해하는 사람이 과연 몇 사람이나 되는가?"라 하여 시조가 우리만의 것이 아닌 세계 전 인류의 보물임을 자부하며 반드시 전 인류의 보물이 되어야 할 것임을 설파했다.

허영호도 「시조부흥에 대한 관견」18)에서 "시조의 부흥운동은 조선의 문예운동에 있어서 꼭 필요불가결한 운동으로 보았다. 그것은 그 즈음 조선의 시인 문사들이 감흥과 운율 없는 시를 읊었는데 여기서 떠나 민족적 운율에 맞는 시 창작 경향을 보이는 것은 기쁜 일이고 당연한 일"이라 하고, 시조 발전을 위해서는 형식의 정제가 필요하며 청신한 감각과 탄력성 있는 시형의 발굴을 주장했다.

이러한 논란들이 거듭되면서 시조에 대한 관심도가 높아졌다. 이렇게 시조부흥운동은 장르를 초월한 이 땅의 문예부흥운동으로서 의당히 우리의 것, 진정한 보물을 찾기 위한 운동이었다. 손진태의 자부심과 바람처럼 이제 우리의 시조는 세계를 향해 뻗어갈 날이 왔음을 필자는 믿는다.

4) 시조부흥논쟁(2)

1955년, 56년에 있은 시조부흥 논쟁은 이태극의 「시조부흥론」19)을 계기로 시작되었다. 김동욱은 「시조부흥에 대한 고찰」20)이란 제하로 이태극의 「시조부흥론」을 엄동에 찬물 끼어 얹는 논조로 반론을 제기했다. '낡은 술부대에 새 술을 담을 것인가'라는 자못 성경 구절을 인용하며 낡

---

18) 신민, 24호. 1928. 3.
19) 시조연구, 제1집, 1953. 1. 5.
20) 경향신문, 1955. 4. 27.

은 형식에 새로운 시 감각을 담을 수 없다는 것이다. 새로운 시를 호흡해 본 사람이면 시조에 회의를 품을 것이며 이를 실증이라도 하듯, 800년의 도정을 지나온 시조는 이제 사취(死臭)가 나듯 기품이 엄엄(奄奄)하다고 하였다. 이러한 반대 의견을 내놓았으면서도 역설 같지만 국문학도의 입장에서 부흥을 위한 전제 조건을 내세웠다.

첫째 자수고의 제약에 따른 형식에 사로잡히지 않을 것과

둘째 서정시로서의 뉘앙스를 살릴 것 등을 주장하여 현대시를 감상할 수 있는 시조시인의 출현으로서만 시조재건은 가능하다고 했다.

이에 대한 답으로 이태극은 「시조 부흥을 위한 제언」에서 "평시조는 평시조대로 살 수 있고, 형을 초월한 시조 장르에 들 수 있는 신시조는 그대로 새 경지를 타개할 수 있다는 것이다."고 하여 형을 초월한 시조를 신시조라 하여 그것은 그대로 새 경지를 타개할 것이며 시조가 꼭 현대시의 단시형으로 되어야할 필요 없이 평시조형 그대로 현대시의 대오(隊伍)에 참여하여 즉흥적인 서정, 또는 서경적인 단형시로 갈 수 있음을 강조하였다.

고두동은 「현대 감각의 민족시로 − 시조부흥에 대한 사견− 」[21]에서

첫째 시조전문지 간행과 발표기관 확장

둘째 시형은 3장 6구체를 기준으로 하고 평시조 이외는 생각말 것

셋째 권위 있게 평석(評釋)하여 누구나 이해할 수 있도록 할 것 등을 주장하며 구체적인 방안까지 제시하는 열의를 보였다.

정병욱은 「시조 부흥론 비판」[22]에서 "우리는 과연 시조와 현대시와를 한 도마 위에 얹어 놓고 요리할 성질의 것인가에 대하여 우선 의심을 품지 않을 수 없다"고 전제하고 시조형태의 문학사적 기능을 고찰하고 현금의 창작시조단을 검토한 결과 시조부흥론에 부정적인 입장을 밝혔다. 그 근거는 사조적인 면에서 문학형태도 새로운 것으로 개조되었다는 것과 평시

---

21) 동아일보, 1955.9.8.
22) 신태양, 1955. 6월호.

조형이 지니고 있는 그 역사적인 기능이 유가이념인 충의 사상을 표현하는 데에 있었다는 것을 들어 이미 그 기능은 상실되었음으로 새로운 시대에 새로운 형태에게 자리를 비켜주어야 마땅하다는 논리를 폈다.

그리고 현대시조 30년의 역사가 보여준 것은 양에 있어서나 질에 있어서 좋은 성과를 거두지 못했고 더구나 과거의 사설시조의 경우와 마찬가지로 형태적인 면에서 여러 가지 시험들을 꾀하였음에도 불구하고 그 성과는 미미했음을 지적했다. 그리고 내 놓은 새로운 방법이란 것이 <제2예술론>이다. 즉 본격적인 예술문학으로서의 시는 현대시에 그 자리를 물려주고 시조는 <제2예술>로 은퇴하여 하나의 도 곧 국민적인 교양으로서의 영역으로 옮겨 부흥의 길을 찾음이 옳다고 보며 그것이 오히려 생명의 연장과 발전의 유일한 길일지도 모른다 하였다.

이에 대하여 이태극은 「시조는 현대시로 살고 있다」23)는 제하에서 격앙된 어조로 반론을 폈다.

평시조가 성리학자의 소유였다는 것에서는 오늘의 자유시도 지식층의 소유라는 점을 들어 반론했으며 그래도 시조는 서리나 기녀 평민들도 참가하여 웬만한 사람이면 시조 한 두 수쯤은 지을 줄 알고, 읊조리며 즐겼다는 것이다. 그리고 음풍농월과 충효관념의 표현에 대해서는 시대 개연의 일 형태로 봄이 타당하다 했다. 현대 평민생활이라 해서 충효나 풍류취미가 없는 것은 아니다. 그러한 문화기구를 몰랐기에 표현하지 못했을 뿐이라 했다. 시조는 한시와 같이 엄격하지 않고 가사와 같이 길지 않아 짧은 감회나 사상을 담기에는 언어성과 민족성에 가장 알맞다하여 시조는 천재의 반동적인 서정도 아니요, 충의 사상만을 담아 부르라는 숙명적인 시형도 아니라고 반박했다.

이태극은 이어 「현대시조의 실상」에서 시조문학이 계속적인 발전을 추구했음을 들고 육당, 춘원, 노산, 가람, 담원 조운 등을 만나 정정당당하게

23) 신태양, 1956.8월호.

현대시의 대열에 참여하면서 오늘에 이르렀음을 강조하였다. 이는 1920년도의 시조 부흥기를 통하여 이미 <국민시>로서의 자리매김을 의미하며 우리고유의 정형시로서 누구나 어디에서나 쉽게 지을 수 있는 국민시임을 부각시켰다.

5) 시조부흥논쟁(3)

1955 · 6년에 격돌했던 시조 부흥 논쟁은 그 후 삼잠한 듯 하더니 1958년도에 와서 또 다시 재론되면서 시조형식에 대한 보다 구체적인 논쟁이 시인(시조) 장하보와 시인(자유시) 김춘수 사이에 있었다.

장하보의 「현대시조와 이해 － 현대문학 시조특집평」[24]이 부산일보에 발표되면서이다. 이에 대해 김춘수는 「시조형태 현대화에 대하여」[25] 「시조의 포옴과 장르에 대하여」[26] 및 「시조형태고 － 하보씨에 답함」[27]을 발표하였다. 이어 장하보는 「시조의 발전과 현실 － 김춘수씨에 답함 －」를 발표함으로써 시조형식에 관한 본격적인 논쟁이 벌어졌다. 여기에 또 시인 김수영이 「시조 제2예술의 시비」[28]를 국제신문에 발표함으로써 시조형태에 대한 활발한 논의가 이루어졌다.

김춘수는 「시조형태 현대화에 대하여」[29]에서 최근 시조부흥론이 자주 고창되고 있음을 보고 "시조 형태에 대한 평소의 내 소감을 약간 피력해봄으로써 뜻있는 분들의 소회를 묻고자 한다."고 전세하고, "시조가 음악과의 관련에서 배태되고 명칭자체가 음악 가락을 의미하는 것이니 시조의 현대적 의의는 음악을 염두에 두어야 한다. 시조형태로 정형시를 쓴다는

---

24) 부산일보, 1958.6.4.
25) 국제신보, 1958.6.4 － 5.
26) 민주신보, 1958.6.25 － 26.
27) 국제신보, 1958.7.20 － 22.
28) 국제신문, 1958.9.16.
29) 국제신보, 1958.6.4 － 5.

것은 현대인의 감각과는 틈이 보인다. 한 시대는 그 시대로의 문화양식이 있는 법이다. 특히 한국의 현대는 일정한 문화양식을 가지지 못하고 있다....... 한국과 같은 현실 속에서 시조와 같은 단순소박하고도 정연한 형태를 고집한다는 것은 시조 형태에 밑받침이 되는 시대의 문화양식을 고려하지 않는 실효가 적은 이념 이라할 수 있지 않을까 한다. 시조는 제2예술로서의 자신의 운명을 지금에 있어서는 어쩔 수 없는 것이 아닌가? 시조형태의 전 요소 중 우리가 지금에 살려서 도움이 될 수 있는 면이 있다면 그것으로 시조는 우리에게 유산으로 남겨 놓는 셈이 될 것이다. 그 이상을 시조가 바란다는 것은 염치없는 일이 아닌가 생각한다.”하여 시조에 대해 부정적으로 만 피력했다.

'시조 자체를 유산으로만 간직하고 발전을 바란다는 것은 염치없는 일'이라니. 이는 우리 것에 대한 비하이고 모독이며 사장시키자는 심산이다. 이에 대해 장하보는 「시조의 발전과 현실」에서 물론 맞받았다. 시조는 문학형태로서 존립하며 현대시의 대열에 충분히 참여할 수 있다고 하였다. 이에 김춘수는 다시 「시조형태고」에서 “현금에 시조를 현대시로서 고수하려는 사람을 시대착오적인 발상으로 간주하고 시조는 제2예술로서만 존립이 가능하다”는 논리를 주장했다. 남들이 그렇게 주장해도 수백 년을 이어온 고유의 정형시인 우리 시조를 자랑스럽게 생각하고 가꾸는데 일익을 담당해야 할 학자가 이런 주장을 폈으니 한심하기 짝이 없다.

이러한 논란 중에 『현대문학』지에서는 「시조의 현대적 이해와 그 부활에 관한 각계의 의견」을 <시조특집>으로 꾸며 설문과 함께 특집의도를 밝혔다.

설문 내용은

1. 시조는 국문학사상 하나의 역사적 기념물로만 남을 것인가?

2. 현대인의 사상과 감정을 능히 표현할 수 있는 현대시의 한 형식으로서도 존속될 수 있을 것인가? 이며

그 편집 의도는 '시조의 부활을 주장하는 시조시인들의 열의에 부응하여 시조특집을 감행하는 것과 아울러 이 문제를 문단의 각계각층에 문의해 보기로 했다'는 것이다. 그래서 각계인사 16명의 의견을 종합하여 발표했다.

국문학자이면서 시인인 이희승은 중국에 자유시가 쓰이지만 오언 칠언시가 엄연히 존재하고 있고 일본도 화가 배구가 의연히 판을 치고 있는 것을 보면 우리도 깨딜을 수 있으리라 본다며 시조도 현대인의 사상 감정을 충분히 담을 수 있는 현대시의 한 형식으로써 존속될 수 있음을 강조했다.

시인 김동규는 시조는 부활될 수 있음을 명시하고 또 그렇게 되어야 우리시가 다채로워지며 예츠나 에즈라 파운드 같은 시인도 동양의 단시 형식에 관심이 컸던 것을 상기 시켰다.

이러한 긍정적인 반응을 보인 분이 있나하면 아주 부정적인 면만 부각시킨 사람도 있다. 평론가 김우종은 시조의 현대적 의의 및 그 부활 자체를 부정적으로 보았다. 그 이유를 다음과 같이 들었다. 시조는 정형시로서 정형악상에 의존하던 종합예술이었기 때문에 그것이 근대문명의 각광을 받아 음악에서 분화되었을 때 가사로서의 시조는 이미 정형의 의의를 상실했다는 것이다. 그런가하면 현대시조의 <기본틀>을 정리한 조윤제까지도 '시조의 부흥은 망발'이라고 부정하였다. '시조는 우리 민족의 고유한 문학형태로서 우리의 자랑일 수는 있으나 현대문학의 양식이 될 수는 없다'면서 '전통은 그 형식을 계승하는 것이 아니요, 그 내용을 지속시키는 것이며 그 내용도 새 시대에 알맞게 변용해서 계승되는 것' 이라 하여 현대 시조의 형식을 정리한 학자로서 '전통은 그 형식을 계승하는 것이 아니라' 하니 무언가 맞지 않는 논리를 보는 듯 하다.

이러한 찬·반의 논리 가운데 시인 김현승은 가장 바람직한 논리를 폈다. 보전 계승시키되 시대에 맞도록 하자는 것이다. 시조의 현대적 의의는 우리 고유의 문학 형식으로서 보전계승 시켜나가야 한다고 했다. 왜냐면 자유시가 오늘날 산문화되어 가는 마당이기 때문에 시조의 형식 고수가 어렵게 여겨지기 때문이라는 것이다. 그래서 김현승은 시조의 형식은 고수되어야 된다는 것이다. 그러나 그 형식은 계승시키되 그 내용은 혁신되어야 된다고 했다. 곧 '형식은 고수하되 내용은 현대감각'이라야 한다는 것이다. 지당한 논리이다. 현대적 생활감각과 주지면에 치중하여 시적 승화를 꾀하는 것에서 시조 부활이 이루어져야 됨을 천명했다.

소설가 황순원은 "한 민족이 이룩해 놓은 예술 형식 속에는 그 민족만이 가질 수 있는 호흡이 깃들어 있는 법이어서 그 민족이 존속하는 한 그 예술의 생명도 지속된다고 본다." 면서 우선 시조에 대한 일반의 관심을 새롭게 하고 북돋우는 의미에서 『현대문학』 신인 추천 작품 모집 중에서 시조도 한 종목 넣기를 바란다고 했다.

시조부흥 논쟁은 이제 종식되었다. 시조는 부흥했기 때문이다. '현대시조의 현주소'에 의하면 이제는 시조의 정체성을 바로 세워야 할 시점에 와 있다. 이에 대해 시조계는 오늘날 흐트러진 시조의 다양한 형식에 대해 진지하게 논의할 토론의 장을 마련하여야 될 것이다.

3. 현대시조 형태론[30]

1) 안자산설

자산은 그의 저서 『시조시학』에서
정형(定型) : 1수 45자 ÷ 3장 =15자
　　　　　　15자 ÷ 2구 =전구7, 후구 8
　　　　　　1수 3장 × 2구=6구
그리고 초장 1구부터 2구, 3구 5구, 6구의 이름을 주고 여기서 한자라도

---

30) 조남령, 현대시조론, 문장, 2권, 9호 11월호.

벗어나는 것은 부정형(不定型)이라 하여 비예술적인 것으로 간주하여 자산이 가장 기피하였다. 자산은 또 7·8, 7·8, 8·7이란 대법칙 아래에서는 어떠한 고전이든지 저절로 자수가 가감되고 운(韻)이 성립되는 '문장법', 충실하게 선택한 천지만물 요어(要語) 조어(措語)의 '대사엽집(大詞葉集)' '작시법(作詩法)' 그리고는 끝으로 시조의 결점인 무운(無韻) 혹은 반의식적(半意識的) 운법(韻法)을 살려서 45자를 엄수한 자선 걸작 160수를 실었다.

> 반성은 수리(修理)니라 완성인(完成人)을 조성한다.
> 각성은 발명이라 새인물을 창조한다.
> 바보와 고인 의견을 정정(訂正)할 수 없어라.
> — 百六十五首 —

안자산의 이러한 『시조시학』 내용을 조남령은 배격했다. 7·8, 7·8, 8·7을 벗어난 것이 거의 전부이다시피 한 고전에 나오는 부정형(不定型)을 구(求)하지 않으면 안 되기 때문이라 했다. 그리고 "시인은 이런 질곡에서 살 수 없다. 자산이 이런 도그마를 세우게 된 것은 창(唱)으로서의 시조를 깊이 캐었던 탓"으로 돌리며 그 공로는 인정하나 시조문학은 이제 창(唱)을 연구하지 않으므로 배격한다고도 했다.

이러한 자산 『시조시학』에 대한 조남령의 견해에도 일리는 있지만 조남령이 배격이유로 들은 두 가지 이유, 첫째 '이 시조형에 맞지 않는 고시조를 구하기 위함' 이란 것과 두 번째는 '이런 구속적인 질곡에서 시인은 살 수 없다'는 것인데 그 이유로서 궁핍한 감이 있다. 첫째는 고시조에서는 조남령도 지적했듯이 정해진 형식이 문헌상으로 나타나지 않았으나 45자 내외로 하여 자연스럽게 물이 흐르듯 3장 6구로 운율에 맞추어 지어졌다. 그러니 그대로 받아들이면 되는 것이다. 자산이 또 7·8, 7·8, 8·

7이란 대법칙 아래에서는 어떠한 고전이든지 저절로 자수가 가감되고 운 (韻)이 성립되었다는 말과 같이 현대시조도 마찬가지이다. 배격할 것이 아 니라 그 속에서 가감하고 운율이 성립되면 되는 것이다. 구태여 배격의 의 미를 부여할 것이 아니라고 논자(論者)는 본다. 오늘날도 정형(定型)으로 서의 이 형식이 조윤제에 이어 시조의 기본형으로서 정격(正格)으로 인정 받고, 지켜지고 있는 것을 보아도 그렇다.

2) 조윤제설

조남령은 ≪인문평론≫에 발표된 도남 조윤제의 「시조의 본질」이 많 은 문제를 제시해 주고 가르침도 많았다고 전제하고 이를 소개했다.

	1구	2구	3구	4구
초장	3	4	3(4)	4
중장	3	4	3(4)	4
종장	3	5	4	3(4)

이를 대중으로 하고 초·중장 제4구, 종장 제3구의 회(回)는 변동이 있 으면 좋지 않고 종장 제1구의 3은 종대불변(終對不變)하고 나머지는 비교 적 자유스러운 것으로 보았다. 이는 도남이 『가곡원류』의 평시조 대부분 을 통계한 결과로 신뢰할 만한 설이라 수긍하고 그 학적 연구에 경의를 표 했다. 그러나 이 설 역시 학적 연구 국외자(局外者)의 견해에 부족하다는 결론을 조남령은 내렸다. 가람시조의 불규칙을 찬(讚)한 그가 조윤제설은 학도가 취급하는 고전(古典)이었을 뿐 문학정신을 추구하는 작가의 시조 관은 아니라는 결론을 내렸다.

조윤제설에 대한 조남령의 견해 또한 본 논자(論者)는 그렇게 보지 않는 다. 학자는 학자적 입장에서 연구하고 발표한다. "『가곡원류』의 평시조대부분을 통계한 결과로 신뢰할 만한 설"이라 수긍하였으면 그렇게 수긍하면 되는 것이다. 거기에 "학도가 취급하는 고전(古典)이었을 뿐 문학정신을 추구하는 작가의 시조관은 아니라" 고 부정한 것은 바람직한 논리라고 보지 않는다. 조남령은 오직 가람의 시조형식을 찬하고 추구한 감이 든다.

오늘날 조윤제설이 시조의 기본 형식으로 학자들의 공감을 얻어 교과서에 실려 있고 학생들은 학교에서 그렇게 배우고 그렇게 가르친다. 그런데 오늘 날 시조계는 두 부류가 있다. 도남설을 따르며 정격을 고수하는 측과 가람설을 따르며 변격과 파격을 서슴없이 하는 측이다. 시조계 현장에서는 가람의 형식을 따르는 것이 많은 것으로 본다. 이것이 지나쳐 자유시인지 구별하기 어려운 시조를 발표하는 경우가 있고 운율도 의미율도 맞지 않는 경우가 있으니 그것이 문제이다.

3) 조운설

조윤제와 같이 12구설이고 음수율에는

> **초장**: 3 · 5 · 4 · 4(*)
> **중장**: 3 · 4 · 4 · 4(*)
> **종장**: 3 · 6 · 4(*) · 3(*)

을 중심으로 방공점(傍空點)만 그대로 두고 각 구 1음씩 상하 자유로 가감하는 정조율(正調律)과 기타의 변체(變體)를 설정했다. 표로 나타내면 다음과 같다.

정조율(正調律)

	1구	2구	3구	4수
초장	2 · 3 · 4	4 · 5 · 6	3 · 4 · 5	4
중장	2 · 3 · 4	3 · 4 · 5	3 · 4 · 5	4
종장	3	5 · 6 · 7	4	3

변체(變體)

	1구	2구	3구	4구
초장	2~ · 5	3 · ~ · 8	2~ · 7	3~ · 8
중장	1~5	3~7	2~7	3~8
종장	3	4 · ~10	4~5	3~4

이는 전부 고곡(古曲)에서 세밀히 뽑아 과학적으로 정리한 것이라 했다. 여기서 주목할 것은 초장 제2구와 종장 제2구인데 이는 조운의 독특한 설이다. 조남령은 조운의 주밀한 조사에 감탄하고 조운의 시조적 운조(韻調)를 중요시 한 것에 극찬했다.

"표범 같으신 천재시인 조운님, 인간미가 찰찰 넘치는 듯 하면서도 니힐한 분이기에 시조론도 특별나게 내세우지 않으시나 가장 볼만하다고 나는 생각한다. ...... 운(雲)님은 변체는 구조(句調)에 아름답지 못한 점이 있다는 것뿐이고 다른 이유를 두시지 않았다. 그러기에 우리가 정조율(正調律)을 쓰든지 변체를 쓰든지는 아랑곳없다. 작자 자신이 아름답다고 보면 그만이다. 형(型)의 구박(具縛)을 옹색스럽게 남수(濫受) 할 필요가 어데 있느냐. 스스로 형(型)을 개척하여 비로소 가치가 빛이 나는 것이 아닌가? 이것이 문학정신이다. 시조가 현대문학에 이르는 길은 이것이다. 한 문학 형식으로서 문학 영역에 들어야 마땅할 것이다."31). 라고 조운설을 전적으로 인정했다. 즉 조운의 시조형태론이 바로 문학정신이고 시조가 현대문학에 드는 길이라 했다.

과연 그렇게만 볼 수 있을까? 조운의 정조율(正調律)은 어느 정도 인정을 한다하더라도 변체(變體)는 아니다. 이러한 사고 의식에서 시조를 쓴다면 차라리 자유시로 나가는 것이 더 바람직하다. 그래서 오늘날 자유시인지 시조인지 구별이 안 되는 시조들이 버젓이 나오고 있는 실정이다. 그렇다면 고유의 정형시라고 내세울 것도 자랑할 것도 구태여 명칭을 붙일 이

---

31) 조남령, 전게서, p.159.

유도 없다. 논자(論者)는 조운설도 그 설을 전적으로 극찬하고 인정한 조남령설도 재론되어야 한다고 본다.

4) 가람설

시조의 현대화를 주장하고 적극적으로 제작 발표한 분이 바로 가람 이병기이다. 가람은 '작가는 논단(論壇)에 가맹할 필요는 없다'고 했다. 가람은 별로 논진(論陳)을 치고 나서지는 않았으나 기회 있을 때마다 단편적인 시조의 현대문학화의 의견을 내었고 주로 작품에서 그 규모를 보여 주었다. 도표로 구성해 보자.

	제1구	제2구	제3구	제4구
초장	6~9	6~9		
중장	6~8	6~9		
종장	3	5~8	4~5	3~4

즉 초·중장은 2구로 나누고 종장만 4구로 나누었다. 가람은 학적 태도에서 6구설을 긍정하면서도 작가로서 종장의 미묘한 형 때문에 결국 6구설을 승인 못하고 말았다. 자수에 있어서 가람설은 조운설과 비슷하다. 초·중장에서 훨씬 자유롭게 되고 종장 제2구에서 한 자가 더 자유롭게 된 점에서 가람설은 현대적 감정 포용에 한발 앞섰다. 이러한 포용의 정신은 가람의 다음 말에서 명료(明瞭)하게 드러난다.

"시조도 그 용어와 취재에 따라 그 특성을 잃지 않는 한에서는 구법(句法), 장법(章法), 편법(篇法) 등을 암만이라도 변화 있게 쓸 수가 있다. 우리가 짓는 시조는 고전이 아니고 창작이요 현대시이다. 변화가 없는 글은 죽은 글이다. 붓을 들 때에는 창조의 신이 되어야 한다."32).

32) 조남령, 전게서 p.160.

가람은 실제로 그의 작품에서 이러한 정신을 보여 주었으며 현대시로 서의 시조를 창조하여 자유시에 접근하려 했다. '변화가 없는 글은 죽은 글이다. 붓을 들 때에는 창조의 신이 되어야 한다.'는 가람의 이 한 마디가 '그 특성을 잃지 않는 한'이라는 단서가 붙었음에도 불구하고 오늘 날과 같은 시조의 기본형을 벗어난 변격과 파격이 지나치리만큼 생성되고 있는 계기가 되었다. 그래서 시조의 변격과 파격은 가람에서부터란 말이 나온 것이다.

가람은 시조가 비록 자수의 제한을 받는 정형시이지만 '일종의 자유시'로서, '꼭 한정된 자수가 아니고 몇몇 자를 가감하여 쓸 수 있는 너그럽고 자유스럽게 된 것'으로 보았다. 그래서 그는 논문 「율격과 시조」에서 시조를 '3장8구체'로 파악하고 그 형식을 위 표와 같이 규정했다.

가람이 제시한 율격은 종장을 제외한 초장과 중장은 2개의 구로 나누어 그 안에서 6~9자 등으로 자수를 마음대로 운용할 수 있는 여유를 주고 있다. 더구나 가람은 그의 후기 시에 이르러서는 10자까지 자수를 늘여 쓰고 있어, 초기에 지켰던 이러한 율격마저 깨뜨리고 있음을 볼 수 있다.

가람의 이러한 율격에 대한 생각은 같은 시기에 발표한 노산(이은상)의 이론과 맥을 같이 하고 있다. 노산 역시 시조가 일정한 자수 법칙에 의해 창작되는 것이 아닌 '정형이비정형 비정형이정형(定型而非定型 非定型而定型)'(『동아일보』, 1928)의 형태를 띠고 있다고 보았다. 시조의 시형을 '3장12구체'로 보고 각 구마다 허용되는 자수를 정해 놓았지만, 가람에 비해 오히려 그 변용의 폭을 넓혀 놓았다. 노산의 시형을 살펴보자,

	제1구	제2구	제3구	제4구
초장	3 - 5	3 - 6	2 - 5	4 - 6
중장	1 - 5	3 - 6	2 - 5	4 - 6
종장	3	5 - 8	4 - 5	3 - 4

　가람과 노산의 주장을 비교해 보면, 초장에서 최대한 사용할 수 있는 자수가 가람이 18자이며 노산은 22자, 중장에서는 가람이 17자이며 노산이 22자, 종장은 일치하고 있다. 가람이 제시한 율격은 시조의 기본형인 3·4조에 비해 자수에 크게 얽매이지 않고 있다. 현재 국어 교과서와 거의 모든 시조 이론서에 실린 도남설인 '3·4·4·4…'로 각 장의 자수를 못 박지 않고, 종장을 제외한 초장과 중장은 2개의 구로 나누어 그 안에서 6~9자 등으로 자수를 마음대로 운용힐 수 있는 여유를 주고 있다.

　시조의 기본형인 3·4·3(4)·4, 3·4·3(4)·4, 3·5·4·3'의 경우 각 장을 15자 이내로 제한하고 있는 데 반해, 노산과 가람은 창작의 입장에 서서 자수율에 대한 제약에서 어느 정도 벗어나고자 했음을 알 수 있다. 이것은 도남과 같은 학자적 입장이 아닌 실제 창작하는 입장에 선 시인으로서 보다 풍부한 어휘로 시상을 담아내기 위한 방편의 일환으로 보인다. 여기서 노산도 가람과 함께 시조의 변격은 노산으로부터란 말이 나온다.

　이상에서 살펴본 바와 같이 현대시조 형태론은 초기에 여러 이설이 나왔다. 이 여러 이설들을 바라보면서 도남은 학자적인 입장에서 고시조의 전통성을 살리고 우리국어의 언어 구조를 적용하여 시조의 기본형(43－47)을 내 놓은 것이다. 그것을 현대시조 정격으로 간주한다. 그리고 그 기본형에서 2자 이하와 이상을 시조의 변격(변형)으로 제시했다. 33) 그래서 가람설을 비롯한 제설(諸說) 또한 변격으로 돌린다. 이러한 변격을 이태극은 형(形)을 초월한 변격시조를 ＜신시조＞라고 명명하며 새 경지를 타개할 수 있다고 설파하기도 했다.34) 그러니 현대시조의 저변 확대와 발전을 위해서는 변격도 변격대로 수용하여야 된다는 것이다.

　하지만 현대는 자유시가 엄연히 존재하고 있는 마당에 지나친 변격이

---

33) 조윤제, 국문학개론, 탐구사, 1975(1955), pp.111~112.
34) 박을수, 한국시조문학전사, 성문각, 1992(1978), p.240 참조.

나 파격은 지양되어야 한다. 자유시와 구별이 잘 안되는 시조가 발표되는 것은 삼가야 한다. 그리고 '실험시조'와 '낯설게 하기' 등은 시조의 격을 도리어 추락시킨다. 이러한 현상을 비판하고 염려하는 것이 '현대시조의 현주소'이다. 전통은 전통으로서 제대로 지키는 데서 빛이 난다.

제2장 **현대 시조, 정격으로의 길**

시조의 발생은 여러 이설이 있다. 외래적인 연원설로 한시의 영향에서 왔다는 설(안확)과 재래연원설로 巫歌(무가)나 민요에서 영향을 입었다는 설(이광수, 이희승)과 향가와 별곡에서 그 형태적 영향을 받은 것(이태극) 또 역학의 영향이란 설 등이 있다. 하지만 현재는 재래연원설로 정착된 것으로 본다.

이태극은 시조의 연원을 어디까지나 우리의 재래시가에서 온 것으로 보고 한시나 기타 외래적인 것에서 온 것으로는 보지 않는다. 그래서 시조는 어디까지나 우리 국어의 힘을 빌려 우리의 생활을 우리의 리듬으로 우리의 정서를 노래한 것인 만큼 우리 재래의 시가 형식 속에서 녹아나고 배태되어 우리의 입맛에 가장 알맞은 형식을 갖추어 700여년간 면면히 이어 온 것으로 본다.[1]

그래서 이를 종합해 보면 시조는 민요에 그 뿌리를 두고 향가의 형태에

---

[1] 이태극, 시조개설, 반도출판사, pp.261 - 267 참조.

서 일단 발원했을 것으로 본다. 그러다가 여요에서 배태되어, 음악과의 관련 속에서 역학을 원리2)로 하여 여말에 정형으로 독립된 것으로 본다. 또한 횡적으로는 한시와의 영향이 적잖게 반영3)되었을 것으로도 본다. 이를 도표로 나타내 보면 다음과 같다.

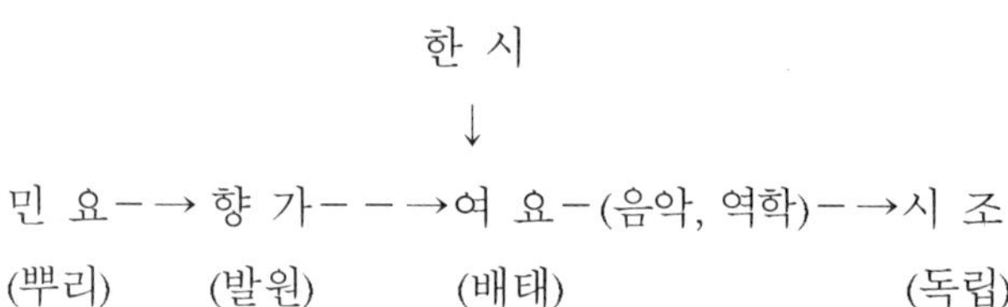

처음은 문학 형식을 가리키는 것이 아니라 음악 곡조의 명칭이었다. 조선 후기까지도 문학 형식의 시조라는 명칭이 통일되지 않아서 단가(短歌), 시여(詩餘), 신번(新飜), 장단가(長短歌), 신조(新調) 등이 혼용되었지만, 20세기 초부터 문학 형식의 명칭으로 사용되었다. 현재는 문학적으로는 시조시형, 음악적으로는 시조창이라는 개념으로 쓰이고 있다.

1. 시조의 개념과 명칭

1) 시조의 개념

시조의 정의를 이태극은 다음과 같이 내리고 있다.

> 보통 시조라면 단시조(평시조)를 말하는데, 그 단시조라는 것은
> 신라의 향가나 고려의 별곡 등의 영향에 힘입어 고려 중·말엽경

---

2) 3장6구 12음보(천·지·인 3재, 6효,12간지)
3) 초기 시조 창작자들이 사대부 성리학자들이고, 한시 작자들이기 때문에 이를 가능케 함.

에 그 형태가 확립된 우리나라 고유시가의 하나다. 그 형식은 3장 6구요, 한 구의 구성 자수는 7자 내외가 되고, 4율박(律拍)씩의 등시율(等時律)을 갖춘 정형시요, 자수율 44자(보통42 자에서 46자로 된 것이 대부분임) 중심으로 된 조선조 시가의 대표가 되는 단형시로서 오늘에도 그 형식의 시조가 창작되고 있다.[4]

고 하여 '단시조형인 평시조가 향가나 속요의 영향을 받아 고려말경에 그 형식이 정립된 우리나라 고유시'임을 밝혔다. 시조에 대한 정의는 학자마다 언술(言術)의 차이는 있을지라도 특별하게 그 근원적인 차이는 없이 유사하게 내려지고 있음을 볼 수 있다. 이희승편『국어대사전』에 의하면 '고려 말엽부터 발달하여 온 한국 고유의 정형시로서 보통 초장 3·4·3(4)·4, 중장 3·4·3(4)·4, 종장 3·5·4·3 등의 격조로 되었으나 자수론은 구구한 바가 있고, 그 형식에 따라 평시조·엇시조·사설시조·연시조로 나뉘며, 보통은 평시조를 이른다'.고 되어 있어 이태극이 밝힌 것과 비슷함을 볼 수 있다.

2) 시조의 명칭

시조의 명칭은 조선 영조때 시인 신광수(申光洙)가 지은『관서악부(關西樂府)』에 의하여 알려진 것이며 그렇게 불리어진 것이다. 곧 이에 따르면 '일반으로 시조의 장단을 배한 것은 장안에서 온 이세준'이라 한 것이 문헌상으로 나타난 최초의 기록이며 명칭이다.[5] 그 후부터는 시조라는 명칭이 종종 사용되었음을 볼 수 있다. 정조 때의 시인 이학규(李學逵)가 쓴 시「감사(感事)」장에 의하면 '그 누가 꽃 피는 달밤을 애달프다고 하는가. 시조가 바로 슬픈 회포인 것을'[6]이라 한 데서 '시조'란 어휘를 읽을 수 있

---

4) 이태극, 시조개론, 반도출판사, 1992. p.57
5) 申光洙, 石北集, <關西樂府> 其15, 初唱聞皆說太眞 至今如恨馬嵬塵 一般時調排長短 來自長安李世春

다. 이에 대한 주석을 보면 '시조란 또 시절가(時節歌) 라고도 부르며 대개 항간의 속된 말로 긴 소리로 이를 노래한다'.[7]라고 되어 있어 '시조'를 '시 절가'로도 불렀음을 알 수 있다.

이러한 기록들을 종합하여 볼 때 시조라는 명칭은 조선조 영조 때에 비롯된 것임을 미루어 알 수 있다. 시조라는 명칭의 원뜻은 시절가조(時節歌調)로 당시에 유행하던 노래라는 뜻이다. 그러므로 엄밀히 따진다면 '시조'라는 명칭은 문학상의 용어가 아니라 음악상의 용어이다. 하지만 오늘날은 문학상의 용어로 정착되었고 음악상 용어로는 '시조창'이란 명칭을 따로 쓰고 있다.

2. 시조의 형식

시조의 형식은 3장 6구다. 시조의 형식이 3장 6구란 것은 3 · 4 음절을 기준으로 해서 두 개의 숨 묶음(音步)으로 이루어진 것이 한 구인데, 이 구와 구가 합쳐져서 한 장을 이루며, 이 장이 초. 중. 종장으로 구성되어 시조 한 수가 된다. 그러나 종장의 첫 음보는 3음절이어야 하고, 둘째 음보는 5음절 이상이어야 한다. 초, 중장의 다른 음보는 우리글이 소리글자인 특성을 살려 한 두 음절의 가감이 허용된다. 이런 시적 장치는 초, 중장에서 평면적으로 전개되어 오던 음보가 평면성을 탈피하여 역동적으로 전개되게 하여 시적 생동감을 깃들게 하기 위한 것이다.

이 형식이 시조의 기본형이고, 이를 단형시조(단시조)라 한다. 기본 형식에서 종장의 첫 음보, 즉 고정된 3음절을 제외한 어느 한 구가 길어진 것을 중형시조, 2구 이상 길어진 것을 장형시조라고 한다. 이를 음악적으로는 평시조, 엇시조, 사설시조라고 하였다.

---

6) 李學逵, 洛下生稿 觚不觚詩集 「感事」, '誰憐花月夜 時調正悽懷'
7) 時調 亦名時節歌 皆閭巷俚語 曼聲歌之

갑오경장(1894년) 이전의 시조는 제목도 없이 쓰여지는 단형시조가 대부분이었으나 근대 이후는 제목을 달고 한 제목 아래 단형시조를 거듭하여 한 편의 작품을 이루는 연형시조(연시조)가 창작되었으며, 현대시조는 대부분 이 형식을 취하고 있다.

문학의 형식은 어느 나라에서나 생멸(生滅)되는 것이 많은데, 시조는 발생 초기의 형식그대로 지금까지 창작되고 있다. 이것은 우리말의 구조의 특성을 가장 잘 살린 시형이기 때문이다. 곧 시조라는 문학의 형식이 한국인의 삶을 표현하는 데 가장 이상적이라는 사실을 잘 증명하는 것이다. 뿐만 아니라 시조의 단아(端雅)한 형식은 한시의 절구에 익숙한 선비들의 생태에 맞았기 때문이기도 하다. 이 형식은 누구 한 사람에 의해서 개발된 것이 아니라 민족 정서와 더불어 그것도 구전으로 역사의 흐름 속에서 다듬어져 왔으니 더욱 귀중한 자산이다.

발생 초기인 고려 말의 시조로는 우탁(禹倬 1262~1342)의 탄로가(嘆老歌), 2편과 그 외 몇 편이 더 전한다. 이를 감상해 보자.

春山에 눈 녹인 바람 건 듯 불고 간데 없다
저근덧 빌어다가 불리고자 머리 위에
귀 밑에 해 묵은 서리를 녹여볼가 하노라.

한 손에 가시를 들고 또 한 손에 막대 들고
늙는 길 가시로 막고 오는 백발 막대로 치렀더니
백발이 제 먼저 알고 지름길로 오더라.

ㅡ 우 탁 ㅡ

梨花에 月白하고 銀漢이 三更인제
一枝春心을 子規야 알랴마는

多情도 병인양 하여 잠못이뤄 하노라.

- 이조년 -

구름이 무심탄 말이 아마도 허랑하다
중천에 떠 있어 임의로 다니면서
구태여 광명한 날빛을 따라가며 덮나니.

- 이존오 -

등의 시조가 있다. 이상의 시조 발생 초기의 작품들의 형태가 그대로 지속되고 있는 것이다. 이후 성리학을 신봉하는 유학자들에 의해 절의가(節義歌)8) 와 회고가(懷古歌)9)가 주로 전한다.

1) 평시조(단시조)

평시조(平時調)는 단시조(短時調)·단형시조(短形時調)·평거시조(平擧時調)라고도 한다. 초장·중장·종장의 3장으로 이루어졌으며 총자수 45자 내외로 된 정형시조이다. 평시조는 시조의 기본형으로서 그 형태가 가장 먼저 정립되었으며 양반계층에서 성행했다. 구의 구분에는 3가지가 있는데 1장을 4구씩 가르는 12구설, 1장을 2구씩 가르는 6구설, 초장·중장은 2구씩, 종장은 4구로 가르는 8구설 등이 있다. 12구설에 따른 자수(음수)는 3·4·3(4)·4, 3·4·3(4)·4, 3·5·4·3으로 1장을 15자 내외, 1수를 45자 내외로 가른다.

시조는 3장 6구 45자 내외로 구성된 우리 문학 고유의 정형시이다. 원래 시조는 3장으로 한 수를 이루며, 각 장은 4보격으로 되어 있고, 이 4보격은 중간에 휴지(休止)를 두어 두 개의 묶음으로 나눈다. 그리고 각 음보

---

8) 임금이나 나라에 대한 절개와 의리를 주제로 한 시조.
9) 옛 자취나 지나간 일을 생각하여 지은 노래, 주로 고려가 망한 후, 그 유신들이 고려를 회상하며 부르는 노래를 말하는데 길재와 원천석의 시조가 유명하다.

는 종장 둘째 음보를 제외하고는 3개 또는 4개의 음절로 구성되는 것이 가장 정격(正格)의 형식이다. 이를 도시해 보면 아래 <표 1>과 같다.

<표 1>

	음절수 (첫째음보)	음절수 (둘째음보)	음절수 (셋째음보)	음절수 (넷째음보)
초장	3	4	4(3)	4
중장	3	4	4(3)	4
종장	3	5(5−7)	4	3(4)

위 표에 나타난 정격의 기본형에 맞는 시조 몇 편을 살펴보자.

오백년 도읍지를 匹馬(필마)로 돌아드니
산천은 의구하되 인걸은 간데없네.
어즈버 태평연월이 꿈이런가 하노라.

– 길재, 懷古歌(회고가) –

이 몸이 죽어가서 무엇이 될고 하니
봉래산 제일봉에 낙낙장송 되었다가
백설이 만건곤 할 제 독야청청 하리라.

– 성삼문, 節義歌(절의가) –

이런들 어떠하며 저런들 어떠하랴
만수산 드렁칡이 얼켜진들 어떠하랴
우리도 이같이 얽혀 백년까지 누리고져.

– 이방원, 何如歌(하여가) –

가을은 그 가을이 바람불고 잎 드는데
가신님 어이하여 돌오실지 모르는가

'살뜰'이 기르신 아희 '옷'품 준 줄 아소서.

- 현대시조; 정인보 -

　다음은 3장중 어느 한 구가 한자 더하여진 것을 살펴보자. 초장 둘째 음보가 5음절이다.

　　천만리 머나 먼 길에 고운 님 여의옵고 →15자
　　내 마음 둘 데 없어 냇가에 앉았으니 →14자
　　저 물도 내 안 같아야 울어 밤 길 예놋다.→15자 ⇒44자

- 왕방연, 戀主歌(연주가) -

　　내 벗이 몇이나 하니 수석과 송죽이라 →15자
　　동산에 달오르니 긔 더욱 반갑고야 →14자
　　두어라 이 다섯 밖에 또 더하여 무엇하리 →16자 ⇒45자

- 윤선도, 五友歌(오우가) 서수 -

　다음은 3장 중 어느 한 장에서 음절수가 가감(加減)되어 이루어진 것을 살펴보겠다.

　　이몸이 죽고죽어 일백번 고쳐죽어 →14자
　　백골이 진토되어 넋이라도 있고 없고 →15자
　　임향한 일편단심이야 가실줄이 있으랴 →16자 ⇒45자

- 정몽주, 단심가 -

　　어버이 살아실제 섬길일란 다하여라→15자

지나간 후면 애닲다 어이하리→12자
평생에 고쳐못할 일이 이뿐인가 하노라.→16자 ⇒43자

- 정 철, 訓民歌(훈민가) 중 제4 子孝歌 -

반중(盤中) 조홍(早紅)감이 고와도 보이나다 →13자
유자(柚子) 아니라도 품은즉 하다마는 →13자
품어가 반길이 없으니 그를 설어 하노라.→16자⇒42자

- 박인로, 思母歌 -

새해 새 아침에 옷깃 여며 앉으면 →13자
소식 끊인 북녘 땅이 눈에 암암 밝히어서 →16자
망향의 아픔을 딛고 새 소망을 드린다. →15자 ⇒44자

- 현대시조; 이태극, 새 소망 -

다음은 두 음절 이상 음절수가 많아진 것을 살펴보자.

동짓달 기나 긴 밤을 한 허리를 버혀 내어 →16자
춘풍 이불 아래 서리서리 넣었다가→14자
어론님 오신 날 밤이여든 구뷔구뷔 펴리라→17자 ⇒47자
- 황진이 -

내고향 남쪽 바다 그 파란물 눈에 보이네 →15자
꿈엔들 잊으리오 그 잔잔한 고향 바다→15자
지금도 그 물새들 날으리 가고파라 가고파 →17자 ⇒47자

- 현대시조; 이은상, 가고파 첫째수 -

제2부 시조의 이론과 창작 방법 299

높으락 나즈락하며 멀기와 갓갑기와 →15자
모지락 둥구락하며 길기와 져르기와 →15자
평생에 이러하였으니 무슨 근심 있으리 →16자⇒46자

- 안민영 -

이상에 게재한 작품들은 과음보 현상이 나타난 것이 있지만 45자 내외(43 - 47)의 자수율이 지켜진 정격시조에 속한다.

그 외에 엇시조와 사설시조, 연시조라는 것이 있다. 엇시조는 단시조에서 어느 한 구의 자수가 길어진 것을 말한다. 사설시조는 말 그대로 사설이 길어져서 초장이나 중장에서 사설을 늘어놓고 종장에서는 평시조의 정격대로 이루어진다. 하지만 때로는 초·중·종장 전체가 길어지는 경우가 있다. 이때도 종장 첫 구만은 3음절로 이루어진다. 연시조는 평시조 형태가 2수 이상 연이어 지어진 시조 형태이다. 다음에서 실제로 작품을 살펴보자.

2) 엇시조(중형시조)

엇시조(旕時調)는 중형시조에 해당한다. 시조는 문학상 평시조·엇시조·사설시조로 분류해왔는데 이는 형태상 단시조·중시조·장형시조로 부를 수 있다. '旕'자는 '於'에 'ㅁ'를 합한 자로 우리말 '엇'의 음차자(音借字)이다. 엇은 횡(橫)으로 비끼다·빗나가다· 엇되다·엇갈리다· 얼치기·중간치기의 뜻을 지니므로 엇시조는 정형이 아닌 변형에 속한다. 초장·중장·종장의 어느 한 장이 규칙 이상으로 길어진다. 평시조의 기본형은 3장 6구 12음보로 자수율이 '3·4·3·4, 3·4·3·4 , 3·5·4·3'을 구성한다. 엇시조는 이 평시조의 기본형에서 어느 한 구의 자수가 벗어난 경우인데 보통은 초장 제1구 또는 제2구가 되는 일이 많고 그 자수가 10자 이상으로 늘어나게 된다. 만일 늘어난 부분이 종장일 경우 제

1구는(첫 음보)는 변하지 않고 제2구(제2음보)가 9자 이상으로 벗어나게
된다.

> 드나 쓰나 니탁주 죠코 대테 메온 질병드리 더욱 죠희
> 어론자 박구지롤 둥지 둥둥 띄여 두고
> 아ᄒ야 저리짐철 만졍 업다말고 내
> 여라
>
> — 채유후, 청구영언 164 —

> 앞 못에 든 고기들아 뉘라서 너를 몰아다 넣거늘 든다
> 北海淸沼(북해청소)를 어디 두고 이곳에 와 든다
> 들고도 못나는 정은 네오 내오 다르랴.
>
> — 무명씨 —

3) 사설시조(장시조)

사설시조(辭說時調)는 '장시조', '장형시조'라고도 부른다. 본래는 만횡
청(蔓橫淸)이라 하여 창법의 명칭으로 쓰였다. 만횡(蔓橫)의 내용은 가곡
원류(歌曲源流)에 의하면[10] "엇농(旕弄) 즉 질러내어 홍청거리는 창조이
며, 세 수의 큰 가락으로 희롱조로 홍취를 돋우는 것"이라고 하였다. 어쨌
든 이때의 장형시조(長型時調)는 형식면에서 길이가 길어졌고 가사투(歌
辭套)와 민요풍(民謠風), 대화(對話) 등이 삽입되어 나타난다. 내용면에서
는 구체적인 이야기와 비유(譬喩) 및 인간본성의 적극적 표현이 자유분방
(自由奔放)하게 표출되었다. 그것이 문학양식의 명칭으로 바뀌었다. 그 시
작은 정철(鄭澈, 1536~1593)의 <장진주사 將進酒辭>에서부터이다. 그
것이 조선 중기까지 간헐적(間歇的)으로 나타나다가 조선 후기에 들어 본
격적으로 발달했다. 대개 17세기말부터 19세기말까지 지속된 것으로 추

---

10) 蔓橫 俗稱 旕弄 與三數大葉同頭而爲弄也.

측한다. 종장은 비교적 평시조의 율격과 비슷하나 초·중장은 평시조의 율격에서 크게 벗어나 길어진 형태이다. 작품에 따라서 다르나 중장이 가사처럼 길어진 것도 있다. 그 발생에 대해서는 일반적으로 조선 후기 사회 변동과 음악의 발달에 힘입어 평시조가 변형·파격을 이루었다는 견해와 조선 중기부터 민간가요가 시조창에 얹혀 불린 것이라는 주장이 있다. 내용은 평시조가 사대부의 사상을 담았던 것과 달리, 이것은 익살·풍자와 분방한 체험을 표현한 평민적인 것이 대부분이다.

내용에 따라 살펴보면 다음과 같다.

① 가장 작품성이 뛰어나며 당대 민중적 삶과 진솔한 정감을 역동적으로 노래한 것으로 평가되는 것으로 <바람도 쉬여 넘는 고개……>·<서방님 병들여 놓고……>·<귓도리 져 귓도리……>와 같은 작품이 대표적이다.
② 성적 충동을 노골적으로 드러내어 당대의 고정관념을 여지없이 깨트리는 작품들이 있다. <반(半)여든에 첫 계집을 하니……>·<간밤의 자고 간 그놈 아마도 못 이져라……>

같은 작품이 대표적이다.

제목만 보아도 외설스럽다. 점잖은 사람은 입에 담기도 민망한 내용들이다. 이러한 작품들은 사설시조 중 가장 많은 부분을 차지하고 있는 것으로 작품에 대한 평가는 단순하지 않다. 그 시대의 도덕의 허위성을 폭로한다는 의미에서 긍정적 평가를 하는 평자도 있고, 반면에 삶의 가치를 성적 쾌락만으로 보는 퇴폐적·허무적 사고를 유포했다는 시각에서 부정적인 평가를 하기도 한다. 그 시대의 그릇된 가치규범과 억압에서 벗어나고자 하는 저항의식의 표출로 볼 수도 있으나 그렇다고 그것이 근대적 삶을 그려낸 것은 아니라고 본다. 이밖에도 조선 후기 도시의 발달이나 현세적 삶에 대한 긍정적인 면과 사대부적 삶에 대한 동경 등 다양한 내용이 있다.

이러한 다양한 내용으로 미루어 볼 때 여러 부류의 작자가 있었다는 것을 짐작해 볼 수 있다. 곧 지은이를 사대부와 대립하는 서민으로 추측하는 견해와 평시조의 부속 장르라고 보아 지은이를 사대부라고 추정하는 견해이다. 그리고 이 2가지 견해를 모두 받아들이는 견해이다.

다양한 계층의 속성을 반영하고 있다는 점에서 셋째 번 곧 두 견해를 수용하여 지은이를 조선 후기의 여러 계층 가운데 새로이 등장한 중간 계층으로 본다. 여기에는 경아전(京衙前)과 같은 중인들을 중심으로 당시 새로이 부상한 여항의 부호들이 포함된다. 이들은 중세기의 해체를 배경으로 축적한 부를 통해 당시 여항의 유흥과 예술을 장악하여 주도한 집단이다. 이들이 사설시조의 전승·향유·창작에 직접·간접으로 참여했다는 점이 여러 측면에서 입증되고 있다. 이는 사설시조의 전승과 창작에 중요한 역할을 수행한 김천택·김수장이 바로 경아전(京衙前) 출신이라는 점에서도 찾아볼 수 있다.

사람이 몇 생이나 닦아야 물이 되며 몇 겁이나 전화(轉化)해야
금강(金剛)에 물이 되나 금강(金剛)에 물이 되나

샘도 강도 바다도 말고 옥류(玉流) 수렴(水簾) 진주담(眞珠潭)
과 만폭동(萬瀑洞) 다 고만 두고 구름 비 눈과 서리 비로봉 새벽안
개 풀끝에 이슬 되어 구슬구슬 맺혔다가 연주팔담(連珠八潭) 함
께 흘러

구룡연(九龍淵) 천척절애(千尺絶崖)에 한 번 굴러 보느냐.
－조운(曺雲), 「구룡폭포」 전문－

돌엔들 귀 없으랴 천 년을 우는 파도소리, 소리….

어질머리로다, 어질머리로다, 내 잠 머리맡의 물살을 뉘 보낸
것이냐. 천 년을 유수라 한들 동해 가득히 풀어 놓은 내 꿈은 천
(阡)의 용의 비늘로 떠 있도다. 나는 금(金)을 벗었노라, 머리와 팔
과 허리에서 신라 문무왕(文武王) 그 영화 아닌 속박, 안존 아닌
고통의 이름을 벗고 한 마리 돌거북으로 귀먹고 눈멀어 여기 동해
바다에 잠들었노라. 천 년의 잠을 깨기는 저 천마총(天馬) 소지왕
릉(炤知王陵)의 부름이었거니 아아 살이 허물어지고 피가 허물어
져 불타는 저 신라 어린 계집애 벽화(碧花)의 울음소리, 사랑의 외
마디 동해에 몰려와 내 귀를 열어,

　　대왕암(大王巖) 이 골짜기에 나는 잠 못 드는 한 마리 돌거북.
　　　　　　　　　－ 이근배, 동해 바닷속의 돌거북이 하는 말 －

사설시조는 이렇게 사설이 길어져서 초장이나 중장에서 사설을 늘어놓
고 종장에서는 평시조의 정격대로 이루어진다. 하지만 이근배의 「동해 바
닷속 ...」에서 보듯이 초·중·종장 전체가 길어지는 경우가 있다. 이때도
종장 첫 구만은 3음절로 이루어진다.

4) 연시조(聯詩調)

연형시조(連形時調)·연작시조(連作時調)라고도 한다. 한 제목 아래 2
수 이상의 시조로 엮어진 것을 말한다. 문헌에 나타난 최초의 연시조는 맹
사성의 「강호사시가 江湖四時歌」이다. 퇴계 이황의 「도산십이곡」, 율곡
이이의 「고산구곡가」, 고산 윤선도의 「오우가」, 노계 박인로의 「오륜가」,
송강 정철의 「훈민가」 등이 이에 속한다. 그리고 현대시조는 거의가 연시
조로 창작되어짐을 볼 수 있다.

　　산을 오르다가

문득 잡힌 소식 있어
가장 옹골차고
우람한 나무를 생각했네
눈보라 드리칠수록
더욱 정정함을 보았네

단숨에 육십을 헤듯
분주하게 걸어온 그 길
땀흘려 쌓은 탑이
학문이요 시조일세
게다가 도타운 정을 더하니
모두들 따르고 우러르네

- 김준, 우람한 나무를 생각했네 -

못 나서 /빈손으로
혼자서 갔습니다.

펴졌던 /주름살에
그늘이 내립니다.

어쩌면
달랑 혼자 간 것이
못(釘)이었나 봅니다.

가진 것 /다 버리고
감정없이 갔습니다.

신명난/잔치상에
무거운가 봅니다.

한 생을
내 준 알몸에
못질했나 봅니다.

- 김영덕, 못과 못질 -

밤하늘 여왕인양
군림한 때 있었건만

권좌의 뒤안길에
허전하게 밀려나서

산마루
외로이 걸린
빛을 잃은 하얀 달.

고뇌도 승화하면
사리로 빛을테지

서러운 마음일랑
다소곳이 접어 두고

옛 영화
되찾을 날만
숨죽이며 기다린다.

- 양계향, 낮달 -

3. 시조 창작 원리

시조(단시조)는 3장 6구 12음보라는 정해진 틀 안에서 시상을 전개하되 45자 내외(43 – 47)의 자수율을 견지해야 한다. 이것이 시조의 정격이다. 여기서 벗어나는 것은 변격(41 – 49)으로 간주 한다. 기본음절(45자)에서 전·후로 4음절의 여유를 가진다.[11] 그 이하와 이상이 되면 자유시에 가깝다. 그래서 자유시 같은 시조란 말이 나온다. 시조는 자유시에 비해 보다 엄격한 언어의 압축과 질제가 필요히다. 음보라고 해서 마냥 늘어진 보폭이 아니다. 음보는 우리말의 형태적 특성에서 3·4음절을 휴지의 주기로 하여 나온 것이다. 그래서 음보에도 자수율이 있어 율격이 따른다. 이러한 고도의 절제와 압축을 요구하는 시조 쓰기가 어렵게 생각되는 것도 사실이다.

하지만 우리말의 언어구조를 잘 알고 요리하면 가능한 것이 시조의 형식이다. 대다수의 우리말은 2·3음절로 이루어진다. 이를 운용하고 활용하고 곡용하면 3·4·5음절이 된다. 이를 시조에 적용하면 시조가 요구하는 외형적인 율격과 함께 시어의 압축과 절제는 물론 구와 장간의 의미율을 충족시킬 수 있다. 다음에서 보다 구체적으로 살펴보자.

1) 시조의 형식과 한국어의 언어 구조

시조는 우리 민족의 언어구조와 그 특질에 바탕을 두고 있다. 우리의 말은 대개가 2음절 3음절 4음절로 이루어져 있다. 예를 들면

---

11) 조윤제, 국문학개론, 탐구사, 1975(1955), pp.111~112.

	제1구	제2구	제3구	제4구
초장	3	3 – 5	3·4	4*
중장	3	3 – 5	3·4	4*
종장	3(불변)	5 – 8	4*	3(4)

도남이 제시한 변형1) *될 수 있는 대로 불변

「웃으면(3) 복이 와요(4). 모두모두(4) 웃어 봐요(4).
신나게(3) 웃다보면(4) 근심 걱정(4) 달아나요(4)
모두들(3) 웃음보따리(5) 풀어 놓고(4) 웃어요.(3)」

위의 문장을 풀어 보면 <2음절> <3음절>이다. 4음절은 2음절이 2개
모여서 이루어진 것을 알 수 있고, 5음절은 2음절과 3음절의 결합이다. 이
러한 언어 구조로 이루어진 한국어의 특질이 시조의 형태를 가능하게 하
는데 결정적인 요인이다. 이 형태는 다른 어떤 언어로도 살릴 수가 없다.
이것이 우리 시조의 정체성이다. 곧 한국어의 언어 구조가 <시조 장르>
를 가능하게 했다. 각 음절의 자수에 약간의 변화를 허용하는 것이 정형속
의 절제된 자유이다. 우리 고유의 시조 형식을 고수하면서 현대 감각을 살
리는 것이 현대시조이다.

내설악/ 등에 업은
만해 마을 찾았더니(15자)

떠나간/ 임 그리는
설법이 넘쳐흘러(14자)

세루(世累)한 / 유랑의 짐에
만심(卍心)가득 실어라.(15자 →44자)

                    - 김영덕, 백담계곡을 에돌아 -

읽고 또 읽으며 음미해 보라. 해설이 필요치 않으리라. 풍(風)이 있고 격
(格)이 있고 아(雅)가 있다는 말이 바로 이런 것이리라.

2) 시조의 요소

문학 장르 중에서도 작가의 사상과 감정을 가장 잘 드러내는 것은 시가 으뜸이다. 이러한 시인의 사상과 감정은 시인의 기본적인 인격 안에서 외부의 객관적인 사물에 접하면서 비롯된다. '시의 나라'라고 해도 과언이 아닌 중국에서는 '시의 나라'에 걸맞게 일찍부터 시학이 발달했다.『상서』「요전」에 의하면 '시는 뜻을 말하고 노래는 말을 길게 읊는 것이며 소리는 읊는 것에 의존하며 운율은 소리를 조화시킨 것이다.'12)라고 하여 시의 뜻과 시의 음악성과 시의 운율과 시의 조화를 말하고 있다. 이는 시조의 기본 요소와 잘 어울림을 보게 된다. 여기에 시조의 기본틀13)을 올려놓으면 시조의 요소가 된다. 곧 ① 말뜻 ② 이미지 ③ 운율 ④ 어조 ⑤ 형식이라 하겠다.

일반적으로 시의 요소를 말할 때 ①말뜻 ②이미지 ③리듬(운율) ④어조를 든다. 시조는 시의 한 형태로서 정형시이다. 그래서 시의 요소를 다 가지고 있다. 단지 시조는 정형시인 만큼 그 형식을 알고 그 형태를 지켜서 작품을 형상화하는 것이 시조의 정체성을 유지하는 길이다. 그래서 시조의 요소에는 시의 4가지 요소에다가 시조의 구조 곧 그 형식을 더하여 다섯 가지 요소를 들고 있다.

형상을 짓고 헐고
덧없는 일이로다

괘념치 말아야지
제 알아 하는 일을

뭐래도

---

12) 詩言志 歌永言 聲依永 律和聲.
13) 앞 면 3. 시조의 형태 1) 평시조 참조.

세월은 간다.
시시비비 싣고서.

− 김석철, 구름 −

위 시를 읽으면서 이존오의 시조가 생각난 것은 왜일까.

"구름이 무심탄 말이 아마도 허랑하다/중천에 떠 있어서 임의로 다니면서/구태여 광명한 빛을 따라가며 덮나니" 구름은 광명을 가리니 좋은 의미로 쓰이는 이미지는 아니다. 이 시조는 여말 공민왕의 총애를 가리는 신돈의 횡포를 탄핵한 풍자 시조이다. 위 시에서의 구름 또한 괜히 맑은 하늘에 높이 떠서 형상을 짓기도 하고 헐기도 하는 제멋대로의 구름이다. 덧없는 일인 것을−. 옆에서 무슨 말을 하랴. 알아서 하는 것을−. 이래도 저래도 세월은 간다. 시시비비를 싣고서−. 사필귀정(事必歸正)이란 말이 있듯이 시시비비는 세월 속에 묻어두자. 시조의 단수는 이래서 좋다. 행간에 많은 의미를 감추고 있기 때문이다. 그래서 독자로 하여금 많은 생각을 하게 한다. 그리고 그 시작(詩作)의 배경을 캐내고 싶고 알고 싶어진다. 그래서 때로는 시인의 시작 배경을 듣고자 한다.

3) 시조의 음보와 구

음보(音步, foot)는 말 그대로 소리 걸음으로 시(운문)의 최소 운율을 측정하는 단위이다.

우리시에 있어 음보(音步)는 영시의 음보(foot)와는 전혀 다른 개념이다. 우리시에 있어 음보는 롯츠(lotz)가 분류한 음수율, 고저율, 강약률, 장단율의 어느 것과도 다른 時間的 等長性에 근거하고 있다. 時間的 等長性이란 곧 음보(音步)를 쉽게 말하자면 음의 걸음걸이이다. 사람의 걸음걸이를 평상시 걸어 다닐 때의 걸음걸이는 그 보폭이 대개 비슷비슷하다. 이 걸음에 시간의 개념을 얹었다고 생각하면 된다. 일정시간에 일정 거리를 걷는다고 생각하면 된다.

　우리말의 단어는 대개 2음절과 3음절로 된 것이 절대다수를 차지하고 있다. 여기에 조사나 어미가 붙어 실제는 3음절 내지 4음절이 절대적인 비중을 차지한다. 그러나 이보다 더 음절수가 늘어나 6,7음절이 될 수도 있다. 이렇게 늘어날 경우라도 얼마까지 늘어나는 것을 허용할 것인가? 여기에 제한이 가해지는 것이 바로 시간성이다. 시간적 등장성이란 바로 이를 이름이다. 율독하는 데 걸리는 시간이, 다시 말해 한 걸음을 옮기는데 걸리는 시간이 허용되는 범주까지 가능한 것이다.

　시의 보격은 그 시의 율격을 분석할 때 나타나는 형태・수에 따라 결정된다. 곧 시조의 각 장이 4음보일 때 이는 4박자에 4음보율이 된다. 음의 장단을 율격의 기초로 하는 고전 운문에서는 2음절 이상으로 된 장음절과 단음절의 묶음을 음보라고 하고 단음절은 약음절, 장음절은 강음절이라고 한다.

　학자마다 이설[14]이 있지만 시조는 3장 6구 12음보이다. 시조는 2음보가 중첩되어 1구를 이룬다. 1구는 최소한의 의미를 가진 율격 단위가 된다. 이러한 2구가 짝을 이루어 독립된 하나의 문장 형태를 갖추면서 각 장을 이룬다. 각 장은 의미의 작은 단위가 되며 동시에 리듬의 작은 단위가 된다. 그래서 시조 한 수는 3장이 모여 통일된 의미를 가지면서 한 편의 시조가 된다.

　시조는 3・4・5음절 단위의 음보로 이루어지는 시형이다. 곧 두 음보가 모여서 한 구를 이루고 각 구가 두 개 짝을 이루어 시조의 각 장을 만든다. 그래서 3장 6구 12음보이다. 각 구는 진술로서의 구체적인 의미를 띠운다.

　연시조를 지을 때도 마찬가지이다. 각 수는 통일되고 완결된 의미 구조

---

14) 이병기, 「시조와 그 연구」에서 8구설, 이광수, 「시조의 意的 구성」에서 12구설로 논함. 다른 학자들은 6구체로 논함.

로 이루어져야 한다. 자유시에서의 연구조로 이어져서는 안 된다. 이 말은 자유시처럼 연 나누기가 아닌 연시조 각 수마다 통일되고 완결된 의미로 마무리 되어야 된다는 말이다.

마지막/ 잎새마져(2음보 1구)
겨울새로 /떠나가고(2음보 1구)

안으로 /살이 찌는(2음보 1구)
하아얀 /함묵의 계절(2음보 1구)

심중에 /청산을 빚어(2음보 1구)
먹빛하늘/ 받쳐섰다.(2음보 1구) ⇒6구 12음보

― 김사균, 겨울나무 ―

1.
이른 봄 /새벽부터// 밭갈이 한낮인데///
어린 소/ 보리밭에// 누워서/ 봄볕 쬐고///
아버지/
훈훈한 입김//
피어나는 /고향이여///

2.
주는 정 /내 몰라도// 받는 정 /알 수 있듯///
언제나 /고향 오면 //마음은/ 기쁘지만///
떠날 땐 /
부모님 마음//
허전한 건/ 어머님///

3.
산마을/ 모락모락// 굴뚝에 /고향 연기///

실바람/ 풀잎바람// 물바람 /고을바람///
어울려/
향수를 내듯//
포근한 건/ 내 고향///

- 고방규, 향수 -

이 작품을 율독(律讀)해 보면 /에서는 짧은 휴지(休止)가, //에서는 중간
휴지가, ///에서는 긴 휴지기 지연스럽게 느껴진다. 곧 몇 개의 음절이 모여
음보가 되고 두개의 음보가 짝을 이뤄 구를 이루고 연첩된 두 구가 장을
이룬다. 그리고 3장이 모여 한 편의 시조가 되는 것이다. 이와 같은 논리에
서 위의 작품을 대비하면 /은 음보에, //는 句에 ///은 장에 연관되어 진다.
시조를 구성하는 가장 기초적인 단위는 음보이다. 이 음보는 율격의 단위
인 어절이다. 한국어의 어절(語節)은 그 특성상 3·4음절을 휴지의 1주기
로 한다. 이것이 바로 3·4음을 기조로 한 음보율이다.15) 그런데 이 음보
의 길이가 늘어나 6,7음절이 될 수도 있기에 제한이 가해지는 것이 바로
시간성이다. 앞에서 말한 시간적 등장성이란 바로 이를 말한다.

4) 각장의 의미

(1) 기·승·전·결의 의미

시조는 초장 중장 종장으로 이루어진다. 이것은 한시 절구를 지을 때의
기승전결의 의미와 같다. 그래서 한시를 시조로 옮기거나 시조를 한시로
옮긴 것을 보면 시조의 초장은 한시의 起에 해당하고 중장은 承에 해당한
다. 종장은 轉結에 해당하는 것을 본다. 그래서 시조가 한시의 절구에서
변형된 형태라고 주장하는 학자도 있다.

기승전결의 의미와 관련하여 시조를 지으면 그 구성이 물 흐르듯 자연

---

15) 김대행, 한국시가구조연구, 제2장 운율론 참조, 삼영사, 1976.

스럽게 펼쳐진다.

> 한 고개 또 한 고개 고개를 헤여 오다
> 토암산 넘어 서서 동해 바다 바라보고
> 저믄 날 돌아갈 길이 바쁜 줄을 모르네.
>
> — 이병기, 석굴암 1연 —

초장에서는 한 고개 한 고개 힘들게 넘어가는 시적 자아의 모습이(기) 중장에서는 훌쩍 토암산을 넘어 망망대해 동해 바다를 시원스레 바라보는 시적자아의 모습에 독자도 시원함을 느낀다.(승) 바다에 심취되어 해가 저무는(전)것 조차 깨닫지 못하는 시적자아의 모습을 석양에 비추어본다.(결) 시조의 맛은 이렇게 시상이 물 흐르듯 자연스럽게 이어지는 데에서 그 참맛을 느낄 수 있다. 오늘날 시조의 현대화가 마치 형식의 파괴인양 하며 자유시에 가까운 시조를 발표한 것을 읽으면 이 맛이 나지 않는다. '시조는 2음보가 중첩되어 1구를 이루고 그 1구는 최소한의 의미를 가진 율격 단위가 되며, 이러한 2구가 짝을 이루어 독립된 하나의 문장 형태를 갖추면서 각 장을 이룬다.'는 시조의 기본 개념도 무시하는 듯 하다. 시조의 현대화는 어디까지나 형식이 아닌, 그 내용에서 찾아야 한다.

(2) 병렬과 접속 관계

시조의 초장과 중장은 병렬관계이고 종장은 초·중장을 잇는 접속 종결이다 곧 병렬관계인 초·중장과 합일 또는 일반화되는 접속 종결로서의 종장이라는데 의미가 있다.

> 이런들 어떠하며 저런들 어떠하리
> 만수산 드렁칡이 얼켜진들 어떠하리

우리도 이 같이 얽혀 백 년 토록 살아보세.

− 이방원, 하여가 −

　위 시조는 초・중장이 '~런들 어떠하며'가 초장에 두 번 이어져 그 또한 병렬을 이루고 중장에서는 ~진들 '어떠하리'로 이어져 병렬관계를 나타낸다. 그리고 종장에서는 ~도, 이 같이, '살아보세'라 하여 접속 종결을 이루고 있다.

(3) 대상(Object), 관계(Relation), 의미(Meaning) 구조

　시조의 각 장의 의미는 대상(Object)・관계(Relation)・의미(Meaning)의 구조를 가진다. 곧 초・중・종장으로 불리는 세 개의 단위가 상호간에 맺고 있는 관계는 한 편의 작품이 시조의 주제를 드러내기 위하여 지니는 성격과 같은 것이다. 작품을 감상하며 살펴보자.

내 고향 남쪽바다 그 파란물 눈에 보이네
꿈엔들 잊으리오 그 잔잔한 고향바다
지금은 다 무얼할까 가고파라 가고파.

− 이은상, 가고파 첫 수 −

　대상은 고향의 바다이다. 그 대상은 꿈에도 잊을 수 없는 그런 관계이다. 그 바다는 어린 시절 친구들과 어울려 티 없이 즐기던 추억이 깃든 고향바다이다. 지금은 다 어떻게 지나며 무엇하고 있을까 보고 싶고 가고 싶은 시적자아의 순수한 마음이 간절하게 표출되어 고향을 그리는 의미를 더해 주고 있다

5) 시조의 행 배열

시조의 행 배열 방법은 현대시조로 넘어오면서 다양하게 나타난다. 고시조에서는 다른 문학 작품의 표기법과 마찬가지로 띄어쓰기도 하지 않았고 장의 구별도 없이 일행으로 연이어 표기한 일행 연서 표기법을 썼다. 다음에서 현대시조에 나타난 일반적인 행 배열 표기에 따른 유형을 살펴보자

> (1) 삼행 구별 표기법: 3행으로 음보별로 띄어쓰기를 하는 것
> (2) 삼행어별 표기법: 3행으로 완전히 띄어쓰기를 하는 것
> (3) 4행 표기법: 초장·중장은 각각 행으로 하고 종장을 두 행으로 하는 것
> (4) 6행 표기법: 구별로 나누어서 쓰는 것
> (5) 7행 표기법: 초장과 중장은 구별로 나누고 종장의 첫 음보와 둘째 음보를 한 행으로 나누어 쓰는 것
> (6) 12행 표기법: 음보별로 나누어 12행으로 표기하는 방법 등이다.

이 같이 현대시조의 배행은 다양하게 나타난다. 이것은 오직 시인 각자의 시작태도와 심상의 문제이다. 현대시조에서는 어떤 방법이 가장 좋은 표기법이라고 단정할 문제가 아닌 것으로 본다. 시의 의미를 가장 효율적으로 가장 풍성하게 전달할 수 있는 방법을 찾아 표기하면 된다. 그래서 현대시조에서는 시의 내용에 따라 적절한 표기법을 택하여 효율적으로 활용하고 있다. 시조의 배행이 시조의 형식을 파괴하는 것이 아니기 때문이다. 하지만 일행 장별 표기법(일행 연서 표기법에서 장 구분에만 띄어쓰기를 하고 쓰는 것)이나 삼행 연서 표기법(3장으로 행갈이를 하되 띄어쓰기는 무시한 것) 같은 것은 삼가는 것이 바람직하다.

이 외도 구체시(具體詩)라고 하여 '글자가 가지는 의미는 무시하고 글자

에서 도안이나 그림의 효과를 낼 수 있다는 생각에서 글자를 그림의 수단으로 활용하는 표기법'도 있다. 이런 유형은 한시에서도 나타나고 자유시에서도 나타난다. 정민의 『한시미학 산책』16)'잡체시의 세계'에 의하면 글자로 쌓은 탑, 층시 또는 보탑시, 마름모형, 깔대기형, 나비모양, 접시모양 기타 여러 유형으로 나타나 시각적인 효과를 드러낸다.

시조의 배행 또한 시조시인 스스로가 그 내용에 따라 적절히 배행하여 시적 효과를 가장 높일 수 있으면 된다. 하지만 어느 것이든 넘치는 배행은 아니 하는 것이 좋다.

6) 시조의 서정성

시는 마음의 표현이다. 그리고 그 시대의 표출이다. 시인이 생각하고 느끼고 바라보는 세계를 향한 미적 표현이 시이다. 그러하기에 그것은 시인의 자기 성찰이고 내적 세계이며 세상을 관조한 시인의 정서이다. 서정시의 본질은 안타까움의 정감을 일깨워주는 데에 있다

서정시의 형태는 그리스의 시형이 원형이며, 발라드[譚詩]·엘레지[悲歌]·오드[頌歌] 등의 종류가 있다. 그 중에서 가장 대표적인 것은 소네트(14행시)로서 단테나 페트라르카에 의하여 완성되었다. 셰익스피어도 또한 뛰어난 소네트 작가였다. 릴케의 ≪오르포이스에게 바치는 소네트≫도 걸작의 하나이다. 그러나 근대시정시는 19세기 말부터이다.

보들레르(Baudelaire, Charles － Pierre, 1821～1867). 나투르게네프(IvanTurgenev, 1818～1883) 등의 시에서 볼 수 있는 것 같은 자유시 또는 산문시의 형태로 발전하기 시작하였다. 근대문명의 여러 가지 모순이 예민한 시인들로부터 고전적인 시형을 빼앗았다.

한국에서는 신라 경덕왕 때 ≪도솔가(兜率歌)≫를 지은 월명사(月明師)

---

16) 정민, 『한시미학 산책』, 솔, 1996, pp.271～294.

를 비롯하여 최치원(崔致遠), 고려시대의 이규보(李奎報), 이달충, 조선시대에 들어와 황진이, 홍랑, 최경창, 최근세와 현대에 걸쳐 김소월(金素月)·한용운(韓龍雲)·김영랑(金永郎)·조지훈(趙芝薰)·박목월(朴木月)등 대부분의 시인들이 서정에 바탕을 두고 시작(詩作)을 했다. 이것은 시의 본령이 역시 서정시에 있기 때문이다. 그래서 현대시조 또한 현대인의 서정이 그대로 표출된다. 이러한 의미에서 자유시나 시조나 그 표현되는 정서 일반은 동일하다. 단지 시조는 형식적인 면에서 정형시로서의 구속력을 갖는다. 그래서 자유시보다 정제되고 압축된 시어로써 그 의미를 형상화 한다.

눈물에 젖어 살던 사람 하나 그립거든
저녁놀 곱게 타는 바닷가에 앉아 보소
이 세상 험난한 시름 잊을 법도 합니다.

소식조차 끊고 살면 다가오는 파도소리
수평선에 홀로 앉은 외론 섬이 되더라도
밤이면 별 틈에 피는 그리움이 보입니다.

얼마나 부질없는 몸부림에 울었던가
모래밭에 새겨놓은 발자국보다 못한 것을
껴안고 살았던 육신 그도 잠을 청합니다.
－ 류상덕, 바닷가에서 －

어머니가 웃고 있다
잊은 듯 내 뜨락에
작아도 질긴 목숨
척박한 땅 부여안고
꽃물 든

방울 바구니
햇살 속을 날고 있다.

가물도 족히 품어
낯빛 환한 한 짐 모정(母情)
허기도 남루도
족두리로 씌워 놓고
그 먼 길
돌아 돌아서
어머니가 웃고 있다.

- 김몽선, 채송화 -

4. 시조 창작 기술

1) 시조의 표현 양식[17)]

(1) 순진법

기승전결의 순서로 가장 일반적이다. 기승전결(起承轉結)은 원래 한시에서 시구를 구성하는 방법이다. 기는 시를 시작하는 부분, 승은 그것을 이어받아 진개하는 부분, 전은 시의를 한 번 돌리어 전환하는 부분, 결은 전체 시의(詩意)를 끝맺는 부분이다. 절구에서는 제1구가 기, 제2구가 승, 제3구가 전, 제4구가 결이고, 율시에서는 제1·2 구가 기, 제3·4 구가 승, 제5·6 구가 전, 제7·8 구가 결이 된다.

청산리 벽계수야 수이감을 자랑마라
일도에 창해하면 돌아오기 어려우니

---

17) 이태극론에 따름.

명월이 만공산하니 쉬어간들 어떠리

- 황진이 -

(2) 점층법

문장의 뜻을 점점 강하고 크고 높게 하기 위한 수사법의 하나이다.

간 밤에 불던 바람 눈서리 치단말가
낙락장송이 다 기우러 가노메라
하물며 못 다 핀 꽃이야 일러 무엇 하리오

- 유응부 -

(3) 도치법(倒置法, inversion)

하나의 문장 안에서 낱말과 구가 놓여야 할 정상적인 순서를 뒤바꾸어, 읽는 이로 하여금 지루함을 없애주는 것으로 도역법(倒逆法)이라고도 한다. 문장 가운데 특별히 어떤 부분을 강조하거나 감정의 격화된 상태, 즉 놀람이나 감탄의 경우에 주로 쓰인다. 내용의 자연적인 순서를 바꾸는 것과 문법상의 정치법(正置法)에 의해 언어의 배열 순서를 바꾸어 놓는 2가지가 있다. 내용의 자연적인 순서를 바꾸는 것은 문법상으로는 정치법일지라도 논리적으로는 도치법이다. 언어의 배열 순서를 바꾸어놓는 경우는 시에서 가장 많이 쓰인다.

다음 홍랑의 시조에서 초장 '보내노라 님의 손에'가 순서가 도치된 것이다. 이는 화자의 각오를 더욱 강조하기 위해 '님의 손에' 앞에 '보내노라'를 놓았다. 이는 의미를 강조키 위한 순서 바꿈이다.

묏버들 가지 꺾어 보내노라 님의 손에
자시는 창 밖에다 심어두고 보옵소서

밤비에 새잎 곧 나거던 날인가도 여기소서

- 홍랑 -

(4) 비유법(比喩法)

말을 강조하고 분명히 하며, 아름답게 꾸미기 위해 문자적 진술 또는 보통 어법에서 일부러 벗어나는 표현법으로 문어(文語)와 구어(口語)에 모두 유용된다. 비유는 세련된 시와 산문 및 일상적인 말뿐 아니라 원시적인 구전문학에서도 나타난다.

인간의 신체기관에서 파생된 은유적 표현은 '하구(河口, 강의 입)', '지구의 허파(아마존 원시림)', '바늘귀' 등에서 보듯이 자연이나 무생물로 확장된다. 반대로 자연현상에 근거하여 파생된 비유에는 '열광의 파도', '흥분의 도가니', '빗발치는 비난' 등에서처럼 다른 영역에 적용되는 경우도 많다.

직유법은 보통 '~처럼' 또는 '~같이'로 나타나는 표현이다. '앵두처럼 빨간 입술' '샛별같이 반짝이는 예쁜 눈' 등의 표현을 들 수 있다. 의인법은 추상적인 성질이나 무생물을 사람처럼 나타내는 표현법으로 '꽃잎이 하늘하늘 춤을 추며 어깨에 내려앉았다.' 라는 표현이다.

'펜은 칼보다 강하다'라는 말은 펜과 칼이라는 두 개체의 단어에서 '펜'은 '문화'를, '칼'은 '무력'을 상징하고 있다. 이렇듯 개별적인 특정한 대상을 지칭하여 어떤 전체적인 사물이나 사실을 지칭하는 화법을 '환유법'이라고 한다.

한편 '제유법'은 부분으로 전체를 나타내는 표현법으로 '빵'은 '식량'을 '감투'는 '벼슬'을 나타내는 것 등이다.

그밖에 많이 쓰는 비유법의 형식으로는 과장법, 의성법 등이 있다.

순수한 시와 산문에서 비유는 더욱 의식적·예술적이며 훨씬 더 미묘하게 사용되어 강한 지적·정서적 효과를 내며 더욱 인상적이 된다. 때로는 일상적인 구어에서 사용하는 수사적 표현의 범위를 훨씬 넘어서 깊고 폭넓은 연상과 암시를 준다.

비유적 표현을 대체로 5가지 주요범주로 분류하기도 한다.

> ① 유사성이나 연관성을 표현 할 때는 직유법·은유법·완곡 대칭법(婉曲對稱法)·기상(奇想)대구법·의인법·환유법·제유법·완곡어법 등을 쓴다.
> ② 강조나 억제의 표현을 할 때는 과장법·완서법·수사의문·대조법·점층법·점강법·역설법·순어법·반어법 등을 활용한다.
> ③ 소리의 표현에서는 두운법·반복법·수구(首句)반복법·의성법 등을 사용한다,
> ④ 말놀이에서는 동음이의어를 이용한 말놀이와 어구전철(語句轉綴)을 운용한다.
> ⑤ 발음은 비슷하지만 뜻이 전혀 다른, 우스꽝스러운 말의 오용(malapropism)에는 우언법(寓言法)·두음전환 등이 있다.

(5) 대비법

서로 대립되는 감각이나 감정 또는 그 밖의 심적 활동이 시간적 공간적으로 접근하여 나타날 때 대립된 성질이 뚜렷하게 드러나 그 차이가 두드러지게 느껴지는 현상으로 두 개 이상 서로 맞대어 비교하는 것을 말한다.

> 북천이 맑다 커늘 우장 없이 길을 나니
> 산에는 눈이 오고 들에는 찬비로다
> 오늘은 찬비 맞았으니 얼어 잘까 하노라
>
> — 임제 —

(6) 문답법

문답법은 대화법의 첫 단계이다. 원래 의미는 지식을 갖고 있는 자가 지식을 가지고 있지 않은 자에게 자신이 어떠한 것에 대하여 모르고 있다는 사실 자체를 깨달을 때까지 어려운 단계의 질문에서 쉬운 단계의 질문으로 계속해서 물어 가는 방법으로 소크라테스의 대화법이 유명하다. 시에서는 시의를 쉽게 또는 현장감 내지 생동감을 더하기 위해 표현하는 방식이다.

<blockquote>
동창이 밝았느냐 노고지리 우지진다
소치는 아이 놈은 상기 아니 일었느냐
재 너머 사래긴 밭을 언제 갈려 하느냐
</blockquote>

- 남구만 -

(7) 반복법

의미를 강조하거나 운율을 맞추기 위해 또는 흥미를 끌기 위해 같은 말이나 구절을 되풀이하여 표현하는 수사법의 하나이다. 예를 들면 "해야 솟아라 해야 솟아라/말갛게 씻은 얼굴 고운 해야 솟아라" 같은 것이다. 김소월의 <초혼>도 마찬가지이다.

<blockquote>
이 몸이 죽고 죽어 일 백 번 고쳐 죽어
백골이 진토되어 넋이라도 있고 없고
임 향한 일편단심이야 가실 줄이 있으랴.
</blockquote>

- 정몽주 -

(8) 실사법

보이는 대로 그려내는 방법으로 회고적 서정시나 명승고적·자연 풍광

등을 그려낸 서경시이다.

> 청려장 힘을 삼고 남묘로 나려가니
> 도화는 흩날리고 소천어 살쪘는데
> 원근에 즐기는 農歌는 곳곳에서 들린다.
>
> — 김천택 —

2) 시조의 구조적 특성

① 4음보절의 길이를 기준으로 2개의 음보가 짝을 이룬다.

② 연접을 형성함으로써 시조의 율격 구조를 이룬다.

③ 각 장은 짝을 이룬 두 음보가 2번씩 나타나 4보격이다.

④ 시조의 구조적 특성은 장(章)의 형식이나 율독의 형식이나 3장 형식
이 종결 징표를 나타낸다.

3) 의미단위로서의 구와 장[18]

시조의 일차적 조건은 3장 6구 12음보라는 형식적 특성에 있다. 이 형식이 시조의 정체성이다. 이런 의미에서 '양장시조'나 '4행시조'는 시조가 아니다. '2행시'나 '4행시'라는 용어가 적절하다. 각 구는 2음보로 이루어지며 이것은 최소한의 의미를 가진 율격 단위이다. 2구가 짝을 이루어 독립된 하나의 문장 형태를 갖추면서 1장이 된다. 곧 이 한 장은 의미의 작은 단위이며 동시에 리듬의 작은 단위가 된다. 이러한 3장이 모여 통일되고 완결된 시조 한 수가 된다. 곧 3 개의 장이 의미를 가지면서 한 편의 시조가 된다.

이렇게 시조는 3 4 5음절 단위의 음보가 모여서 이루어지는 시형이다. 두 음보가 모여서 한 구를 이루고 각 구가 두 개 짝을 이루어 시조의 각 장

---

18) 김대행, 한국시가 구조연구, 삼영사, 1984(1976), pp.31 −42.

을 만든다. 그래서 3장 6구이다. 각 구는 진술로서의 구체적인 의미를 떠운다.

연시조를 지을 때도 마찬가지이다. 각 수는 통일되고 완결된 의미 구조로 이루어져야 한다. 자유시에서의 연 개념으로 이어져서는 안 된다.

철길 가 흐드러진(1구)
함빅웃음 밀물로 와(2구)

연분홍 맺힌 사연(3구)
찾아 드는 이 오후는(4구)

스치는 꽃샘바람도(5구)
가슴 깊이 안긴다.(6구)

－ 이태극, 진달래 연가 －

****
낯설게 하기

따끈한/ 찻잔 감싸 쥐고// 지금은/ 비가 와서
부르르 /온기에 떨며 //그대 여기/ 없으니
백매화 /저 꽃잎 지듯 //바람 불고 날이 차다

－홍성란, 바람불어 그리운 날－
(제24회 중앙시조대상 수상작:2005)

위의 시는 두 구가 연첩되어 이루는 장의 개념에서 낯이 설다. 그래서 낯설게 하기로 본다. 두 음보간의 중첩은 잘 이루어졌다. 그런데 연접을 이루는 두 구간의 의미망은 불안하다. 자유시라면 구를 행으로 처리하여

낯설게 하기(make strange)로 얼마든지 가능하다. 하지만 시조에서 이러한
표현은 어색하다. 그래서 그 의미망 또한 매끄럽지 않다. 시조는 2음보가
중첩되어 1구를 이룬다. 1구는 최소한의 의미를 가진 율격 단위가 된다.
위 시에서 각 구만 떼어낸다면 각 구의 의미는 문제 될 것이 없다.

그러나 '이러한 두 구가 짝을 이루어 독립된 하나의 문장 형태를 갖추면
서 각 장을 이룬다.'는 구와 구의 연접으로 이루어지는 장의 개념으로 보
면 위 시조는 문장 형태상 비문이다. 따라서 어법상 문제가 있다. 그것은
시조의 각 장은 의미의 작은 단위가 되는데 초장의 '따끈한 찻잔 감싸 쥐
고 지금은 비가 와서'를 표현 양식상 도치법으로 보아도 의미의 단위로는
어색하다. 또 중장에서도 '부르르 온기에 떨며 그대 여기 없으니'가 어색
하기는 마찬가지다. '시조의 각 장은 하나의 독립된 문장의 형태를 갖추어
야'하고 '시조의 각 장은 완전한 월의 형태를 이루어 각각 독립된 월'이 3
장으로 이루어진다.19)는 형식적 문장구성에도 맞지 않고 의미율도 어색
하다. 종장은 아무문제가 없다. 그러나 초·중장의 표현 양식은 장의 개념
을 충족시키기에는 여러 면에서 문제가 제기된다. 아마 작자는 낯설게
하기(ostranenie or defamiliarization)의 표현 양식을 운용한 것으로 본다.
그런데 시조의 양식으로는 재고해야 되지 않을까 하고 제기해 본다.

낯설게 하기는 러시아 형식주의 이론가를 대표하는 슈클로프스키(V.
Shklovsky)의 새로운 시어 운용에 대한 명칭이다. 곧 일상화되어서 낯익은
사물이나 관념을 특수화하고 낯설게 하여 새로운 느낌을 갖도록 표현하는
것이다.

낯설게 하기를 창안한 형식주의를 비판적으로 바라보는 시각도 있다.
형식을 주요한 핵심으로 놓는다는 측면에서 형식주의가 표면인 형식만 강
조하고 내면인 내용을 소홀히 한다고 보기 때문이다.

이처럼 낯설게 하기는 일상성이나 지루함을 극복하고자 하는 인간의

---

19) 임종찬, '시조의 3장 구조 연구'『현대시조 탐색』, 국학자료원, p.24.

욕망이기도 하고 예술가들의 창작기법이기도 하다. 하지만 이러한 이론을 정형화된 전통성을 가진 시조의 창작구조와 형식에 적용한다는 것은 무리가 따른다. 그래서 각 장 안에서의 두 구간의 결합이 어색하기 짝이 없다. 그래서 낯설게 하기로 돌렸다. 그 실험 정신을 인정받아 중앙시조대상 수상작으로 낙점된 것으로 본다.

4) 시조의 율격과 통사율

양영길은 「시조 미학의 율격은 통사적 긴장에 있다」에서 시조의 형식 미학을 통사율로 풀기도 했다. 통사율은 음보와 음보 사이의 긴장을 이루는 장치이다. 음보란 휴지(休止)에 의해서 구분된 문법적 마디로 이 음보가 규칙적으로 연속되어 되풀이될 때 음보율을 이루게 된다. 이러한 음보율은 음보와 음보 사이의 긴장 관계가 있을 때 더욱 뚜렷해진다. 시조의 형식에서는 각 장을 이루는 4음보는 2음보의 중첩으로 이루어진다. 2음보가 두 번 되풀이되는 4음보는 2음보보다 더 안정된 의미율을 가진다. 그러므로 시조의 기본 율격은 2음보격이 중첩되어 이루어지는 4음보격이다.

따라서 시조의 율격은 음보의 등장성에서 이루어지고 그 음보는 2음보씩 대응 연접함으로써 규칙성을 보이며 그 두 음보 사이에는 상대적인 강·약, 곧 약·강/강·약 규칙성을 이루는 것을 한국시조(시가)의 율격 특질로 본다.[20] 시조는 단순히 글자 수만 맞추는 것이 아니라 음보와 음보, 구와 구, 초·중·종장의 내적 율격까지 만족시켜야 한다. 외형적 율격만이 아니라, 내적 율격에서 오는 의미율이 시조 속에 스며들어야 한다. 그래서 전체적인 구조로 볼 때 시조의 한 구는 최소한의 의미 단위로 이루어지고, 한 장은 하나의 독립된 문장의 형태를 갖추어야 하며, 한 수는 3장이 모여 통일되고 완결된 한 편의 의미 단위를 구축해야 한다.

---

20) 김대행 전게서.

1.
이런들 /어떠하며// 저런들 /어떠하리
초야 /우생이// 이렇다/ 어떠하리
하물며/ 천석고황을// 고쳐 /무엇하리
2.
연하로 /집을 짓고// 풍월로/ 벗을 삼아
태평/성대에// 병으로/ 늙어가니
이 중에/ 바라는 일은// 허물이나/ 없고자.

- 이황, 도산십이곡 중에서 -

성불사/ 깊은 밤에// 그윽한 /풍경소리(4음보 2구)
주승은/ 잠이 들고 //객이 홀로/ 듣는구나(4음보 2구)
저 손아 /마저 잠들어// 혼자 울게 /하여라.(4음보 2구).

- 이은상, 성불사의 밤 첫째 수-

위의 시조를 보면 연시조인데도 한 수 한 수가 완결되고 독립된 하나의 의미를 갖고 있다. 그래서 한 수는 연시조에서도 3장이 모여 통일되고 완결된 한 편의 의미 단위를 구축 한다는 것이다.

'7(3·4)·5(2·3)조'는 일본 율격에서의 영향이란 학자들의 논의가 있다. 하지만 꼭 그렇게만 생각하지 않는다. 우리 국어의 특성에서 온 우리 민요조이라고 보면 된다. 우리의 언어구조가 7·5조를 맞출 수 없다면 아무리 모방하고 싶어도 제대로 엮어지지 않는다. 우리의 자존을 세우며 우리 것으로 정착되었으면 우리 것이다. 또 우리의 언어구조상 우리의 것이 맞다.

양영길에 의하면 시조의 형식 미학의 질서는 음수율과 같은 산술적인 것이 아니라 음보율이 통사율과 그 긴장 관계로 이어지는 함수 관계로 본다. 그래서 시조 형식 미학의 참맛은 율격적 함수 관계에서 하나의 구(句)가 최소한의 통사적 온전성을 필요로 한다. 때문에 시조의 율격은 음보율로 설명할 수 있다. 하지만 두 개의 음보가 짝을 이루어 온전한 구(句)로서의 역할을 할 때 비로소 음보율은 얻어지는 것이다. 곧 두 개의 음보가 짝을 이루어 음보율을 이루었을 때 하나의 의미 단위가 생성되고 다음에 오는 음보율에 영향을 끼칠 수 있어야 율격이 이루어진다. 그래서 시조의 율격은 2음보가 중첩되는 4음보격이 되는 것이다. 이러한 통사율도 결국은 '의미단위로서의 구와 장'과 그 맥을 같이 한다. 통사론이 문장을 구성하는 요소의 결합·배열과 요소 상호간의 관계를 대상으로 하는 것인 만큼 통사율이 제대로 형성되면 의미율까지 얻어지게 마련이다. 시조가 자유시보다 암송하기 쉬운 이유도 음보와 음보 사이의 통사적 긴장 관계가 율격을 이루고 있기 때문이다.

이 몸이 죽고 죽어 일백번 고쳐 죽어
백골이 진토되어 넋이라도 있고 없고
임 향한 일편단심이야 가실 줄이 있으랴.

— 정몽주, 단심가 —

시는 단순한 의미 전달만이 아니다. 시의 반복은 의미의 강조만이 아니다. 리듬이고 균형이다. '죽고 죽어' '고쳐 죽어' '있고 없고' 등은 시조 형식을 맞추기 위한 리듬이고 균형이다. 그래서 시조는 음악성인 율격을 최대한 살려야 한다. 따라서 현대시조가 율격을 무시하고 지나치게 자유시처럼 하는 것은 반성해야 한다.

5) 시조의 자수와 자수율

시조는 우리 고유의 정형시로서 우리 민족의 혼이 담겨진 그릇이다. 시조는 한시나 일본의 정형시처럼 그 자수에 변통이 없는 것이 아니라, 45자를 기준으로 몇 자의 가감을 허용한다. 그래서 자수만이 아니라 음보나 구로 설명하기도 한다. 그래서 긴축과 여백의 미학을 말하기도 한다. 시조의 기본형과 그 율격을 보자.

> 成佛寺(3) 깊은 밤에(4) 그윽한(3) 풍경소리 (4)
> 주승은(3) 잠이 들고(4) 객이 홀로(4) 듣는구나 (4)
> 저 손아(3) 마자 잠들어(5) 혼자 울게(4) 하여라 (3)

위의 시조는 노산 이은상의 「성불사의 밤」이다. 기본형에 맞고 율격도 잘 이루어진 작품이다. 위의 기본형을 벗어난 작품을 보자.

> 아무리(3) 여름이 더워도(6) 싫단 말(3) 다신 않을래(5)→17자
> 이 밤도(3) 또 밤새워 우는(6) 저 가을(3) 벌레들 소리(5) →17자
> 더구나(3) 우수수 잎들이 지면(8) 어이 견딜(4) 까본가(3).→18자
> ⇒52자

이호우의 「聽秋(청추)」라는 작품의 첫 수다. 이 작품을 두고 어느 원로 시인이 평한 것을 보니 "얼마나 자수나 틀에 구애받지 않고 내재율을 잘 살려 낸 작품인가. 그러면서도 파격이 전혀 없는 천의무봉한 가락인가." 라고 극찬을 했다. 그런데 과연 그럴까? "자수나 틀에 구애받지 않고 내재율을 잘 살려낸 작품" 이라 했는데 시조를 쓰면서 '자수나 틀에 구애 받지 않으면' 자유시가 된다. 내재율은 자유시에도 산문시에도 있다. 시조는 3장 6구 안에서 외재율도 음보율도 자수율도 의미율도 함께 할 때 그 정체성이 보존된다. 시조를 쓰면서 할 말을 어찌 다 할 수 있으랴. 시조는 시어의 압축과 절제가 고도로 요구되는 시형이다. 그런 의미에서 다음과 같이 시어를 절제할 수 있다고 본다.

아무리(3) 여름이 더워도(6) 싫단 말(3) 다신 않을 래(5)→17자
이 밤도(3) 밤새워 우는(5) 저 가을(3) 벌레들 소리(5) →16자
우수수(3) 잎들이 지면(5) 어이 견딜(4) 까본가.(3)→15⇒48자

중장에서 '또"를 버리고 종장에서 '더구나'를 버렸다. 내용이 변하지 않는 한에서 버릴 것은 버리고 줄일 것은 줄여야 한다. '이 밤도'란 '도'에 이미 '또'란 의미도 포함되어 있다. '더구나'란 부사를 종장 머리에 두면 그 다음 오는 음보가 과음보가 되어 사실 맞지 않다. 아니면 "더구나 잎들이 지면"으로 고쳐도 무방한 작품이다. 이러한 작품들은 가람을 포함하여 대가들에게도 부지기수이다. 절제와 압축, 퇴고를 거듭하여 정격(43 - 47)으로의 기본형을 지키는 것이 바람직하다. 이를 다시 고쳐보자.

아무리(3) 덥다 해도(4) 싫단 말(3) 않을 꺼야(4)
이 밤도(3) 지새우는(4) 저 가을(3) 벌레 소리(4)
우수수(3) 잎들이 지면(5) 어이 견딜(4) 까본가.(3)→43자

이다. 내용에는 변함이 없다. 내용상으로 볼 때 '여름'이란 계절을 밝히지 않아도 지난여름 더운 것을 지칭함을 알 수 있다. '시'는 더 버릴 것이 없을 정도로 시어의 절제와 압축과 간결을 요구하는 언어미학이다. 하물며 시조에 있어서야 더욱 그렇다. 위의 시조의 고침은 나만 징격으로 가는 과정을 밝혔을 뿐이다. 어찌 할 말을 다 늘어놓고 시조를 쓰랴. 평시조의 단아함은 고도의 절제와 압축미를 필요로 한다. 그리고 행간에서 독자가 읽어내게끔 여백을 남겨 두어야 한다.
시조는 '압축의 원리'에 의한 암시성을 그 본질로 한다. 시조는 대상에 대한 구체적인 체험이나 직관, 감정 등이 최대한 집중되어서 압축성과 간결성에 의하여 시어가 갖고 있는 무게와 비중은 보다 커진다. 다음 에피소드를 살펴보자

헤밍웨이가 한 쪽 다리를 들고 서서 글을 쓰고 있는 것을 친구가 목격하고 그 이유를 물었다. 그러자 헤밍웨이 왈 "앉아서 쓰면 아주 편안하네. 그러나 써 놓은 글을 보면 문장은 길고 지저분하네. 한 쪽 다리로 서서 글을 쓰면 다리가 아프니까 간결하게 쓰게 되네." 하고 대답했다. 이 구절을 읽고 필자는 헤밍웨이의 「바다와 노인」을 생각했다. 대학교 1학년 때 그 원서를 읽은 적이 있다. 간결한 문체에 단어만 찾으면 읽을 수 있었다. 그 후 나는 단문을 즐겨 쓴다. 중문이나 복문은 우리글이라도 헷갈릴 때가 있다. 더구나 철학 서적이나 신학 서적에서 한 문장이 5행~10행이 되는 것을 본 적이 있다. 그런 문장은 우리 국어라도 재차 읽어야 그 의미가 닿을 때가 있다. 영어도 접속어가 들어가고 관계대명사로 몇 개가 이어지면 해석에 시간을 요하는 것을 본다. 그 때부터 필자는 단문을 쓰는 편이다. 그래서 필자의 책은 어렵지 않다는 말을 듣는다.

헤밍웨이의 글이 군더더기 없이 간결하고 아름다운 이유를 알 수 있는 대화이다. 시를 쓰는 시인들이 새겨야 할 전범(典範)이 되는 이야기이다.

다음 시조를 또 보자.

바람 잔 푸른 이내 속을 느닷없이 나울치는 해일이라 불러다오.
저 멀리 뭉게구름 머흐는 날 한 자락 드높은 차일이라 불러다오.
천년도 눈 깜짝할 사이, 우람히 나부끼는 구레나룻이라 불러다오.

— 김상옥, 느티나무의 말 —

이 작품 역시 시조의 자수개념으로 따지면 그 기본형에서 한참 벗어나 있다. 이를 음수율은 무시하고 운율을 살린 음보로만 본다면 다음 빗금으로 나눌 수 있다.

바람 잔 /푸른 이내 속을 /느닷없이 나울치는/ 해일이라 불러다

오.→25자
　저 멀리 /뭉게구름 머흐는 날 /한 자락 드높은 /차일이라 불러다
오.→25자
　천년도/ 눈 깜짝할 사이,/ 우람히 나부끼는/ 구레나룻이라 불러
다오.→26자⇒76자

이렇게 4음보로 보면 시조의 형식에는 맞다 하겠다. 하지만 가만히 따
져 보면 각 장 첫째 음보를 제외하고는 사실상 두 음보로 나누어지는 음보
인 셈이다. 그러니 정격에서 두 배의 음수율을 허용하면서까지 이를 평시
조라 할 수 있는가라는 의문을 제기하게 된다. 제대로의 평시조가 되기 위
해서는 과감하게 버릴 것은 버려야 한다.

　　바람 잔 / 이내 속은 / 나울치는/ 해일이고 →15자
　　저 멀리 /뭉게구름 /드높은 /차일이네 →14자
　　천년도/ 눈 깜짝할 사이,/ 나부끼는/ 구레나룻.→17자 ⇒46자

시조는 각 음보 내에서는 수식어와 서술어가 들어갈 여지가 없다. 과감
하게 버릴 수 없다면 자유시를 선택해야 한다. 즉 초장의 경우 '푸른' '느
닷없이' '불러다오', 중장에서 '머흐는 날' '한 자락' '불러다오', 그리고
종장의 경우 '우람히' '~라 불러다오' 같은 대목이다. 이러한 수식어와 서
술어는 시조 형태의 자수개념을 무시한 소치이다. 그렇다고 엇시조도 사
설시조도 아니다.

선배 시조시인들이 더구나 인지도가 높다는 시조시인들이 이렇게 썼으
니 그 후배들이 어찌 따르지 않으랴. 또 감히 후배가 어찌 선배의 작품을
논할 수 있으랴. 이런 풍토가 오늘 날 변격과 파격의 원인이라 본다. 김상
옥의 「느티나무의 말」은 시조가 아니다. 3행으로 곧 3장으로 발표되었다
고 시조가 되는 것은 아니다.

기다리는(4) 사람에게만(5) 새벽은(3) 새벽이 된다(5).→17자
봉두난발(4) 상처뿐인(4) 제 가슴(3) 쥐어뜯으며(5)→16자
유백의(3) 찻잔을 만드는(6)→9자
어느 도공의(5) 기도처럼(4)→9자 ⇒51자

길은 아직(4) 헝클린 채로(5) 안개 속에(4) 묻혀 있는데(5)→18자
조간처럼(4) 달려온(3) 소중한(3) 여백 하나(4)→14자
새로운(3) 출발을 권하는(6) →9자
아~ 숨가쁜(4) 초인종이여(5)→9자 ⇒50자

- 이우걸, 새벽 -
- 2008년 제28회 가람시조문학상 작품 -

새벽은 기다리는 사람에게만 새벽이다→16자
봉발(蓬髮)에 상처뿐인 제 가슴 쥐어뜯으며 →15자
유백의 찻잔 만드는 →8자
어느 도공의 기도처럼.→9자⇒48자

아직도 헝클린 채 안개 속에 묻힌 길에서→16자
달려온 조간처럼 소중한 여백하나→14자
새로운 출발을 권하는→9자
아~숨가쁜 초인종! →7자 ⇒45자)

　다만 정격으로 갈 수 있는 길을 제시했을 뿐이다. 위의 시는 시어의 함축과 암시로 독자로 하여금 생각의 시간, 감상의 시간을 갖게 한다. 시어의 함축과 암시는 상상의 세계를 담아내는 역할을 한다. 하지만 지나친 암시는 난해시를 낳는다. 그래서 일반 독자들은 시가 어렵다고 한다. 그것은 또 일반 독자들을 멀리하는 원인이 되기도 한다. 적절한 암시는 독자로 하여금 사고(思考)의 세계를 달리며 상상의 날개를 펼쳐 또 다른 시의 세계

를 창출할 수 있는 힘을 기르기도 한다. 위의 시는 독자나 평자에 따라 몇 개의 시의를 창출해 낼 수 있는 내포적 의미를 갖고 있다. 그래서 시적자아가 갖는 내부의 문맥을 명쾌하게 이해하기란 어렵다.

시조의 정격을 지키고 고수하고자 애쓰는 시인들도 많은 것으로 안다. 그래서 큰상을 타는 작품만큼은 정격을 지켰으면 한다. 또 그들이 모범이 되어 시조의 정격을 지켜야 한다. 위 시조도 퇴고의 원칙을 따라 퇴고를 하면 얼마든지 단아한 정격으로 살 수 있다. 각장 첫 음부를 3음절로 고쳐 보았다. 퇴고의 유래를 상기하며 퇴고의 원칙 세 가지를 제대로 활용하면 시조는 정격으로 갈 수 있다. 시조의 절제미와 함축미는 시어의 압축과 내포적 의미에서 온다.

시인 박용래
눈이 젖어 바라보던 →13자

그 삭정이 둥지
삭정이진 슬픔 →12자

한 줌 詩
고독을 품던 새는
지금은 날아가고 없다. →19자 ⇒44자

─ 이근배, 까치집 ─

「까치집」은 44자로써 시조의 총자수율로 보면 정격이다. 하지만 각 장마다 시조의 기본틀에서 많이 벗어난다. 이는 음보 개념으로 쓴 것이 아니라 구 개념으로 창작 된 것임을 알 수 있다. 초·중장은 소음보이고 종장은 과음보이다. 따라서 자유시와의 구분이 분명하지 않다. 그래서 이 또한 독자들은 자유시로 볼 수 있다.

6) 시조의 퇴고

(1) 퇴고의 묘미

'퇴고(推敲)'는 국어사전에 의하면 '글을 지을 때 여러 번 생각하여 고치고 다듬음' 이라고 풀이하고 있다. 한 작품을 고치고 다듬을수록 윤기를 더하기 때문이다. 퇴고는 작품을 완성하기 위한 최후의 작업이며, 작품에 대한 자기 평가라고 할 수 있다.

'상소잡기(緗素雜記)'에 의하면 한유(韓愈 768년~824년)[21]와 가도(賈島)[22]의 이야기가 나온다. 중국 당나라 때이다. 가도는 노새를 타고 가면서 시상을 떠 올렸다. 5언 절구에서 3행까지는 잘 나갔는데 4행에서 걸렸다. 2자 사이에서 골똘히 생각에 잠겨, 앞에서 오는 한유의 행차를 막았다. 그 시가 바로 퇴고(推敲)를 낳게 한 '이응(李凝)의 유거(幽居)에 제(題)함' 이다.

> 한거인병소(閑居隣並少) 한가하게 사노라니 사귄 이웃 드물고
> 초경입황원(草徑入荒園) 풀밭 사이 오솔길은 황원으로 뻗었네
> 조숙지변수(鳥宿池邊樹) 저녁 새는 연못가의 보금자리 찾는데

---

21) 한유(韓愈, 768년~824년)는 중국 당나라의 문장가·정치가·사상가이다. 당송 8대 가의 한 사람으로 자는 퇴지(退之), 호는 창려(昌黎)이며 시(諡)는 한문공(韓文公)이다. 하내군(河內郡) 남양(南陽) 출신이다.

22) 가도(Chia Tao, 779~843):중국 중당(中唐) 때 시인.자는 낭선(浪仙). 범양(范陽 : 지금의 허베이 성[河北省] 줘 현[逐縣]) 사람이다. 집안이 가난하여 일찍이 출가하여 승려가 되었으며 무본(無本)이라는 법명을 얻었다. 한유(韓愈)에게 시재(詩才)를 인정받은 그는 속세로 돌아와 쓰촨 성[四川省] 창장 현[長江縣]의 주부(主簿)로 시작한 그의 관직생활은 쓰촨 성 푸저우[普州]의 사창참군(司倉參軍)에 머물었다.. 승려로 있을 때부터 시인으로 이름을 날렸으며, <가랑선체 賈浪仙體>라는 그의 시를 보면 시구 하나하나를 선택함에 있어 작가가 얼마나 고심했는가를 잘 알 수 있다. 표현이 날카롭고 간결하며 자연스러운 것이 가도 시의 전반적인 분위기이다. '퇴고'(推敲)라는 말의 유래가 된 유명한 일화로 잘 알려져 있다. 한유 문하에 같이 있던 맹교(孟郊)와 더불어 '교한도수'(郊寒島瘦 : 송의 蘇東坡가 한 말)라 일컬어진다. 시집에 <가랑선장강집 賈浪仙長江集>(10권)이 있다.

여기까지는 술술 내려왔는데 결구를 승퇴월하문(僧*推月下門) 스님은 달빛아래 문을 밀친다로 해야 할 것인지,승고월하문(僧*敲月下門) 스님은 달빛 아래 문을 두드린다. 로 해야 할 것인지, 여기서 갈등을 일으키게 된다. '고'와 '퇴' 이 두 자를 소리 내어 중얼대면서 손을 들어 문을 두드리고 미는 시늉도 해보곤 한다. 이렇듯 작품의 세계에 빠져 골몰하고 있던 가도는 저 앞에서 고관 일행이 오는 것도 몰랐다. 여전히 중얼거리며 손짓을 하면서 가다가 결국 노새는 그 행렬을 뚫고 들어가 부딪치고 말았다

위병들은 저마다 소리치며 노새 위의 가도를 끌어내려 한퇴지 앞에 꿇어 앉혔다. 가도는 놀라면서 작시에 마음이 팔려 무례를 범했다는 사정을 말하고 사죄하였다. 퇴지는 말을 멈추고 잠시 생각하고 있다가

"'고'로 하는 것이 좋겠네." 라고 말하였다.

이 사건이 인연이 되어 한유와 가도는 좋은 시우(詩友)가 되었다.

이 고사를 통해서 퇴고(推敲)가 무엇인지, 또 어떻게 하는 것인지 알 수 있을 것이다. 가도가 노새를 타고 가면서 시를 짓는 것도 그렇지만 실감을 표현하기 위해서 행동으로 옮겨보는 것 등은 오늘날 시를 쓰는 사람도 본받을 만한 일이다.

퇴고는 모든 글쓰기에서 이루어진다. 문장론에서 집필을 끝낸 뒤 반드시 살펴야 한다는 뜻으로 '퇴고의 3원칙'이 있다.

첫째는 부가의 원칙이다. 쓰고자 하는 바를 충분하게 드러냈는가? 즉 요구조건이 충족되었는가를 살펴 빠뜨린 부분을 첨가 보충하는 것을 말한다.

둘째는 삭제의 원칙이다. 글 쓴 사람의 솔직한 심정이 드러났는가? 가식이나 허식이 없는가를 살펴 불필요한 부분, 지나친 부분, 조잡하고 과장된 부분 등을 삭제한다.

셋째는, 재구성의 원칙이다. 글의 순서를 바꾸어 효과를 더 높일 수는

없는가? 즉, 문장의 구성을 변경하여 효과를 높일 수 있다면 구성을 다시 한다는 것이다. 단어 하나하나, 절구 하나하나를 살피면서 가장 효율적으로 재구성해 보는 것이다.

시조가 갖는 형식적 특성을 비롯해서 자기가 의도 했던바 등 여러 가지를 점검해야 한다. 특히 시조의 경우는 퇴고하는 과정에서 음보간의 유연성과 율격, 자수율, 함축미, 의미율(통사율)을 점검할 필요가 있다. 그리고 작품을 쓰고 나서 어느 정도의 시간이 지난 뒤에 퇴고에 임하는 것도 좋은 방법이다. 퇴고에 따른 장지성의 퇴고론도 일가견이 있기에 옮겨본다.

"작품의 완성기간은 길면 길수록 좋다. 특히 삼단논법이 절실히 요구되는 시조의 특성상 초장, 중장, 종장의 연결고리가 유연하여야 하며 가장 압축되고 정제되고 농축된 것이 정형의 생명이라 할 때 한편의 시조가 세상(지면)에 빛을 볼 때까지 후속 기간을 얼마나 거쳤는지에 그 작품의 완성도가 높아질 것이다. 과일주를 빚을 때를 비유한다면 초고는 담글 때를 말하는 것이고 개고는 발효기간을, 탈고는 숙성기간을, 그리고 후속 기간은 마지막 점검을 말하는 것이다". 라 하여 작품 발표에 신중성을 기했다.

그렇게/ 붐비던 여름도 //이젠 물러/ 앉았는데 →17자
플라타너스 /낙엽 진 거리를// 혼자라도/ 걸어보아라 →20자
우리가 /세월의 강물이// 흘러간 걸 /금시 보리라. →18자⇒55자

철새들/ 울고 간 하늘을// 목도리로 /둘둘 감고 →17자
플라타너스/ 낭자한 거리를// 손을 잡고/ 걸어보아라 →20자
우리가 /눈물의 行間이// 넓어진 걸 /서로 보리라.→18자⇒55자

– 정완영, 낙엽을 밟으며 –

원로시인이고 정격을 고수하고 있는 시인으로 안다. 그런데 요즈음 문

예지에 발표되는 몇 편의 작품을 보고 많이 의아해 했다. 이 작품 또한 자유시의 표현을 닮은 과음보 투성이다. 자유시와 시조는 표현상에도 차이가 있다. 자유시 같이 표현하려는 데서 시조의 참맛을 잃어버릴 수 있다. 시조시인은 시조의 맛을 자랑스럽게 생각하고 표현해야 한다. 자유시와 시조는 율격에서부터 다르다. 앞에서 논한 율격론을 살펴보면 알 수 있다. 자유시를 모방하려 하면 그때부터 시조의 맛이 달라진다. 의미는 그대로 두고 충분히 다듬을 수 있는데도 자유시처럼 표현히어 발표하는 경우를 인지도가 높다는 시조시인들에게서 많이 보게 된다. 과음보를 하지 않고 아래와 같이 정격에 맞게 퇴고해 보았다. 퇴고의 원칙 중 둘째 삭제의 원칙과 셋째 재구성의 원칙을 적용하여 고쳐 보았다.

'플라타나스'는 물론 한 음보이다. 하지만 첫음보에서는 피하는 것이 시조의 기본틀에도 맞고 바람직하다. 그리고 각 장 둘째 음보는 모두 두 음보로 나눠도 무방한 음보로서 과음보 현상을 보인다. 과음보란 위의 시조 둘째 구처럼 6음절 이상으로써 두 음보로 나눌 수 있는 음보를 과음보라 한다. 종장 둘째 음보는 예외로서 5 - 7음절을 허용한다.

붐비던/ 한여름도// 이젠 물러/ 앉았는데→15자
낙엽 진/ 저 거리를// 혼자라도/ 걸어보라 →15자
흘러간/ 세월의 상물을// 우리 다시/ 보리라.→16자⇒45자

철새들/ 울고 간 하늘// 목도리로/ 둘둘 감고→15자
낙엽이/ 낭자한 거리를// 손을 잡고/ 걸어보라 →17자
넓어진/ 눈물의 행간을// 우리 서로/ 보리라. →16자 ⇒48자

조지훈은 "승무"를 "착상한 지(그의 나이 19세) 열한 달, 집필을 시작한 지 일곱 달 만"에 완성하였다. 즉 착상한 지 18개월 - 1년반 만에 발표했다. 시조는 우리의 언어구조와 풍성한 어휘를 잘 운용하여 퇴고에 퇴고를

거듭하면 시조의 정격을 얼마든지 지킬 수 있다.

다음 기존시조 몇 편을 정격으로 고쳐보자.

바람이 서늘하여 뜰 앞에 나섰더니
***서산마루에 구름은(구름은 서산마루)** 하늘을 벗어나고
산뜻한 초사흘 달이 별과 함께 나오더라.

—이병기, 별—

위의 시조는 가람의 「별」 첫째 수이다. 중장 첫 구를 정격구조에 맞게 고쳤다. 곧 퇴고의 원칙 둘째와 셋째를 적용하여 '서산마루에 구름은'을 '구름은 서산마루'로 고쳤다.

아래 예시한 시조에서 궁서체 부분 *와 ( )을 비교해 보면 고친 부분임을 알 수 있을 것이다. 정격으로 가는 길로 조금만 마음을 돌리고 퇴고의 원칙에 따라 다듬으면 되는데 그렇지 않기 때문에 오늘날 변격과 파격의 과(過·寡)음보 현상으로 시조의 격을 자유시화 하는데 문제가 있다. 또 정격을 무시한 선배 시조시인들의 시작(詩作)태도와 형식을 시조의 현대화인양 따르는 것도 문제이다. 아래 시조의 *와 ( )안의 궁서체 부분을 비교해 보자. 의미에 변화가 없다. 도리어 온전하고 단아한 정격시조의 모습이다. '定型而非定型'이니 '非定形而定形'이란 말이 들어올 수가 없다.

***나의 무릎을 베고(아들의 무릎 베고)** 마즈막 누우시든 날
***쓰린(쓰라린)** 괴로움을 말도 참아 못하시고
매었던 옷고롬 풀고 가슴 내어 뵈더이다

—이병기, 젖—

* 각 장 첫음보는 3음절로 고쳤다.

***다 나가고(아무도)** 없는 뜰에

목련화가 피었네

골고루 *사람이 없는 데 따라 (인적 없는데)
고이 여는 꽃이여

─ 박재삼, 부재 ─

**의미상 변화는 주지 않고 시어를 압축하거나 가감했다.

꽃샘바람 시새움에 땅 속의 어둠에서
(땅 속의 어둠에서 꽃샘바람 시새움에)
쉬지 않고(쉬잖고) 꽃이 되려 입맞추는 소리들이
순명의 용틀임으로 깨어나는 봄의 부활.

─ 김인자 봄의 부활 3연 ─

**초장은 퇴고의 원칙 셋째 번을 적용하여 고쳤다. 의미상에는 변화가 없다. 중장은 시어를 본디 말에서 준말로 압축하여 3음절로 고쳤다.

눈을 가만 감으면(가만히 눈감으면) 구비 잦은 풀밭길이
개울물 돌돌돌 길섶으로 흘러가고
白楊숲 사립을 가린 초집들도 보이구요

어질고 고운 그들 멧남새도 캐어오리
집집 끼니마다 (집집이 끼니마다)봄을 씹고 사는 마을
감았던 그 눈을 뜨면 마음 도로 애젓하요

─ 김상옥, 思鄕 1,3수 전문 ─

**첫음보를 3음절로 고쳤다

*비석 옆에(비석 옆)노송 하나 굽게 휘어 늙어 있다

*우리 엄마(울 엄마) 이 낙에서 아들 배웅 서울 갔다
*이 솔아/ 네가 정녕 그 솔이거든/
말 좀하여/ *주렴.=>솔아 너/ 정녕 그 솔이거든/
말 좀하여/ 주려마.

– 최현배, 고향의 노래 (10수 중 마지막 수) –

**첫음보를 3음절로 고치고 종장은 퇴고의 원칙을 적용하여 고쳤다.

(2) 기존 시조 정격으로 가는 길

다음은 조금만 퇴고를 거듭하면 정격으로 갈 수 있는 시조들이기에 그 길을 밝혀보았다.

(1) 붓끝으로 그린 풍경/ 데이빗 맥켄 -

옛날/ 옛적엔 전혀(2·5)//
아무 일도/ 아니었지(4·4), →15자

어디든/ 원하는 데(3·4)// 오줌 누던/ 사내들(4·4) →15자

뒷골목/ 저편 벽에다(3·5)//⇒8자
아니면/ 길가에.(3·3) →14⇒44자

달빛 어린 듯,/ 거침없는 듯(5·5)//
끊일 듯,/ 이어질 듯(3·4) →17자

시골이나/ 도시 풍경에(4·5)// 덧칠하는/ 붓놀림(4·3), →16자

하던 일/ 마칠 때까지(3·5)// →8자

점잖게/ 속이지.(3·3) →14 ⇒47자

** 시조의 전체 자수율로 보면 정격에 해당한다. 하지만 음보내에서의 자수율로 보면 조금 벗어난다. 한국어의 언어구조상 온전한 정격으로 갈 수 있기에 밝혀보았다.

옛날도/ 그 옛날엔(3·4) //
아무 일도/ 아니었지(4·4) →15자

어디든/ 원하는 데(3·4) //사내들은 /오줌 눴지(4·4) →15자

뒷골목/ 저편 벽에다(3·5) //
그 아니면/ 길가에.(4·3) →15자⇒45자

달빛이/ 어리는 듯,// (3·4)
끊일 듯,/ 이어질 듯(3·4) →14자

골목길/ 풍경마다(3·4)/ 덧칠하는/ 붓놀림에(4·4) →15자

하던 일/ 마칠 때까지(3·5)//
점잖게도/ 속이지 (4·3)) →15자⇒44자

(2) 남자와 여자 /이지엽

남자는/ 가슴에다/ 산(山) 하나/ **세우고 살지.** →15자
소리 내어/ 울지 않는 것은/ 바위 같은/ 자존 때문 →18자
아픔이/ 절벽이어도/ 폭포처럼/ 내리꽂히지.→ 17자 ⇒50자
(남자는/ 가슴에다/ 산하나/ 갖고 살지 →14자
소리내/ 울지 않는 것은/ 바위 같은/ 자존 때문 →17자

아픔이/ 절벽이어도 /폭포처럼/ 꽂히지 →15자)⇒46자

문 걸고 /묵묵부답 /위엄을 /곧잘 위장해도 →16자
새가 되는 /새처럼 /푸른 메아리/ 철없이 날기도 하지 →20자
부석(浮石)의/ 절 한 채 짓고/ 햇살 찧는 /물빛 산빛. →16자⇒52
(문 걸고 /묵묵부답 /위엄을 /위장해도 →14자
새처럼 /푸른 메아리/ 철없이/ 날기도 하며 →16자
부석의/ 절 한 채 짓고/ 햇살 찧는/ 물빛 산빛. →16자)⇒46자

여자는/ 가슴에 /강물 하나/ 흐르게 하지. →
남모르게 /눈물 흘리는 건/ 모래알 같은/ 사랑때문
앞섶에/ 물 주름진 삶/ 잔잔하게/ 흘려보내지.
(여자는/ 가슴에/ 강물하나/ 흐르게 하지 →15자
남몰래/ 눈물짓는 건 /모래 같은/ 사랑 때문 →16자
앞섶에 /주름진 삶은 /잔잔하게/ 흘리지. →15자)⇒46자

가벼운 귀,/ 얇은 귀,/ 유혹에 /위태로워도 →15자
안개비 속 /휘는 갈대, /물 위에 /길을 내지. →15자
속울음/ 잎 진 자리에 /불러 앉히는/ 달빛 별빛. →17자⇒47자
(얇은 귀,/ 가벼운 귀, /유혹에 /위태해도 →14자
안개 속/ 휘는 갈대/ 물 위에 /길을 내지 →14자
속울음/ 잎 진자리에 /불러 오는/ 달빛 별빛. →16자)⇒44자

**어느 독자가 시조에요 시에요? 하고 댓글을 단 것을 인터넷 상에서 보았다. 이에 정격으로 고쳐보았다.

(3)빈궤짝/김상옥

마루가/ 햇빛에 쪼여 /찌이직 /소리를 낸다 →16자

책상과/ 걸상과 화병 /그 밖에 다른 세간들도 /다 숨을 쉰다 →
22자

그리고 /주인은 혼자 /빈 궤짝처럼 /따로 떨어져 앉아 있다. →
22자 ⇒60자

(마루가 /볕에 쪼여 /찌이직 /소리 낸다 →14자

화병과 /책·걸상과 /세간들도/ 숨을 쉰다. →15자

주인은/ 빈 궤짝처럼/ 저만치에/ 앉아 있다.)→16자)⇒45자

(4)내가 왜 산을 노래하는가에 대하여/이근배

그 황토흙 /무덤을 파고// 슬픔을 /매장하고 싶다. →18자
다시는/ 울지 않게 //천의 현을 /다 울리고 싶다 →17자
풀나무 /그것들에게도/ 울음일랑 /잇고 싶다. →17자⇒52자
(황토흙/ 무덤 파고/ 슬픔을/ 매장한다. →14자
다시는/ 울지 않게/ 천의 현을 /다 울린다 →15자
풀나무/ 그것들에도/ 울음일랑 /잇고 싶다 →16자)⇒45자

(5) 천일염/윤금초

아플까 /아플까 몰라 //살도 뼈도 /다 삭은 후엔 →16자
우리손 /끽지 끼었던//그 바닷가 물안개/ 저리 피어오르는데 →23
어느 날/ 절명시// 천일염이/ 될까 몰라⇒14자=>53자
(아플까/ 아파할까/ 살도 뼈도 /삭은 후에 →15자
추억의 /그 바닷가/ 물안개/ 저리 피어 →14자
어느 날/ 절명시 한 편/ 천일염이/ 될까 몰라 →16자)⇒45자

**엇시조인줄 알았는데 종장 둘째 음보 음수율이 맞지 않아 고
쳐보았다.

(6)겨울 암각화 반구대/송선영

깊은 암벽 /두드리면// 숨은 모닥불/ 일어나고 →17자
날 선 돌/ 작살에 //끌려온/ 선사의 바다 →14자
겨울밤/ 내 꿈 하늘 가른다 //우우우우 /고래떼. →17자⇒48자
⇒
(암벽을/ 두드리면// 모닥불이 /일어나고 →15자
날이 선/ 돌짝살에// 끌려온 /선사의 바다 →15자
겨울 밤 /내 꿈 하늘을 //고래 떼가/ 가른다. →15자)⇒45자
:

(7) 청/한분순

여름은
내 곁에
아직 무성(茂盛)히 있네

깊숙한 골짜기에서
한잠 자고
이내를 건너

더러는
빠뜨리고 더러는
또 손에도 들었네

여름은/내 곁에/ 아직 /무성(茂盛)히 있네 →13자
깊숙한/ 골짜기에서 /한잠 자고 /이내를 건너 →17
더러는/빠뜨리고 더러는/또 손에도/ 들었네 →17자⇒47자
⇒

(여름은 /내곁에서 /무성히/ 아직 있네 →14

깊숙한/ 골짜기서/ 한참자고 /내를 건너 →15

더러는/ 빠뜨리고 더러는 /또 손에도/ 들었네 →17)⇒46자

(8) 내 마음의 탱화/홍성란

지렁이(3)/ 죽어(2) /개미떼(3)/ 밥이 되듯(4) →12

나 죽어(3) /무엇의(3) /양식 되랴(4),/ 양식이 되랴(5) →15

가난한 /高原에 누워/ 붉은 새떼 /부르리. →15⇒42

⇒

(지렁이/ 죽어죽어 /개미떼 /밥이 되듯 →14자

나죽어 /무엇이 되랴 /무엇의 /양식되랴 →15자

가난한 /고원에 누워/ 붉은 새떼/ 부르리. →15자)⇒44자

　　**위에 '기존시조 정격으로 가는 길'에 인용된 작품들은 시재가 신선하고 시상이 뛰어나 좋아하는 작품들이다. 그러기에 더욱 정격으로 가는 길에서 아쉬움을 느낀다. 그래서 다만 정격으로 갈 수 있는 길을 밝혔을 뿐이다. 그 외도 충분히 정격으로 퇴고할 수 있는데도 변격과 파격으로 발표되는 작품들이 부지기수이다. 그 것이 안타까울 뿐이다.

　시조(단시조)는 3장 6구 12음보라는 정해진 틀 안에서 시상을 전개하되 45자 내외(43 - 47)의 자수율을 견지하는 것이 현대시조의 기본형이고 이를 정격으로 간주한다. 이 기본형의 자수율은 필자가 조사[23]한 바에 의하면 고시조에서도 약80%를 차지한다. 물론 현대시조 기본형식(정격)에서 제시하는 음보까지 맞춘 것은 아니다. 하지만 잘 알려진 고시조는 거의 정격이다. 정격에서 4음절의 여유를 가진 시조(41-49)는 고시조에서 약17%

---

23) 박을수 한국시조대사전(아세아문화사) '가'열과 '나'열:청구영언에서 평시조를 분석한 결과 나타난 통계임.

정도 나타나며 도남 조윤제도 국문학개설에서 변형으로 제시했다. 그래서 변격이라 한다. 그 이하와 이상은 시조의 율격에도 맞지 않고 자유시 같은 인상을 준다. 그래서 이것을 파격이라 한다. 물론 고시조에서도 3% 정도 나타난다. 자유시가 있는 현대에서는 시조의 정체성을 위해서도 삼가는 것이 바람직하다.

5. 시조 교육론

1) 파격과 변격에 대한 반성

시조의 현대화가 마치 시조의 고유성을 무너뜨리는 것인 양 자유시인지 시조인지 구별이 안 되는 시들이 버젓이 <시조>라는 이름으로 발표되기도 하니 이는 지양되어야 한다. 시조를 제대로 아는 진정한 시조시인들은 시조의 기본 틀을 사랑하고 시조의 고유성을 지킨다.

평시조의 정격을 지키면서 연시조로 시상을 펼쳐 나가면 된다. 아님, 형식을 지킨 엇시조나 사설시조로 지으면 된다. 그래서 시조는 정형시이면서도 이렇게 자유스러운 길을 터놓기도 하여 선인들의 지혜를 엿볼 수 있다. 어정쩡한 표현 형식으로 파격을 하여 '자유시' 같은 시조발표는 없어야겠다. 임종찬은 『현대시조 탐색』[24]에서 현대시조의 문제점을 낱낱이 지적 했다. 현대시조 창작상의 문제점에서부터 시조창작 이론에 이르기까지 작품 하나하나 분석 하며 정리했다. 고시조에서의 정제된 형식미를 현대시조에서 허물어버린 작품들이 많은데 이는 고시조의 구각에서 벗어나야 한다는 집착과 3장 구조의 몰이해에서 온 그릇된 결과로 지적하기도 했다. 맞는 말이다. 결국은 현대시조창작원리를 제대로 모르고 활용하지 않는데서 기인한 것이다.

---

24) 임종찬, 현대시조 탐색, 국학자료원, 2009.

2) 현대시조의 현주소(당면과제와 해결 방안)

현대시조는 현재 등단 시조시인이 2.000명에 육박하여 전국 단위는 물론 시도별 시조문학 단체가 결성되어 활발한 창작 활동을 전개하고 있다. 시조단체 기관마다 백일장을 통한 일반인의 관심을 고취시키고 전문지를 통한 신인 배출 및 일간지의 신춘문예를 통한 신인 배출도 시조에 대한 국민적 관심과 저변 확대에 큰 버팀이 된다. 시조는 우리 민족의 숨결과 정서. 사상과 감정이 베어든 그릇이다. 이에 시조시인들은 우리 고유의 정형시임에 자부심을 갖고 창작에 임하고 있다. 시조전문잡지 또한 수적으로 많이 증가하여 작품을 발표할 수 있는 공간도 넓어졌다. 시조전문지마디 홈페이지도 갖고 있어 사이버 공간에서의 작품 활동도 눈부시게 활발해지고 있어 다른 장르 못지않게 시조의 장래는 더 밝아지리라 본다.

2006년에는 <현대시조 100년의 해>를 맞아 <우리시대 현대시조 100인선>이 기획 발간되어 서점가 한 자리를 차지하고 있어 독자들 앞으로 다가가고 있다. 시조시인들부터 사서 보는 습관이 되었으면 좋겠다. 1년에 개인 시조집도 수없이 발간된다. 사서 보고자해도 서점에 없는 것도 문제이다. 가까운 사람에게나 인지도가 있는 시인들에게만 보내고 또 보낼 수밖에 없는 시조계의 사정도 문제이다. 이런 사정은 몇 시인을 제외하곤 자유시도 마친가지이다 수필과 소설도……

아래 글은 "오늘의 현대시조, 이대로 좋은가"라는 주제 하에 빌표된 박구하의 글25) 중에서 몇 문단을 발췌하여 싣는다.

> "시를 담는 형식으로서 3.4조 또는 4.4.조의 시조가 우리 민족
> 정서에 가장 잘 맞는 것임은 아무도 부정하지 않는다. 그렇다고
> 아무거나 모든 것을 다 담을 수 있는 그릇이라고 우길 수는 없다.
> 이 그릇에 담아야만 맛이 나는 음식, 이 그릇이 아니면 그 맛이 나

---

25) 시조문학 2000년 가을호에서 발췌.

지 않는 음식을 담아내야 하는 것이다. 그러므로 시조는 내용보다 틀이 우선이고 틀이 무너지면 이미 시조라고 할 수 없는 것이다. 이 틀에 맞추기 위해서는 절제와 응축이 필요한 것이다.

...... 중 략 ......

시조에는 시조의 길이 있다. 오늘날 복잡다단한 '현실의 일상성', '일상의 다양성'을 몇 수의 시조로 형상화할 수는 없으므로 시조는 만능이 아니며 또 만능일 필요도 없다. (박재삼이 왜 시조와 자유시를 오가며 시를 썼는지 생각해 보라) 내 자식이 만능이 아닌데도 만능인이 되게 하려는데 치맛바람이 일고 무리수가 따르는 것이다. 자유시를 따라가려는 파격논자들의 비애가 여기에 있다.

시조는 시인의 자질이 있고 자유시의 기초와 소양을 갖추어 감정절제와 자기수양을 거친 언행일치의 자만이 쓸 수 있다. 그렇지 못한 자들은 시조를 쓰지 말라"

라 하여 시조의 틀을 중요시 했다. 그리고 그 틀 안에서 표현해 낼 수 없는 것은 차라리 자유시를 택하여 써라 했다. 박재삼이 시조와 시를 오가며 시를 쓰듯이 말이다. 맞는 말이다. 필자 또한 시조로 표현하기 어려운 시상과 시의가 있다. 그럴 땐 자유시로 시상을 펼친다. 시작(詩作)을 해 보면 시조에 적합한 시상이 있고 자유시에 담을 내용들이 있다. 그래서 자유시와 시조에 다같이 등단하여 겸하여 쓰는 것도 바람직한 것으로 생각한다. 그러면 자유시 같은 시조는 발표하지 않을 것으로 본다.

다음에서는 김준의 '오늘의 현대시조 이대로 좋은가'를 살펴보자.

"오늘날 시조문단에는 시조라는 이름으로 발표되고 있는 많은 작품들이 시조의 기본형식에서 크게 벗어나고 있어 진정 우려의 목소리가 드세지고 있다. 이러한 일련의 현상은 무엇보다도 시조

의 형식적 변용(한때 양장시조니 절장시조니 하는 시도)이나 운율
의 파괴에서 보다 시조의 문학성과 현대시정신이 모색되어진다
는 생각에서 비롯된다고 생각한다. 그리고 또 한편으로는 시조의
저변확대를 위한 나머지 시조형식에 대한 시인의 올바른 숙련도
를 고려하지 않고 등단시키는 추세에서도 찾을 수 있다. 그리하여
오늘날 많은 시조시인들은 자유시에 접근하려는 자기 비하적 경
향과 자기 나름대로의 시험적인 변형의 의도가 강하기 때문에 시
조 아닌 시조로 포장된 자유시가 판을 치고 있는 게 시조문단의
현실이다.”

라 하여 시조의 기본 형식 파괴를 우려하고 있다. 그리고 이어서 현대 시
조문학의 다양한 변모 양상에 대해 긍정적으로 하나하나 열거하기도 했다
그 변모양상은 형식과 운율의 파괴에서 이루어진 것이 아니라 주제의 심
화, 소재의 광범성, 시어의 참신성과 함축성 경이적인 이미지 묘사 등에
그 특징이 있다고 했다. 이 중에서 무엇보다도 두드러진 현상은 표기법의
시각적 효과를 위한 다양화를 들면서 장별 배행 표기방식, 구별배행의 표
기방식, 음보 표기방식, 절별 배행 표기 방식, 그리고 종장의 첫 구를 독립
시켜 표기하거나 시어나 운율에다 초점을 맞추어 시행을 잡는 경우와 장
과 장 사이를 무시하고 연속해서 표기하는 경우가 있는가 하면 수(首)의
구별까지도 의식히지 않고 이어서 쓰는 방식 등등에 대해 오늘날 시조의
표기 방식을 모두 지적한 셈이다.
　이어 오늘날 시조계의 잘못된 인식에 대해 개탄의 목소리를 토하고 있
다. 이를 그대로 옮겨보면

　　“오늘날 시조라는 이름으로 발표되는 많은 작품들이 어떻게 보
면 종장 첫 구 3자만은 고수하고 있다. 어떤 시조인은 그 3음절마
저도 띄어쓰기로 3음절만 되면 종장 첫 구가 되는 것처럼 생각하

고 있다. 예컨대 <마당 한 가운데 앉아> <섬도 한 십년을 살다보면 >등의 작품이다. 이러한 파격의 작품을 들어 고루하다는 빈축을 일삼고 그들이 오히려 2000년대를 이끌어 갈 시조시인이라 추켜세우는 형세다."

라고 일침을 가했다. 이는 학자적인 자세에서 올바로 지적한 대목이다. 이건 짜 맞추기도 아니다. 음보의 개념도 음절의 개념도 모른다. 알면서도 종장 처리를 이렇게 했다면 그야말로 자기 멋대로의 시조형식 파괴이다.

이러한 잘못된 풍토가 하루 빨리 바뀌지기를 바라면서 시조 전문지에 특집으로 전재되어 있는 작품 중에서 오류를 범하고 있는 작품을 논한 것을 몇 점만 다음에 이기(移記)하여 본다.

시조의 율격에 문제가 있는 작품의 예

금비늘 은비늘 빛살 좋은 봄날 어물전
좌판에 나앉아 호객하는 생선들 틈에서야 비릿한 냄새가 판치
는 세상에서야....(생략)....
어렁성저렁성 살아간들 또 어떠하랴
한물간 눈알 초점 없는 세상에 어물쩍 눈빛 맞추는 시절에서야
　　　　(2000년 중앙일보 신춘문예 당선작 xxx의 "가자미")

이 작품은 신춘문예당선작으로서의 수준선상에 많은 의문점이 제기될 수 있는 사설시조다. 작품의 문학성이나 완성도에 관한 논의는 접어두고라도, 율격면에서 사설시조라 하더라도, 그 특성은 차치하고 종장의 첫 구 3음절로 고정되는 것이 규칙인데 이 작품에서는 그 첫 구를 '한물간'으로 볼 경우 둘째 구는 '눈알 초점 없는 세상에'가 되어 율격적 호흡이 맞지 않는다. 이 작품에서의 율격적 호흡은 '한물간 눈알/ 초점 없는 세상에'로 된 것이기 때문에 종장 첫째 구가 5음절이 되어 형식을 파괴하고 있다. 또 억

지를 부려 '한물간'을 종장 첫 구로 볼 경우 둘째 구는 '눈알'로 2음절이 된다는 뜻이다. 그리고 둘째 구를 '눈 알 초점 없는 세상에' 로 보더라도 운율의 격이 맞지 않고 또 종장 셋째 구 '어물쩍 눈빛 맞추는'의 운율도 크게 문제시 되고 있는 것이다.

이제 갓 시인으로 등단하는 가장 화려한 무대에 이러한 파격 일변도의 작품을 내보인다는 것은 자칫 앞으로 자라나는 시조의 새싹들을 오도하고 시조의 정통성을 오염시킬까 적이 염려되기도 한다.

그 외 '종장 첫 구가 기준음율(3음절)보다 많은 것의 예를 열거하면서 신인은 물론이고 상당한 시작 경력을 가진 시조시인들조차 시조의 율격에 대한 정확한 이해 없이 시작을 하고 있는 현실은 진정 우리 모두 부끄러워 해야 할 일'이라고 지적했다. 이는 원로시조시인으로서 학자적인 입장에서 진정 시조를 아끼고 사랑하는 마음에서 나온 충언이기도 하다.

또 종장 첫 구가 기준 음율 (3음절)보다 적은 예에서는 쉼표의 사용은 작자의 의도를 가장 잘 표현하기 위함인데 기준음절 내에서 함부로 쉼표를 사용함으로써 작자 스스로 시조의 약속된 율격을 깨고 있음을 지적했고 종장 둘째 구가 5음절보다 적은 예에서는 이 둘째 구는 한 단어로 단숨에 읽어지거나 의미상 휴지 없이 자연스럽게 연결되어야 하는데 그렇지 못함을 피력했다.

다음은 이정자의 '현대시조의 당면과제에 대한 제언'에 대해 살펴보자.

김대행은 2002년 경남시조 세미나 발표에서 파행을 일삼는 현대시조의 정체성에 대해 재 천명 했음을 밝히면서 '시조의 정형은 과거의 것이면서 오늘에도 살아 있는 형식으로 작용하고 있기 때문에 이를 지켜 나감으로써 그 정체성을 확보할 수 있다. 그래서 시조의 일차적 조건은 그 형식적 특성에 있으며 이것이 시조의 유일한 정체성으로서 오늘날에도 여전히 생명력을 가진다.'

고 하여 시조의 형식적 특성은 지켜져야 하고, 이는 오늘날 시조 형식의
파행을 현대시조의 특권인양 또는 시조의 현대화를 위한 새로운 모색 내
지 발전인양 하는 시조시인들에게 반성의 여지를 던져 준다. 발표자는 시
조문학 연구자로서, 이론가로서, 학자적인 입장에서 오늘날 파행을 일삼
는 시조시인들을 바라보며 일침을 가하는 진단이라고 본다.

김학성의 「현대시조의 좌표와 방향」에서는

"현대시조는 현대 + 시조라는 명칭에서 드러나듯이 詩意는 현
대성을 추구하고 표출하되 시조의 형식은 정형시로서의 전통성
을 고수해야 된다는 것" 을 강조했다.

또 임종찬의 「문장구조로 본 현대시조」에서는

'장구한 세월을 겪어오는 동안 형태나 내용면에서 부분적인 변
화를 겪어왔지만 시조가 정형시로서의 시조(단시조) 속성은 계속
유지되어야만 시조의 존재 이유가 확보된다.'

고하여 시조의 존재는 자유시와 확연히 구별되는 정형성에 있음을 진술했
다.

그런가하면 신범순의 [시조의 현대적 의미에 대한 모색]에서는

"시조의 고정된 형식을 변화시키려는 실험은 '시조혁신론'을
제기했던 가람 이병기 이후 계속 발전하여 오늘날 거의 자유시처
럼 보이는 시조들을 만들어내는 데에까지 이르렀다."

고 하였다. 이어 '시조형식의 열림을 위한 실험은 시조가 과연 시조인가

아니면 자유시인가 하는 심각한 의문을 제기하게까지 한다'고 하여 시조의 형식 파괴는 시조혁신론을 제기했던 이병기 이후 지속적으로 발전하여 오늘날 자유시처럼 창작되고 있음에 대한 우려의 목소리와 함께 이에 대한 타당성 여부에 대해 의문을 제기하고 있다.

시조의 고정된 형식을 변화시키려는 실험은 위에서 밝혔듯이 '시조혁신론'을 제기했던 가람 이병기에서부터이다. 하지만 도남 조윤제가 당시 여러 이론들을 종합하여 내 놓은 것이 현대시조의 형식이고 그것을 정격이라 한다. 그래서 그것이 학교 교과서(초, 중, 고)와 시조이론서(대학교재를 포함해서)에도 실려 있다. 그런데도 일부 시조시인들이 가람의 영향을 받아 편한 대로 쓰다보니 그 작품들이 읽기고 읽혀져서 보는 이마다 '이렇게 써도 되는구나'하고 쓴 것이 오늘날 자유시인지 시조인지 모른다는 말까지 나오게 된 것이다.

특히 시조 창작 교실을 운영하고 가르치는 시조시인조차 자유를 구가하며 형식을 파괴하고 있으니 그것이 큰 문제로 제기되기도 한다. 그런가 하면 시조 큰 상을 타는 수상작품까지도 정격이 아닌 변격과 파격 작품을 즐겨 뽑고 있으니 그것 또한 큰 문제가 아닐 수 없다. 시조형식의 변격이나 파격을 주장하는 이들에게 말하고 싶은 것은 중국의 정형시인 5언 7언 절구가 변화를 요구했으며, 일본의 하이쿠가 변화를 해서 세계화로 뻗어가는지 한 번쯤이라도 생각했으면 한다.

다음 글을 음미해 보자.

우리가 "시조(時調)'를 정형 율격에 안정된 시상을 담는 전통적 시 양식으로 인식하는 관행은 매우 익숙한 것이다. 그래서인지 시조에는 정격(正格)의 정서와 형식이 담기는 것이 가장 어울려 보이고, 그로부터의 파격(破格)을 꾀하는 해체 지향의 언어는 다소 불편해 보이는 것이 사실이다."[26]

이 글은 시조형식의 정격에 익숙해 있고 이를 선호하고 있음을 보여주는 글이다. 그리고 시조시인들이 시조를 쓰면서 시조 고유의 율격을 해체하는 것을 일종의 자기모순으로 치부하고 있다. 현대 시조의 새로운 미학적 활로는, 전통적 형식과 현대적 감각을 결합하여 다가서는 데 달려 있다고 진술한다. 파격을 하고, 파격을 외치는 시조시인들은 한 번 더 되새김질하여 돌아 봐야 할 문제 제기이다

3) 시조와 역사

시조는 우리민족의 정신적 보고다. 시조에는 역사가 있다. 시조 한 편을 감상하며 그 역사적 배경을 살펴보면 그 시대 역사가 훤하게 보인다. 예를 들면 <하여가>와 <단심가>에 얽힌 역사 이야기 같은 것이다. 고시조뿐 아니라 현대시조에서도 들쳐보면 그 때 그 때 역사를 읽을 수 있는 작품들이 수두룩하다.

또 시조는 우리민족의 정서와 사상 체험과 가치관이 용해되어 있는 문학 장르이기에 시조를 통해서 민족정서를 익히고 선인들의 삶을 통하여 자신의 사상과 인생관 가치관 정립에도 도움이 될 것이다.

시조는 우리 고유의 시형이니만큼 역사성과 전통성을 지닌 문학이다. 그러므로 시조를 통해서 자신의 정체성과 우리 문학의 우수성에 긍지를 가질 수 있다. 또 시조는 어느 한 계층만이 아닌 모든 사람들이 향유한 대표적인 장르이므로 시조를 통해서 우리민족의 문학적 체험과 상상력을 드높일 수 있다.

다음에서 몇 편을 감상하며 그 역사성도 밝혀보자.

천만리 머나먼 길에 고운 님 여의옵고
내 마음 둘 데 없어 냇가에 앉았으니

26) [문화비전] 文學세계화, 時調에 길 있다, 조선일보 2005.1.14.

저 물도 내 안 같아야 울어 밤길 예놋다.

– 왕방연27) –

사육신을 중심으로 한 단종(端宗) 복위운동이 김질의 고변으로 실패하자 단종은 강원도 영월 청령포로 유배되었다. 그 뒤 단종에게 사약이 내려졌는데 이때 사약을 가져간 의금부도사가 왕방연이다. 그는 사약을 차마 단종에게 내밀지 못하고 괴로워했다고 한다. 어린 단종을 영월로 유배시킨 후 그 심정을 읊은 것이 바로 위의 시조이다.

세조의 명을 받아 의금부도사라는 신분으로 단종을 영월(寧越)에 유배시킬 때 호송의 책임을 맡아 그 명은 받들었지만 아무 죄 없는 어린 임금을 절애의 땅 청령포에 남겨 두고 돌아오는 심정을 냇물에 비추어 형상화한 작품이다. '고운 님 여의옵고'라든가 '내 마음 둘 데 없어' '울어 밤길 예놋다' 등에서 어린 왕을 향한 단장의 아픔이 잘 표출되었다.

집권자의 심복이었음에도 불구하고 그가 단종에 대한 애절한 노래를 읊을 수 있었다는 것은, 비록 벼슬은 세조가 준 것이지만 어린 왕에 대한 애끓한 마음이 간절했다. 이는 억울하게 물러났지만 왕으로서 대우한 군신유의(君臣有義)의 대강(大綱)이기도 하다. 그리고 사람의 도리와 신하의 도리를 다한 것이라 보인다. 불의인줄 알면서도 또 신하의 도리를 해야 하는 자신의 모습과 어린 왕에 대한 단장의 심회(心懷)를 냇물에 비추어 종장에서 함축적으로 잘 표출했다.

---

27) 이정자, 시조 한수에 역사가 숨쉰다.(한국학술정보,2009) pp.83－91 참조.

영월 청령포에 있는 왕방연 시비

억울하게 왕위까지 뺏기고 죽어간 어린 왕, 단종을 생각하며 청령포를 찾은 적이 있다.

청령포는 단종(1441~1457)이 세조 2년(1456)에 노산군으로 강등되어 유배되었던 곳이다. 삼면이 깊은 강물로 둘러싸여 있고 한쪽은 험준한 절벽으로 가로막혀 있어서, 배로 강을 건너지 않으면 어디로도 나갈 수 없게 되어 있는 외로운 섬이다. 오늘날 관광객의 입지에서 본다면 풍광이 아름다운 곳이다. 산에는 소나무 숲이 울창하여 공기가 맑고, 삼면으로 맑은 강물에 둘러있어 바라만 보아도 시원함을 더해준다. 하지만 역사를 돌이켜 보면 가슴이 저려온다.

500여 년 전 어린 왕의 유배와 죽음은 지금도 애달픈 전설이 되어 저 강물에 흐르고 있다. '일광(日光)에 물들면 역사가 되고 월광(月光)에 물들면 전설이 된다'고 했던가. 얼마나 많은 날을 단종은 달을 바라보며 궁중에 홀로 남은 왕비를 그렸을까. 어린 단종의 애달픈 사연은 청령포 곳곳에 그 흔적이 남아있어 찾는 이의 마음을 적신다. 단종은 유배지에서 몇 점의 한시를 남기기도 했다. <영월군루작寧越郡樓作>은 유배생활 중 죽음을 예견하고 자신의 운명을 한탄하며 통한의 절규를 읊은 것이고, <어제시(御制詩)>와 <자규시(子規詩)>는 어린 단종이 처한 모습을 생각게 하는 애잔한 시로 마음이 저려온다. 그러면 수양대군은 어린 조카를 죽이면서까지 어떻게 왕위에 올랐을까. 조선 왕조는 태조부터 거의 피로써 왕권이 이어지다가 세종대에 와서 안정을 찾고 재위 기간 동안 한글창제, 육진개 척 등 국방과 과학 및 경제, 문화 등 모든 분야에 걸쳐 찬란한 업적을 많이 남겨 세종은 위대한 성군으로 추앙받고 있다. 그러나 세종사후 병약한 문 종에 이어 어린 왕 단종으로 이어지면서 또 한 번 정국이 소용돌이치기 시 작했다.

세종은 말년에 건강이 좋지 못해지자 세자였던 문종(단종의 아버지)에 게 섭정을 맡겼다. 그러나 본래 병약했던 문종은 8년간의 섭정에 업무 과 중으로 인해 재위 기간을 대부분 병상에서 보내야 했을 만큼 건강이 악화 되었다. 결국 문종은 등극 후 2년 반도 채 안 되어 12살인 어린 세자를 남 겨 두고 세상을 뜨고 만다. 문종은 병석에 있을 때 단종을 황보인 김종서 등 충신들에게 잘 보필할 것을 당부한다.

단종의 어머니는 문종에게 세 번째로 시집 온 세자빈으로 현덕왕후 권 씨이다. 권씨는 본래 세자시절 문종의 후궁이었다. 현덕왕후는 난산 끝에 단종을 출산하다 세상을 뜨고 말았다. 그러니 수양대군의 왕위 찬탈은 쉬 워진 셈이다. 당시 왕실에는 단종 내외를 지켜줄 만한 어른이 아무도 없었 다. 대왕대비는커녕 대비의 자리에 있었어야 할 어머니마저 돌아가셨으니 외로울 수밖에 없다. 그래서 어린 단종은 자랄 때에도 덕이 높기로 이름 난 세종의 후궁 혜빈 양씨(서열상 단종의 서조모)가 유모가 되어 키웠다. 그러나 후궁인 처지라 혜빈 역시 힘이 없다. 하지만 단종을 위해 혜빈과 그녀의 소생인 세 아들이 단종을 보살폈다. (이들 중 장남인 한남군과 3남 인 영풍군이 훗날 정조대에 이르러 금성대군과 더불어 단종을 위해 애쓴 6종친(육종영六宗英)에 봉해졌다.)

문종이 승하한 후 12세에 즉위한 단종은 정사를 돌볼 수가 없었기에 문 종의 유명(遺命)에 따라 김종서 황보인 등이 전권을 장악하게 된다. 이들 세력이 커지는 것은 집현전 젊은 학자들도 원치 않았다. 그러기에 수양대군의 계유정란 때는 수수방관 내지 동조한 것이다.

왕권이 약해지고 신권이 강해지자 세종의 아들(단종의 숙부)들이 세력을 모으기 시작하는데, 그중에서도 특히 두드러진 것이 세종의 차자 수양대군이다. 이렇게 해서 왕실은 왕자의 난 이후 무수히 많은 피를 또 보게 된다. 제1차 왕자의 난도 정도전을 중심한 신권을 몰아내기 위한 방원의 난이었다.

수양대군은 조카인 어린 임금을 보호하겠다는 명목아래 공공연히 전권을 하나하나 잡게 된다. 그래서 결국 그 유명한 계유정난(1453)을 일으킨다. 이때 한명회가 작성한 '살생부'에 따라 안평대군(세종의 3남)을 왕으로 추대하려 했다는 죄명을 붙여 김종서, 황보인 등을 죽이고 안평대군 역시 유배되었다가 사약을 받고 죽게 된다. 이렇게 왕실에는 왕권만 있을 뿐 형제간의 우애는 없다.

그리고 같은 해 정난 이후 일어난 사건 중 '이징옥의 난'이 있다. 함경도 절제사였던 이징옥이 대립 세력인 김종서계 사람임이 맘에 걸렸던 수양대군은 이징옥을 파직하고 후임으로 박호문을 임명한다. 처음에는 이징옥도 인사이동에 수긍해 인수인계까지 한다. 그러나 일을 마치고 도성으로 향하던 중 정난 소식을 들은 이징옥이 발길을 돌려 박호문을 죽이고 난을 일으켜 스스로를 황제라 칭한 후, 여진의 후원을 약속 받고 두만강을 건너려 했다. 하지만 그것은 실패하여 정종, 이행검 등에 의해 아들 3형제와 함께 살해된다.

이렇듯 신권을 장악한 수양대군은 영의정에 올라 직접 단종을 대신해 서무를 관장하며 왕권까지 장악하기에 이른다. 이 시기에 단종은 여산 송씨 가문에서 중전(정순왕후)을 맞이하고, 숙부였던 수양대군을 믿고 의지했던 예전과는 달리 여러 숙부들과 대신들이 하나 둘 죽어 나가는 것을 의심하게 된다. 숙부가 다른 뜻을 품고 있음을 깨닫게 된다. 그래서 왕위를 지키기 위해 나름의 노력을 했지만 번번이 수양대군의 세력에 의해 좌절

되고 만다. 그때마다 수양대군은 오직 조카인 단종을 보호하기 위한 것이라 했다. 그러나 측근인 금성대군(세종의 6남)과 궁인, 신하들마저 유배되거나 죽음을 당하게 되자 극도의 두려움을 느낀 단종은 자신과 중전을 해치는 일 만큼은 하지 말기를 청하며 왕위를 내 놓고 상왕으로 물러난다. 수양대군은 그렇게 형제들까지 다 죽인 후 왕위에 올라 조선의 7대 임금 세조가 된다. 물론 이 과정에서 일등 공신은 한명회이다.

그러나 민심은 천심이라 민심은 여진히 어린 임금과 중전에게 있고 충신들의 절개가 요동하고 있었다. 두 임금을 섬길 수 없는 이들의 움직임이 일어나고, 이른바 '단종 복위' 사건(1456)으로 여섯 신하가 죽음을 맞는다. 거사에 동참했던 김질과 그의 장인인 정창손의 밀고로 죽게 된 성삼문, 박팽년, 하위지, 이개, 유응부, 유성원이 목숨으로 절개를 지켰다 하여 '사육신'이라 일컬어지게 된 것이다. 그밖에도 김문기, 권자신 등 여러 선비들까지 조금이라도 가담한 자들은 모두 처형되었다. 또한 목숨은 부지했으나 충심으로 벼슬을 버린 여섯 신하를 <생육신>이라 하는데 김시습(金時習)·원호(元昊)·이맹전(李孟專)·조려(趙旅)·성담수(成聃壽)·남효온(南孝溫)을 말한다. 단종복위운동의 실패로 죽음을 당한 사육신에 비해서 살아서 절개를 지켰다는 의미에서 <생육신>으로 부른다.

그러나 이런 훌륭한 뜻이 있었음에도 불구하고 이로 인해 단종은 노산군으로 강등(1457)되어 영월에서 유배 생활을 시작한다. 이 때 다시 만날 것을 소망하면서 중전과 헤어지며 건넌 다리가 바로 '영도교'(청계천에 위치)이다. 하지만 영영 못 보게 되었다. 그것은 같은 해 유배되어 있던 금성대군이 단종 복위를 계획하다 발각되어 단종은 아예 서인으로 강등되고 결국 한 달 뒤 수양대군(세조)이 보낸 사약을 마시고 세상을 뜨고 만다.

이렇게 시조 한 수를 감상하며 그에 얽힌 역사적 배경을 살펴보면 역사를 훤하게 들여다 볼 수 있다. 그래서 시조 한 수에 역사가 숨쉬고 시조를 통한 역사 이야기가 가능하다. 고시조를 감상하면서 그 역사적 배경을 알아보면 고려말에서 조선조의 역사가 투명하게 밝혀진다. 그래서 엮어진 것이 이정자의 시조와 역사 이야기인 『시조 한 수에 역사가 숨쉰다』이다. 현대 시조도 마찬가지이다. 세월이 지난 후 현대시조도 창작 배경을 살펴보면 그 당시의 역사가 진술될 것이다.

다음은 야사로 전해오는 이야기이다.

> 세조는 평생토록 피부병과 꿈에 시달렸다고 전해진다.
>
> 세조의 꿈에 단종의 어머니이자 형수인 현덕왕후 권씨가 나타나서 "네가 왜 나의 아들을 그렇게 했느냐?"며 호통을 치고는 "더러운 것" 하며 얼굴에 침을 뱉었다. 그 후 세조에게는 피부병이 생겼다. 그 후에도 세조는 현덕왕후의 혼백에 시달렸다. 의경세자(요절한 세조의 장남, 예종의 형)가 죽자 세조는 현덕왕후의 무덤을 파헤치는 패륜까지 범했다. 그리고 한명회의 두 딸을 아들인 예종의 비(장순왕후)와 손자인 성종의 비(공혜왕후)로 맞았지만 모두 후사가 없이 요절하였다. 이 때 백성들은 '임금(세조)도 부원군(한명회)도 벌을 받는 것'이라 고 수근 거렸다.

세조는 피부병으로 시달리다 못해 정책은 억불이면서도 정작 왕실은 부처의 힘을 빌어보려고 속리산 법주사를 찾곤 했다. 어가(御駕)가 소나무 가지에 닿자 소나무 가지가 저절로 올라가더란다. 나무도 임금을 알아본다고 하여 그 소나무에게 정이품 벼슬을 내렸다. 그래서 속리산 <정2품 소나무>는 천년기념물 103호로 지정되어 지금은 여러 개의 지팡이를 짚고는 있지만 멋있는 모습으로 건재하고 있다.

정이품 소나무(천년기념물 103호)

남풍에 가는 구름 한양 천리 쉬우리라
고신(孤臣) 눈물 싸다가 임계신데 뿌려주렴
언제나 우로(雨露)를 입사와 환고향(還故鄉)을 (할꺼나)
— 이세보[28] —

남풍이 구름을 몰고 북녘하늘을 수이 가듯 임금의 은혜를 입어 고향으로 가고 싶은 심정을 읊었다. "남풍에 가는 구름 한양 천리"라 한 것을 보면 작자는 한양(서울)에서 천리나 멀리 떨어진 남쪽에 있음을 알 수 있다. '바람에 구름 가듯 그렇게 쉽고도 자유로이 갈 수만 있으면 얼마나 좋으련만 현실은 그렇게 갈 수 없는 위리안치(圍籬安置:외부와 접촉을 못하게 가시나무로 울타리를 쳐 죄인을 가두어 두던 일)된 외로운 신세다. 내 흘린 눈물이라도 임(임금)계신 궁궐에 뿌려서 이 상황을 알리고 싶다. 언제쯤에나 임금의 은혜를 입어 고향으로 돌아갈 것인가'라 하여 유배생활에서 오는 인간의 존엄성 상실과 기본권까지 빼앗긴 절박한 심정을 표출해냈다. 이 시조는 작자가 신지도에 유배하고 있을 때의 작품이다.

---

28) 이정자, 전게서 참조.

이세보(1832, 순조32~1895, 고종32)는 시조 문학사를 바꾼 큰 별이다. 이 말은 이세보의 작품이 발견되기 전까지는 안민영이 최다작자로 올려졌고 또 조선조 말에는 양반 사대부들은 시조 창작 활동을 하지 않은 것으로 기술되고 했다. 그런데 이세보는 왕족으로서 시조 창작을 그렇게 많이 했을 뿐만 아니라 당시 평민들이 즐기던 시조창도 즐겼음을 그의 창작 활동에서 볼 수 있기 때문이다. 이세보의 시조는 종장 끝구가 거의 생략되어 있다. 이것은 시조창을 염두에 둔 창작이라는 의미이다.

그래서 이세보는 고시조를 창작한 조선 후기의 마지막 대가이다. 조선시대에 가장 많은 시조를 지었으며 경향도 다양하다. 앞에서도 밝혔듯이 왕족으로 본관은 전주 자는 좌보(左甫)로 능원대군(綾原大君)의 7대손이다. 아버지 단화(端和)와 어머니 해평 윤씨 사이의 4형제 가운데 맏아들로 태어났다. 1851년(철종2) 풍계군(豊溪君) 당(唐)의 후사(後嗣)가 되어 이름을 호(晧)로 바꾸었고, 철종으로부터 경평군(慶平君)이라는 작호를 받았다. 1857년 동지사로 청(淸)나라에 다녀왔고, 김좌근과 김문근을 비난한 탓으로 안동김씨가의 미움을 받아 작호를 빼앗겼다. 그리고 1860년 신지도에 유배되어 3년간 유배생활을 했다. 고종이 즉위한 해 풀려나서 지종정경·한성판윤·공조판서·판의금부사의 벼슬을 했고, 1895년(고종32) 민비학살사건을 듣고 통곡하다가 병을 얻어 죽었다.

이세보의 시조는 1980년대 초 진동혁에 의해서 발견되어 학계에 발표되면서 비로소 세상에 알려졌다. 개인 시조집 『풍아 風雅』·『시가 詩歌』 등이 발견되어 남긴 작품이 무려 458수임이 판명되었다. 그는 말을 다듬지 않고 쉽게 썼으므로 많은 작품을 남길 수 있었다. 형식을 제대로 갖춘 경우에 맨 마지막 구절을 생략한 것으로 보아 시조창을 전제로 창작했음을 알 수 있다. 시조를 풍류로 즐기는 데 그치지 않고, 사대부의 시조가 관념적인 수사에서 벗어나 현실인식에 대해서도 참신하게 표현할 수 있음을 보여주었다. 유배생활을 하면서 관리들의 부정을 신랄하게 비판한 시조와 애정을 주제로 한 시조가 많고, 그밖에 도덕·기행·회고 등을 읊은 작품도 있다. 형식에서도 월령체의 시조를 새롭게 지었다. 시조 창작의 주체가 사대부에서 평민으로 옮겨진 조선 후기에 사대부로서 현실의 다양한 사건을 소재로 하여 왕성한 창작활동을 했다. 그것은 그만큼 그는 다양한 경험을 했고 그의 활동 무대 또한 사대부로서만 안주해 있지 않았다는 증거이기도 하다.

당시 조정을 장악하고 세도정치로 매관매직 등 부정부패를 일삼던 세력은 안동김씨 가문이었다. 이들에게 대항했다가 조정에서 쫓겨나 귀양살이를 하고 있던 조선왕조 최고의 사대부 출신인 이세보가 벼슬아치의 부정부패로부터 시작하는 일반 백성의 고난과 참상을 시로서 표출해 밝히고 비판하기란 보통의 선비로서도 흉내 내기가 쉽지 않은 사회상황 이었다.

이세보 시조의 특징은 또 있다. 오래도록 전해져온 일반적인 시조의 틀에서 벗어나려 애쓴 모습이 그의 시조에 가득 담겨있다. 시에 곡을 달아 유행가나 가곡으로 만들어 부르는 현대처럼 이세보는 판소리나 민요로 부를 수 있는 시조를 많이 지어냈다. 이러한 이세보의 창작 태도는 그 당시까지의 시조에서 새로운 시조로 나아가는 전환점이 되었다.

이세보는 1863년 철종이 승하하고 고종이 즉위하자 유배가 풀리고 복권하였으며. 1865년에는 신정 황후 조씨의 명으로 종정경(宗正卿)이 되었다. 같은 해 한성부좌윤, 1866년 병조참판을 시작으로 동지 돈녕부사, 형조참판, 공조참판을 역임하였다. 이후 1869년에는 부총관의 벼슬을 맡아하게 된다.

이러한 높은 벼슬자리에 있으면서도 항상 백성의 고난을 생각하고 백성의 편에 서서 일처리를 함으로서 자신은 물론 백성과 왕실에도 잘못을 하지 않았다고 전해진다.

이세보의 시집『풍아 風雅』의 의미는 시경(詩經)의 육의 중에서 따온 말로 "風"은 풍교(風敎)의 시로서 민요시(民謠詩)를 뜻하고 아(雅)는 엄정하고 품격 높은 음악시(音樂詩)를 뜻한다. 시가(詩歌)나 문장(文章)의 길을 말하며 우아하고 아름다운 것, 속세를 떠난 풍류 전반을 말하는 뜻으로 쓰인다.

청해진을 세우고 경영했던 장보고 대사의 큰 꿈이 어린 완도읍 장좌리 수석공원에 "이세보 시조 문학비"가 있다. 이 기념비는 1991년 10월 26일 한국 문학비 건립동호회에서 한민족 문학사에 남긴 이세보의 빛나는 업적을 기념하여 세운 것이다

그의 시조는 다른 사대부들의 관념적이고 음풍농월적인 것과는 달리 부정부패 비판, 유배생활, 애정, 도덕, 절후, 기행, 유람유흥, 농사 등 작품 주제가 다양한데다 판소리나 민요에서 보여지는 현실 비판의 민중가요 형식을 도입하고 월령체 시조를 처음으로 쓰는 등 전통적 평시조의 형식과 내용에 새로운 변화를 가져왔다.

완도읍 장좌리 수석공원에
세워진 이세보 시조문학비

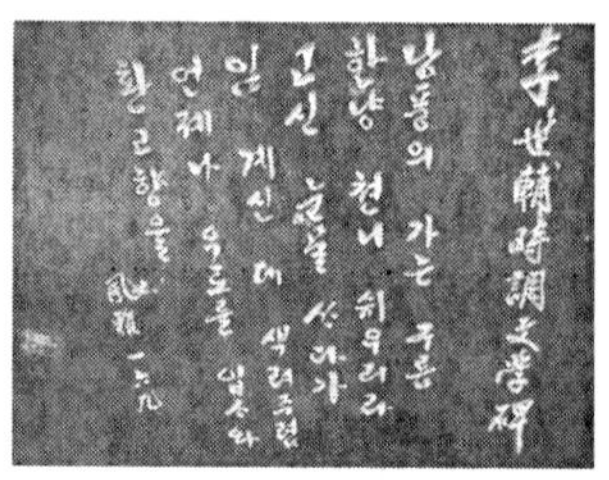

이세보의 시조를 새긴
문학비

신지도는 유배의 섬이다. 조선시대의 기록만으로도 신지도에 귀양살이를 온 벼슬아치와 귀족 사대부가 35명이나 된다. 이들 중 원교 이광사[29]와

29) 詩와 서화에 능했으며 양명학의 대가인 정제두(鄭齊斗)에게서 가르침을 받아 일찍 이름을 떨쳤으나 벽서사건[1]으로 몰려 유배지에서 생을 마쳤다. 그림은 「산수도 (山水圖)」, 「고사간화도(高士看畵圖)」 등이 전한다.

정약전30), 이세보, 지석영31)이 특히 유명한 사람들이다.

4) 시조의 미학

(1) 시조의 형식미

시조의 형식은 그 자체가 바로 미학이다. 우리말의 언어구조와 한글창제 배경에서 보이는 성리학의 이론과 철학적 의미를 다 담고 있다. 시조의 3장 구조는 여러 다른 이론들도 풀어놓지만 뭣보다 한글모음창제의 기본음이 된 천·지·인 삼재(三才)의 의미를 꼽을 수 있다. 그래서 그 3장 안에 언어를 절제하고 함축하고 심상(心象)화하여 표출하는 언어미학이다. 시조는 앞에서도 진술되었지만 오랜 세월 동안 민요에 그 뿌리를 두고 향가의 형태에서 일단 발원했을 것으로 본다. 그러다가 여요에서 배태되어, 음악과의 관련 속에서 역학을 원리32)로 하여 여말에 정형으로 독립된 것으로 횡적으로는 한시와의 영향이 적잖게 반영33)되었을 것으로도 본다.

(2) 시조의 절제미

시조는 3장 6구라는 짧은 형식으로 완결하는 절제미학이다. 그래서 이를 통해 절제와 여유가 조화를 이루며 형상화 되는 것을 알 수 있다. 그러기에 시적인 글을 쓰는 기초로서 시조만큼 좋은 장르는 없다. 시조의 형식을 먼저 익히고 시조를 써 본 후에 자유시를 익히는 것이 바람직하다. 그래서 시조시인들은 자유시에 쉽게 접근할 수 있다.

---

30) 조선 후기의 문신이다. 천주교서적을 탐독했으며 흑산도에 유배되어 있을 때 지은 <자산어보 玆山魚譜>는 흑산도 근해의 수산생물을 실제로 조사·채집·분류하여 각 종류별로 명칭·분포·형태·습성과 그 이용에 이르기까지 자세히 기록한 것으로. 우리나라 최초의 수산학 관계 서적이다.
31) 한말의 의사·문신·국어학자이다.
32) 3장6구 12음보(천·지·인 3재, 6효,12간지)
33) 초기 시조 창작자들이 사대부 성리학자들이고, 한시 작자들이기 때문에 이를 가능케 함.

(3) 시조의 표현미

요즈음 자유시는 산문과도 구별이 어려운 작품이 있고 미적인 장치가
두드러지게 나타나지 않는 시들이 많다. 운율의 미적 수용도 미약하다. 그
래서 시조의 간결한 형식을 통해서 시의 본질을 알고. 시적으로 발전할 수
있는 것이 바람직하다.

시조는 한국인의 고유 정서와 사상 체험과 가치관 등 한국인의 정체성
을 담은 우리 문학의 정수로서 고금을 관류하는 언어미학이다. 뿐만 아니
라 시조의 형식과 의미구조에서 표출되는 표현미학은 우리 문학의 전통을
현대로 이어 주어 시적 표현 능력을 신장시킨다.

5) 시조의 맛과 멋

(1) 압축의 맛

시조의 맛은 압축과 절제에 있다. 한자도 더 버릴 것이 없을 정도로 압
축하여 시상을 펼치면서 3장 6구 45자 내외로 형상화하여 표현하는 묘미
에 시조의 맛과 멋을 느낄 수 있다. 아래 예시한 두 편의 시조에는 한 자도
버릴 것이 없다 그러면서도 할 말은 다 들어있다. 이것이 시조의 묘미이다.

> 이화에 월백하고 은한이 삼경인데
> 일지 춘심을 자규야 알랴만은
> 다정도 병인양 하여 잠 못 이뤄 하노라.
>
> — 이조년 —

> 청산은 내 뜻이요 녹수는 님의 정이
> 녹수 흘러간들 청산이야 변할손가
> 녹수도 청산을 못 잊어 울어 예어 가는고.
>
> — 황진이 —

(2) 풍류의 멋

풍류라고 하면 물 좋고 공기 좋은 정자에 마주 앉아 시 한 수 읊으며 술 한 잔 기울이던 옛 선비들을 연상하게 된다. 그에 걸맞은 시조 한 수를 보자.

　　　술 먹지 마자 하고 중한 맹세 하였더니
　　　잔 잡고 굽어보니 맹세 둥둥 술에 떴다
　　　아이야 잔 가득 부어라 맹세 풀이 하리라

－작자 미상－

술을 마시지 않겠다고 맹세를 했는데, 술잔은 이미 손에 쥐어져 있다. 술 위에 둥둥 뜬 맹세를 한 입에 들이켜 버릴 기세다. "잔 잡고 굽어보니/ 맹세 둥둥 술에 떴다 //아이야, 잔 가득 부어라 /맹세 풀이 하리라'. 풍류와 멋과 재치가 넘치는 시구(詩句)들이다.

　　　청산(靑山)도 절로절로 녹수(綠水)도 절로절로
　　　산(山)절로절로 수(水)절로절로 산수간(山水間)에 나도 절로
　　　그 중에 절로절로 자란 몸이 늙기도 절로절로

위의 시조는 송시열의 엇시조로 노자의 무위자연을 연상케 한다. 시적 자아 또한 청산과 녹수가 함께하는 산수간에서 무위자연의 삶을 형상화하여 표출한 시조로 자연과 더불어 생활하는 풍류의 멋을 독자 또한 맛볼 수 있다.

(3) 가락의 멋

시조의 생명은 율격이다. 율격은 곧 가락으로 이어진다.

황홀한 꽃밭에서 /바람도 숨죽인다 //
하늘은 푸르다 못해 / 흰구름을 띄어 놓고//
나 또한 벌 나비되어 /사람 속에 묻혀 있다

위의 시조는 김 준의 「꽃밭」이다. 율격이 잘 드러난 정격시조이다.

말하기 좋다 하고 남의 말을 말을 것이
남의 말 내 하면 남도 내말 하는 것이
말로써 말이 많으니 말 말을까 하노라.

위의 시조는 작자미상의 시조이다. '시어(말)'의 반복으로 운율의 묘미
를 살린 시조이다.

(4) 비유, 풍자, 화답의 멋

백설(白雪)이 잦아진 골에 구름이 머흐레라
반가운 매화(梅花)는 어느 곳에 피었는고
석양(夕陽)에 홀로 서 이셔 갈 곳 몰라 하노라

위의 시조는 이색의 시조이다. 여기서 구름은 이성계 일파이고 매화는
고려의 우국지사를 이른다.

청산리(靑山裏) 벽계수(碧溪水)야 수이 감을 자랑 마라
일도창해(一到滄海) 하면 다시 오기 어려오니
명월(明月)이 만공산(滿空山) 하니 쉬어 간들 어떠리

위의 시조는 황진이의 작품이다. '벽계수'는 인명 혹은 푸른 계곡을 의

미하고 ,'명월'은 황진이 자신 혹은 밝은 달을 의미하는 것으로 시어의 중
의법을 활용한 시조이다.

　　　간밤의 부던 바람 눈서리 치단 말가
　　　낙락 장송이 다 기우러 가노매라
　　　하눌며 곳다 핀 곳이야 일러 무슴 하리오.

　　위의 시조는 유응부의 시조이다. 이는 계유정란의 참상을 풍자한 작품
이다.

　　<멋스럽고 재치 있는 화답가>

　　① 하여가와 단심가
　　이런들 엇더하며 저런들 엇더하료
　　만수산(萬壽山) 드렁　이 얼거진들 엇더하리
　　우리도 이같이 얼거져 백년까지 누리리라

— 이방원(태종) —

　　이 몸이 주거주서 일백 번 고쳐 주거
　　백골(白骨)이 진토(塵土)되여 넉시라도 잇고 업고
　　님 향한 일편단심(一片丹心)이야 가　줄이 이시랴

— 정몽주 —

　　위의 두 시조는 꼭 함께 읽혀지고 서술되고 그 배경을 살펴보는 작품이
다. 아래 예시한 임제와 한우의 시조 또한 함께 읽혀지는 시조이다. 그 창
작 배경은 주석을 찾아보기 바란다.[34]

---

34) 이정자, 시조 한 수에 역사가 숨쉰다. 한국학술정보(주), 2009 참조.

② 임제와 한우시조

북천(北天)이 맑다커늘 우장 없이 길을 나니
산에는 눈이 오고, 들에는 찬비로다
오늘은 찬비 맞았으니 얼어 잘까 하노라

– 임제(林悌) –

어이 얼어 자리, 무삼 일로 얼어 자리
원앙침 비취금을 어디 두고 얼어 자리
오늘은 찬비 맞았으니 녹아 잘까 하노라

– 한우(寒雨) –

6) 시조현장교육

(1) 정체성 교육

'시조 한 수에 역사가 숨쉰다'고 한다. 이 말은 시조의 창작 배경을 살펴보면 작자가 살던 시대와 그의 생애와 그 시대정신까지 알 수 있기 때문에 시조 한 수를 감상하면서 그 시대 역사를 훤히 들여다 볼 수 있다는 말이다. 사실 고시조를 감상해 보면 고려말에서부터 조선조 역사를 훤히 꿰뚫어 볼 수 있다. 그래서 시조와 함께 하는 역사교육은 바람직한 교육으로 교육 현장에서 자연스럽게 이루어져야 한다.

시조교육을 통하여 우리 고유의 정형시인 시조를 자랑스럽게 생각하고 우리 것에 대한 자긍심을 갖도록 해야 한다. 그 간 우리는 우리 것에 너무 소홀한 적이 있다. 지금은 많이 변했다. 우리 것을 더 선호하는 추세로 돌아서고 있다. 농산물에서부터 전자제품과 IT산업 등등 우리의 자랑거리는 많다. 우리의 한글도 기록문화 유산으로 세계를 향해 뻗어나가고 있다. 여기에 우리 고유의 정형시인 시조를 얹어 세계를 향해 뻗어 나갈 때이다.

우리의 정체성은 우리의 문화와 역사에 그 뿌리가 있다. 시조교육은 문화적 의미가 크다. 한국인으로서의 문화 정체성 획득에도 중요한 역할을 할 수 있다. 시조는 조선조에 이어 국민 문학으로서 우리민족의 고유한 정서나 사상, 가치관을 담아내고 있음을 자라는 세대에게 심어주어야 한다. 이것은 교육계는 물론 시조계와 시조시인들의 몫이고 사명이기도 하다.

(2) 체험교육

시조를 통하여 우리민족의 사상과 감정을 이해하고 우리의 언어와 정신이 하나가 되는 문학 체험을 한다. 시조감상과 시조 짓기 등의 체험학습을 함으로써 자신에 대한 정체성 확립과 전통에 대한 이해를 드높이자. 이를 통해 문화민족으로서의 자긍심을 갖는다. 21세기는 '문화 콘텐츠'를 통한 '세계화시대'이기도하다. 이에 발맞춰 우리문화의 우월성과 차별성을 세계화시키는데 시조는 큰 몫을 할 것이다. 한글이 기록 문화유산으로서 세계를 향해 뻗어나가듯이 이제 시조를 한글에 실어 세계로 세계로 뻗어 나아가도록 날개를 달자. 이에 자신감을 갖고 펼쳐나가자.

(3) 감상·창작교육

시조는 우리 고유의 정형시로서 선인들의 문화유산이다. 시조를 익힘으로써 민족정서를 이해하고 습득해 나간다. 시조의 개념과 형식적 특성을 통해 시조의 역사성과 전통성을 이해한다. 이를 통해 문화민족으로서의 긍지를 가진다. 시조의 운율과 의미를 바르게 이해함으로써 감상 능력을 기르고 창작의 의욕도 펼칠 수 있다.

시조감상을 통해 작품 속에 나타난 작자의 정서 감정과 인생관을 통찰할 수 있으며 시대 배경을 살펴봄으로써 그 시대 역사성도 익힐 수 있다. 이를 통해 자신의 삶을 조명해 보는 계기가 되어 삶의 지표를 바르게 세울 수도 있다. 그리고 시조의 언어구조와 문학성을 통하여 감수성을 높이고 시어활용도 익힐 수 있다. 이를 통해 시조창작을 실제로 해 봄으로써 우리 것에 대한 자부심과 문학적인 표현 능력은 물론 문장력도 자연적으로 더불어 길러진다.

(4) 감상과 시평교육

시를 감상할 때는 먼저 작자와 창작의 배경에 대해 알면 시의 이해가 빠르다. 그리고 시어의 함축적 의미와 비유적 의미를 파악한다. 다음엔 시의 흐름을 살핀다. 즉 사상적 전개와 시의 이미지(심상) 및 시적 자아의 태도 등을 이해한다. 그러면 자연적으로 시의 소재와 주제가 파악되고 작품의 전체적인 인상과 느낌이 다가온다. 이를 통합하여 새로운 미의 세계를 재창조하는 데까지 나아가 시평은 이루어진다. 독자의 관점이나 방법에 따라 다르게 해석될 수 있다. 작자의 세계와 독자의 세계가 하나로 조응(照應)될 때 올바른 이해와 감상이 이루어진다. 여기에도 물론 시평에 앞선 이론적 배경 곧 평론교육이 이루어져야 한다.

7) 시조의 저변 확대와 후진 양성

지도자는 물론 교육입안자를 포함한 교육 현장에서는 시조가 우리 고유의 자랑스러운 문학임을 자각하고 우리의 귀한 문화유산에 자긍심을 갖고 후손들에게 물려주어야 한다. 우리 국민이면 누구나 한글을 사랑하듯 우리의 시조(時調)를 사랑하고 또 우리의 고유시가 있음에 긍지를 갖고 시조 한 두 수쯤은 애송하고 읊을 수 있는 토양도 조성되어야 한다. 이에 시조시인들은 시조의 저변 확대는 물론 후진 양성에도 힘을 모아야 한다. 그리고 우리 고유의 언어예술인 시조를 세계에 알려야 한다. 일본은 그들의 정형시인 하이쿠를 국가적인 차원에서 국내는 물론 세계로 보급하고 전파하고 있다. 우리도 이제 우리 고유의 언어 예술인 시조를 세계에 알릴 때이다. 한글이 기록문화 유산으로 세계를 향해 뻗어나가고 있다. 여기에 우리 고유의 정형시인 시조를 얹어 세계를 향해 뻗어 나갈 수 있도록 국민 모두의 힘을 모으자.

본서『현대시조, 정격으로의 길』은 꽤 오랜 시간이 걸려 마무리를 하게 되었다. 그 후도 얼마간 두고두고 퇴고와 가감을 하며 재점검을 하였다. 예시 작품을 선하면서 또 다시 확인한 것은 시조의 형식문제이다. 3장중 종장은 그래도 지켜졌다. 그마져 안 지킨 것도 있지만, 초장·중장은 각 음보의 음수율이 많거나 적은 것이 허다하다. 아마도 가람의 구 개념을 받아들인 것 같다. 가람 역시 후기에 갈수록 구 개념으로 시작을 했지 음보 개념으로 하지 않았음을 알 수 있다. 그러면 기존의 시조형식은 학교교육에서만 적용된다는 건가? 이를 딱 잘라 말하면 교과서를 중심한 교육현장에서의 교육은 조윤제설이고 시조현장에서의 형식은 가람 이병기설이다. 가람의 문하(門下)에서 그 계통(系統)을 이어온 시조시인들의 활동이 많은 데서 영향을 받는 듯 하다. 반면 조윤제설을 지키는 계통은 학통을 중심으로 한 그룹으로 시조의 정격을 고수하려는 시조시인들이다.

앞 장 '현대시조의 현주소'에서 보는 바와 같이 이들은 교과서적인 시조의 정격 형식을 주장하고 고수하는 시조시인들이다. 반면에 가람설을 선호하는 그룹은 음보로서의 자수율을 무시하여 자칫 자유시와 구별이 애매한 시조풍을 낳기도 한다. 시조의 저변확대와 시조의 현대화를 감안하여 어느 정도 변격은 수용하되 격(格)과 율(律)을 따라 시조답다는 말은 들어야 될 줄 안다.

사실, 우리말의 특성을 잘 살려 퇴고의 원칙에 따라 잘 조리하면 시조의 기본틀인 정격을 충분히 지킬 수 있다. 필자 또한 정격으로 쓰고 있다. 그렇다고 모든 시상을 다 시조로 표현할 수는 없다. 그래서 필자는 시조의 형식에 담을 수 없는 것은 자유시로 돌린다. 그래서 자유시집도 3권이 있다. 2008년도에 출간한 [마음의 풍경]도 자유시집이다.

시가 좋으냐 아니냐는 독자와 평자의 몫이다. 시인은 다만 시를 쓸 뿐이다. 하지만 그 형식은 시인 자신의 몫이다. 형식만은 시인의 언어조직 능력이다. 다 같은 재료를 갖고 집을 어떤 방식으로 설계하여 짓느냐는 것은 건축가의 기술이다. 시인도 마찬가지다. 언어(시어)라는 수많은 자료 중에서 어떤 자료(제재)를 택하여 어떻게 구성하여 한 편의 시조를 엮어내느냐는 시인의 언어조직 능력에 달려 있다. 그래서 퇴고도 있고 그 구체적인 내용까지 제시하고 있다. 특히 시조형식은 거듭된 퇴고의 과정을 거치면서 정격으로 마무리된다. 퇴고의 3가지 원칙을 적용하여 시구를 다듬으면 정격으로 거의 다 된다.

현대시조자료를 선하면서 뭔가 한 가지 결론을 내려야겠다는 생각이 들었다. 조윤제설 곧 45자 내외(43 - 47)에 각장 첫 음보를 3자로 시작하는 시조는 정격으로서 지키고, 가람의 각장 각 구 중심으로 창작되는 시조는 변격(41자 - 49자)으로 봐야 된다는 것이다. 사실 대부분의 시조시인들이 가람설로 쓰고 있어 정격과의 혼란을 지금까지 겪어온 것도 사실이다. 그리고 지나친 변격(41자미만 - 50자이상)은 파격으로 보고 지양해야 된다. 이러한 시조를 보면 자유시에 가깝다. 그래서 자유시로 오해를 받고 '현대시조는 자유시 같다'는 핀잔을 듣기도 한다. 이는 곧 시조의 격을 저하시키는 것이다. '그들은 차라리 자유시를 써라'고 필자 또한 말하고 싶다. 평시조(단시조)는 원래 선비의 글이다.

시조의 격(格)과 풍(風)과 아(雅)를 갖춘 평시조의 단아함이 선비시조의 멋과 맛이다. 시조의 세계화는 바로 이러한 선비시조의 멋과 맛을 살린 평시조 정격으로 뻗어나가는 것이 바람직하다. 그것이 명실상부한 시조의 정체성이고 정형시이기 때문이다.

▌ 찾아보기 2(영명)

▌찾아보기 3(인명 · 기타)

저자 소개

자헌(慈軒) 이정자(李靜子)
시인 문학박사. 평론가
대구사범학교 · 이화여자대학교 · 건국대대학원
초 · 중등교사 및 건국대 교수 역임. 겨레어문학회,
한국문인협회, (사)한국시조시인협회 중앙위원
이화동창문인회 이사, (사)한국시조문학진흥회 이사

논저

[한국 시가의 아니마 연구](백문사,1996)
[시조문학연구론](국학자료원,2003)
[시와 시조 창작론](국학자료원,2004)
[글쓰기의 길잡이](국학자료원,2005)
[말과 글](한올출판사,2006)
[제정공 이달충 문학](국학자료원,2006)
[시조 한 수에 역사가 숨쉰다](한국학술정보(주),2009)
[고전의 샘에 마음을 적시다](국학자료원,2009)
그 외 국문학 관련 논저 및 논문 다수

시집

[하늘의 이슬로 된 진주이고자](백문사,1996)
[영의 눈이 뜨일 때](한결,2001)
[마음의 풍경](새미,2008)

시조집

[가을 꽃 여울 타고](토방,1996)
[마음의 창을 열면](한결, 2000)
[기차여행 – 사계의 노래](새미,2005)
[시조의 향기](새미,2007)
[자연의 곳집을 열고](새미,2009)

에세이집

[풀은 마르고 꽃은 시드나](한결,2001)
[당신의 인생도 업그레이드 해보라](국학자료원,2006)

현대시조, 정격으로의 길

| 초판 1쇄 인쇄일 | | 2010년 01월 04일 |
| 초판 1쇄 발행일 | | 2010년 01월 06일 |

지은이		이정자
펴낸이		정구형
총괄		박지연
편집 · 디자인		김숙희 이솔잎 재시신 채지영
마케팅		정찬용
관리		한미애 강정수
인쇄처		원문화사
펴낸곳		**국학자료원**

등록일 2006 11 02 제2007-12호
서울시 강동구 성내동 447-11 현영빌딩 2층
Tel 442-4623 Fax 442-4625
www.kookhak.co.kr
kookhak2001@hanmail.net

| ISBN | | 978-89-6137-454-5 *93800 |
| 가격 | | 27,000원 |

* 저자와의 협의하에 인지는 생략합니다.
  잘못된 책은 구입하신 곳에서 교환하여 드립니다.